浣春归

上

烟秾 著

中国华侨出版社

CONTENTS

目录

| 第一章 | 紫微星动 / 001

| 第二章 | 进香遇险 / 005

| 第三章 | 香艳袭人 / 016

| 第四章 | 大隐于市 / 023

| 第五章 | 全力追击 / 032

| 第六章 | 细绾青丝 / 038

| 第七章 | 针锋相对 / 043

| 第八章 | 才下眉头 / 050

| 第九章 | 乐声缠绵 / 061

| 第十章 | 匪我思存 / 073

| 第十一章 | 别院赏花 / 090

| 第十二章 | 迫不得已 / 103

| 第十三章 | 风云突变 / 125

| 第十四章 | **九尾凤钗** / 137

| 第十五章 | **及笄贺礼** / 150

| 第十六章 | **月夜诉情** / 154

| 第十七章 | **两虎相争** / 167

| 第十八章 | **凤凰山居** / 174

| 第十九章 | **潜入江都** / 178

| 第二十章 | **大牢探父** / 187

| 第二十一章 | **小心应对** / 199

| 第二十二章 | **慕微进宫** / 207

| 第二十三章 | **昏君毒计** / 226

| 第二十四章 | **众女觐见** / 242

| 第二十五章 | **一箭双雕** / 251

| 第二十六章 | **心有不甘** / 261

| 第二十七章 | **桃夭之喜** / 274

第一章 紫微星动

五月的月夜，窗户上花影闪动，一股淡淡的清香从外面飘进来，仿佛浮在鼻尖，沁人心脾。

内室里坐着慕夫人，她的肌肤如玉一般温润，眉眼生得十分精致，只是那圆滚滚的肚子有些破坏了她的美貌。她面前正跪着长女慕瑛。慕瑛六七岁的年纪，梳着双鬟，双鬟两侧分别插了一支琉璃滴露簪子，那簪上垂下长长的流苏，一直垂到耳上，被灯光映着，闪闪发亮。

“母亲，瑛儿不想离开慕府，不想离开母亲。”慕瑛的手紧紧抓着慕夫人的衣裳，一双大眼睛里流露出乞求的神色，“母亲，瑛儿才六岁，怎么就将我送进皇宫里去呢？”

慕夫人闭上了眼睛，没有回答她。慕瑛看着母亲，不由得有几分惶恐，将头伏在慕夫人的膝间，嘤嘤哭起来：“母亲，父亲这般狠心，你也这般狠心不成？瑛儿才六岁，母亲就舍得再也见不着瑛儿？”

“瑛儿，你别这般说你父亲。”慕夫人伸出手摩挲着慕瑛的头，“他也有他的难处，你年纪小，还体会不到，等你长大了，便知道了。作为慕家的女儿，你该为咱们家做些事情。送你进宫，也是为咱们慕氏的安危着想，你别再多想了，明儿一早便安心进宫去吧。”

慕瑛抬起头来，绝望地看着慕夫人那张平静的脸，将手伸向母亲圆滚滚的肚子："母亲，是不是因为有了他，你便不再疼爱我了？"她的脸变得有几分沉郁，本来粉妆玉琢的雪花团子，凄楚不已，"我知道你喜欢哥哥，喜欢弟弟，唯独不喜欢我，现在有了他，你更是不会管我的生死了。都说宫里是虎狼之地，你却眼睁睁地看着我往那里去，没有半分想要替我求情的意思，只是劝我去！"

站在慕瑛身后的贴身嬷嬷吓了一跳，赶紧上前一步拉住她："大小姐，进宫可是大喜事，怎么能说宫里是虎狼之地呢？赶紧起来，别吵着夫人了。"

慕瑛抬头望了贴身嬷嬷一眼，脸上竟露出一丝与她这个年纪完全不符的冷笑来："进宫是大喜事，这话也只能骗骗那些糊涂人罢了，我心里还不明白？"她猛然朝慕夫人身上扑了过去，"母亲，你抱抱瑛儿吧，以后瑛儿……"慕夫人身后那明当瓦灯映着慕瑛晶莹的面孔，她的眼角似乎有泪光闪动，嘴角却有一丝诡异的笑。

慕夫人伸手搂住了慕瑛，脸上也有几分动容："瑛儿，母亲何曾想让你进宫？只是形势所迫，不得已啊……"话音未落，她眉头皱了皱，怒喝，"瑛儿，你这是为何？"

慕瑛的膝盖正顶着慕夫人圆滚滚的肚子，用力往上撞。慕夫人吃痛，推开了她，吼道："瑛儿，不可胡来！"

慕瑛被慕夫人一把推开，她倒退了几步，瞧着慕夫人痛苦地弯下身子，双手抱住肚子，额头上瞬间便是汗津津一片，不由得也有几分惊吓，站在那里白了一张小脸，小声道："母亲，瑛儿不是故意的，瑛儿只是想欺负下你肚里的宝宝，以后瑛儿进了宫便欺负不到他了。"

慕夫人没有理她，只是咬着牙对身边的丫鬟喊道："快去叫稳婆！"她两只手不住地颤抖，只觉得身体里有东西正往外流。

两个稳婆很快被带了进来，伸手一探，皆变了颜色："快些扶夫人去房间，夫人马上就要生了！"

顷刻间便是闹哄哄一片，慕夫人被抬进去，她坐的那把椅子上，留下一片湿漉漉的印子。慕瑛咬着牙站在角落里，一副惊慌失措的样子，心想：自己只是想发泄一下怒气，没想到会引发如此严重的后果。她仰脸望了望贴身嬷嬷，撇了撇嘴："嬷嬷，我闯祸了是不是？"

贴身嬷嬷叹了口气，低下头用帕子擦了擦慕瑛的眼泪："大小姐，咱们回去吧，夫人是有福之人，不会有事的。"

她牵着慕瑛走出去，两人慢慢走在抄手游廊中。朱红的廊柱，浅碧色的窗纱，此刻已看得不太分明。贴身嬷嬷望了望天空中的那轮明月，朦胧如水一般，旁边的那几颗星却格外耀眼。

猛然，天上那几颗星动了起来，摇摇欲坠，中间那颗极大极亮的星更是似乎要砸到人的头顶上来。贴身嬷嬷领着慕瑛站到走廊的拐角处，惊得一动也不敢动，呆呆地望着一束微紫星光笼住了慕家的院子。

“老爷！老爷！”急促的声音从屋外传了过来，一个小厮急急忙忙地奔到门口，扶着门槛喘着气道，“夫人快要生了！”

“不是说要到这月底吗？”慕华寅将手中的案牍放下，站了起来，“我这就去！”

刚走到内院的月亮门，还没跨过门槛，就见屋顶上升起了一道氤氲的紫色，愈来愈浓。他抬头往天空一看，便瞧见了那颗摇摇欲坠的星。

“紫微星！”慕华寅心中一惊，瞧着紫微星动，正是对着夫人生产的房间，这腹中胎儿竟有如此异象？紫微乃帝王之星，若是男子命宿紫微，便能称王称帝；若是女子，则能因夫得贵。

他站在那里，心情颇为激动。这伴随紫微星而生的孩子，究竟是男是女？此刻，他心里隐隐在盼望，这一胎一定要是个男孩……紫微星，那是有帝王之征，若真是老天有意，自己便做那曹孟德，让他去做魏文帝便是。

“老爷，大喜！”过了片刻，后院那扇门终于被推开，从里边走出一个抱着襁褓的稳婆，“老爷，恭喜添了个千金。”

慕华寅脸上的激动瞬间消退，他伸手将襁褓接了过来。小小的婴儿有着雪白的肌肤，一双乌溜溜的大眼睛竟然直望着他，十分可爱。

女命紫破，日后容颜定然甚美，且命宫紫微坐守，夫君非富则贵。瞧这架势，分明是有来历的，指不定将来能入主中宫，母仪天下。慕华寅想了想，道：“就叫她慕微吧。”

女子称帝，机会微乎其微；女子为后，机会本也微小，可慕家的女儿要想成为皇后，那还不是易如反掌？只怕是自己还舍不得让她进宫受苦。明日慕瑛便要进宫了，有她去便行了，慕家没必要将两个女儿都送进宫。

紫微星动只持续了短暂一阵子，很快天空便恢复了平静，依旧皓月当空，群星拱月，仿佛什么都没有发生过。

后宫内。

“母后，皇祖母。”赫连铖愁眉苦脸地望着两位华服妇人，连喊了几声，“你们开口说句话啊，朕害怕。”

太皇太后望了望年方六岁的赫连铖，叹了一口气，道：“皇上别怕，有哀家在呢，你只管放心便是了。”

赫连铖怯怯地走到太皇太后身边，靠着她那金丝银线织就的衣裳，一脸惊慌：“皇祖母，我以后非要娶慕家的小姐吗？我讨厌慕家，讨厌慕华寅，他就会在我面前趾高气扬，可我还得听他说话！”

高太后吃了一惊，连忙捂住赫连铖的嘴：“皇上，可别乱说，小心被人听见告诉了大司马，那咱们可就不会有好日子过了。”

赫连铖被捂得说不出话来，双脚不停地乱踢。太皇太后伸出手将高太后的手给掰开，将赫连铖搂在怀里，轻轻地拍打着他的背：“皇上，你不愿意也没办法，方才紫微星动，那星光照着东南方向，可不正是慕府的宅子？紫微乃帝星之征，看来明日进宫的那位慕大小姐，以后定然要做皇后了。”

赫连铖“呼”地站了起来，眼中闪过厌恶的光芒：“慕华寅敢将他女儿送进宫来，朕便让他女儿替他还债！”他双手紧握成拳，恨恨地朝空中挥舞了两下，仿佛慕华寅就站在眼前，“你等着瞧，等着瞧！”

没有人回答他，只有屋外清风渐起，树叶沙沙作响，仿佛有人在不住叹息。

第二章 进香遇险

人间三月天，春色无边柳如烟。

官道上来了两辆马车，旁边还有十几个骑马的随从。慕微掀开软帘，往外边瞧了瞧，发现到处已是绿树成荫，且绵延数里，仿佛看不到尽头一般。

“母亲，清凉寺还有多远？”慕微转过脸问慕夫人，“这都离府大半个时辰了，还不见停车的迹象。”

慕夫人望着女儿笑了笑，伸手将她拉到身边：“你且坐好，别到处乱看，到了清凉寺，少不得让你去后山看看！到清凉寺要差不多两个时辰，这才过了一半，不着急。”

清凉寺乃大虞最有名气的寺庙，此番慕夫人带着慕微去进香，是为前方带兵征讨南燕的儿子祈福的，希望菩萨能保佑他平安顺利。

马车辘辘声继续，马蹄清脆的“嗒嗒”声，悠悠扬扬地在这林间响着。

忽然，这乐曲戛然而止，马车晃了晃，车厢里几个人撞到了一处。慕夫人忙伸手搂住了慕微，道：“梅香，你去问问车夫，这是怎么了？”

“是。”梅香掠了掠鬓边散乱的头发，撩开车帘，刚想开口，却被眼前的景象吓呆了——一支利箭，穿透了车夫的胸膛，一条细细的血痕正蜿蜒着从他的背部往下流。

“梅香，怎么了？”慕夫人见梅香掀起帘幕，可好半日都没有回话，有些奇怪，“你怎么了？”

“夫人……车夫他……他……”梅香放下车帘，口齿都有些迟钝了，“车夫被人射杀了！”

慕夫人心头一惊，抓紧了慕微的手，她掀开车帘往外一看，只见一群蒙面黑衣人正站在马车前，手里拿着刀，刀身被阳光照着，闪着刺目的光。

这分明是有预谋的拦截，慕夫人暗自数了数，站在那里的便有十六人，不知林间是否还藏有帮手。她沉下心思，扬声喝道：“来者何人？何故拦我马车？”

为首的黑衣人桀桀地怪笑起来：“大司马夫人果然与众不同，这般时候还能如此沉着。我们是谁不重要，来此是想请慕夫人与慕小姐去一个地方。”

慕微一把将车帘撩起，一双妙目直视那为首的黑衣人：“我们是去清凉寺上香的，其他地方，我们哪儿也不去。”

那黑衣人哈哈一笑，大声道：“慕小姐，那可由不得你。”说罢，一双眼睛盯住了慕微的脸，脸上露出不屑的神色。这一对母女落在他们手中，难道还能逃脱？

慕微从马车壁上抄起一把弓箭，在那黑衣人还没有弄清楚她的意图时，就已将箭搭在弓上，对着周围的十几个随从喝道：“还不动手？”

顷刻间，那拉得如满月的弓松弛下来，一支白羽箭裹挟着风声直奔那黑衣人而去。擒贼先擒王，若能将那黑衣人射杀，他的手下自然就好办了。慕微眯了眯眼，望着前边，心中大呼遗憾——那支白羽箭被那黑衣人弯腰躲过，擦着他的身子落在了地上。

那黑衣人似乎被慕微的举动激怒了，见慕府家丁骑马冲过来，大喝一声：“还愣着做什么，上！”

旁边严阵以待的黑衣人挥舞着刀剑与慕府家丁斗在了一起。慕微紧张地观察着形势，自己府里的家丁虽说身手都不错，可在这群黑衣人面前还是落了下风。

空中弥漫着一股血腥的味道。

“住手！”慕微见母亲的脸色越来越苍白，周围的家丁越来越难以支撑，遂跳下马车大声喊道，“快住手！”

那黑衣人似乎没想到慕微竟会无所畏惧地跳下马车，略略一愣：“慕小姐，你想做什么？”

“我想和你谈一谈，我跟你们走，你们放过我母亲。”慕微盯住那黑衣人，眼睛眨也不眨，“你捉了我与捉了我们两人没什么区别，若是想要勒索银子，有我一个便够了。”

那黑衣人哈哈大笑道：“到了这个时候，你还来谈价钱？慕小姐，你怕是把自己看得太重了些。”

慕微点了点头，道：“好，既然你认为我没有本钱与你谈判，那我便索性让你没了指望！”她猛地从家丁手中夺过一把刀，反手架到自己的脖子上，一双星眸直盯住那个黑衣人，声音清冷，“你不是想要拿我与我母亲去威胁慕家吗？不如我现在就死在这里，让你没了威胁的本钱！”

话音刚落，她一扬手，似乎就要将刀从脖子上划过。

“微儿！”“小姐！”惊呼声连连响起，伴着一声清脆的当啷声。

慕微手中的刀被击落，眼前站着一个人。他头上戴着金丝远游冠，上方镶着一块赫赫发亮的美玉，身着一袭黑色披风，上边用金线绣着精致的刺绣——慕微眼尖，瞧见领口处有一只四爪奇兽，应该是四爪金蟒。

那人脸上戴了一张黄金面具，刚好将他的上半张脸遮住，只露出一双眼睛来；高高的鼻梁，紧闭的嘴巴，那嘴巴抿出一条弧线，透着坚毅。

“你是谁？”慕微毫不胆怯，直视那人的双眼，“若你是这群人的主子，还请你将我母亲放了，我跟你们去便是。”

那人望了慕微一眼，缓缓地点了点头：“我答应你。”

密林间系着数匹骏马，十几个黑衣人正在忙碌。慕微双手被缚在身后，她瞧着那个穿黑披风的人，扬声道：“这位公子，能不能将我的绳索解开？”

燕昊皱了皱眉，看了看慕微。虽经过大半日的跋涉，她脸上有些许倦意，可那娟秀的容颜却怎么也掩盖不住，就如那轮即将升起的明月，熠熠夺目。

这女子乃南燕的敌人，她的父兄正带着大虞的兵马大肆攻掠南燕的土地，自己怎么能因她吃了些苦头就心软？他应该用尽手段来折磨她，甚至用她来祭奠那些死去的南燕将士！

燕昊咬了咬牙，转身欲走，可低头却看到慕微被反捆在身后的双手，白嫩的手腕上已经有了一圈红色血痕，一种不忍油然而生。他走到慕微身后，停了停，最终还是将那绳索用匕首割断。

“多谢你，燕昊。”慕微没有转过脸，只是轻轻地说了一声。她的这句话让燕昊十分吃惊：“你如何知道我的姓名？”

慕微笑了笑，转过身望着燕昊的脸：“你这披风领口的绣花虽不张扬，可那是四爪金蟒，此乃太子标记。我大虞没有太子，所以你定是其他国家的太子。而你想抓我要挟我的家人，那你的身份便很明确了。我的兄长正带兵攻打南燕，你必然是南燕太子。”慕微嘴角露出一丝浅笑，“听说南燕太子燕昊俊美无俦，文才武略皆是一等一的好，见过他的人都赞他有龙章凤姿，可我瞧着也不过尔尔。”

燕昊伸手将面具摘下，露出一张精致绝伦的脸：“慕小姐，不知这话怎么说？”

“我觉得世人说话都太言过其实。”慕微轻轻摇了摇头。他的脸甚是白净，一双眉毛略微有些浓密，如两道横卧着的虬枝，眉毛下一双星目，灿灿有光。

这样一个瞧上去似乎很是聪明的人，怎么会糊涂至此？捉了她去，就能威胁得了前方的兄长？慕微实在觉得有几分好笑，莫非这就叫病急乱投医？

燕昊的脸色变了变：“慕小姐，你究竟想说什么？”

“大家都夸你文才武略，无所不通。我却不知道燕太子的文才武略体现在哪里。你大费周章地深入我大虞境内，就是想捉了我去胁迫我兄长退兵？”慕微眼中露出一丝讥讽，“你也太高估我的影响力了，这种家国大事，岂是我能左右得了的？”

“你不用骗我了。”燕昊冷冷地哼了一声，一手捏住了她的下巴，“我已经打探过了，你是大司马家最得宠的女儿，你的父兄自你出生后便对你疼爱有加，没有任何人能欺负到你。我便不相信，捉了慕乾最心爱的妹妹，他会不心急如焚？”

“那是你不了解我的兄长，你一定要试，那便试吧，反正我在家中也闷得慌，不如就当作在外边游玩好了。”慕微平心静气地望着燕昊，“燕太子，请将你的手放下来。”

“你不害怕？”燕昊的好奇心被挑了起来。到了这个时候，这个养在深闺中的大小姐居然没被吓倒。本来按着他的想法，娇滴滴的小姐，应该是在半路拦截时便晕了过去，一路哼哼唧唧。没想到她竟这般风轻云淡。

“害怕又能如何？我装出害怕的样子，你就能放过我？”慕微轻轻舒了一口气，“燕太子，我想一个人静静地坐一会儿，可以吗？”

“不行。”燕昊断然拒绝了她的要求，“万一你跑了呢？那我可真没面子回南燕去了。”

“那就不回去好了。”慕微浅浅一笑，趁燕昊迷惑间，猛一扬手，“你可要当心！”

出于本能，燕昊赶紧低头去躲。电光石光间，慕微已从靴子里抄出一把匕首，飞身扑到一匹马前，猛地割断了绳索，一手牵了缰绳，翻身上马，一手往马屁股上狠狠地拍了一下，那马便咴儿咴儿地叫着，直奔出去。

燕昊抬起头来，那一人一马已在数步之外了。他又急又气，女人可真是不能相信，瞧她一副柔柔弱弱的样子，自己好心替她松绑，没想到她竟诈了自己，还骑着马跑掉了！

燕昊只觉得脸上火辣辣的，他赶紧呼哨一声，他那匹宝马良驹金翼便飞快奔来，他骑上快速追去。哼！这慕家小姐自以为是，抢了马逃走又如何？那马能快得过自己的金翼？

暮色一点点地沉了下来，明月从山谷中升了起来，如水的月华照着树林，黑色的剪影不断从眼前飞掠而过。慕微手里握着缰绳，不住地拍打着马，催促它往前奔，她能听到身后愈来愈近的马蹄声。

她不敢回头，生怕一转脸便能看见燕昊那张脸，她只能拼命地往前赶。林间小路越来越窄，可她顾不上了，身后的马蹄声几乎就在耳边。看来燕昊那厮骑的马能日行千里啊，她的坐骑岂能与之相提并论？她咬了咬牙，拿出匕首猛力往坐骑身上一插，那马吃痛，嘶嘶长鸣，扬蹄狂奔起来。

“这可恶的女人！”眼见就要追上慕微，只要伸手就能揪住她的肩膀把她拎过来，没想到她竟使出这一招绝地反击。那马受了刺激不容易被控制，林间小道又如此狭窄，若是那惊马不看路，一通乱跑，撞到了树，慕小姐恐怕会有性命之虞。

燕昊大为心急，赶紧扬鞭打马催促金翼。眼见前面那马跑得飞快，路线却歪歪扭扭，燕昊心中一沉，看来那马已经失去了控制。他抽了金翼一鞭子：“快些追上！你连那马都赶不上，还配做我的坐骑吗？”

金翼似乎听懂了他的话，扬起蹄，腾云驾雾一般飞快地往前追去。前边的那匹马与马背上的人渐渐能看见了，燕昊心中欢喜。忽然，只听那马长嘶一声，往道路左侧的树林蹿了过去。

“不好！”燕昊大吃一惊，眼睁睁地看着慕微从马背上飞了起来，如一只断线的纸鸢，直直地往一旁飞落下去。

林间浮动着青莲色的暮霭，日影已逐渐模糊，可慕微从马背上被抛起的身子还是看得清楚。当燕昊骑着金翼追过来时，正好瞧见那纤细的身子撞到树又被弹飞，他心中一急：她不能死！

来不及多想，他从金翼的背上飞身而起，如一道闪电腾跃到空中，伸出一只手来将她抱住，然后尽力控制住坠落的势头，在肩膀着地的一瞬间，伸出手护住慕微的脸。两人在地上打了几个滚儿，终于撞到一棵树停了下来。

怀中的慕微没有动静，燕昊有几分着急。他伸手替她搭了一把脉，发现并无性命之虞，这才长长地松了一口气。凝视着这张雪白的面容，长长的睫毛覆盖着一双妙目，投下了淡淡的阴影，燕昊转过脸去，暗暗掐了自己一把，这是怎么了？完全不是自己平常的风格。

难道不该是对她不管不顾，听着她痛苦的尖叫声才会觉得有几分快意？为何自己会出手救她？燕昊闭了闭眼睛，努力给自己这奇怪的举动找借口。自己来大虞就是要捉她去做人质，怎么能让她死呢？嗯，救她是应该的。

身子好痛，挪动一下都像是在撕裂自己的身体。

慕微皱了皱眉，努力睁开了眼睛，头顶是黑乎乎的一片树梢，出乎意料的是，还有一张脸。

是南燕太子燕昊，他正挑眉看着自己，眼神里仿佛充满着讥讽："你方才还在嘲笑我，但我看你也聪明不到哪里去。就凭你那小小的骗术就想逃脱？也太自不量力了。"

慕微没有搭理他，努力撑着地面，想要坐起来，可是稍稍用力，那撕裂般的痛又一次出现。她忍不住龇牙倒吸了一口冷气，差点儿要喊出口来"好痛"。就在话要冲口而出时，她瞥见那张带着讥讽神色的脸，咬了咬牙没有出声，只是颤着手撑住了地面。

"没想到你这娇滴滴的小姐竟这般坚强。"燕昊一把将她拉了起来，抛在了金翼的背上。慕微痛得直冒冷汗，可依旧没有出声，只是倔强地瞪大了眼睛望着别处。

那边的地上躺着一匹马，一动不动，已经死了。那是她抢过来的坐骑，因她用匕首插进了马的身子，受惊后失去了方向，撞到大树将脖子折断了。

慕微颤颤巍巍地伸出手来捏了捏自己的脖子，依旧是柔软而有弹性的。她抬眼望了望燕昊，嗓音沙哑地说了一句："多谢你救了我。"

那声音十分沙哑，燕昊心中蓦地动了一下，旋即又冷着一张脸："你不用谢我，你对我来说还有些用处，我必须让你活着到南燕的军营。"

慕微沉默下来，不再说话。她能感觉到燕昊身上传来的阵阵寒意。虽然现在是阳春三月，可他在身边，总觉得有飕飕的凉风吹着，骨头里都冷了。

燕昊翻身上马，将慕微带回生火做饭的地方。他的手下见他回来，都松了一口气："太子殿下，没什么事吧？"

"还能有什么事。"燕昊指了指马背上横放着的慕微，"将她抬到一旁去。"

几个黑衣人毫不客气地将慕微从马背上扯下来，脚刚落地，一个黑衣人便伸手掴了她一个耳光："娘的，竟然敢逃跑，还让我们太子殿下去追！"

慕微只觉得脸上火辣辣的，嘴里有一点儿腥甜，看来这记耳光够狠。可她现在无心计较，她成了阶下囚，说再多话也没有用，他们依旧会用恶劣的手段来对付她，而此时，她的后背疼痛不已，甚至盖过了脸上的疼痛。

突然，"咔嚓"一声，那声音如屋檐上的冰凌被折断一般，接下来是一声呼喊："太子殿下……"

抬眼一看，方才掌掴她的那个黑衣人正痛苦地托着胳膊望向燕昊："太子殿下，属下只是想教训教训她，让她安安分分待着，别想逃跑。"

他上来掴慕微一掌，本是想拍燕昊的马屁，顺便让慕微尝尝苦头，没想到却被燕昊卸了一条胳膊。

"孤不想见到谁越过孤肆意妄为，想做什么，必须经过孤的同意。"燕昊的脸部线条十分僵硬，似乎正在严冬时节，一脸冰霜浓得化解不开。

"是，属下知错。"那个黑衣人捧着自己的胳膊低声应答，心中懊悔不已，这可是马屁拍在了马腿上。

"两个时辰后你再自己将胳膊接上。"燕昊没有再看那个黑衣人，转过脸来望着慕微，"你坐到那棵树下去，别再打什么鬼主意。以你的身手，想从我们身边逃脱，那是不可能的。"

慕微苦笑了一下，慢慢挪着步子往一旁去，每走一步，她就觉得全身都撕扯般地痛，看来是伤得不轻。可她不愿意在燕昊面前显出软弱来，伸出一只脚点到前边，然后费力地将另一只脚跟上来。

她蹒跚的步子异常沉重，方才被掴了一掌，血终于从嘴角缓缓流下。

燕昊背着手站在那里，瞧着那个努力挺直脊背的身影，心中不由得有一丝触动。面前这个女子，虽然瞧上去不过十四五岁的年纪，却这般坚韧，自有一身傲骨，丝毫不向困境低头，这，难道就是慕家的风格？

篝火燃了起来，虽然只是小小的一堆，却还是给人带来了些许温暖。这三月的夜晚，虽然不如寒冬那般冷得刺骨，可山风吹过，依旧如小刀一般，割得脸生疼。

一个支架搭在篝火上边，有一头獐子被架在火上烤着。慕微蜷着身子靠在树干上，半眯着眼瞧着那头獐子。刚才，那头獐子被燕昊的手下拖过来时，那双黑幽幽的眼睛还瞪得大大的，瞧着她，可顷刻间便成了人们口中的食物。

淡淡的血腥味弥漫，慕微眼看着他们刀子动得飞快，很快，那带着血丝的肉块被放在了架子上——她现在的处境与这头獐子无异，已经落在了猎人的手中，只能任其宰割了。

“太子殿下，獐子肉烤好了。”一个黑衣人将那獐子翻了个身，仔细看了一下，拿出匕首割了一块肉，自己先尝了下，这才恭恭敬敬地奉给燕昊，“请太子殿下进食。”

燕昊身边放着一盆热腾腾的米饭，他伸手接过獐子肉，面无表情地咬了一口，慢慢咀嚼后才淡淡道：“切一块给她，记得抹些盐到上头。”

那黑衣人点头应诺，割了肉，抹了盐，这才拿给慕微，说：“慕小姐，太子殿下赏你的。”

慕微看了那块肉一眼，有几分恶心，转过脸去，沉默不语。

见慕微没有伸手接，那个黑衣人露出几分不耐烦的神色：“慕小姐，太子殿下赏你的，你敢不接？”这慕家小姐也太娇气了些，难道还以为是在家中做大小姐，衣来伸手，饭来张口，等着丫鬟来伺候不成？

慕微抬了下眼皮，漠然地望了那人一眼，说：“我不饿。”

那个黑衣人回到燕昊那边禀告：“太子殿下，她不识好歹，竟然不要。”

燕昊抹了抹嘴，走过来，站在慕微面前，以一种居高临下的姿势看着她，简洁地说了一个字：“吃。”

“不。”慕微也回敬了他一个字。

燕昊紧紧地盯着她，那虬枝一般的双眉皱在了一处，整张脸布满冰霜。一种奇怪的氛围在他们之间流转。

慕微没有丝毫畏惧，抬起眼勇敢地直视着燕昊：“并不是人人都乐意接受你的施舍。”她傲慢地抬起头来，“我不喜欢你那居高临下的态度。”

“很好。”燕昊点了点头，“你倒是有骨气，可你有没有想过，若你现在不吃饭，可能到明日中午都吃不到，到时候肚子饿了，我可不会停下来带你去酒楼。”

山风将慕微的头发吹了起来，青丝掠过雪白的脸庞，一双墨玉般的眼睛直盯着燕昊："燕昊，我是慕家的人，自然要为慕家着想，我宁可饿死，也不会成为你威胁我兄长的把柄。"她漠然看了一眼放在面前的那块獐子肉，"拿开。"

燕昊心里有些吃惊，瞧了瞧慕微那张沉静的脸，心中想着她话里的真实性，她真的想将自己饿死？她竟会如此刚烈，宁为玉碎，不为瓦全？

她年纪轻轻，难道不想活了？燕昊暗自摇了摇头。他才不相信，大好年华，就舍得撒手尘世。他轻轻哼了一声，对手下扬声道："既然她不想活，那就成全她，你们自己拿去吃。"

黑色的披风渐渐远去，慕微轻轻松了一口气，低头看着自己的脚尖，肚子里已经空了。她咬了咬牙，怎样也不能在燕昊面前低头。为了慕家的名声，为了大虞，她也该坚持——无论如何也不能示弱。

夜幕渐渐降临，天幕很快转成了乌蓝色，月光皎洁，有几颗星星，清冷地闪动着，如在窥探着人间。

篝火已经熄了，袅袅烟雾慢慢散去，那群黑衣人已在不远处就地歇息。慕微抱着双腿坐在那里，只觉得全身发冷。这山间的气温实在有些低，她不由得想念起自己那温暖的床来。

沙沙的脚步声轻轻地传来，慕微睁开眼睛，发现燕昊站在自己面前。月色下，他的眼神没有白天那样冷漠高傲，依稀间好像还有一丝同情——同情？慕微嘲讽地一笑，他会同情自己？他是敌国太子，怎么会对自己有同情？

"南燕向来安分守己，自知不如大虞强盛，每年都忍气吞声交岁贡，以求一年平安。"燕昊的声音十分低沉，却让慕微听得清清楚楚，"只是不知为何，大虞忽然发兵攻打南燕，令我南燕生灵涂炭，尸横遍野。带兵的人，是你的兄长慕乾；在京城坐镇指挥的，是你的父亲慕华寅。"

"我的父兄听命于皇上。"燕昊的话里明显有指责慕家的意思，慕微忍不住想为父兄辩解，"皇上下了旨意，我的父兄也只能照办。"

"谁不知道慕家权倾大虞？"燕昊仰头哈哈一笑，"你的姐姐现在是大虞的昭仪，只怕攻破南燕后，就该册封皇后了吧？与其说是皇上的旨意，不如说是你们慕家野心勃勃！"

慕微瞟了燕昊一眼，淡淡道："我只是一个女儿家，从不过问政事，但即便如你所说，也否认不了你们南燕的衰败，南燕将士无法抵挡大虞的兵马。"

燕昊的脸色忽然有些发白，慕微的话戳中了他的软肋，他有几分沮丧，想到在后宫夜夜笙歌的父皇，便觉得一阵心寒。前方将士正浴血奋战，可他全然不管不问，将一摊子事情交给了大司马便躲进了后宫，连上朝都已经搁置下来。

父皇这样做，难道不是将南燕往死路上送？为了能让局势缓和，他想了很多法子，可是都行不通，最后才想到了这一着棋。大虞攻打南燕，应该是慕华寅的主意，那道圣旨，只不过是借了大虞皇上的手发出来而已，谁不知道大虞掌权的人是大司马慕华寅？

慕华寅有两个儿子、两个女儿，两个儿子都在朝为官，长女慕瑛六岁便进宫侍奉皇太后，十四岁被大虞皇上立为贵人，十八岁册封为昭仪，现在瞧着，做皇后也不过是一句话的事情罢了，指日可待。

次女，燕昊瞧了瞧靠着大树坐着的慕微，心中有一种说不出的感觉。来大虞之前，他便详细打探过，慕微乃慕家最得宠的女儿，不仅有两个兄长宠爱，慕华寅对她也不同一般地好，比对他那身在深宫的长女不知道要好多少倍。

曾有传言称，直到慕微七岁，慕华寅还一直是抱在膝盖上的，亲自教她读书识字。而每次慕家祭拜祖先，他都允许慕微跟着去宗祠，可见在慕华寅心中，这个女儿是多么重要。

一定要将她捉到前线去，胁迫她的兄长退兵。燕昊的眉毛紧紧皱着，瞧着一脸疲惫的慕微，一副神情坚定的模样，难道她真想将自己饿死？

“慕小姐，谁不想过安定的日子，你肯定也不想这般颠沛流离。”燕昊放缓了声音，带着劝慰的口气，“我南燕因这场战争而动荡不安，百姓食不果腹，衣不蔽体，若慕小姐还有一丝同情之心，还请你能跟我去前线劝说你的兄长。”

慕微听着燕昊的语气放缓了些，这才睁开眼睛看了看他，见他脸上有真诚的神色，心中也微微一动。但旋即她又硬起了心肠，自己怎么能被他随便一两句话就打动了呢？巧言令色，鲜矣仁！

正在低头想着，肚子却不争气地“咕噜”了几声，山间空寂，更显得那声音格外响亮。燕昊瞪视着慕微，嘴角露出一丝笑来：“慕小姐，你是不是想吃东西了？”

慕微咬了咬牙，口是心非道：“不用你假惺惺关心我，我不吃。”一缕头发从她的鬓边滑落，飘到她的嘴边，她伸手将它拨弄到耳后，一字一句道，“燕昊，我不会成为你的棋子，我希望在到达前线之前，就见不着天上的日头。”

“何必固执，拿自己的性命不当一回事。”燕昊有几分烦躁，见慕微已经闭上了眼睛，似乎不准备再搭理他，巴掌大的小脸上，精致的五官已经透出了疲倦和虚弱。

“咕噜咕噜”的响声又响起，燕昊觉得自己几乎已经不能再坚持下去。他怒气冲冲地走回自己睡的地方，端起一个盆子大步走了回来，盆里是他给慕微留的食物，一团冷饭，还有半块獐子肉。

“快些吃掉。”燕昊将那盆子伸到了慕微手边，轻轻碰了碰她，可慕微依旧没有睁开眼睛，似乎听而未闻，两道长长的睫毛在眼睛下投下了淡淡的阴影。

燕昊瞪视着慕微片刻，忽然俯下了身子。

慕微感觉到有人在靠近，吃惊地睁大了眼睛。

“你要做什么？”慕微吃了一惊，下意识想要躲开，可身上受了伤，根本没法子顺利逃脱燕昊的控制。

第三章 香艳袭人

明月别枝惊鹊，一阵细微的翅膀扑扇之声，一只鸟儿被树下的响动惊扰，振翅飞起，在半圆的月亮里留下一道黑色的剪影。

月光照在慕微的脸上，她白皙的面孔显得更加苍白。燕昊看着她，眼睛闭着，睫毛微微颤抖着，如蝴蝶扇动的翅膀。

这是一个倔强的女子，可她的倔强又带着几分柔弱，让人不免怜惜。燕昊的脸与慕微的脸贴得很近，他几乎能听见两人的心跳声。

慕微绝望地闭着眼睛，虽然不见燕昊有接下来的举动，可她能感觉到他依然在自己面前，那温热的气息在她的脸上拂过。她偷偷地睁开了眼睛，见到一双黑幽幽深潭似的眸子，心中蓦然一跳，又赶紧将眼睛闭上，不敢再去偷看。

这个小动作没有逃过燕昊的眼睛，他忽然有几分莫名的欢喜，忽然便忘记了她是自己的敌人，忽然心头有说不出的悸动。

燕昊心中低低叹息了一声，耳边仿若有袅袅琴音响起，高山流水般在耳边回响，仿佛有一双灵动的手在拨弄那细细的琴弦，引起他心里不可言喻的欢喜。月色、星光、山间的清风、依树而坐的姿容绝色的女子，和谐地成了一个不可分割的整体，让他品味着其中美妙的意境。

燕昊直起身子，将盆子拿在手中，一双眼睛盯住慕微没有半分放松：“难道你还真想饿死不成？”

慕微瞥了一眼那个盆子，里边有半盆饭，还有一块烤得像焦炭一样的獐子肉，她沉默不语，心中又羞又气。

“慕小姐，你是不是在等我喂你？”燕昊见慕微垂着头不说话，一段柔软白皙的脖子露在衣裳外边，几缕黑发在那里飘拂，心中一动，“慕小姐，你若是这么想，说一句便是，我不介意喂你。”

慕微迅速抬起头来，伸手将他手中的盆子夺了去：“你滚开。”

“慕小姐，我在南燕便听说过你的大名，大家都说大虞大司马慕华寅的二女儿生得貌美如花、风华绝代，又温柔娴静，知书达理，可我瞧着却未必。”燕昊玩味地望着慕微，脸上露出得意神色，“这般娇柔的小姐口里竟然说出一个‘滚’字，我没有听错吧？”

“滚。”慕微很平静地望着他，将盆子端起来，用手捏了一块冷饭放进嘴里。那饭虽然冷了，可慢慢嚼着，竟有几分甜味，那冷冽的甜味在她嘴里回味，她忽然流下了眼泪。

“你怎么了？”她的眼泪掉了下来，燕昊的心莫名地感到一阵慌乱。

此时的慕微瞧上去十分柔弱，完全不像那个拔出匕首狠狠扎进马屁股的少女，她的眼睛又大又亮，眼眶里有盈盈的泪水在打转。

似乎意识到自己有片刻的示弱，慕微抬起衣袖擦了擦眼角，吃力地挺直了身子，脸上露出一副清冷的神色：“你走开，我自己会吃饭，不用你管。”

燕昊默默地低下了头，站起身走开了几步，又回头望了慕微一眼。她依旧用那种姿势坐在那里，脊背挺得很直，冷着一张脸。月光照在她的脸上，莹莹有着亮色，如水中的珍珠，闪着温润的光彩。

她才十四岁，离及笄还有一个多月，其实还只是一个孩子。

她本该无忧无虑地活着，身边有丫鬟、婆子伺候，有母亲关照，过着衣来伸手、饭来张口的生活。她这般美貌，这般聪慧，本该被人捧在手掌心里，如珠似宝地照顾疼爱。站在那里，燕昊有几分羞愧。为了威胁她的兄长，自己将她掳了来，让她跟着他颠沛流离地赶路，半夜坐在树下吞咽着冷饭。

若大虞与南燕不是敌国该有多好，燕昊默默地在慕微不远处坐了下来，偷眼望着那个慢慢吃着冷饭的女子，一个想法如那天上的流星一般划过——若不是敌对，等她及笄后，或许自己还能去慕府求亲。

月华如水，她坐在那里，如一个黑色的剪影，清冷的星辉在她的眸间闪烁，牢牢地吸引着他的视线。他出神地望着她，看着她低头吃饭，看着她将那獐子肉拿起来撕成小块，慢慢放进嘴里。

瞧着她吃饭的样子，燕昊心中暖起来。他侧了侧身子，望着树下的慕微，忍不住笑了起来。

吃完了，慕微望了望双手，上面沾满了饭粒，还有一些黑色的肉末——这副模样怎么能安心睡觉？刚想忍着疼痛到溪边洗手，一个人影掠到了面前——

“你受了伤，怎么能乱走？坐着别动，我去给你取水。”燕昊大步走到已经冷了的篝火旁，拎起一个皮壶，摇了摇，里边还有大半壶水，他一把拎起，回到慕微身边，“我来帮你。”

慕微一愣，似乎没想到燕昊会如此体贴，星眸一转：“我自己来。”

燕昊嘴唇抿了抿，脸上的表情有些僵硬：“将手伸出来。”

慕微没有再多说话，平静地伸出手，水流过她的掌心，她轻轻搓揉了两下。

燕昊将她扶起来：“你过来，到这边毡毯上歇息。”

这毡毯只有燕昊才有资格享受，慕微观察过，他那些手下都是在近处一块草地上倒头呼呼大睡，现在他将毡毯让给自己，那他睡哪里？慕微疑惑地望了望燕昊，张了张嘴，没有问出口。

似乎知道她想问什么，燕昊指了指不远处一块草地：“我在那边歇息便是。”

慕微被燕昊扶着，生硬地躺了下来，一抬眼，瞧见一个半圆的月亮，还有旁边数点寒星。乌蓝的天幕铺天盖地，她觉得有些压抑。在这样一个春夜，睡在荒山野岭，这是她人生第一次。

清晨的空气十分清新，空中流转着一股馥郁的芬芳。

慕微刚一睁眼，就看到刺眼的阳光。

身上盖着一件黑色的蜀锦袍子，领口绣着四爪金蟒。这是他的披风，怎么会盖在自己身上？慕微伸手摸了摸，沾着露水，凉凉的，冰着她的手心。

“你醒了？”就在她头晕眼花时，耳畔传来一声问话。慕微吃力地睁大眼睛，眼前出现燕昊那张脸。

“嗯。”她低沉地应了一声，觉得喉咙处似乎有火在烧，嘶哑得发疼。

燕昊听了慕微的声音后一怔，见她脸上有着深深的酡红颜色，眼神似乎也没有昨日那般清亮，莫非是晚间受了风寒？他伸手探向慕微的额头，好烫。燕昊皱了皱眉。

“太子殿下，是不是马上赶路？”一个黑衣人走了过来，“天色已经不早了，不能再耽搁。”

燕昊站起来，望了望那几个黑衣人，道：“去两个人到附近的村庄打听下可有大夫，若是没有，就去弄辆马车过来。”

周围几个人皆是一怔：“太子殿下，莫非你是想替她找大夫？”

“是。”燕昊沉声道，“她不能出事，若是她死了，咱们还拿什么要挟慕乾？”

慕微虽然觉得有几分头痛，可那些话却还是听得明明白白。她顿时明白，原来燕昊对自己的关心，只是不想她死去。

昨晚燕昊偷偷将披风盖在她的身上，她还觉得这人其实不错，可这一丝丝好感瞬间消失得无影无踪。慕微闭着眼睛躺在那里，心中暗自下了决心，以后无论燕昊做什么，自己都不要有一丝感动。

“慕小姐，你怎么样了？”燕昊望着慕微越来越红的脸颊，心中有些不安，望了望山间来路，心里期盼手下能快些找到车子，好拉她去附近找个大夫，“快，给她易容，赶紧找个大夫！”

不多时，慕微便变成了一位肌肤蜡黄的乡间少女，被人抬上了一辆骡车，车子下边铺着稻草，躺在上边倒也不硌。只是乡间的路很不好走，路上不时有石块，颠得她东倒西歪。若不是燕昊扶着她，恐怕早就撞得满头包了。

此时燕昊已经易容成了一个年轻农夫，穿着一件打着补丁的衣裳，一副憨厚的模样。他关切地望着慕微，任凭谁瞧了，都会以为这是一个疼爱妹妹的好兄长。

好容易到了镇子里，一打听，原来，药堂的大夫去云州了。

燕昊呆呆地望着医馆的大门，有几分失望，低头瞧着慕微，心中更是焦急。这时，慕微迷迷糊糊地睁开了眼，低低地呻吟着：“水，水……”

“哎哟，这大妹子可病得不轻。”看门人低头看了看慕微，连连摇头，“大兄弟，你赶紧将你妹子送去青州城吧！这里离青州城也不远了，最多半个时辰便能到，城里有个叫何妙手的大夫，医术不错，我们镇上有钱的人家，生病都是去找他。”

燕昊听了这话，道了谢，连忙往青州城赶。

日头慢慢升了起来，明亮的阳光照在慕微的脸上，让她的脸色看起来更红了。燕昊心中着急，飞身到树上摘了两片宽大的树叶，遮住了慕微的脸，希望能给她带来一丝阴凉。

手下人看到燕昊的举止，暗暗摇了摇头，太子殿下这举动委实太奇怪了，从来不见他如此细心待一个女子，今日对待这敌国大司马家的小姐，却这般周到，难道真是不希望她死在半路？

幸好这镇子离青州城不远，还没半个时辰，便已隐约看到了那蜿蜒的城墙，肃穆地立在那里，如一道屏障，将城市与乡间隔成了两半。

城门口站着两排手里拿着刀枪的士兵，正在挨个儿检查进城的行人。

"太子殿下，今日瞧着关卡盘查甚是严格。"赶车的手下直起身子望了望前方，脸上凝重起来，"不知是不是和车上躺着的这个慕二小姐有关系。"

"走，不管关卡盘查如何严格，也得先去找了何妙手再说。"燕昊将一个斗笠戴在头上，瞧上去更像一个老实憨厚的乡下大哥了。

几个人推着骡车慢慢靠近青州城门，正要往那拱形门洞走，就见前边来了几匹骏马，有人大喊："肃静，太原王到！"

几列士兵手里拿着明晃晃的刀枪肃然而立，数匹骏马缓缓出现在众人面前，众星捧月般托出一个身着淡紫色衣裳的年轻男子。

那男子看上去不过十七八岁，面如冠玉，头戴紫金冠，上边镶着明晃晃的一块美玉，腰身束着一条黑色腰带，上边也镶着美玉宝石，一瞧便是贵重之至。

燕昊站在人群里，锐利的目光从压低的斗笠下仔细打量了那人几眼，心中有几分疑惑，这就是太原王赫连毓？

他听说过这位大虞的太原王，太后娘娘嫡出的儿子，除了龙椅上的皇上，大虞的男子就数他身份最为尊贵。传言这位太原王允文允武，是大虞不可多得的俊才。可现在燕昊瞧着，这太原王实在太年轻了些，而且通身没有那种趾高气扬的神色，实在让他有几分不能相信。

赫连毓出现在青州，究竟为了何事？难道是因慕微被掳掠？燕昊抓紧了骡车的木板。两个手下也感觉到了异样的气氛，皆将手放在了腰间。春日的微风瞬间变得有几分阴冷，吹得粗布衣角不住地鼓动。

骡车里蓦然传来一声响动，燕昊低头瞧了瞧，慕微挪动了下身子，双手抓住车壁，想要坐起来。

她想起来，想告诉那个太原王她在这里！

燕昊一惊，弯下腰去，一边贴在慕微耳边轻声道："慕小姐，别动。"一边伸手点住了她的哑穴。

赫连毓却注意到了这边，扫视过来，见一辆骡车上躺着一个女子，旁边站着一个乡间少年，不知道是她的未婚夫婿还是她的哥哥，一脸关切地看着她。那女子脸上盖着几片树叶，这让赫连毓心生疑窦，手指了指慕微，扬声问道："为何要遮住她的脸？把叶子拿开。"

燕昊赔着笑脸，压低嗓音道："俺家妹子得了病，正要送去大夫那里医治，我怕阳光刺着她的眼睛，这才摘了几片叶子遮住她的脸。"

"你们倒是兄妹情深。"赫连毓看着燕昊将树叶拿了起来，叶片下是一个长相普通、身材瘦弱的少女，脸色蜡黄。

这不是他熟悉的慕微，不是。

赫连毓低头打量了那个少女许久，她没有一处像慕微，没有如玉的肌肤，没有明亮的双眸，也没有小巧的鼻子和红菱般的唇。

"既然是带你妹妹去看病，那赶紧进城吧，别耽搁了。"赫连毓挥了挥手，示意兵士放行。

燕昊沉着声音感谢了一句，赶紧与手下推着车子往那深幽的城门走去。

车上躺着的慕微顿时有几分绝望，方才她被声音吵醒，耳边模模糊糊听到有人大喊"太原王到"，她心中顿时有几分欢喜。

她自小便认识太原王，他为人温和体贴，对每一个认识的人都是一脸笑容，对自己更是十分热情。他是来救自己的吗？否则，他怎么会出现在青州？

青州是太原王的封地，可他长年在京城生活，这个时候他该在京城的，此时却突然出现在这里，这让慕微心中升起了一丝希望。

可是希望很快变成了失望，慢慢变成了绝望，赫连毓竟然没有认出她来！慕微紧紧握住自己的手，似乎想到了什么，猛然掰住了自己的指甲。

方才指甲划过板壁，有几个已经快要折断了，慕微咬了咬牙，再略微用力，那几个指甲便断了。她一颗心怦怦直跳，慢慢地将手移到车壁外边，将手掌打开，那指甲便落到了地上。

但愿他能看见！

做完这些事，慕微已是全身无力。赫连毓能不能注意到她留下的痕迹，这要看老天爷了，毕竟指甲实在太小，很难让人一眼就看到。

赫连毓看着那辆骡车慢慢消失在城门深处，转头扫视了众人一眼，沉声吩咐："将画像张贴出来。"

身边的一位副将应了一声，拿出一卷画纸交给守城的兵士："速速张贴好了，细心盘查，若是见到画像上的小姐，赶紧护送到京城！”

“是！”兵士们应了一声，赶紧拿了画像跑到城墙边开始张贴。赫连毓站在那里，眼睛四处张望。城门口处的地上，有一点儿玉白的颜色，仿佛一朵朵水莲花铺在满是淤泥的湖面上。

“那是什么？”无形中，赫连毓被吸引了过去，低头一看，是几个断裂的指甲。

“这儿原来有这指甲没有？”赫连毓心中一动，弯腰将那几个指甲捡了起来。

守城的兵士十分奇怪，摸了摸脑袋：“回太原王的话，属下并未留意。这城门口人来人往的，也不可能样样东西都注意到。”他看了看太原王手中捏着的一枚指甲，“王爷，这……想必是过路的行人断了的。”

“不对，不对。”赫连毓喃喃自语，举起那枚指甲朝太阳照了照，“她方才就在这里，我错过她了！”

这指甲上涂着玉白色的蔻丹，被阳光一照，发出淡淡的如珍珠般的颜色，温润而有着微微的光。

这是她常涂的颜色，她从不涂红色的蔻丹，手指上总是闪着玉白色的光芒，比一般的白色要亮，带着微微的粉，如贝壳内壁的那层淡粉。

赫连毓握着那几个指甲，身子微微发抖：“今日进城的女子多不多？你们有没有见过蒙着面、包着头的女子？”

那兵士摇了摇头：“王爷，这会子城门才开了两个时辰，还未到热闹的时候，进出城门的人不多，女子就见过几个进城卖菜的嫂子，还有一个便是方才那位生病的姑娘。”

眼前出现了一张脸，赫连毓有几分疑惑。难道是她？他努力回忆着方才见到的那个少女，眼睛半闭着，只余一条缝隙，蜡黄的肌肤，消瘦的身子——她的手，他怎么也回忆不起来是什么样子。他苦恼地闭了闭眼睛，自己是不是真的错过了微儿？自己也太不仔细了！

“追！”赫连毓吩咐了一声。

摊开手掌，几个断甲，迎着阳光，就如几片玉白色的莲花瓣。

第四章 大隐于市

车子走得飞快，轮子吱呀吱呀作响，不绝于耳。

慕微极力想睁开眼睛，却没办法睁开，脸上盖着的几片树叶让她根本看不到外边的情况，她只能感觉到骡车走得极快。她在车板上躺着，不住地颠来颠去，不时便要撞到板壁上，可旁边总有一只手及时扶住她，轻柔地放正她的身子。

一双手抄住了她的脖子与双腿，慕微感觉自己就如飞起来一般，脸上的树叶落了下来，一线阳光猛然刺着她的眼睛，金黄与银白，模糊一片。

她被抱进了一辆马车，她感觉到温热的气息扑面，努力睁开眼睛，眼前是一张陌生的脸孔，一个农家少年，穿着粗布衣裳，正憨厚地朝着自己笑。

燕昊去了哪里？慕微有些迷糊了，他不是一心想抓了自己去威胁兄长吗？为何现在却将她交给了旁人？车里昏暗，那少年的脸在她面前不住地晃动，她只觉得又要迷迷糊糊地睡过去了。

“慕小姐。”声音很是熟悉，这让慕微猛然吃了一惊，睁大了眼睛望向头顶上方。

那不是燕昊的脸，可那分明是他的声音。慕微努力望向那少年的眼睛，那眼睛里充满了调侃和捉弄——那分明也是他的眼睛。燕昊易容了！慕微吃力地抬起手想摸自己的脸颊，可手刚抬到脸上，却被燕昊一把捉住。

憨厚的笑容不见了，取而代之的是一副狡诈的神色：“怎么，你想摸摸自己的脸上是否有脂粉？放心，带你去药堂看病后我会帮你去买你要的东西。”

慕微的心沉了沉，不用说，他们肯定在自己脸上动过手脚，难怪赫连毓没有认出她来。她默默地闭上了眼睛，任凭燕昊抓紧了自己的手。现在，只希望赫连毓能注意到她扔下的东西。

她的手很软，燕昊紧紧地握着，有些舍不得放开。慕微的手，手指纤细修长，上边的指甲呈现出玉白色，与她脸上干黄的肌肤对比，显得格外温润。燕昊盯着那指甲看了又看，忽然觉得哪里有些不对劲。

“太子殿下，何妙手的药堂到了。”外边赶车的手下招呼了一句。燕昊没来得及细想，赶紧抱了慕微下车。

何妙手是一个容长脸的老者，留着山羊胡子。他望了望慕微的脸，又叫燕昊将她的手放在桌上，伸手替她诊脉。

燕昊紧紧盯着何妙手的手指，目光从慕微的手腕移到她的指甲上，方才那种不对劲的感觉又从心底升起来。这时候何妙手开口了：“这位姑娘是得了伤风，很是严重，至少需要吃五日的药。”

“五日？”燕昊有些着急，这逃亡途中，哪有时间替她熬药？他瞪向何妙手，“你可还有药丸能治这个伤风？价格贵一些无所谓，只要有效便好。”

何妙手点了点头：“药丸是有的。”他的眼睛无意扫到了慕微的手指，望了一眼，“这位姑娘为何指甲盖子断了几个？怕是脾胃有些问题。”

燕昊盯住了慕微的手指，心中忽然亮堂起来。这哪是脾胃有问题，分明是慕微故意将指甲折断。她这只手上已经折了四个指甲，手指光秃秃的，瞧着让人有些不舒服。

她将这些指甲扔在了哪里呢？她肯定是想留下点儿线索，好让那个太原王追过来。他心中一紧，抱住慕微的手紧了几分，站了起来冲何妙手点了点头：“还请何大夫快些拿药丸出来，家里还等着我回去犁田呢。”

何妙手见燕昊不顺着自己的话往里说，估计自己也赚不到他更多的银子，便吩咐伙计拿了十丸药出来：“早上一丸，晚上一丸，吃上五日便好了。”

燕昊点了点头，伸手指了指桌上那个小银锭：“五两银子可够了？”

何妙手还没看清那银子大小，燕昊已将那十丸药扫在手中，抱了慕微大步往外走去。瞧着燕昊的背影，何妙手有几分呆，掌柜的却身手敏捷地冲过来，一把将那个银锭子拢在手里，看了看成色，又放进嘴里咬了咬，喃喃道：“还好还好，银子是真的。”

何妙手疑惑地看了一眼那个银锭子："这乡里人怎么会有这么大一个银锭子？而且一点儿都不心疼银子！哪家治伤风不是抓几服药回去熬着，半两银子就顶天了，可是他眼睛都不眨，甩了银子就走！"

店伙计追着出去看了看，药堂外停着一辆马车，青绸帷幕，方才来求诊的农家少年抱着少女上了那辆马车。他看得眼睛有些发直，摇着头啧啧叹道："这事儿可真怪，那两人瞧着分明是庄户人家，为何能用得起这么好的马车？"

何妙手摸了摸山羊胡子，眼中也是疑惑："那女子的手指甲分明还涂了油，哪个庄户人家的女儿手上涂那些东西？我瞧着这事儿很是不对头。"

燕昊抱着慕微上了马车，沉思了一会儿吩咐道："若那个太原王得了线索，肯定会追上来，咱们得快些离开。大隐隐于市，不必去那些小客栈，就去青州城最大的那一家。"

"是。"手下答应了一声，将车赶得飞快，不多时便到了青州城的开福客栈。

店伙计刚走，手下人就赶紧关上门。燕昊走到桌边，倒出一杯茶来，仔细闻了闻，不觉有异，这才掏出何妙手给的药丸塞到慕微嘴里，低声道："快些喝了，否则你这病便好不了。"

慕微撇了撇嘴。这燕昊实在奇怪，一点儿都不凶悍，反而带着几分温和，让她情不自禁地想起母亲的声音来。那时候自己生了病不想喝那些苦涩的汤药，母亲便会柔声哄着："微儿乖，喝了药明日就好了，若是不喝，就会变丑了。"

她张了张嘴，顺从地将水喝了下去。不管怎么说，她现在很不舒服，喉间似有一把火烧着，就连一口水都很难吞咽下去。

喂完药，燕昊指了指慕微的脸，几个手下心知肚明，赶紧上前替她换妆容。燕昊转脸交代另外两个手下："你们一个赶紧去买几套她穿的衣裳过来，一个去胭脂水粉铺子买些上好的胭脂水粉，对了，还要买把合用的梳子。"

一个手下摸着头，吭哧道："太子殿下，我们没买过这东西，不知道好坏……"

"何须知道好坏？越是贵的便越是好的，赶紧去。"燕昊瞪了他们一眼，"半刻之内便回来，咱们马上还要动身赶路。"

阳光从天窗上照进来，将床上的慕微镶了一条金边。燕昊看着手下替她易容，也伸手摸了摸自己的脸："我也该变回燕昊了。"

很快，那个憨厚的农家少年已不见踪影，站在屋子中央的是一位翩翩佳公子，白色衣裳，手里还拿着一把扇子。

外边脚步声橐橐，两个手下已经奔了回来，手里各自抱着一堆东西："太子殿下，街上有人在盘查，正在追着女子的手指甲看。”

果然还是让那太原王得了信儿，燕昊转脸看了看慕微。她半靠在床上，脸色白皙，只是两颊依旧艳红，就如搽多了胭脂一般。

“快将她的指甲全剪了，涂上红色的蔻丹。”燕昊望了望那个去买胭脂水粉的手下，“蔻丹买了没有？”

那个手下摸了摸脑袋，说：“我也不知道有没有，反正给了那老板娘一百两银子，要她替我买一套。”说罢，将包递了过来，鼓鼓囊囊的一大堆。

那个会易容的手下在那包东西里扒拉了一阵儿，找出了一个小瓶子，揭开看了看，满意地点了点头：“这个便是了，刚好是红色的。”

走到床边，他将慕微其余几个指甲剪掉，正准备随手扔到地上，燕昊大步走过来，摊开手掌说：“给我。”

那手下一愣，但也没有多问，将那指甲交到了燕昊手里。燕昊仔细瞧了瞧，玉白的颜色很是粉嫩。

他小心地将那几个指甲用一块帕子包了起来，放进了贴身口袋里。见手下都在以奇怪的目光看着他，他有几分尴尬：“怕人搜到这些起疑心。”

手下都顺从地点着头，心里却在想，太子殿下的这番解释也太没有说服力了，若真想毁尸灭迹，只需用些内力，那指甲就会化为一堆齑粉，何必这般小心翼翼地包着，还贴身放着？唉，真是英雄难过美人关，太子殿下应该是动了心了。

燕昊从手下买回来的衣裙里选了一套，拿到慕微面前：“慕小姐，我给你换衣。”

此时慕微早已清醒，咬着牙望着燕昊，气得身子直打战。她身上的这件粗布衣裳应是她昏迷时燕昊替她换上的，可现在她醒着，如何能眼睁睁地瞧着他在自己身上摸来摸去。

她颤着声音道：“你走开，我自己来。”

燕昊见慕微忽然开口说话，有几分惊愕。他并未解除慕微的哑穴，怎么她便能说话了？旁边的手下摇头道：“太子殿下，下回你点她穴道不必怜惜，用十分的劲道又如何？若是现在在逃亡路上，咱们便会被人发现了。”

这点穴之术是用力闭住人的穴道，让人暂时不能正常说话行事，时间是根据点穴的力道大小而定。因燕昊舍不得下重手，所以那穴位只闭了一个时辰不到便被慕微自己冲开了。

燕昊瞥了慕微一眼，见她此时虽已易容成另外一张脸孔，可那双眼睛他仍能认得出来。她的眼周有些干涩，眼神却依旧灵动，一双黑色的眸子如天上的寒星，冷冷的，似乎拒人于千里之外。

燕昊犹豫了一会儿，还是将衣裳递给了她，转身吩咐手下："这么多人一起行动不方便，你们先去青州码头雇一条船，开去南城门外边那个废弃的码头等我。"

手下知道燕昊不愿意让他们瞧见慕小姐换衣裳——今早，燕昊替她换那农家少女的衣裳时，都是喝令他们退到很远之外的。况且现在事态紧急，哪有这么多人守着一个小女子换衣裳的事？赶紧答应了一声，匆匆走了出去。

慕微见燕昊还站在房间里，哑着声音道："你也出去。"

燕昊望了她一眼，摇了摇头："不，我不出去，万一你手腕没劲儿，我还得帮你。"他低头笑了笑，"这有什么要紧，我早上已经替你换过衣裳了。"

慕微抬头瞥了燕昊一眼，见那笑容并无嘲弄，但心中还是有几分不舒服，她低声呵斥："你转过去！"

燕昊很顺从地转了身，口里说道："若是需要帮忙，你喊我一声便是。"

听着身后传来极细微的窸窸窣窣的声音，燕昊心中忽然有几分激荡，只觉得一颗心仿佛被人提了起来，悬在空中，摇摇欲坠一般。

他狠狠地捏了下自己的手，暗骂一声："真是没用！"今早给她换衣裳时也没这般神魂颠倒，为何听着这声音反倒心猿意马起来？正想着，忽然后边没了声响，燕昊不由得一慌，赶紧转过身去。

床上的慕微已经穿好了樱桃红襦裙，正在吃力地将一件夹衣往手臂上套。也许是生着病的缘故，那手不能抬起，夹衣袖子蒙住了胳膊，不上不下，十分尴尬地套在那里。

燕昊瞧着慕微那吃力的神色，心中有几分怜惜，走到床边，轻轻替她拉好，口中微微嗔怨："慕小姐，何必逞强？"

慕微低下头去没有说话，任凭燕昊将自己抄手抱了起来，走向门外。见满目刺眼的阳光，她索性将头转了过去，埋在燕昊的肩膀之上。她能感觉到燕昊宽阔的肩膀，还有唇间温热的气息扑在她的脖子上，心中莫名地悸动起来。

马车刚刚赶出客栈，外边有人叱喝："那辆马车，停下来！"

燕昊掀起软帘，往外边一瞧，就见数名兵士拿着刀枪站在后门，领头的是一位穿着盔甲的副将。他站在那里，手中一柄明晃晃的长剑拦住了马车："车里是什么人？"

燕昊朝他微微一笑："我是燕州高氏子弟，携新婚娇妻来青州探亲，不知这位将爷有何吩咐？"

那副将扭头看了看燕昊，见他剑眉星目，一副富家子弟打扮，说话也和气了几分："我们是奉命搜查，还请高公子谅解。"青锋一闪，佩剑回鞘，那副将冲燕昊一抱拳，"高公子，可否让尊夫人露一面？"

燕昊装作佛然不悦："这如何使得？"

"还请高公子不要为难我！"副将的眉头一拧，"我们也是奉命行事，若高公子执意不肯，那也只能请两位去青州府衙一趟了。"

燕昊盯着那个副将看了一会儿，方点了点头："如此，那我也不为难将爷了。"

他将马车软帘掀起，慕微的脸便出现在软帘后边，那个副将拿起手中的画像对着慕微看了看，朝燕昊笑了笑："能不能麻烦尊夫人将手伸出来瞧瞧？"

虽然燕昊知道是什么原因，但心中还是升起了一股不舒服的感觉。他几乎便以为慕微真是自己的夫人，有一种独占欲，不想让别人看见她的容貌、她的纤纤玉手。冷眼瞧了瞧那个副将，见他执拗地望着自己，一只手按在剑上，身后还站着一队兵士，此时也知不该过于计较，燕昊低下头来，贴着慕微的耳朵轻声道："你抬手让他看看。"

那模样，就如一对恩爱夫妻，这让那个副将颇有几分不好意思，仿佛冒犯了他们。他匆匆瞟了一眼那伸出来的纤纤玉手，哪里敢仔细看？就见十个指甲涂得鲜红，赶紧挥了挥手，道："多有冒犯，还望高公子不要介意。"

马车辘辘声音响起，慕微颓然倒了下去，全身的力气仿佛被抽干一般。方才她用尽力气支撑着坐起来，朝那个副将使了眼色，偏偏他根本不理睬自己。伸出一双手去，有意将那被修剪的指甲送往前边一些，可他也没仔细看，就这样稀里糊涂地将马车放行了。

她失去了求救的机会，觉得自己失去了一切希望。那个副将的身影越来越远，她双目所及，只是街头川流不息的人群。

青绸的帷幕在眼前不停晃动，耳边除了马车的辘辘声，便是街道上行人的说话声，慕微半靠在车壁上，一双眼睛死死地盯着自己的双手。那上边的蔻丹红艳艳的，十分刺眼，让她想到了淋漓的鲜血，仿佛有刀剑刺过她的手指，流出的一抹嫣红。

“慕小姐，你不用担心，我本无恶意。”燕昊在旁边出神地打量着她，心中忽然有一种罪恶感。她本来无忧无虑地生活在大虞，娇滴滴做着千金大小姐，此刻却跟着他颠沛流离地逃亡。

慕微没有回答他，只是倔强地将头扭了过去，从软帘缝隙往外看。外边的日头很是耀眼，照在地上白花花一片，她能看到的，是一双双穿着各种颜色鞋子的脚在移动着。

他无恶意，可还是冒犯了自己，虽然这一路上对自己多方照顾，却无法弥补他对自己的伤害。也许是因为颠簸，慕微只觉头又有些昏昏沉沉的，迷迷糊糊地好像要睡过去。就在那半睡半醒间，耳边传来一声大喝：“停车，出城检查！”

这一声吆喝让慕微立即清醒过来，她努力地想撑起来，忽然脖子处一麻，她望了燕昊一眼，想问“你做什么”，却发现根本半分声音都发不出来。

——燕昊又点了她的哑穴。

慕微横了横眼，他终究还是对自己下了手，不让自己开口说话。燕昊歉意地看着慕微，低声道：“慕小姐，得罪之处，还请多多包涵。”

慕微绝望地看了看自己的双手。她已经被再次易容了，便是父亲和母亲站在面前，恐怕也认不出自己来，如何又能希望旁人认出是她？正努力想着，一线阳光从外边射了进来，马车的青绸帷幕被人掀起，几个军士正站在马车旁探头往里看。

“我夫人身子有些不舒服，还请几位军爷通融。”燕昊朝前边赶车的手下使了个眼色，一块约莫五两重的银子便落在了那个领头军士的手心，“拿去打壶酒喝啊！”

那个军士掂了下银子，笑眯眯地朝燕昊点了点头：“这位公子倒也不小气，不过这进出城门都是要盘查的，我们也只是照例行事。”

“拿画像过来！”这军士似乎是个小头目，喊出的声音十分响亮，旁边已经有人捧着一张画像奔了过来。他拿起画像放在马车门口，比照着慕微瞧了两眼，摇了摇头，就将画像收了起来，朝慕微点了点头：“还请夫人将手伸出来。”

慕微将两只手并拢伸出去，然后迅速将手掌摆成了翅膀的形状。她吃力地将手慢慢摆动了两下，就如鸟儿拍打着翅膀一般，眼睛瞪着那个军士，心中暗念：“这是鸟儿，确切地说，这是燕子。燕子，跟南燕相关。”

那名军士看到慕微将手扇动了两下，心中有几分疑惑，这位夫人莫非是病糊涂了不成？怎么将手摆来摆去？

燕昊一把抓住了慕微的手，笑着对那军士道：“我家夫人不堪途中奔波，昨日得了伤风，高热，才在何妙手那边开了药。”说着，从怀中掏出几颗药丸出来晃了晃，“我想各位军爷应该识得何妙手。”

“原来是这样，那我们便不耽搁公子赶路了。”军士点了点头，“何妙手青州城里谁不识他？医术即便说不得如神，也是很不错的。”

燕昊点了点头，朝赶车的手下喊了一句：“继续赶路。”

马车刚走出没多远，就见城里飞奔来几匹骏马，为首的穿着淡紫色衣裳，眉头紧皱，神色十分焦急。

“太原王来了！”守城的副将识得赫连毓，赶紧上前行礼。

“方才你们有没有见着一辆青绸帷幕的马车经过？”赫连毓抬头望了望拱门，眼中是说不出的绝望。

自从意识到错过了慕微，赫连毓赶紧带着人马去追，却只在一个巷子的角落发现了那辆骡车。骡子很安静地站在那里，嘴里还嚼着几根麦秸。

骡车旁边站着一个约莫五十岁的老汉，正喜滋滋地摸着那个骡子的脑袋，咧嘴笑个不停。

“你这辆骡车是从哪里来的？”赫连毓见着那辆车，厉声喝问，心中却好一阵难过，片刻之前她还躺在车上，现在车里却是空荡荡的，只能看到铺着厚厚的稻草。

那老汉吓了一跳，赶紧跪下来：“这位大爷，这辆骡车是旁人送我的，可不是我偷的！”

“没说你偷车，只问你这骡车的来历。”赫连毓手下一把将那老汉扯起来，“快说，莫让太原王等得不耐烦！”

那老汉抬头望了望坐在马上的赫连毓，似乎不敢相信自己的眼睛，见赫连毓一脸冰冷，便赶紧一五一十地交代清楚：“方才有几个人赶着骡车过来，见我站在这里，就将这骡车送给了我。”

那老汉似乎不相信有这等好事，还伸手在骡子头顶摸了又摸：“这可是好骡子，看牙口正是得力的时候！我真是做梦都没想到，走在路上还能捡辆车！”见赫连毓紧闭着嘴没说话，他又有几分担心，小声嘟囔着，“我真没偷，真是他们送我的，旁边还有人瞧见了！”

“他们有没有说去哪里？”赫连毓缓缓地喘了一口气，心略略宽了几分。

既然骡车不要了，步行前进，自己骑马总能追得上。

“那人仿佛是要带他妹子去看病，来了辆马车接了他们走的。”老汉哪里敢隐瞒，赶紧将知道的说了出来。这时，旁边一个大嫂也接腔道：“我听他们似乎提到了何妙手，该是去药堂找何妙手看病去了。”

赫连毓赶忙带着手下赶到何妙手的药堂，结果扑了空。他心中异常焦躁，望着何妙手那几缕山羊胡子，实在想将他的胡子一根根扯下来：“你觉得那两个人不对劲，为何不将他们强行留下？”

分明都看到手指上断了几个指甲，可偏偏将他们放走了！赫连毓望着一脸慌张的何妙手，厉声喝道：“可知道他们去了哪里？”

店伙计在旁边垂手而立，低声答道：“王爷，我追出去瞧了瞧，他们乘的是一辆青绸帷幕的马车，那帘幕上好像还绣了一幅山水画。”

赫连毓双手背在身后，怒气冲冲地走了出去。这真是擦肩又擦肩，这人分明就在自己前边，可每一次都比自己快了一步。阳光很刺眼，照得他几乎睁不开眼来，他眯了眯眼，望着街上人来人往，惆怅与担心慢慢涌上心头。

慕微，你在哪里？一想着方才何妙手说她病得很厉害，赫连毓便忍不住捏紧了拳头。他认识慕微十多年了，第一次见到她这般狼狈的模样，她将指甲折断扔给自己做线索，可自己却那般迟钝，过了这么久才发现！

她现今一定心急如焚，一心巴望着自己去救她吧？赫连毓吸了一口气，懊恼地望着街上的人来人往，实在是觉得有几分垂头丧气。

所幸从何妙手这儿还是得了些线索，青绸帷幕的马车，这目标很明确。

“搜查青州城，务必找到那辆马车！”

可是……他还是错过了她。

盘查开福客栈的那位副将战战兢兢地回话：“王爷，方才确实有一辆青绸帷幕的马车过去，车上坐着一男一女。那个男的自称是燕州高氏子弟，带着夫人来青州探亲。”他偷偷溜了赫连毓一眼，见他脸上阴沉一片，更是胆战心惊，只能强辩道，“那位夫人与画像上的小姐长得完全不一样，属下也仔细检查过她的手指，涂着红色蔻丹，十分齐整，没有残缺的指甲。”

赫连毓捏了捏拳头，吸了一口气：“那辆马车往哪个方向走了？”

第五章 全力追击

沾衣欲湿杏花雨，吹面不寒杨柳风。

这阳春三月的风虽说已经不那般冰冷，可吹到身上还是有些微凉，特别是当抬眼见到两道冰凉目光时，便觉得更加寒冷了。

“王……王……王爷！正有这样一辆马车，约莫一刻之前过去了，王爷如何得知？”城门边上，守卫说得战战兢兢，不敢看赫连毓的脸。

赫连毓握紧了缰绳，只觉得有些微微发晕。他又迟了一步！

他一言不发，打马就要往城门外冲去。那兵士跌跌撞撞地跟在后边跑去：“王爷，马车里的那位夫人举止甚是奇怪！”

“奇怪？”赫连毓硬生生地勒住了马，大声喝问，“有什么异常之处？快说！”

“那位夫人将手伸出来，做了那样的手势。”那个兵士笨拙地将自己粗壮的手伸了出来，在赫连毓面前不住地摇晃着，“就是这样。”

赫连毓侧头看了看，这究竟是什么意思？

旁边一个副将已经带人追了过来，小声嘀咕道：“有些像一只鸟。”

鸟？赫连毓闭紧了嘴巴，瞧了瞧天空。

“那是什么鸟？”赫连毓指了指不远处的垂柳，“是燕子吗？”

这话冲口而出，赫连毓愣了愣，忽然眼前一亮，心中仿佛明朗了几分。燕子、南方，那不是南燕的意思吗？慕微是想告诉自己，是南燕人掳走了她？想到此，赫连毓一拉缰绳："追！"

从南城门延伸而出的官道很是平稳，官道上有几条散乱的车辙。赫连毓扬鞭打马，不敢有半分耽搁，一双眼睛望着前方，真希望下一刻便能瞧见远处有一个青灰色的影子。

马车跑得再快，也快不过骏马，若他们想往南燕逃，必然要经过这条路。赫连毓沿着官道追了下去。

官道上纵横交错的车辙越来越稀少，赫连毓在一个三岔路口勒马停了下来。有两条小路从官道两旁分开，一东一西。赫连毓望了望两条小道，一时有几分犹豫，这马车究竟往哪边去了？

这两条黄土路上都有车辙，看来是对方故意布下的迷阵。赫连毓的额头上滴下汗珠来，若是选错了方向，那便追不上慕微了。他心中焦躁，慕微那双明亮的眼睛仿佛浮现在眼前，眼里是焦急盼望的神色。

赫连毓抬头望了望四周，指着东边那条路毅然下了决定："朝这边追！"

东边不住有鸟儿飞着往这边过来，还不住地在嘎嘎叫着，看来该是受了惊扰。这宁静的乡间素日也没什么人迹，能惊扰树间的鸟雀，那便只有那辆青绸帷幕的马车了。

"王爷，我想着那辆马车也该是往东去了。"一名副将似乎很熟悉此地，指了指东边那条小路道，"这条路一直通往河边，那里有一个废弃的码头，但是偶尔也会有船只在那边停靠。"

一条宽阔的河流湍急地向东而去，河岸两侧有大丛的芦苇。

燕昊从马车上跳下来，伸手想将慕微抱出来，却遇到了一双冷漠的眼睛："手拿开，我自己能下车。"

"慕小姐，我本无恶意。"燕昊心中有着微微的歉意。慕微吃力地弯腰站起，整个人一副疲惫不堪的样子，这让他有几分心疼。他盯紧了慕微，生怕她会体力不支从马车上跌下来。

"你说你本无恶意？"慕微瞥了一眼燕昊，只觉得这人说话实在好笑，若无恶意，便不该将自己掳来，现在被迫跟着他颠沛流离，他却一本正经地告诉自己，他并无恶意！

"若你并无恶意，还请你将我放了吧，我不会对任何人说起你是谁。"慕微见燕昊望着自己，忽然想起他喂自己吃饭的那一幕来，心中不由得有几分窘迫，抬头望了望眼前的河。这时，就见一艘船，上边载着几匹马与十来个人，正慢悠悠地往码头这边靠过来。

“太子殿下，快上船，有人追过来了！”一个手下看见远方慢慢扬起滚滚烟尘，这废弃的码头哪里会有人迹，应该是那太原王追了过来。

燕昊此时也顾不得与慕微讨论这个问题，伸手搂住了她的纤腰：“慕小姐，燕昊多有得罪了。”

慕微刚刚感觉到一双手紧紧搂住了自己的腰，忽然就见青碧的芦丛闪过，她的身子飘飞了起来。她惊呼一声，声音还未停，就发现自己已经稳稳地落在了船上。

“开船。”燕昊沉声吩咐。船老大赶紧招呼水手划起桨来，河水拍打着船舷，哗啦啦，似乎有人在声声叹息。

赫连毓奔到河边时，船正往河中心开去——他又来晚了！

就晚了一刻，他眼睁睁地瞧着一个白衣公子抱着一个女子飞到了船上，眼睁睁地瞧着那船扬帆往对岸驶去。

追，还能追得上！

赫连毓望着那河流，心中有一个疯狂的念头，他要追过去！船上那个女子，分明是慕微，虽然她已易容，可她的眼睛却没有变，眼神如水，清澈而纯净，里边透出一丝焦急，那就是她，不会是别人。

“微儿，你等着我！”这船只离河岸不远，自己完全可以骑着马冲到河里，然后用轻功飞身上船！他扬起鞭子用力地抽打着心爱的骏马，“快跑，快跑！”

“王爷！”跟在身后的手下大惊，主子这是怎么了？莫非想骑马去追那条船？他们勒马站在码头上，瞧着一人一马直扑扑地往河里奔去。

赫连毓十分狼狈，方才他的坐骑被他赶着跳下河去，可刚到水里便猛然停住了，将他直直地甩了出去。所幸他落下时刚好踩在一丛芦苇上，便紧急借力飞身而起，回到坐骑上。

“那太原王找你还真是尽心，竟然不顾危险，想要骑马过河来追我们。”燕昊转脸望了望慕微，眼里闪过一丝讥讽，“他是不是你的未婚夫婿？”顿了顿，他又自问自答一般，“不会，女子要及笄后方能议亲，你到五月才及笄呢。”

慕微被燕昊一只手紧紧地揽着腰，她想挣脱，却半分力气也没有，只能眼睁睁地任凭他将自己半搂半抱。听着燕昊的话，她没有回答，只是静静地站在那里，瞧着无奈的赫连毓。

赫连毓终于找来了，可是晚了。

船已经离岸很远，他追不上了。

慕微的心沉沉的，几乎要落到谷底，望着那个穿着紫衣的身影，脸上有一丝失望。他还是晚了那么一阵子，若是能早来一会儿，哪怕是半盏茶的工夫，他便能追上马车，将自己救出来了。

江风扑面，帆被吹得鼓了起来，如水鸟白色的羽翼。慕微无力地抓住船舷上的铁链，低头望了望江水，一种眩晕的感觉让她几乎站不稳，随之而来的便是一个想要纵身跳入江中的念头。只可惜她的举动仿佛被燕昊看穿，他紧紧地将她挟制在怀中。

“到了船上你还想逃？”燕昊轻轻地哼了一声，“休想！我是不会放你走的！”他抬眼望了望芦苇丛中的赫连毓，问道，“你是不是喜欢他？”

慕微闭了闭眼睛，懒得与燕昊说话，一阵难过弥漫到四肢百骸。此时船已行到了河中央，赫连毓是怎样也不能救回自己了。

“慕微！慕微！”悲凉的喊声让慕微猛地睁开了眼睛，只见赫连毓正高高举起马鞭抽打自己的坐骑，赶着它往河中间走。“赫连毓，危险，你别过来！”

这么急的水流，一人一马怎么能站住？再说船已到河中央，赫连毓无论如何是赶不上的，恐怕再走两步就会被淹死了。

“王爷，春日正是涨水的时候，水流急，不能过去！”赫连毓的手下也大叫起来。有一名副将赶了过来，拼命抓住赫连毓的手：“王爷，千万不可！”

身后几名副将已经搭起弓箭，“嗖嗖”地往船上射了几支羽箭。燕昊冷笑一声，一只手搂住慕微，一只手从腰间拔出佩剑，青锋一闪，那几支羽箭顷刻间被击落在船板上。

慕微急切地望着赫连毓，声音焦急而嘶哑。燕昊只觉得有些难受，恨不能跳下去与那赫连毓比试一番——他哪里值得她关心？值得她这般焦急？

燕昊朝着岸边高喊：“太原王，别追了！我只是请慕小姐去做几日客，不会对她怎么样的！”

赫连毓咬牙望着越来越远的船只，伸手制止手下放箭：“住手，慕小姐还在船上！”赫连毓看着船越来越远，握紧了手，“去云州！”

云州，长江之畔的一个军事重镇，本属南燕，这次赫连铖下旨攻打南燕，慕乾带领兵马一路所向披靡，一直打过了长江。本以为过了长江后，南燕王朝便是囊中之物，没想到在云州受到阻击。据前方来报，是南燕太子燕昊亲自上阵督战，士气大盛，这才止住了溃败的势头。

根据慕微留下的线索，该是南燕的人将她掳了去，船上那位白衣公子难道就是南燕太子燕昊？赫连毓一双眼睛通红，心中有说不出的难受，自己真是无能，竟然让慕微被人掳去！

日头升得越来越高，慕微只觉得昏沉沉的，她无力地坐在马上，任凭身后那人一只手搂紧她，一只手握紧马缰。温热的气息不住地在她的脖颈上撩拨着，她的头发随着那气息飞扬起来，蹭着她的耳朵，耳垂上的蝴蝶耳珰轻轻摇晃，与那几根头发交织在一起，纠缠不清。

“慕微，慕微！”耳畔仿佛有人在喊她的名字，慕微用力地睁开眼睛，却只见到不住掠过的树木，她依旧坐在马背上，依旧与那可恶的燕昊共骑，方才的喊叫仿佛只是幻听，根本没有人喊过她。

“你怎么不应我？”一个低沉的声音响起，慕微这才确定，原来是燕昊在和自己说话。

慕微冷冷地哼了一声。

燕昊低头看看慕微。她的脊背此时已经挺直，看起来有几分倔强。虽然看不到她的面容，但他能想象到，此时她一定是一脸的冷漠。

“我喊你只是想知道你现在情况好不好。”燕昊平心静气地道，“你伤风了，身子虚弱，我自然要好好照顾你。”

“好好照顾？让我在马背上颠簸就是你的照顾？”慕微有些无语，虽说她会骑射，可身子这么虚弱，还要在马背上颠簸，真不是好受的事，“若真想照顾我，请换一种赶路方式。”

燕昊“吁”了一声，将马停了下来。身后几个手下也跟着停了下来：“太子殿下，为何停下来？”

望了望旁边高高的树木，燕昊似乎下定了决心一般：“我们从前边山头绕到镇子上，买一辆马车，走官道。”

“太子殿下，去崇州城？城门口肯定会有盘查，危险！”手下听了燕昊的话，不由得惊呼，太子殿下也太意气用事了，就为了怜惜慕微的身子，宁愿冒着风险进城去买马车、走官道？

燕昊脸上没有半分表情，沉着声音道：“我意已决。”

自己的话，他真的听从了？慕微有几分惊讶，身子僵了僵，一种说不出的别扭感从心底升起。她宁愿燕昊不听从自己的话，宁愿他折磨自己，也不想见到他如此顺从。她不希望自己对敌人产生半分好感，一点儿也不能够！

燕昊感觉到怀中的身子忽然僵了僵，他的嘴角漾出了一丝笑容。

她对自己总算不再那般冷漠，即使现在她对自己是一种排斥的感觉，但也比冷漠好。燕昊心中忽然有一种说不出的雀跃，眼前的青翠山林望过去居然那般鲜活，仿佛一面华丽的锦缎欢快地扑面而来。

第六章 细绾青丝

到了崇州城已经是申时末刻，夕阳正沉沉地往西边坠落。

崇州城墙如一线长龙蜿蜒着，城门处站着几队军士，执枪而立，望着进出城门的行人。

崇州城并没有青州城那般戒备森严，城墙外虽然也贴了慕微的画像，可守城的军士并没有认真盘查，只是朝燕昊与慕微瞟了两眼便放他们进了城。燕昊一手牵着坐骑，一手扶着慕微往里走，低声道："看来这崇州不是赫连毓的封地。"

赫连毓，慕微的心忽然有一丝的痛，她清晰地记得他骑马立在芦苇丛之上，风吹起他淡紫色的锦衣，那双眼睛深深地望着自己，脸上焦急的神色怎么也掩饰不住。

很小的时候她便认识了他，每年冬日他会折了宫中最美的梅花送到大司马府，来给她插瓶。站在皑皑白雪里，身着紫色华服，朝着她微微而笑，几枝灿烂的红梅开在他的脸庞边，更衬得他温润如玉。

想着那琉璃世界里的一抹灿烂亮色，慕微不禁短短地呼了一口气，身后传来燕昊的声音："你怎么了？为何叹息？"

慕微没有说话，只是抬头望了前边一眼，客栈已经在眼前。

燕昊决定在崇州城里歇息一晚，明日清早再赶路，这让手下都十分吃惊。太子殿下不是说买了马车便走官道？

燕昊见手下个个脸上都是不赞成的神色，指了指慕微：“慕小姐是我们的贵客，可不能怠慢了她。”

几个手下瞧着燕昊的神色，忽然没了言语，好在这崇州城瞧着没有青州那般戒备森严，众人将心略微放下来，分头行动。见没了旁人，燕昊将门拢上，走到慕微身边：“该吃药了。”

慕微望了他一眼，沉默不语。燕昊心中有几分焦躁，他能感觉到，自从赫连毓追过来后，慕微似乎有了变化，究竟是什么变化他说不出来，总之与以前有些不同了。她喜欢赫连毓？燕昊深深地望着坐在那里的慕微，忽然有一种忌妒的感觉，心，有一丝淡淡的痛。

他一言不发地走到慕微面前，将何妙手开的药丸拿在手心，将手伸到慕微面前。望着那颗圆滚滚的药丸，慕微没有说话，只是默默地拿起来，端起茶盏，吞了下去。

“我想洗头发。”缓了缓神，慕微将茶盏放在桌上，一双眼睛直视着燕昊。

“洗头发？”燕昊有几分吃惊，瞧了瞧慕微那黑油油的青丝，头发上沾着一些浮尘，“慕小姐，这个时候洗头发干不了，晚上便不好睡觉了。”

“我若是不洗，那更没法歇息了。”慕微有几分执拗，抬眼望着燕昊，“你口口声声说我是你的贵客，可你连这点儿小小的要求都不能答应我。”

燕昊瞧着慕微那神色，知道她是故意的，只好点了点头：“那好吧。”

伙计将水送到门口，燕昊将房门打开，光线漏了进来，一点儿微微的月光。

慕微扶着椅子慢慢地站起来，举步往外边走去。走廊上放着两桶热腾腾的水，旁边还站着燕昊的两个手下。

“去提两桶冷水过来。”燕昊紧跟着走了出来，“给慕小姐买的那些梳洗的东西在哪里？”

一个手下应声走开，另一个很快拎来一个包：“都在里边。”

解开包袱，里边的瓶瓶罐罐一大堆，那手下挠了挠脑袋，说：“慕小姐，你自己挑。”

慕微抬眼看了下燕昊，忽然有几分感激。她瞧了瞧，最后拿起一个瓶子，那是洗头发用的木槿香精油，揭开瓶盖，一股熟悉的味道便幽幽地钻进了她的鼻孔。

“谢谢。”说这句话有几分艰难，可说出口后却很是轻松。慕微拿着木槿香精油站在走廊处，看到那边走来一个人，手里提着一大木桶，看来终于可以好好地将头发洗干净了。

这两日在山里跑来跑去，头发上沾满了灰尘，身上也脏得很，洗澡她不敢，可头发是一定要好好洗干净的。

慕微将那瓶木槿香精油放到一旁的石头上，伸手探了探水温。燕昊的手下已经将热水与冷水混在一起，不冷也不热。慕微伸手想拿水桶里的瓢舀水，手还没碰到木柄的时候，一只手已经抢先将木瓢拿在手中："慕小姐，我来帮你洗头发。"

四周顷刻间静了下来，走廊上的几个人都笔直地站在那里，一双双眼睛盯住了燕昊。

——太子殿下竟然要亲自给那慕微洗头发？手下觉得这简直是不可思议，高贵冷傲如燕昊，从来不曾对哪个女子流露过关注，可自从劫了这位慕小姐后，太子殿下的举动便与往日大相径庭了。

两个手下正面面相觑，这边燕昊开口吩咐道："还愣着做什么？去外边铺子里买些干净的帕子回来，这客栈的帕子是能用的吗？"

两人得了吩咐，也不敢违逆燕昊的意思，赶紧一溜小跑出去。燕昊手中拿着水瓢，轻声对慕微道："慕小姐，你且低下头。"

慕微身子有些发僵，可她还是顺从地将头低下。一瓢水慢悠悠地从她的头上浇下来，如一条小溪慢慢流过她长长的头发。

天空一轮明月照出两个人的身影，落在庭院的地面上，随风晃动的剪影在满地的杏花上摇曳，氤氲的气息扑面，有着别样的意境。

一丝月光照进房间，淡淡的银色笼着床前一双绣花鞋。鞋上粘着些许黄泥，可那精致的花纹却依旧还能看见，绿色的叶子衬托出鲜艳的缠枝牡丹，沿着鞋面一直蔓延到鞋子后边。

"牡丹，国色天香。"慕夫人一边教慕微在宣纸上添上浓墨重彩的一笔，笔触慢慢地浸润，在一片绿色中皴染出淡淡的红色，一点点转成了淡淡的白色，衬着娇嫩的黄色花蕊，栩栩如生。

鞋子上的缠枝牡丹，便是府里的绣娘仿着慕夫人的画绣出来的。慕微愣愣地瞧着这双鞋，想起了慕夫人，不知道她此时该有多着急。鼻子一酸，慕微几乎要落下泪来，她想念母亲温暖的怀抱，想念大司马府，想念自己熟悉的一切。

月光冷冷清清，那一线光亮就如寒霜一般，寂静地照在地上。慕微抬头看了一眼角落里的一张小竹榻，上边黑黝黝地堆起一团，她不由得苦笑一声。她何曾想过竟然会有这样的事情？晚上与一个男子共处一室，自己不觉得羞耻，竟然还泰然处之。

“睡不着？”忽然，那边幽幽地传来一个声音。慕微惊得缩了缩身子。

他不是睡着了吗？方才那绵长均匀的呼吸声，让她以为他睡得正香，这才坐起来抱着膝盖看月亮，没想到他根本没有睡着。这让慕微觉得有些窘迫。“嗯。”她轻声应了一句，“自然是睡不着的。”

一阵窸窸窣窣的响声，慕微瞧着榻上那团黑影拱了起来，奇怪的是她却一点儿也不害怕，只是静静地看着，看到了燕昊的脸。

一双斜斜的眉毛差不多要直插入鬓，眼睛又大又亮，平心而论，燕昊确实是个英俊的男子。慕微心中赞了一声，若不是碍于他的身份，自己可能还会与他相谈甚欢。只可惜他是南燕太子，自己与他是敌对，现在正处于一种掳掠者与被掳掠者的关系。

“我想家，想我母亲。”慕微吸了一口气，这句话说出口，心便痛了，似乎有针扎着，一点点的痛泛滥开来，泪水涌上她的眼眶，又滴滴落下来。她抹了一把眼泪，抽泣了一声，咬着牙道，“燕昊，你知不知道你很自私？”

听着那边细微的声响，燕昊一怔，坐在那里僵直了身子。

慕微说得没错，他是自私，为了南燕，他将她掳了来，不顾她的意愿，拖着她狂奔。像她这样精致的女子，本该是被人捧在手心，小心翼翼地呵护。

“慕微，对不起。”燕昊低声说了一句，心中虽懊悔，但他知道，自己不能退缩，开弓没有回头箭。南燕百姓正处在水深火热中，云州城那边，大虞的兵马正在三十里外安营扎寨，不知道什么时候就会跳起来进攻。不管这法子可不可行，但是为了南燕，他无论如何也要试试看。

抬头望着对面床上，她的姿势没有变，仿佛很是僵直，但偶尔抬手的动作让燕昊知道，她在流泪。虽然没有听到哭泣声，但也许是因为她不想向自己示弱。

燕昊心中一颤，忍不住有几分心疼。这一切都是自己造成的，若不是他，此刻，慕微应该正躺在香闺里惬意自在。燕昊坐起，趿了鞋朝慕微走去。慕微发现他走来，吓得挺直了脊背：“燕昊，你想做什么？”

“慕微。”燕昊叹了一口气，坐下来，伸手将她揽在怀里，“我什么都不会做，只是借肩膀给你，对不起，请你原谅我。”

他的肩膀很宽阔，慕微的头被他圈在怀里，只觉得靠在了一堵厚实的城墙上一般。燕昊的手轻轻拍打着她的背，温和的声音传了过来：“是我不好，你可以怪我怨我，但我没办法撒手，毕竟南燕民众都等着我回去。”

他的声音渐渐低沉下来，就如琴音到了最后消散在空中一般，那声音，带着一丝凄凉与悲切。

慕微静静地僵坐在那里，心中悲凉，眼泪一滴又一滴，落在燕昊的肩膀上。他与她，来自不同的国家，最可悲的是，他们的国家还是敌对，这乱世里，这相遇，是一曲多么无奈的悲歌。

晨曦初现，一点淡淡的微光照进来，床前的两只绣花鞋依旧摆放得整整齐齐。慕微瞧着那双鞋，只觉得自己有几分不清醒。昨晚燕昊走过来，她仿佛听到了鞋子被踢到一旁的声响，怎么此刻却在床前摆得整整齐齐？难道昨晚的一切都是在做梦不成？

她看了看旁边的小竹榻，上边已空无一人。昨晚仿佛只是一场梦。那人温柔地抱着自己，轻轻地拍打着自己的背，都只是定格在迷离朦胧之中，就如那朝云一般，日头升起，便无处可寻。

“你醒了？”门被推开，燕昊的身影出现在门边，长身玉立，如一棵青松立在日光里。

慕微穿好了鞋，站起来说道：“是要走了吗？”

燕昊点了点头：“是。我去厨房拿了些早饭过来，你吃了，我们便动身。”他将手中的一个纸包放在桌上，里边是几个热腾腾的馒头，“稀粥还没熬好，你对付着喝几口茶吧。”

温温的茶水从壶嘴里流出来，落进茶盏。慕微坐在桌边，瞧着燕昊的一举一动，默然无语。她本来是时时刻刻想着怎么逃跑，可不知为什么，这份心思渐渐被打消，难道是燕昊的举止太温存，让自己慢慢失去了反抗的意志？

恍恍惚惚地，已过了四日，等太阳再一次从东边升起，慕微已跟着燕昊过了长江。

马车辘辘前行，慕微与燕昊端坐在马车里，谁也没有说话。那车轮滚动的声音不住地回响，如碾在慕微的心坎上一般。

她，已经到了敌国。

第七章 针锋相对

“太子殿下回来了！”清脆的声音响成一片。

慕微此时才知江南少女的声音竟如此娇媚。她坐在马车里，心里想着，不知马车外是怎样的容颜，可会与这三月盛开的桃花相映成趣?

金色的阳光蓦然从帘幕外透了进来，一只素白的手挽住了帘幕，车厢旁露出一张脸，粉白的肌肤，明媚的笑如春日盛放的花：“太子殿下，凝香本想去河堤接你，可他们说水边风大，我就在府门口等着太子殿下了……”

话还没说完，那人的目光落在了慕微身上，忽然便停住了嘴。

燕昊站了起来，跳下马车，指了指马车里的慕微，对方才还在叽叽喳喳说个不停的少女道：“将慕小姐带到后院去。”

那女子低声应了一句，伸出手来，道：“你跟我走。”

转身的一刹那，慕微分明看到她眼中有一丝狐疑的光芒。

从马车上跳下来，外边的阳光很刺眼，江南三月比大虞上京的春日更加温暖，日头照得全身暖洋洋的，慕微抬头看了看自己所在的地方，青石台阶打磨得平整光滑，门口一对石狮子，表明这家主人的身份地位不低。

这是什么人的府邸?慕微眯了眯眼，正准备抬头看是否有牌匾，谁知旁边伸出一只手来，将她的手腕扣住，用力一拖：“走。”

简简单单一个字，声音也不高，却有一种说不出的暴戾。慕微敏感地感觉到那个女子对自己的恶意，一双眼睛里，似乎燃烧着两簇火焰，正仇恨地望着自己。

“看什么看！”那女子哼了一声，用力将慕微往前边拽。她的力气大得惊人，远远超过了慕微的想象，看上去只是轻轻随手一带，慕微却有几分站不住脚，跌跌撞撞地跟着她往前边走去。

府邸的格局是典型的江南园林风格，进了大门便见一扇照壁，从照壁绕过，便见处处翠玉，时时繁花，鸟鸣莺语，绕耳不绝。青石小径蜿蜒着从绿树翠竹中通过，并着那朱红色的抄手游廊从庭院延伸到了垂花门。

门口有看门的婆子，见那女子带着慕微走来，赶紧起身笑着弯腰道：“陆小姐回来了。”

那位陆姑娘哼了一声，朝那婆子傲慢地点了点头，拉着慕微进了内院。那看门的婆子摇了摇头，叹了一口气：“陆小姐最近脾气越发不好了，也难怪，她父亲最近死于国难，心里难免不舒服。”

内院的风景比外院更为妩媚，可慕微没来得及细看，那位陆姑娘丝毫没有怜香惜玉的心思，扣紧了她的手腕，拽着她飞快地走过了园中小路，七拐八弯地来到一进小院子。

推开院门，里边没有声响，寂静一片，唯有门口的两棵梨花树上簌簌落下洁白的花朵，这才让慕微觉得有几分生气。

“滚进去。”陆姑娘一手推开一扇房门，另一手将慕微猛地一推，慕微踉踉跄跄地冲了进去，摔在一堆硬邦邦的东西上。

慕微支撑着举目四望，总算明白自己到了什么地方。这儿应该是堆放柴火的屋子。屋内昏暗，即便外边有温暖的阳光，可也只能从半开的门里透进来一点点。

手上传来微微刺痛，慕微举起手来看了看，见有一根木刺扎在掌心。

门口的陆姑娘双手叉腰站在那里，堵住了半扇门，阳光将她的影子投在地上，长长的一条。她的脸上有一种说不出的快活神色，眼睛紧紧地盯着慕微，唇边露出一丝讥讽的笑：“还真是娇滴滴的大小姐，才这样便将皮给擦破了。”

慕微没有出声，静静地站在那里，神色自若。

陆姑娘见慕微这神色，心中大怒，跨步走进来，一把捏住慕微的手，用了几分力气。慕微只觉得自己的手指几乎要被捏断，但她没有出声，只是静静地看着陆姑娘，眼神清澄如水。

“你怎么不求饶？”陆姑娘的眉毛皱到了一处，脸上的表情有些凶，方才马车旁边那桃花粉面已不复存在。

“我求饶你便能放过我？”慕微冷冷地回了她一句，“只是我要提醒你，你那位太子殿下交代要你将我带到后院，可并没有让你这般虐待我。”

“这是虐待？”陆姑娘扬起脸来轻蔑地一笑，“我知道你这样的大小姐是吃不了苦的，我也没怎样，说得好像我对你做了十恶不赦的事情一样！你放心，这还只是开始，我会慢慢地一样一样来，让你尝尝那痛不欲生、生不如死的滋味！”

她说话时咬牙切齿，那痛恨的神色全然是发自心底。慕微瞧着她的神色，心中一颤，手上的痛感越发重了，她怀疑自己的手指是不是已经被她折断了。

“没想到你还真是有骨气，竟然不开口求饶。”陆姑娘猛然松开手，慕微跌倒在那堆枯柴上。那些枯枝直直地戳着她的腿，若是夏日，腿上肯定又会多出几道伤痕。

陆姑娘冷冷地笑了笑，望着倒在枯柴上的慕微，转身走到柴房一角，从地上捡起一根绳子，吹了吹上边的灰尘，笑着将绳子扬起来，朝着慕微那个方向虚空里抽了两下。“啪啪”的响声刺破了柴房里的宁静。慕微睁大了眼睛，瞧着陆姑娘，不由得有几分紧张：“你要做什么？”

“我要做什么，你看不出来？”陆姑娘拿着绳子走到慕微面前，朝她轻轻笑了笑，嘴角露出两个浅浅的梨涡，“我要用鞭子抽你啊。”

她的声音又变得十分柔软，就如她欢快地喊着“太子殿下回来了”那般，温柔得似乎能滴出水来。她瞧着慕微，指着手中的绳子道：“我若是将蜂蜜涂在这绳子上，将你抽得破了皮，肯定会有蚂蚁过来叮咬你，那滋味……呵呵，可是舒服之至。”

陆姑娘那故作温软的声音让慕微有些反胃，她干脆闭上了眼睛，不再看她。她不相信一个素不相识的人会来整自己，一定是她在吓唬自己而已。

“你竟然敢闭眼睛？”耳边传来一声叱喝，随着一声风响，慕微下意识地伸出手来护住自己的脸。顷刻间，鞭子已抽到手上，好一阵火辣辣的痛。她吃惊地睁开眼睛一看，左手背上已经有了一道红色的印记，微微发肿。

“不抽就不知道睁眼的贱人，你且在这里等着，我去寻了蜂蜜再回来抽你，这样滋味更舒服些。”陆姑娘得意扬扬地抖了抖手中的绳子，朝慕微看了一眼，转身走了出去。

“咔嚓”一声，慕微知道门已经落锁，她吃力地扶着枯柴站起来，举手看了看，左手手背已经肿了起来。

屋内死一般寂静，阳光从门缝透进来，横七竖八地纵横交错。

慕微慢慢地走到门边，从缝隙往外瞅了瞅。院子里空荡荡的，只有靠墙栽种着一排梨树，翠叶亭亭，随风起舞，洁白的梨花不时簌簌地从枝头坠落，地上一层落花。

看来这个地方来的人很少，落花积了这般厚都无人来打扫。慕微盯着那一地落花，心中不免有几分沮丧，看来很有可能找不到可以帮自己去向燕昊通风报信的人了。

难道要坐以待毙？慕微的手指紧紧扣住门板，那个将自己掳来的燕昊去了哪里？将自己扔给那个莫名其妙的陆姑娘，他却消失得无影无踪。慕微想着有些焦躁。是不是到了南燕，燕昊知道自己已经无路可逃，就将自己交给旁人来折磨？

不行，该想点儿法子才是。慕微抓住门上的闩，用力踢了踢那扇木门。“咣咣咣”，一阵响亮的声音回旋在小院，似乎连院墙边的梨树都被震到，朵朵梨花从枝头坠落。

月亮门那边来了一个人，正是那位陆姑娘。看来自己逃不掉了，慕微心中沉了沉，眼睛落到她手上捧着的一个罐子上。她真的拿了蜂蜜来？看来自己这个苦头是吃定了。

“燕昊，燕昊！你这个小人！你将我掳到南燕来，就是让别人来侮辱我的吗？”慕微瞧着陆姑娘越走越近，心中一慌，奔到墙边，两只脚略微用力，抵住墙，朝窗外喊了起来。

她的声音很大，将门边的陆姑娘吓了一跳，抬头看到慕微，脸上露出笑来：“哟，你还想逃跑？”

慕微没有搭理她，继续用力喊。这是她最后一线机会了，只要这院子附近有人听到她这般诋毁燕昊，定会来看个究竟吧，或者会去向燕昊通报吧？

“你喊破喉咙也没用。”陆姑娘进屋将手中的蜂蜜罐子放下，仰头看了看慕微，脸上的笑容越发深了。她将缠在腰上的那根绳子解下来，朝慕微扬了扬：“你若是不想吃苦，那便向我下跪求饶，掌掴自己一百下。”

“休想！”慕微昂起头来嘴唇微微抿成一条线。

“你这贱人，我想放过你，你却不愿意！”陆姑娘将绳子举起来，“这是你自找的，别怪我不客气！”

慕微瞧着那绳子朝自己飞过来，赶紧偏了头。绳子落到手上，一条红色的印子马上浮了出来。

“真是的，我居然忘记了！”陆姑娘忽然想起什么似的，弯腰揭开蜂蜜罐子盖，“我说了要涂蜂蜜到鞭子上，怎么忘记了。”

瞧着陆姑娘弯下腰去，慕微心中很是紧张，她扯着嗓子大喊起来：“燕昊！燕昊！燕昊……”虽然是燕昊将她掳到南燕来，可此时他成了她唯一的希望。

声音惊起了树上的鸟儿，它们扑扇着翅膀飞起来。慕微绝望地看着陆姑娘将蜂蜜刷在了鞭子上，又将鞭子朝她示威地甩了甩：“你跪不跪？”

“不。”慕微斩钉截铁地回答，心中飞快地想着法子。她眯眼瞧了瞧那位陆姑娘，见她已经举起鞭子，赶紧顺着墙溜下去，腿被柴火刮到，似乎破了皮，钻心地痛。

可她顾不上这些，赶紧弯腰捡起两根枯枝准备应对。这时，就听“吱呀”一声，门开了。慕微没等那位陆姑娘反应过来，舞动着两根枯枝直奔对方面门而去。

陆姑娘没想到慕微竟然还敢反抗——那两根枯枝上有分叉，若是稍微上前便会将衣裳划破，逼得她不得不退后几分。

“你以为这样就能将我吓退？”陆姑娘冷冷一笑。

“嗖”的一声，她手中的绳子挟着风朝慕微凌厉奔来。就听“咔嚓”一声，慕微手里的树枝被绳子打断，掉落在地。

“慕小姐，你可看好了。”陆姑娘扬扬得意地望着慕微，眼里全是冷笑，“看我是怎么将你抽得全身稀烂！”

“嗖”的响声又起，慕微仓皇地举起手去挡那根长绳。这时，身后传来一声怒喝：“陆凝香，你在做什么？”

那声音很是熟悉，慕微定了定神。燕昊，终于来了。

燕昊如旋风一般奔到陆凝香面前，劈手将她手中的长绳夺下来扔到一旁，一只手捏住了她的手腕，脸上有着薄薄的怒意：“陆凝香，我叫你带慕小姐到后院，谁叫你这般胡作非为的？”

“昊哥哥……”陆凝香顿时化身为娇滴滴的大小姐，方才那泼辣的劲头早已不见，长长的睫毛上挂着突如其来的泪珠，仿佛就要掉下来，“昊哥哥，这个姓慕的，她父亲是大虞的大司马，兄长是在城外扎营的前锋，我恨她！我要好好打她一顿方能解我心头之恨，才能替我父亲报仇！”

燕昊沉默了，薄薄的唇抿得紧紧的，看到陆凝香睫毛上闪动的泪光，心中有些不忍，轻轻将手松开。陆凝香身子一斜，便往旁边倒去。

“昊哥哥。”陆凝香抬头望向燕昊，见他脸色沉沉的，心中有几分惶恐，“昊哥哥，我父亲为了南燕战死沙场，你在我父亲咽气之前是如何答应他的？你说你会好好照顾我，可现在呢？这敌国女子，我抽她几鞭又如何？昊哥哥怎么对她如此关照？你莫要忘记了她的身份！”

陆凝香忍不住落下泪来，她的父亲乃威武将军，也是燕昊的师父之一。自小她便认识燕昊，两人一块儿跟着父亲练习武艺，寒来暑往，她慢慢喜欢上了他。

去年母亲生病故去，大虞点燃了战火，父亲随燕昊去前线作战，交战中不幸受伤。军士们将他从乱军中抢回来时，他只剩一丝气了。

父亲身上扎着五六支利箭，头发散乱，口中不时有鲜血涌出，脸上一层厚厚的灰尘，眼神涣散无光。她跪在父亲身边哀哀哭泣，拿着帕子轻轻擦着他的脸，心里慌乱得没有半分主张。

燕昊过来了，父亲的眼睛顷刻间似乎有了神采，他拼尽全力挣扎着说出了一句话：“太子，可否好好照顾我的香儿？”

那双眼一动不动地盯着燕昊。陆凝香在旁边瞧着父亲的神色，忍不住大哭起来：“父亲，你不能死，我不要你死……”

父亲没有回答她，只是一双眼睛盯紧了燕昊，似乎他不答应，他就不能闭眼。

“陆将军，你放心去吧，香儿我自然会照顾的。”燕昊低下头来说道，见老将军的眼睛慢慢合上，他才直起身子，望向陆凝香，“你暂时住到刺史府，等战事完了，再跟我一道回京城。”

那时的燕昊，眼神是那般温柔，望向她时，如一泓清泉，清澈而透明。他的手轻轻地落在自己的肩膀上，温热的气息透过衣裳传到她的心底，一种说不出的悲喜交加，让她忘记了哭泣。

可是这才多久？他便因一个敌国女子，不惜对自己板起脸来！陆凝香坐在地上恶狠狠地盯着门口站着的慕微，她正一脸平静地看着自己。

她恨慕微，这个从大虞来的女子。

陆凝香咬了咬牙，站了起来，一脸倔强地望向燕昊，可他根本没有看她，只是担心地望着慕微："慕小姐，你还好吧？"

此刻，慕微才全身放松下来，她朝燕昊点了点头："你来得及时，若是晚些片刻，恐怕我已被这位陆小姐抽得稀烂了。"

本来慕微有几分气，想让燕昊看看这个陆凝香是如何虐待自己的，可听到陆凝香哭哭啼啼的话，慕微才明白，原来，她的父亲是死在战场上的，难怪她对自己有这么深的恨意。

想来想去，慕微决定还是不多说了，反正自己也没怎么样，只不过挨了两鞭子罢了。可没想到燕昊却很细心，上上下下打量了一番，见慕微将手藏到身后，大步走过来抓住了慕微的手，问道："你的手怎么了？"

慕微没有回答，燕昊见她两只手都红肿了起来，还有鞭子抽打过的痕迹，不由得勃然大怒，转过脸来看着陆凝香，正准备骂她一顿，忽然想到她故去的父亲，不由得将那些话又咽了回去。他一把拉住慕微："跟我走。"

"昊哥哥。"陆凝香有几分慌神，燕昊怎么能这样对她视而不见？哪怕他骂自己，打自己，也说明他心里还有她，可自己站在他面前，他却跟没看见一般。

"昊哥哥，昊哥哥。"见燕昊拉着慕微快要走到月亮门边，陆凝香再也忍不住了，拔足追了过去，"昊哥哥，我只是一时没有控制住自己，我向慕小姐赔不是，以后我再也不会这样了。"

"还会有以后？"燕昊止住了步子，转过脸来看着陆凝香，脸上有不悦的神色，"今后你不能再去找慕小姐，她的起居我自会安排人照顾，你该做什么便做什么去，别再来找她！若还想打什么鬼主意，别说我不顾你父亲的情面！"

"昊哥哥，再给我一次机会。"陆凝香跟在后边继续哀求着，眼泪一点点掉下来。

燕昊没有搭理她，拉着慕微走了，只余下陆凝香站在那里，呆呆地望着两人的背影。

他们两人的背影看起来那么般配，燕昊拉着慕微的手，让她觉得温情脉脉。燕昊多久没有握过自己的手了？陆凝香无意识地将手举到面前。小时候，他也曾经这样带她游玩过，他们一起抓蛐蛐，捉知了，可等她到了七岁以后，他忽然便不再这般牵着她了，她只能跟在他身后跑。

现在……她忌妒地盯着前方的一男一女，又瞧了瞧自己的手，一种说不出的惆怅与恐慌涌了上来。燕昊，还会像以前那般对她吗？

第八章 才下眉头

一缕阳光静静地穿过雕花窗透了进来，照着一双洁白的手。

手指修长纤细，而手背上拱起的一道伤痕却让人触目惊心。那道印记呈现出紫红颜色，狰狞着横过手背，长长的一溜儿，与周围洁白的肌肤相比，煞是惹目。

“你为何不让我看？难道你打算就这样忍着？”燕昊拿着药膏瓶子，挑了些药涂在慕微的伤上。冰凉的感觉慢慢晕开，带着些许甜香。

慕微没有出声，燕昊的手指压在她的手背上，瞬间感到冰凉之外，又添了些许温热。她低头瞧着两人的手，仿佛双手交叠一般，在日头的金影里合在一起。

不远处站着两个丫鬟，垂手而立，惊讶地望着燕昊的一举一动。太子殿下拿着的是金贵的黑玉断续膏，这可是接骨的良药，还能治烧伤烫伤，即便是宫里的娘娘讨要一年也不过一瓶，那些不得宠的，更是连这药膏的瓶子都见不着。

而现在，太子殿下却毫不犹豫地给这位慕小姐涂着黑玉断续膏，还涂了厚厚的一层！

“慕小姐，我带你去城里转转。”涂好了药，燕昊直起身来，微笑着道，“这一路上多有得罪，就让我来尽地主之谊，好好招待慕小姐一番。”

慕微没有吭声，站起身来跟着燕昊走了出去。与其在这屋子里枯坐着，不如跟他出去瞧瞧，看看他究竟要带自己去哪里。

燕昊领了慕微来到后门，门口停着一辆马车，看门的婆子行礼道：“太子殿下。”

“昊哥哥，昊哥哥，你去哪里？”燕昊掀起帘幕的手停下，转身一看，陆凝香正提了裙子飞快地朝这边跑来，“昊哥哥，你要出去？带上香儿吧，香儿已经快一个月未曾出去过了。”

“你要出去自可与柳大人说一声，讨了腰牌带了丫鬟出去。”燕昊一只手扶住慕微，让她先上了马车，又将帘幕放下，看了看一旁气喘吁吁的陆凝香，“这马车狭小，坐不下这么多人，你快些回去吧。”

马车夫一甩鞭子，马车辘辘往前走去。陆凝香呆呆地站在那里，瞧着那刺目的白色越走越远，眼泪簌簌掉下来。她忌妒地望着马车绝尘而去的方向，心中有说不出的沮丧。

慕微掀起车帘往边看。云州算是个热闹的城市，虽然外边战火纷飞，可丝毫没有影响到它的繁华。街道两旁店铺林立，一个个店铺招牌迎风飘动，门口站着的伙计满脸笑容地招呼着客人。

这倒也奇了，大虞兵马就在城外三十里处安营扎寨，怎么云州像根本没受影响一般？在慕微的心里，这时候该是人心惶惶，到处可见挑着担子逃难的百姓，而她眼前所见，却与想象中大相径庭。

“很奇怪吗？”身边传来燕昊的声音，略微有些低沉。

慕微没有回头，脖颈处感受到一阵温热的气息，这让她忽然燥热起来。她趴在车窗边，听到燕昊沉着声音道：“云州城以前比现在还要繁华，有很多百姓已经撤离了，剩下的，都是准备与云州城共存亡的。”

虽然燕昊的话似乎说得很轻松，可慕微的心还是沉了一沉。这话就像一支利箭射在她心上，仿佛“噗”的一声，就能溅出血来……云州城以前比现在还要繁华……还不是因为战争，大虞兵马压境，才会让百姓流离失所？

慕微沉默着，看着街道两旁挑着担子走过的货郎、牵着小孩走过的老人……不由得一阵惊慌。如果城破，那这里会是什么样子，她不敢想象。

马车一路向前奔去，最后停在一座大院子前。燕昊下了车，将慕微扶了下来，牵住她的手往大门走去。慕微挣扎了一下，可最终还是没能从燕昊手中抽出手来。她朝燕昊怒目而视。燕昊唇边浮出一丝笑：“别动，小心手上的伤。”

有时候他真是无赖，慕微心中暗自骂了一声，只得迈步跟他走进去。

一进院子，慕微便愣住了。院子里到处都是孩子，他们身上穿的是粗布衣裳，这些衣裳都打着补丁，有些衣裳还明显不合身，上襟吊在腰间，露出下边的裤腰来。小一些的孩子正在追逐嬉闹，显得很开心，年纪大些的在干活儿，有些女孩子正在缝衣裳，男孩子正在舂米、劈柴。

慕微疑惑地看了燕昊一眼："这是什么地方？"

"这是从前边撤到云州来的难民。"燕昊脸上很是平静，"这些孩子都是失去亲人的孤儿。"他指了指那几进屋子，"那里住的是一些孤寡老人，没人照顾，我将他们安顿在这里，互相有个照应。"

慕微心里一阵发酸，她静静地看着那些孩子。从他们的脸上，她看不到痛苦，或许是因为时间久了，他们已经忘记了痛苦。他们就如大虞的孩子一般，快乐地享受着这短暂的安宁。

"不久后，你兄长就会带兵来攻打云州，他们又要继续逃难了，到时候还不知道我能不能将他们全部带走。"燕昊长长地叹息了一声，双眼盯住了慕微，"所以我希望你能劝说你兄长，这些日子不要发兵，我们南燕已经派了使者去大虞京城，准备与大虞和谈。"

慕微抬头看了燕昊一眼，见他盯着自己，心中有几分恻然。身为南燕太子，高贵如斯，竟会这般低三下四地相求，真是让她觉得有几分心酸。

风渐起，将慕微的裙裳吹了起来，如一团轻纱高高飞扬，露出一点点鞋子的绣花缎面。她低头看着脚尖，心意竟有些动摇，即便不是为了燕昊，只是为了南燕的百姓，或许她也该试试。能让天下百姓免遭涂炭，也是一件积德的事。

"我兄长什么时候会发兵攻打云州？"慕微捏了捏手心，只觉汗津津一片，一颗心也如放在水中滤过一般，湿沉沉的。

"我已经派人给他送信了，他知道你在南燕，定会沉不住气。"燕昊平静地看向慕微，脸上有愧疚的神情，"拿你当诱饵，慕小姐，向你说声对不住。"

阳光暖洋洋地照着院落，遍地金色。

"太子殿下！"那个正在舂米的男孩扔下手中的棍子走过来，看了看燕昊身边站着的慕微，欲言又止。燕昊瞧着他那模样，笑着伸手摸了摸他的脑袋："小虎子，你想说什么只管说，这位慕小姐是我的好朋友，没关系的。"

小虎子个头不高，才到慕微肩膀处。他扬头看着燕昊，腮帮子鼓了鼓，好一阵子才开口道："太子殿下，我想去从军。"

“从军？”燕昊有几分惊讶，“你还没满十岁呢，怎么能从军？”

“我再也受不了啦！”小虎子眼里忽然有了泪水，他伸手抹了一把眼泪，声带哭腔，“我阿婆一想到阿爹阿娘就淌眼泪，现在都有些看不清了，小虎子也想阿爹阿娘，小虎子要到前方去打仗，替他们报仇！”

他眼里泛着泪光，可神态却很坚决，倔强地咬着唇站在那里，将一张脸仰起，充满希冀地望着燕昊。

“不行。”燕昊决然地摇了摇头，“你年纪太小，父母又过世了，你是你祖母在这世上唯一的依靠。且不说你还没到从军的年纪，即便到了年纪，我也不能放任你去涉险，你还要好好供养你的祖母。”

小虎子听了这话，失望地低下了头。慕微虽然看不见他脸上的神色，却能想象出他此时的难过。他的父母都是死于战乱，若不是大虞发兵，此时小虎子一家正在共享天伦，和和睦睦地过着自己的生活。

慕微不由得也有几分难过，望着低头站在那里的小虎子，只想做些什么事情来弥补。她从头上拔下自己的簪子递过去：“小虎子，这个给你。”

小虎子惊讶地抬起头来看向慕微：“慕小姐，这是……”

“你拿着，等需要钱的时候就去卖了，多少能救急。”慕微有几分局促，不知道该怎么表达自己的心情。在大虞的时候，她目之所及都是锦绣繁华，哪里听过这般凄惨的身世，望着小虎子的眼睛，她忽然觉得很羞愧。

“不行不行，我不能要。”小虎子慌慌张张地摆了摆手，将簪子推了回来，“阿婆说不能乱拿别人的东西。”

“别担心，我会去告诉你祖母的。”慕微掰开小虎子的手，将簪子放到他手心，“你别推辞了，这簪子对我来说只是戴着好玩，对你却有帮助，请务必收下它。”

燕昊在旁边瞥了慕微一眼，她黑油油的青丝上现在只有几朵精美的花钿，各色宝石旁边有金丝攒在一处当花蕊，映着阳光一闪一闪的，虽然没了簪子，可她还是那般美。

见小虎子还在犹豫，燕昊伸手拍了拍他的头，道：“既然慕小姐诚心给你，你便拿着吧，以后说不定真用得上。”

小虎子见燕昊开口，便小心翼翼地将簪子揣到了怀里，抬头朝慕微笑了笑：“多谢慕小姐。”

“小虎子，带我去见见你祖母，我替她瞧瞧眼睛。”燕昊拍了拍小虎子的肩膀，“你想去从军，总要先将你祖母安顿好不是？可不能让她日日为你担心。”

“是，太子殿下，我知道了。”小虎子点了点头，“我这就带你们去。”

这时有几个孩子拉着手往这边跑了过来，气喘吁吁地喊着：“太子殿下，今日和我们一道用饭吗？”

燕昊转过身来，伸手抱起一个小女孩，用手点了点她的额头：“宝儿，你想要我留下来一起用饭？”

宝儿忽闪着长长的睫毛，一双眼睛很是认真地望着燕昊道：“那是当然，只有太子殿下在这里吃饭，我们才能吃到肉啊。”

“是呀，是呀。”后边又来了几个孩子，听着宝儿的回答，都满脸笑容、异口同声地表示赞成，“我们已经好久没吃到肉了！太子殿下，这些天你干什么去了？大木哥哥说在刺史府没见着你。”

燕昊将宝儿放下来，笑着说：“我有很重要的事情要做啊。今日我留下来和你们一起用饭。”

“太好了！太好了！”宝儿欢声叫起来，拍着手喊道，“快去告诉吴嫂，就说太子殿下和我们一起用饭！快去！快去！”

燕昊笑了笑，带着慕微往屋里走去。慕微瞧了瞧跟在身后的几个孩子，心中很是感慨：“这群孩子很喜欢你。”像这样亲近百姓的太子，恐怕这世上也就燕昊一个了。想着他将宝儿抱在怀里，也不嫌她穿得脏乱，仿佛宝儿是他亲妹妹一般，神情亲昵，笑容自然，一点儿都不像是装出来的。

“我也喜欢他们。”燕昊点了点头，牵起小虎子的手跨步走上了台阶，“他们也很懂事，你也看到了。”

“是。”慕微忽然有一种想落泪的感觉。这群孤儿，若不是大虞发兵，现在应该是幸福地依偎在父母膝下，过着宁静和平的日子——真是兄长做错了吗？不，他只是听命于皇上，一切与他无关，慕微暗自为慕乾辩解着，可依旧不能消除心中那愧疚的感觉。

走进屋内，慕微看到很多老人坐在桌边，有些人正缝着东西，还有些人用刀削着木块，身边摆着一堆白羽箭。看来这些老人也没有闲着，正在为南燕的军队尽自己的一份力。

“王家阿婆，我来看你了。”燕昊走到一位阿婆面前，低下身子轻声招呼了一声。那阿婆颤巍巍地扶了小虎子的手想站起来行礼，被燕昊一把按住了：

“阿婆，你身子不好，就不必行这些虚礼了。小虎子说你眼睛看不清东西了，我来给你瞧瞧。”

王家阿婆叹了一口气道：“唉，人年纪大了，不中用了，也不知道还能活多久。我想着自己死了以后小虎子能去给太子殿下做个小厮就好了，只望太子殿下看在他没爹没娘的分儿上能收留他。”

“婆婆，我不让你死，小虎子以后还要买好多好吃的给你呢！”小虎子抱住阿婆，不住地乱摇，眼泪哗哗地流下来，“婆婆，你还有小虎子呢，怎么就只记挂着我的爹娘？”

“阿婆，快别说这话，你会长命百岁的！”燕昊伸手替王家阿婆把了一会儿脉，又伸手将她的眼皮掰开看了看，心中暗自摇头。从脉象看，她是气血枯竭之症，活不过三个月了。

“什么长命百岁，我自己的身子我知道，总归也就这几个月啦。太子殿下宅心仁厚，就答应我这老婆子吧。若我不在了，您便收了小虎子，让他跟随太子殿下吧。”王家阿婆伸手摸了摸小虎子的脑袋，浑浊的老泪流了出来，“这世上，我最记挂的也就是他了。”

“好，阿婆，我答应你。”燕昊点了点头，“你就放心吧。”

看过王家阿婆，燕昊又与那些做弓箭的老者交谈了一会儿。慕微跟在燕昊身后，听他说话，忽然觉得燕昊实在不错，真如外边传言那般，文才武略，今儿看来，还真的不差。

云州城外三十里，一顶顶帐篷支了起来，如草地上的白蘑菇，一朵一朵，到处都是。一辆马车停在离帐篷不远处，帘幕一动，赫连毓从马车上跳下来，笑着望了一眼站在面前的人。

那是自己的好友，慕微的兄长，大虞的将军慕乾。

大虞慕家，男俊女美，慕乾也不例外，一张俊秀的脸孔，笑起来格外清爽，如初升的太阳，让人觉得和煦温暖。此时的慕乾，穿着一套银色盔甲，站在那里威风凛凛，如战神一般。

他的身边，站了一个身材矮小的人，比慕乾矮了大半个头。但若仔细看，便会发现，其实他并不矮，只是背略弯。这人赫连毓也认识，是中常侍秦冕，此人是皇上赫连铖的心腹，此次大虞发兵攻打南燕，赫连铖派他做监军，一直跟着慕乾而来。

皇兄还是有几分忌惮慕家，所以才做这般布置。赫连毓朝秦冕白净的脸孔扫了一眼，心中暗道，若慕家真有心起兵，将皇兄赶下那九五之尊的宝座，便是派十个秦冕来也没用。他这么做，不过是求个心安罢了。

“慕将军，我有急事找你。”赫连毓看了看周围的军士，朝慕乾道，“咱们去军帐内说。”

慕乾见赫连毓神色这般紧张，心想他定是有重大的事情，一拱手，道：“王爷，请！”

秦冕在一旁尖声尖气地道：“王爷不在京城，为何来了军中？可有皇上的许可？”

赫连铖疑心重，几位兄弟本由先皇分封了属地，可他却害怕那些王爷有谋逆的野心，去了封地后会暗中操练兵马，将他赶下宝座，所以将几个兄弟都拘在京城，不让他们去自己的封地，每年若是要去必须上奏请他批准。

“秦大人，你只是监军，没有权力问我讨要皇上的批文。”赫连毓心中有气。这秦冕仗着是赫连铖的亲信，对什么事情都要横加干预，他不过一个阉人，竟然也想来对自己指手画脚。赫连毓冷冷一笑：“我有没有批文，不干你的事，你只管做好你分内事便是了。”

秦冕的脸色由白转红，又由红转白，他看着走在前边的两个人，脸上露出一丝狰狞神色：“哼，竟然不把咱家放在眼里！”

“大人，我们去哪里？”站在秦冕身边的小内侍见秦冕脸色黑沉，有几分害怕，可总站在外边也不是事儿，遂怯生生地问了一句，“要不要回帐中？”

“你这蠢孩子，不回军帐去哪里？咱们可得给皇上留意着，太原王怎么就忽然来阵地了，怕是有什么阴谋。”秦冕迈开步子便追去，脊背显得更加佝偻。

“你说什么？微儿被南燕人掳去了？”慕乾的手捏成了一个拳头，重重地砸在桌上，眼睛都红了几分，“他们竟敢如此猖狂！明日我便发兵……”

“慕将军，你说什么？明日发兵？你发兵做什么？”秦冕掀开帐帘急忙走进来，气都没喘匀，“不行，我这监军可不是虚设的，你所做的一切，都要由我向皇上禀告，等皇上的批复才能行动！”

慕乾横眼看了秦冕一眼，这个中常侍可真是讨厌，这一路上如一只叽叽喳喳的麻雀，时不时地在耳边聒噪，他恨不能一手将他摁死，免得听到他那嗡嗡的声音。

“秦大人，我与太原王在说私密事，还请你不要插嘴。”慕乾毫不客气。

上回他干扰自己的作战计划，气得差点儿把他给砍了，吓得他当场尿了裤子，怎么还不吸取教训。若不是皇上派人保护他，那领头的又是父亲过去的一个手下，慕乾便卖了他几分面子，不然……

秦冕见慕乾眼中露出凶光，想起那日之事，不由得全身发颤，他犹自强辩："我是监军，你所做的一切必须让我知道！"

慕乾瞪眼看了看随后跟进来的几个副将，高声吩咐："还不将秦大人请到旁边好好招待着？"

几名副将应声走上前来，伸手抓住秦冕的胳膊："秦大人，咱们旁边军帐里头说话。"

赫连毓瞧着身形瘦弱的秦冕被几个虎背熊腰的副将抓住，就如老鹰爪下的小鸡一般，不由得笑了起来："慕乾，你这招也太狠了些，你就不怕他写密报向皇上告状？"

"他写出的信，全被我截了。"慕乾毫不在意，看向赫连毓，面带嬉笑之色，"你不会向你皇兄去告密吧？"

"看你说的什么话！"赫连毓一拳捶在慕乾的肩膀上，"咱们十多年的朋友，我会做那样的事情？再说，你又不是不知道，我与你，其实是一样的处境。"

慕乾沉默了，看了看赫连毓，两人都没有说话。皇上现在的疑心是越发重了。

"你说的是真的？微儿真的是被南燕的人抓走了？"沉默片刻，慕乾想起赫连毓刚提到的事，一双剑眉紧紧地皱了起来，"南燕人为何要抓微儿？"

"这是慕小姐留下的线索。"赫连毓将双手伸出来，做出振翅高飞的动作，"手势是向南方，那意思就是南方的鸟，南方的鸟，可不就是南燕？"

慕乾的眼睛红了："大胆贼子，竟敢这般做！"

"将军，外边来了一个人，自称是南燕派来的使者，说是有一封信要交给你。"进来一个军士，手中拿着一封信，恭恭敬敬地呈上来。

慕乾与赫连毓互看一眼，急忙接过，将信封撕开，迫不及待地将信笺抽了出来。

这是一张普通的信笺，可拿在慕乾手中，却如千钧之重。

慕微果真是被南燕人掳走了，南燕太子燕昊真是个小人，竟然拿慕微来要挟他，要求他暂缓发兵，等待南燕使者去大虞京城与皇上和谈。

"这怎么可能？！"慕乾"啪"的一声将信笺拍到桌上，满脸怒容，"好不容易打到了云州，怎能就此罢休？这燕昊真是疯了，莫非他真以为能拿微儿来要挟我？”

赫连毓将那封信拿起来仔细看了一遍，沉默了片刻，才开口道：“慕乾，你就不担心你妹妹的安危？若你拒绝，万一那燕昊恼羞成怒……”

慕乾听了这话，一颗心提了起来，他气呼呼地看了赫连毓一眼：“赫连毓，你这乌鸦嘴，若微儿有什么事，我绝不放过你！”

见慕乾直呼自己的名字，赫连毓知道他是真生气了，连一声“王爷”都省了。他皱着眉头，看向慕乾，道：“我是担心慕小姐，你又不是不知道我对她……”

慕乾看了看赫连毓，沉默下来，将信从赫连毓手中抢过来，反反复复地看了好几遍，这才咬牙切齿地吩咐那个军士：“将那南燕的使者给我带进来！”

一个穿着绸衣的男子被带了进来，中等个头，四十岁上下，面白有须。见慕乾与赫连毓坐在主座上，他看了看两人，朝慕乾行了一礼，道：“慕将军安好，鄙人是南燕使者，公孙南。”

慕乾眼皮也不抬，只冷冷道：“你们南燕是黔驴技穷了吧，竟使出这样卑劣的法子，想要来要挟我？”

“怎么敢要挟慕将军！”公孙南脸上一副谦和的笑容，朝慕乾拱了拱手，“我家太子仰慕慕将军大名，想与慕将军多多亲近，请慕二小姐来南燕做客，也只是想让她亲眼瞧瞧我们南燕并无称王称霸的野心，还想要她在慕将军面前多多美言几句。还请慕将军转告大虞皇帝，希望两国和平相处，不要反目成仇。”

“燕昊有这般好心？”慕乾哼了一声，“我可不信他。你老实告诉我，他究竟想干什么？当真如他信上所说，只是要我缓几日再发兵？”

“慕将军尽管放心，我们太子殿下说到做到，绝无半句欺骗。”那公孙南听到慕乾的话，以为事情真能如燕昊所想那般，心中十分高兴，脸上的笑意深了几分，“南燕绝无侵犯大虞的野心，也请慕将军转告大虞皇帝。”

“慕乾，不行，怎么能轻信他的话！”赫连毓见慕乾似乎意动，心中大惊，指着公孙南道，“谁能肯定燕昊那厮说的是真的？若是想要大虞缓兵，那须让我们见到慕小姐才能考虑！”

慕乾点了点头，赫连毓说得对，自己连妹妹的面都没见着，怎么能轻易相信了燕昊的话。他朝公孙南瞪了瞪眼：“你回去与燕昊说，我要见到我妹妹平安无虞，才会考虑他的提议。”

“慕将军，我们太子殿下说了，明日辰时，他会陪着慕小姐到云州城散步，那时候慕将军自然便能见着慕小姐了。”

“明日辰时？”慕乾略一思索，道，“好。”

“慕乾，你真的决定这样做？”等公孙南从军帐门口消失，赫连毓忍不住开口问道，“若明日燕昊暗地里布置了人马，那该怎么办？”

慕乾朝赫连毓看了一眼，哈哈大笑：“你放心，燕昊还没那个本事！云州城里的兵力我已经摸清，最多五万。即便那燕昊小儿发动了云州城里的妇孺一起来御敌，也不过多几万手无缚鸡之力的百姓而已。现在我的十万精兵在此驻扎，我不相信他还敢分出兵力来出城埋伏。”

“慕乾，小心为上。”赫连毓叮嘱了一声。慕乾是他的发小，慕微是他心爱的人，他希望他们都能平平安安的。那燕昊，在青州城他见过一面，一副奸猾之相，能想出掳慕微来要挟慕乾，定不是忠厚之人，自然要小心为上。

“你说得倒也有道理。”慕乾喊了一名副将进来，“你领一队人马，今夜埋伏在云州城门外，看看晚上是否有人从城里出来到城外埋伏。”

“是！”那副将接了令箭，转身走了出去，刚走出军帐没多远，就见秦冕带着两个小内侍在军帐一侧转悠。他心中暗道，这位中常侍大人真是不自量力，分明吃了慕将军几次瘪了，可还是削尖脑袋想往军帐里钻，一心想将军中事务抓在手中，也不看看有没有那个能力。副将撇了撇嘴，大步从秦冕身边走过。

“你站住。”身后传来秦冕尖细的声音，“王副将，你要去做什么？”他瞟了王副将一眼，见他手中拿着一支令箭，心中起疑，“慕将军给了你令箭？”

王副将见秦冕那一惊一乍的神情，心中更是鄙视。这阉人很是胆小，见着令箭竟然脸色都变了。他抱拳朝秦冕行了一礼：“中常侍大人，这可是军中机密，不能外传，还请秦大人恕罪。”

瞧着王副将的背影，秦冕气得连话都说不出。这慕乾的手下也太不把自己当回事了，自己手中也是有人马的。从京城出发前，皇上钦点了五千人马跟随他，还赐了宝剑，见宝剑如见圣上，这样他才没了后顾之忧，高高兴兴地来做这个监军。

没想到慕乾实在太狡猾了！出京城没多久，他就请自己吃饭，几杯酒灌醉了自己，将皇上赐的宝剑拿去了。自己问他讨要，他还理直气壮地说：“皇上赐的宝剑这般重要，我怕秦大人不善保管，所以特地替秦大人收起来了。”

秦冕心里有气，揪住身边一个小内侍的耳朵道：“你还呆站在这里做什么？还不赶紧让刘将军跟去瞧瞧！”

手上没了皇上的宝剑，不好做事。秦冕抹了一把额上的汗，心中暗自叫苦，能把皇上的宝剑弄回来就好了——他也学着慕乾的招数，想将慕乾弄翻，将宝剑拿回来，可惜慕乾怎么都不上当。

“大人，大人。”一阵细碎的脚步声传来，一个小内侍走到秦冕身边，压低嗓音道，“那个王副将带着一队人马去云州城那边了。”

“只要不是去南燕便没事。”秦冕摸了摸光溜溜的下巴，旋即又皱了皱眉，“不行，莫非是障眼法？不是说方才来了个南燕使者？慕乾难道想与南燕联手反攻大虞？不成，我得防着些，给我仔细盯紧了他！”

第九章 乐声缠绵

春日夜晚，月色如水。

站在院中看着周围树木摇曳，慕微恍然有一种感觉，仿佛她正处在大虞的京城，在自己的院里赏月。这院里静悄悄的，偶尔有春虫在草丛间发出低吟之声，或是树叶在头顶沙沙细响。除了这些，天地间，寂静一片，让慕微顿觉心间空灵，不再想世俗的烦恼。

忽然，远处响起了乐声，那乐声不似笛音，也不像箫声，十分幽怨，如诉如泣，仿佛钻到人心里去。慕微一怔，这乐声实在太过凄凉了些，听得她一时情动，几乎要掉下泪来。

乐声缥缥缈缈地从远处传来，一点点地钻进慕微的耳朵里。慕微想将耳朵堵上，可又舍不得。

“这是什么乐器？是谁在吹奏？”慕微转身看了看身后的两个丫鬟，见她们脸上没有惊奇的神情，心中明白，她们定是知道谁在吹奏，顿时来了兴致。她想去见见那个吹奏的人，想看看他到底是如何心事重重，才能吹出这般缠绵悱恻的曲子来。

“慕小姐，这是太子殿下在吹奏。”丫鬟明玉开口道，“奴婢也不知道他吹的是什么。”

燕昊在吹奏？他贵为南燕太子，竟有这般苍凉的心境？慕微沉默了一阵子，想起今日他带自己去过的那个院子，想到了那些老人与孩子，还想到了兄长正驻扎在云州城外，随时都有可能发兵攻打南燕。

他身上背负着的，实在沉重。慕微想到他曾说过，他的父皇根本不理政事，只耽于玩乐，此次来云州，也是形势所逼。慕微长叹一声。燕昊过得委实辛苦。她想了想，忽然有一种想见燕昊的冲动，便迈开步子往院外走去。

循着乐声，慕微慢慢地从青石小径上走过，不时有落花簌簌地掉到头发上，淡淡的清香沁人心脾。她顾不上拂去花朵，只是不住地探寻着，希望能看到燕昊的身影。沿着小径曲曲折折走了好一会儿，她才在湖边一座亭内看见了燕昊。

他站在凉亭里，微风将他的衣角吹起，他就如一个黑色的剪影，与四周融合在一起，双手拢在嘴边，那幽幽咽咽的乐声便从那里流泻而出，飘散在这寂静的春夜。

似乎感觉到有人走近，燕昊将双手放下，转头看到了慕微："慕小姐，打扰到你歇息了。"

"我还没歇息。"慕微摇了摇头，双眼如夜空中的星星一般，发着亮光。燕昊看着她的脸，问："那慕小姐是出来散步？"

"我是听见你吹奏……所以，寻来看看。"慕微看着那身影，双肩有些微垮塌，可能是这寂静的月夜让他有几分放松，不再像是在白日，要处处做出坚强的模样来。

不知为何，一丝心痛油然而生，慕微惊骇地掐住自己的手指。自己怎么能为燕昊心痛？他是敌国太子，正在带着南燕军民抵御兄长的进攻，自己理应与他划清界限，势不两立的，可现在，她竟然为他感到心痛了！

慕微站在那里，身子僵硬，一句话也说不出来，心中情绪交战，将她的一颗心撕得七零八落。她怔怔地看着燕昊从凉亭里走出来，将手中乐器递了过来："你可识得这乐器？"伸过来的手指洁白修长，根本不似习武之人，淡淡月色下，温润如玉。

那是一个圆形的东西，下边底座略宽，嘴儿尖尖，靠近下边有两个孔，大小不一，形状十分奇怪。慕微盯着那个乐器看了好一阵子，才疑惑地问："这究竟是什么乐器？我却未曾见过。"

"这种乐器叫作埙。这埙正五声，调六律，刚柔并重，轻夺迷失。"燕昊将埙放到嘴边，几个手指不住地在小孔上起起落落，一曲悠扬的乐声便传了出来。这一回，乐声不再悲凉，而有了几分柔和与缠绵。慕微抬头看了燕昊一眼，脸上微微有些发热。

燕昊吹奏的是《蒹葭》。

“蒹葭苍苍，白露为霜。所谓伊人，在水一方”，脑海里仿佛浮现出一幅画卷，清冽的河水，芦苇上附着银白色的秋霜，一个美丽的女子站在河边，正在等待她的心上人。慕微心头一紧，燕昊是特地吹奏这首曲子给她听的吗？

一曲吹罢，燕昊盯着慕微的脸，问道：“慕小姐，这首曲子好听吗？”

“南燕太子精通音律，此乃大家公认，何须我来评价？”慕微只觉得脸愈来愈烫。在燕昊的注视下，她似乎失去了平静的心境，抬头看着燕昊，白衣飘飘，剑眉星目，不似凡人，一双含笑的眸子让她更觉窘迫，索性转过身飞快地走开了。

燕昊站在那里，出神地望着慕微离去的背影，过了好一会儿，才举起埙，继续吹奏起来。这次的曲子，五分幽怨，五分缠绵，让人听了不觉心神摇曳，不能自已。

慕微匆匆走着，只觉得那首曲子一直在追着自己，怎么也甩不掉，直到前边闪过一个人影，她才将那曲子抛开。

“我有话要和你说，慕小姐。”陆凝香拦住了去路，很是凶悍。

“你喜欢燕昊，是吧？”慕微望着一脸讶异的陆凝香，唇边的两个梨涡更深了，“你是要来与我说让我离开燕昊，不要纠缠他，对吧？”

陆凝香看着慕微，没有说话，脸上有几分不自然。虽然看不清她的脸色，但慕微知道，陆凝香肯定脸红了。

“你这般防备着我，可否想过，并不是我要缠着燕昊，而是他缠着我？”

“怎么可能？昊哥哥那般人才，用得着纠缠你？”陆凝香撇了撇嘴，露出一丝不屑的神色来，“我是无论如何也不会相信的。”

“随便你信不信。”慕微叹了一口气，“我与燕昊，乃敌对关系，我怎么会去喜欢上一个仇敌？陆小姐，你想想，是不是这样？”

陆凝香睁大了眼睛，看着慕微，好半晌没有说话。一阵沉默后，气氛变得尴尬。

“请你记得你对我说过的话，你是不会喜欢燕昊的。”最后，陆凝香挤出一句话来，她朝慕微点了点头，“我相信你不会食言的。”

冷月寂静无声，那幽幽咽咽的曲子又响了起来，在这静谧的夜晚，格外萧索。

醒来时，天已大亮，慕微推开雕花窗棂，花香伴着晨风袭来，十分清淡，还有微微的甜。

“慕小姐醒了？”明玉与明欣正在梨树下说闲话，听到窗户响，转过脸来瞧见慕微站在窗边，赶紧行了一礼，“慕小姐，方才太子殿下派人捎信过来，让你梳洗后一道去用早膳，他有事情要同你说。”

慕微伸手压了压胸口，极力让那乱跳的心平静下来。燕昊昨日说过，今日要带她去云州城头，慕乾会来与他交涉。

就要见到哥哥了，慕微忽然有一种想流泪的感觉。她转过身去，伸手抹了下眼睛，手背上亮晶晶一片。

走进偏厅，燕昊正在等她。慕微低头瞧了瞧，桌上摆的都是她喜欢吃的。这个燕昊，为何对自己了如指掌？她抬头朝他笑了笑：“多谢太子殿下了。”

“慕小姐，为何忽然客气起来了？”燕昊有几分吃惊。在逃亡的路上，慕微曾经横眉怒目，瞪着眼直呼他的名字，可现在却跟着别人恭恭敬敬地喊他太子殿下，这让他实在难以接受，“慕小姐，你还是喊我燕昊吧。”

“这如何使得？现在是在南燕，你的身份是太子，我当然要尊重你。”慕微坐下来，举起玉箸，“咱们快些用早膳吧，别浪费时间了。”

忽然，他们之间仿佛竖起了一道高高的屏障，无论如何也无法跨越。燕昊皱了皱眉，看着慕微，她正拿着小匙舀了汤往嘴里送，那洁白的牙齿闪着淡淡的珍珠光泽，让他心中蓦然一动，即刻间又涌出一丝苦涩来——她对自己，还是有着浓浓的戒备心理。

两人面对面坐着用早膳，除了丫鬟们布菜时筷子撞到碗发出响声外，再也没有别的动静。这种沉默让人有几分尴尬。慕微低头将最后一口粥喝完，刚一抬头，便对上了燕昊的一双眼睛。

见慕微抬头，燕昊又慌忙将头低了下去，自己偷看她的举动被捉了个现行，不免有些窘迫。他捧起碗，将粥喝了个干干净净，接过丫鬟递上来的帕子擦了擦嘴，站起身来对慕微点了点头，道：“我们出去吧。”

日头已经升得很高，树叶上的晨露已不见了踪影，屋外亮堂堂一片。燕昊领着慕微出了刺史府，外边停着辆豪奢马车，马车旁边还有大队的军士，身上穿着盔甲，映着早上的阳光，闪闪发亮。

慕微回头看了眼刺史府，大门旁边站着一个人，正往马车这边看过来，见慕微回头，朝她瞪了瞪眼，这才悻悻地转过脸去不看她。

那是陆凝香。

慕微淡淡地笑了笑。这位陆小姐也太痴心了些，为了燕昊，竟这般谨小慎微，对燕昊身边出现的任何一个女子都有戒备的心理，以后即便真嫁了燕昊，可能日子也不好过。

一线青灰色的城墙在远方延绵，迎着金色的阳光，肃穆地立在那里。城墙下是一众穿着盔甲的士兵，点点寒光在他们的刀枪上闪烁。

城门敞开着，从城门望去，能看见护城河前高高的吊桥，桥已经收起，粗大的铁链上锈迹斑斑。今天，燕昊要带她从护城河去见慕乾吗？她转身看了看燕昊，指着吊桥问："什么时候放下来？"

"等你兄长答应了我的条件，自然会放下来。"燕昊微微一笑，他看着慕微那略带焦躁的神情，忽然觉得这样的她很是可爱，仿佛她不是大虞大司马家那高高在上的二小姐，而只是一个邻家女孩，望着自己喜欢的簪子，眼中露出渴求的光芒。

"哦。"慕微有几分沮丧，原来，还不能奔到哥哥那边去，只能隔河相望了。

燕昊带着慕微在城墙上走了一圈，最后在城门上方停下来。他指着护城河道："这条护城河挖得很深，云州城就是因为这道屏障才坚持了这么久。"

慕微瞥了燕昊一眼，忍不住出言提醒："太子殿下，你莫要忘了，若大虞绕过云州去攻打南燕别的州，到时候云州被孤立，粮草供应不上，迟早要被攻克的。"

"你……"燕昊望着慕微，有几分无语，可慕微的话却让他没办法反驳。

她，说的是实话。

燕昊现在正担心这个问题。如果慕乾觉得云州是块硬骨头，啃不下来，绕道云州，先去攻打旁的州，那他便会捉襟见肘了。他望着云州城外那河水荡荡，心中有几分焦躁。

"我也只是设想而已，你又何必如此紧张？"慕微循着燕昊的目光看去，只见那护城河如一条白练，绕着云州城往东而去，心中不免感叹，南燕几位先皇还是有先见之明的，各地都修了不少牢固的防御工事，现在这位南燕皇帝虽然耽于酒色，不理朝政，却还是有老本儿可吃。

"你也懂兵法？"燕昊见慕微的眼神落在护城河，不由得有几分好奇，

“你跟你父亲学过？”

“略知一二。”慕微伸手指了指护城河的边道，“那树林里必有埋伏，是你派的人马？想要将我兄长擒获？”

燕昊举目瞧了瞧，慕微指的那片树林，与寻常树林没什么两样。他轻轻地“咦”了一声：“你是看到那边鸟雀被惊起？”

“不错。”慕微点了点头，“若树林里没有埋伏，不会有这么多鸟雀乱飞。燕昊，没想到你这般歹毒，口中说要与我兄长商议，暗地里却设下埋伏。”她的语气变得又急又快，双眼似乎要冒出火来，“言而无信，非君子也！”

在她咄咄的逼视下，燕昊无奈地摇了摇头：“如果我说我没有这么做，你相信我吗？”

他的眼神很真诚，清澄如水。慕微盯了燕昊半晌，没有说话。

可若不是燕昊指使的，那又会是谁埋伏在那里？慕微皱了皱眉头，眼睛望过去，那树林上的鸟雀呀呀惊叫，扑扇着翅膀飞得老高。

“你不用着急，你能看出来，难道你兄长看不出来？”燕昊朝她努了努嘴，“你兄长他们过来了。”

慕微转头，看到有数匹马正朝护城河这边疾驰而来，跑在最前边的，穿着银色盔甲，正是她的大哥慕乾。

慕乾一眼便见到了慕微。

虽然她站得很远，可他依然能看出来那是她。

兄妹之间有一种说不出的默契，哪怕是隔了多日未见，哪怕是隔了一段距离，自己还是一眼便能认出，那城楼上的女子，就是自己的小妹慕微。

赫连毓也激动起来，指着城楼上的燕昊道：“就是这人将慕小姐劫去的，我几乎要追上了他，可终究还是隔着半条河，没有能将慕小姐救回来。”他恨恨地看着燕昊。那日他将手放在慕微腰间，他可是看得清清楚楚，如今隔得远了些，不知道他还是不是那般放荡不羁。

“我要去见我兄长。”慕微看见慕乾，全身放松下来，转身跑下了城楼。微风轻轻吹拂着她的衣裳，腰间的丝绦飘了起来，衬得她如亭亭出水的莲花一般，飘逸无尘。

燕昊见慕微奔了下去，也赶紧追了过去：“慕小姐，等等我。”

一条护城河将两拨人阻拦，这边是慕微、燕昊，那边是慕乾、赫连毓。他们面对面地站在那里，能清晰地看到对方，仿佛还能感受到对方的呼吸。

“燕昊，你竟用如此下流的法子！”慕乾拿着马鞭指着燕昊，“难道南燕想靠这种手段来要挟我？”

燕昊苦笑了一声，朝慕乾拱了拱手：“还请慕将军见谅，我是诚心请慕小姐来南燕做客，并没有为难她，慕将军若是不信，可以问慕小姐。”

慕微在旁边听着，没有说话，只是点了点头。

“如何没有为难她？”赫连毓在一旁气呼呼地开口，“我亲眼看见你轻薄了她！”一想到那双停在慕微腰间的手，赫连毓便觉得全身燥热，几乎要发狂。

“哈哈哈，太原王，我想你是误会了。”燕昊爽朗地笑了起来，“我那是要带着慕小姐上船，不得已而为之，太原王也观察得太仔细了些！”

慕乾此时心神已定，瞧燕昊这模样，似乎确实没有为难慕微，或许自己可以考虑下他的建议。这次大虞挥师南下，只带了两个月的粮草，现在已经快过去一个半月了，后边的粮草还没跟上。

俗话说，兵马未动，粮草先行。这兵马都动了这么久了，粮草还没跟上，难道皇上心里已经在盘算着要与南燕和谈了？

现在只有两条路，要么一鼓作气将南燕灭了，从沿路攻克的城镇里抢来粮草，要么直接打道回府。

可没有皇上的命令，自己也不敢轻举妄动，虽说将在外，君命有所不受，可这是大事，怎么着也得八百里加急送军情回上京，让父亲催皇上拿个主意。

慕乾瞄了瞄对面的燕昊，嘴角浮出一丝笑容。目前最好的法子便是将妹妹先骗过来，燕昊手中没了棋子，自己便不必投鼠忌器。只要慕微回到大虞军营，他便可马上发兵攻打南燕。即便云州固若金汤，自己也可绕道从旁取其他城池，当周围城池都拿下，云州成了一座孤城后，那便容易夺取了。

“燕太子，我看过了你的使者送来的信。”慕乾打定了主意，朝燕昊点了点头，“我觉得你的法子可行。”

“慕将军果然通情达理。”燕昊听了这话，心中一块石头落了地，全身终于放松下来，策划了这么久，经过了这么多事，总算得到了想要的结果。若慕乾真的按兵不动，南燕派使者去与大虞皇帝和谈，多纳些岁贡，那这战火就算免了，百姓也不会继续遭殃。

五年前，大虞也曾发兵攻打南燕，父皇派出使者，暗地里找了大虞的太皇太后与皇太后，许诺割让十座城池，每年纳岁贡十万两黄金、一百万两白银，这才保住了南燕的平安。五年后，大虞又发兵，这次父皇想要故技重施，可大虞上京那边还没传回消息，难道他们不像上次那般贪财了，或者还想要更多的东西？

燕昊正思索着，就见对面的树林里跑出几匹马，他心中一急，对着慕乾高喊："慕将军，树林里有埋伏！"

慕乾哈哈一笑："多谢燕太子提醒，那里的埋伏，我昨日便知道了！"转头一看，略微愣了愣，只见秦冕带着几位内侍还有贴身将士往这边奔来。

"慕将军。"骑着马跑到慕乾面前，秦冕有些上气不接下气，"慕……慕将军，你竟敢私会敌国将领，莫非想……想……想通敌叛国？"

"通敌叛国？"慕乾横了秦冕一眼，"秦大人，你给慕某扣的这顶大帽子，慕某可担不起。真要说起通敌叛国，恐怕秦大人会是第一个吧？"

秦冕白净的脸忽然红了半边："你……你……你说什么？咱家怎会通敌叛国？咱家可是一心一意为皇上着想的，哪像你们慕家，权倾朝野，慕大司马跺一跺脚，京城都要抖三分！"

慕乾看了看秦冕头上不住流出的汗珠子，轻蔑地一笑："秦大人，说话要讲证据，我慕家世代忠良，哪容得你这般污蔑！想我曾祖慕熙，当年尽心尽力辅佐只有两岁的僖宗，我太姑祖母乃太宗昭仪，我曾姑祖母是睿宗皇后，若我慕家有谋逆之心，只怕现在大虞早已改姓慕了，还容得下你在这里胡说八道？！"

秦冕立刻哑口无言。慕乾没有说错，当年僖宗在位，年仅两岁，慕家控制了整个朝野，共同辅政的慕太昭仪有心想让慕熙篡位为帝，鼓动了不少臣子上书，皇上年幼不能理政，想将帝位禅让给监国大人。可令人惊讶的是，慕熙竟然拒绝了，还将慕太昭仪关在了徽宫，不让她再插手政事。

"忠孝仁义，乃儒学大义，慕熙如何能做这不忠不孝、不仁不义之人！"当年的监国大人说出的话，仿若金石之音，将群臣感动得潸然泪下。僖宗年纪略长，知道了那年的事情也很是感慨，赞扬慕熙实乃忠臣，并赐了慕家三道免死金牌，见天不死，见地不死，见兵不死。凡是慕家后人，拥有这三块免死金牌者，无论犯了多大的错，都可以免死。

现在慕乾将自己的曾祖父抬了出来，秦冕自然不能再说通敌叛国这些话，只能鼓着眼睛望着护城河对面的燕昊，气呼呼地问慕乾："那你为何要与南燕将军在此密谈？"

"秦大人，那可不是南燕将军，那是南燕太子。"慕乾笑了笑，这秦冕被派来监军，委实有些好笑，连南燕太子、将军都分不清楚，这样的糊涂人，皇上竟还想让他来干涉自己行军作战。

“南燕太子？”秦冕忽然兴奋起来，“慕将军，快去将他捉住！”

“秦大人，你先飞过去，慕某再跟着过去，如何？”慕乾指着浩浩荡荡的护城河，轻蔑地一笑，“或者秦大人可以游过去。”

瞧着那河水，秦冕变了脸色，再看看站在燕昊身边的慕微，道：“那女子又是谁？”他眯着眼睛看了良久，这女子生得可真是美貌，都说南燕出美人，难道这南燕太子想献美人讨好慕乾，好让他按兵不动？

“这女子是谁与你无关。”慕乾见秦冕一双眼睛望向慕微，心中很是不舒服，“秦大人，我劝你还是乖乖回自己的军帐去吧。行军打仗，你一个内侍懂什么！”

“我一个内侍不懂你们行军打仗？”秦冕朝慕乾看了一眼，又看了看一脸焦急的赫连毓。真是美人局！南燕太子可真是厉害，竟能寻得这么美的一个女子，只是站在那里便将这慕将军与太原王迷得神魂颠倒，若真让他们美人在怀，那岂不是会迷得一点儿头脑都没有了？

“我可是跟着皇上看过《孙子兵法》的，那上边有一招叫作美人计，我看现在南燕太子就正在用这一条妙计呢！”秦冕转过脸来吩咐自己的手下，“速速放箭，将那南燕妖女给我射杀了，免得她来祸害我们大虞！”

“且慢！”慕乾与赫连毓异口同声地喊道。这秦冕怎么会想到美人计上来？慕乾大惊：“谁敢动手？”

“还不快些给我射箭！”秦冕尖声喊道，“你们可是皇上指派给我的亲卫，不听我的，还听那慕乾的话不成？那女子，瞧着便是红颜祸水，不能留她在世上害人！”

“嗖嗖”几声，几支白羽箭带着风声朝护城河对面的慕微飞去。慕乾惊得眼角都要裂开，急得对慕微大喊：“微儿当心！”

身边的赫连毓扬起手中的马鞭，朝秦冕劈头盖脸地抽下去：“阉贼，你想找死不成？”

慕微与燕昊并肩站在护城河边，看着慕乾与赶来的一个人似乎在唇枪舌剑，不知发生了什么事。慕微见慕乾一副凶巴巴的模样，不由得淡淡一笑。谁要以为武将只会上马打仗，不善言辞，那就大错特错了，自己的兄长不开口则已，若是开口，还真没几个能说得过他。

“赶过来的那人是个内侍。”燕昊饶有兴趣地望了一阵，“应该就是那个监军秦冕。”

“内侍？你怎么知道？”慕微不免有几分好奇。她从未跟母亲进过宫，这十四年来还未曾见过内侍是什么样子，她望了望秦冕，“没长胡须就是内侍？我哥哥和太原王也没长胡须啊！”

燕昊听她提起太原王，心中有一丝不快，他眼里闪过一丝忌妒神色，道：“难道你只看出这些？”

慕微转脸看了看燕昊，觉得他似乎有些生气，却又不知他为何生气，偏头打量了一番，这才一本正经道：“你也没长胡须。”

忽然心中一甜，那愤懑的情绪早已消失殆尽，燕昊瞧着慕微那明亮的眸子，只觉全身又快活起来。他笑着对慕微说道：“其实，除了不长胡子，还有别的地方能看出他是个内侍。”

正在这时，只听身后有人大声喊道：“太子殿下当心！”

河对面传来慕乾的喊声，慕微转过脸来，就见几支白羽箭朝自己直飞而来。眼见只有咫尺之遥，还没来得及细想，旁边传来一股力道，将她推到一旁。她站定后，便发现燕昊手臂上扎着一支白羽箭，鲜血涌出，落在地上。

燕昊一只手捂着胳膊，眼睛却打量着慕微：“还好你没事。”

“太子殿下！太子殿下！”从城门处冲出一群军士，抢到燕昊身边，护着他往城内走去。一个副将走过来，抓住慕微的手腕，恶狠狠地瞪了她一眼：“别想跑！”

“放开她！”燕昊转过身来，不悦地盯着那个副将的手，“慕小姐乃我南燕的贵客，哪能如此粗鲁？”

燕昊的目光如一把利剑，刺得那个副将不由自主地打了个寒战，立刻将手松开，讷讷地向慕微赔不是：“慕小姐，还请跟我一道回去。”

慕微紧走几步，奔到燕昊面前，只见他的衣袖已被染得一片殷红，想到燕昊因自己才中箭，心中不免有几分难受：“燕昊，那箭扎得不深吧？”

燕昊见慕微双眼里全是焦急，心中有些雀跃。她竟然在乎自己！他朝慕微笑了笑：“别担心，只是小伤。”

慕微闭紧了唇，一言不发地跟着燕昊往前走。她看着燕昊的胳膊，心中有着异样的感觉。

她回头看了看护城河那边，慕乾还在往这边张望，那个内侍已被赫连毓从马上打了下来。她深深地凝望着兄长，很想化作一只鸟儿飞过去，可心中记挂着燕昊的伤势。

慕微依依不舍地看了一眼慕乾，咬了咬牙，走到马车旁边，众人已将燕昊送进了马车。一位副将朝慕微看了一眼："慕小姐，太子殿下一直在等你，快些进去吧，免得耽搁了太子殿下疗伤。"

听到这话，慕微有些心慌，擎起车帘爬了进去。

燕昊的伤已被简单包扎。本来是白衣飘飘的出尘公子，瞬间变了模样，看上去有些滑稽。慕微坐到他身侧，瞧着他的样子，轻声问道："疼吗？"

"不疼。"燕昊朝她微微一笑。

"不疼就好。"慕微注意到燕昊的目光，心中一阵扑腾，不知道该说什么好。她低下头去，沉默着。

马车跑得很快，一会儿便到了刺史府，已有将士传了大夫，慕微看着一群人将燕昊拥着进了屋子，她怅然地站在门外，听着屋里的动静，心里有几分焦躁。但愿燕昊的伤能尽快治好，否则她会不安的。

"慕微，你这个贱人！"身后传来咬牙切齿的怒喝声，慕微不用回头也知道，是陆凝香过来了。

她的眼睛睁得大大的，仿佛有两簇火焰在燃烧，一张秀丽的脸似乎被人扭了一把，扭曲着："都是你这个扫把星，太子殿下才会出事！"

陆凝香举起手来，那巴掌带着风就要往慕微脸上落下，孰料旁边有人伸出手来将她挡住："陆小姐，还请安静，慕小姐是太子殿下的客人，请不要这样。"

抬头一看，是燕昊的贴身暗卫御风。

他看着陆凝香，心中叹了一口气，这位陆小姐对太子殿下的心思，人人都看得出来，偏偏太子殿下现在好像喜欢上了这位大虞的慕小姐，竟然为她去挡箭，这"情"之一字，真是说不清楚。

虽然自己也有些责备慕微，若不是她，太子殿下也不会受伤，但太子殿下特地嘱咐他出来守护慕微，就是不想让旁人伤害她，作为太子殿下的暗卫，自己只能奉命。

"她算什么客人！自从她来了这里，太子殿下就没有一日安宁，现在又因为她受伤，她分明就是扫把星！"陆凝香愤恨地看着慕微，"你给我滚回大虞去，不要让我再见到你！"

陆凝香双眼牢牢地盯着慕微，恨不能将她剁成几大块扔了去喂狗。慕微看着她那几乎要发疯的模样，没有惧怕，只有同情。喜欢一个人，或许心心念念的都只是他，若是旁人做出一点点伤损他的事情，都会被她记恨。

陆凝香喜欢燕昊是无疑的，可燕昊似乎不喜欢她。慕微抬头看了看，枝头洁白的梨花，千朵万朵，正幽幽吐露着淡淡的香气。迷茫茫一片白色，让她的心绪也恍惚了起来。

难道燕昊喜欢的……是自己？慕微的脸有些发烧。她忆起与燕昊相处的点滴，想到他那深情的注视、关心的话语，想到他奋不顾身为自己挡下的那一箭，慕微只觉得全身都热了起来。

“你怎么了？还站在这里不动！”耳边传来陆凝香冷冷的话语，“先滚回你的屋子里去，别在这里假惺惺地流眼泪，我想太子殿下肯定不会想要见到你！”

自己流泪了？慕微有几分惊诧，伸手抹了抹眼睛，手心竟湿湿一片。她茫然地看了看，心中有几分错愕。自己竟然流泪了，这眼泪……是为屋子里的燕昊流的吗？

不，他是自己的敌人，他是敌国太子，我怎么会为他流泪？

“陆小姐，听你说让我回大虞，我很高兴。”慕微平静地看着陆凝香，“既然你与太子殿下关系很好，那还请你去与太子殿下说说，将我放回大虞。”

她挺直了脊背，慢慢地朝院门口走去，阳光将她的影子拉得很长，那踽踽独行的步子显得缓慢而沉重。御风站在陆凝香身边，看着慕微那孤零零的背影，忽然有了几分同情。

第十章 匪我思存

夜凉如水，一轮圆月挂在夜空，院子里如笼轻纱。

埙声幽幽响起，如诉如泣，如一个失去了恋人的女子，在诉说着她的哀愁。

“慕小姐，太子殿下是希望你过去吧？”明玉看了看站在树下的慕微，心中暗叹，自太子殿下受伤那日起，慕小姐便将自己关在这个院里，不肯跨出院门半步。

慕微站在树下，耳边全是那幽怨的曲子，听得她好一阵心酸。

燕昊是在等她过去。

已经连续几个晚上了，他都会吹那幽怨的曲子，让她心神不宁。

他是在怪自己没去看望他？慕微唇边露出一丝苦笑，不是自己不想去看他，是有人不愿意自己去看他。不用想，陆凝香定会守在燕昊床边，以贴心妹妹的身份出现在他眼前。

因陆凝香的身世，南燕的将士敬重她；而自己，是南燕的公敌。慕微望了望天空，那轮明月又圆又亮，清辉洒落大地，银色的光华熠熠，让她的心也恍惚起来。

今日燕昊派人来告诉自己，哥哥慕乾已经给了他明确的答复，只要将她安全送过去，他便可以再给燕昊十天时间。十天，足够让南燕使者上下奔波，去说服大虞皇帝做出决定，两国依旧交好，不再生干戈。

“明日卯正时分，我便送你过去。”燕昊的信上写得明明白白，自己总算是要离开南燕了，可不知道为什么，心里却有一丝惆怅，一颗心空落落的，似乎沉不了底。

莫非，自己喜欢上了燕昊，舍不得与他分别？一丝不安的情绪慢慢袭上心头，慕微咬了咬唇，双手交握在胸前，突然觉得有几分惊恐。自己竟然喜欢上了敌国太子，这怎么可能？这怎么行？

他与她，各自有不同的人生，永远也走不到一处去。

慕微痛苦地闭了闭眼睛，埙声依旧在不停地回响，那吹埙的人仿佛永远也不会停止他的演奏一般，那声音纠缠入骨般刺入慕微的心，一点点侵蚀着她的思绪。慢慢地，她有了动摇，迟疑地望着大门，心里竟有几分想出去的冲动。

明日一别，便是天涯陌路，今晚去见见他又如何？慕微心里小声地说服着自己，脚也犹豫着向前移动了一步。

“慕小姐，你去见见太子殿下吧。”明欣看到慕微挪动了下身子，很是欢喜，“外边夜深露重，太子殿下受了伤，这么一整晚在外边受凉，肯定会伤身子的。”拿太子殿下的伤势说话，若慕小姐有几分感恩之心，应该会过去瞧瞧的吧。

慕微一听这话，犹豫彷徨被抛到九霄云外：“我……我是该去提醒他早点儿歇息，不要在外边流连。”

轻轻走在月光里，仿若踏在自己的心事上，脚尖落在青石小径上，心里一点点抽痛，再听那幽怨的埙声，更是格外心伤。慕微悄悄走到湖畔，果然，燕昊在凉亭里，一只手用绷带吊着，可依旧握住那埙，全神贯注地吹奏着。

“你终于来了。”燕昊是习武之人，听觉敏感，早就听到慕微的脚步声。他吹奏完，转脸看了过来，就见慕微穿着一件白色春衫站在那里，眉目盈盈，裙袂翩跹。

“你为何一定要见我？”慕微看着燕昊，他穿着白色衣裳，站在那略显黑暗的凉亭里格外打眼。

燕昊出了凉亭，站在慕微面前，双眼盯住了她的脸：“我不能不见你，今晚再见不到你，我会睡不着。”

慕微从他那专注的眸子里仿佛看到了一个小小的自己。她忽然有些害羞，想起了在林间他也是这般专注地看着自己，自己在他瞳仁里也看见了自己的身影。

脸上微微热了起来，慕微看着燕昊站在自己面前，看到月光将他们的身影交叠在一处，合而为一，仿佛成了一个人。

“你见我又有什么用处？难道有话要说？”慕微没有抬头，压低了嗓音问道，“我们之间，好像没有什么好谈的。”

“有。”燕昊伸出一只手来，轻轻抚摸上了慕微的秀发，那柔软的发丝从他指间慢慢滑落，让他的心也跟着软了几分，“我想告诉你，我喜欢你，微儿。”

当燕昊的手抚上她的发丝时，慕微全身僵硬，唯恐他还有什么别的举动，但好半日，只听到燕昊喊她“微儿”，忽然，她委屈得快透不过气来。“微儿”，父亲这样喊她，母亲这样喊她，兄长也是这么喊她，现在燕昊也这样喊她，他是自己什么人？他有什么资格这样喊自己？

“微儿？我最亲近的人才有资格这样喊我。”慕微的声音冷下来几分，转过身去，“太子殿下，你还是喊我慕小姐吧。”

“不，我就是要喊你微儿，我就是要做你最亲近的人。”燕昊忽然变得固执，拿起慕微的一缕青丝放在鼻下嗅了嗅，“微儿，你知道吗？我第一眼看到你，便喜欢上了你。”

“我给你洗头发的时候便想过，若以后能这样一辈子给你洗头发，那该有多好。”燕昊望着黑油油的青丝，长长地叹了一口气，“微儿，我真是这么想的，不是在说笑。”

慕微再也无法控制住自己，她猛地转头看着燕昊，一双眼睛沉静似水：“太子殿下，你何苦来招惹我？那位陆小姐对你一片痴心，太子殿下竟然视而不见。”

“她？”燕昊唇边勾起一丝浅笑，“我只把她看作妹妹。微儿，你是不是吃醋了？”他饶有兴致地看着慕微，“你放心，我根本不喜欢她。”

“你不喜欢她，还可以喜欢旁人。听说南燕出美人，天生丽质难自弃者，比比皆是，太子殿下又何必一定对我苦苦纠缠？”慕微轻轻摇了摇头，“燕太子，你够了，不必再多说，慕微心中有数。”

燕昊的笑意更深，现在的慕微，柳眉挑起，一双眼睛里似乎有两簇小小的火焰在跳跃，她生气的模样让他更是喜爱。他缓缓地将埙放到嘴边，慢悠悠地吹出一支曲子。慕微开始还在生气，听到这曲子，忽然一颗心就软了下来。

那曲调十分优美，不像方才的那样幽怨，有一种说不出的惬意恬然，还有一种说不出的缠绵悱恻。燕昊一边吹着，一边盯着慕微，轻风将他的发丝吹起，与慕微的头发交缠在一处。

“这是什么曲子？”慕微伸出手来，将两人的头发分开，抬起头，却见燕昊含笑看着自己，一颗心便怦怦乱跳。

“出其东门，有女如云。虽则如云，匪我思存。缟衣綦巾，聊乐我员。”燕昊慢慢吟诵出《诗经》里的句子，然后极尽温柔地补上一句，“微儿，虽然南燕美女如云，我却独独喜欢你一个。”

原来是《出其东门》，慕微忽然恍惚起来。

虽则如云，匪我思存。

多情只有春庭月，犹为离人照落花。

银色的月光照着身边的内湖，微风一吹，不时有泛着银白色的涟漪微微荡漾开来，湖畔的金丝柳也轻柔地随风飞扬。

这三月的春夜，一切都是这般静谧。

“微儿。”燕昊温柔地看着慕微，伸手将她揽入怀中。慕微扭了扭身子，燕昊皱了皱眉。

慕微感觉到自己撞到了燕昊的胳膊，心里慌乱，糟糕，他还受着伤呢。她赶紧伸出手去摸他的胳膊：“是不是撞到你了？很痛吗？”

燕昊一把将她揽在怀里，嘴唇从她的头顶擦去：“微儿，不痛。”

慕微被他拥在怀中，觉得有些喘不过气来。燕昊真是有力，一只胳膊便让她无处逃脱，只能以一种尴尬的姿势贴着他站在那里，感觉到他那温暖的气息直扑到自己脸上。

“微儿。”见慕微双眸灿灿，仿若天空星辰，燕昊轻轻叹了一口气。想起那日在林间，她也是这般睁大眼睛看着自己，有几分倔强的神色，又带着一丝无助，让他几乎控制不住地想亲上去。而此时，他也有这种冲动，很想低下头去，将自己的唇印在她的唇上。

“嗯？”慕微觉得燕昊在看自己，双眼灼灼，让她有几分羞赧。她偏过头去不敢看他，只留给他一个侧脸，如玉般的肌肤在银色月光下发出淡淡的光泽。

“慕微！”一道尖锐的喊叫声很不合时宜地响起。慕微身子一僵，陆凝香过来了。

“你不是说你不喜欢燕昊的吗？”陆凝香将挡住去路的明玉、明欣推开，提了裙摆大步朝这边跑来，见慕微与燕昊依偎在一起，气得眼睛瞪得溜圆，“慕微，你这个贱人，你亲口对我说过的话，才几日，便忘了不成？”

“凝香，休要胡说！”燕昊皱起眉头，看着一脸凶悍的陆凝香，“我定是素日里对你太包容了，你才会如此口无遮拦！若让我再次听到你这么说微儿，别怪我不客气！”

陆凝香瞪着燕昊，几乎不敢相信自己的耳朵：“昊哥哥，你喊她什么？微儿？”她忌恨地望向慕微，眼中有一丝疯狂，“现在你都不喊我香儿了，怎么能这样喊她？！分明我与你才是最亲密的人！”

“亲密？”燕昊一脸惊讶地看着陆凝香，“你只是陆将军的女儿，我一直将你当成师妹，什么时候变成了最亲密的人？”

见燕昊眼神凌厉，陆凝香有些畏惧，她瞟了一眼慕微，小声嘟囔道：“反正比跟她关系密切，她是咱们南燕的敌人！”

“她是谁与你没有关系，她是不是南燕的敌人，也不是你说了算。”燕昊淡淡地看了陆凝香一眼，“凝香，只希望你不要胡搅蛮缠，我喜欢的人是微儿，你该敬重她，要将她看作我们南燕的座上宾才是。”

“她……”陆凝香看了一眼站在旁边一声不吭的慕微，心中那股怨气无论如何也止不住，她一步跨到慕微面前，一双眼睛似能喷出火，“慕微，你为何平白无故地闯到我们南燕来？我恨你，我恨你！”

她伸出手，朝慕微扑来。慕微赶紧朝旁边一闪，立足未稳，她马上失去重心，身子斜斜地往后边倒去。

后边是一个内湖，慕微记得很清楚。

就在她往湖里跌去时，一只手揽住了她的腰，将她拉了回来。又听“扑通”一声，等她站定身子回头看时，就见陆凝香正在水里沉沉浮浮，浅碧色的衣裳浮在水面，如一片绿色的睡莲叶子。

慕微看到挣扎的陆凝香，心里有几分焦急：“快去救她。”

“不打紧，她会划水，自己会上来。”燕昊揽住慕微，看着在水里不断扑腾的陆凝香，大声道：“我不喜欢出手对付女人。凝香，你要知道，微儿不是你能冒犯的。你赶紧上来，现在还是三月，若不及时换了衣裳，会伤身子的。”

“昊哥哥……”陆凝香划拉着胳膊游到岸边，趴在湖畔的泥地上直喘气。她的脸上蹭满了泥浆，可她来不及伸手抹去，只恨恨地盯着那两个人，“慕微，你明日就要走了，又何必这般纠缠昊哥哥？”旁边丫鬟赶紧架起她，把她带走了。

待陆凝香走后，燕昊从怀中掏出埙放到慕微嘴边：“你试试，先气沉丹田，然后用劲儿吹一口气。”

慕微低头看了看那椭圆形的乐器，有几分奇怪：“我又不会吹，你让我吹一口气做什么？”

“我要将你的声息装到这埙里，以后每次拿出来便能听到你的声音。”燕昊含笑望着她，“明日咱们就要分别了，给我留一点儿念想。”

慕微的心忍不住颤抖起来。明日就要分别了，时间过得真快。她低下头，将唇凑在埙的口上，用力吹了一口气。很奇怪，细长的声音响了起来。原来，燕昊的手指正在那六个孔上不住地起起落落，看来是在与她合奏。

“宿昔不梳头，丝发披两肩。婉伸郎膝上，何处不可怜。”少女抒发与情郎在一处的欢娱心情用在此处，却是格外怪异，一种离别的忧伤悄悄滋生，似乎刚刚在心田里丢下了一粒种子，瞬间就开出了花朵。

“走吧。”燕昊在她耳边低语。

曲终人散，终有分别的时刻。

慕微望着那泛起细碎波纹的湖面，心中惆怅。这半个月来，她仿佛做了一个梦，梦醒后，一切都会回归到原来的样子，她的生命里，不再有燕昊。

第二日清晨，如期而至。

慕微梳洗打扮后走出院子，燕昊正站在那里，身后跟着几名副将。

“我来送你过护城河。”

她默默地点了点头，跟着燕昊往前边走去。虽然在刺史府住了这么多日，可她对这里依旧陌生，因为基本没有出去过，唯一记得的路，便是通向凉亭的青石小径。

那条路，不仅通向湖边，同时也通向了她的心里。

马车辘辘而行，慕微掀起软帘，初升的阳光照了进来，温柔和煦，带着淡淡的金色。燕昊坐在慕微身边，没有说话，心中的伤感越来越浓。

不希望她走，可她始终会走，自己不能自私，将她留在南燕与他一道受苦。若大虞不答应和谈，十日之后，这云州城便会变成人间修罗场。他不知道自己会是什么结果，还会不会存于这个世界。

时辰尚早，城门还关着。燕昊吩咐人将城门打开，他与慕微走了出去。

“太子殿下，这怎么使得？若大虞人杀过护城河……”副将有几分犹豫，“还请太子殿下三思！”

“不必多说，我相信大虞的慕将军。”燕昊一挥手，“关门！即便我因此而亡，那也是死得其所。”

那几名副将无奈地互看一眼，只好顺从地侧过身。燕昊与慕微站在那里，听到两扇寒铁铸成的城门合拢。

“你兄长来了。”燕昊的声音空落落的，没有往日那种柔和，还略带嘶哑。

护城河对面站着几个人，慕微一眼便瞧见了慕乾。

“很好，你很守信用。”慕乾朝燕昊点了点头。

护城河的吊桥放了下来，慕微刚踏出第一步，身后便响起了埙声。她的心不由得有一丝颤抖，但强忍着没有回头。她怕自己会控制不住自己的情绪。一步一步，慕微艰难地走上吊桥，那座吊桥并不长，她却走了很久。

燕昊很想冲上去，将她拉住，可他不能这样做。他是南燕太子，身上担负了太多，他不能冲动，不能任性，只能眼睁睁地看着她一步步离开自己。他将埙举在唇边，让那凄婉的音乐传达出自己无限的忧伤。

她，慢慢走着，离他越来越远。

他，站在吊桥的一端，望着她窈窕的身影慢慢远去，忧伤，充斥在心里，挥之不去。

“死生契阔，与子成说。执子之手，与子偕老。”这悠扬的埙声就如一个咒语，紧紧缠住了慕微，让她几乎无法呼吸。她浑浑噩噩地走到吊桥尽头，看到站在面前的兄长，伸出手去：“哥哥，我好累。”

说完，她猛然倒在慕乾怀里，闭上了眼睛。

悠扬的乐声似乎依旧在耳边回荡，白衣飘飘的身影似乎依旧在眼前晃动，可当她睁开眼睛的时候，一切都不见了踪影。

那仿佛只是一个梦，一个漫长的梦，她从梦中醒来，一脸惊慌失措。若不是周围的环境实在不像是大司马府，身边站着的人是慕乾与赫连毓，慕微真会怀疑自己是在做梦。

“哥哥。”慕微低低喊了一声，慕乾惊喜地看着她：“微儿，你总算醒了。”

慕微看了一眼周围，发现是在帐篷里。燕昊！想到他，她心中猛地抽搐了一下，有一种说不出的心酸。

赫连毓上前一步，双眼一眨不眨地盯着慕微：“微儿，你已经安全了，这是咱们大虞的军队，你不要害怕。”

“多谢太原王关照。”慕微起身，准备向赫连毓行礼，却被他一把扶住，“微儿，不必多礼。我与你兄长情同手足，咱们自小便相识，我一直将你看作是自己的……”赫连毓本想说“亲妹妹”，可又觉得说不出口。

莹莹如雪的肌肤，一双剪水双瞳，一张小嘴艳若流丹，这样的慕微，让他早已经将一颗心丢给她，如何还能将她当成自己的妹妹？赫连毓一转脸，就见周围几个人都在看着自己，只能硬着头皮说道：“我一直将你看成是我的妹妹，见面不必行这些虚礼，以后别再如此这般了。”

慕乾瞧着赫连毓那忽然露出几分尴尬的脸色，心下了然，他对慕微道：“微儿，哥哥也和你说过，现在军帐里就咱们三个人，不必的。”

慕微笑着点了点头。可是一瞄见赫连毓的目光，心中就有几分不自在。以前赫连毓也曾这般看着她，她从来没觉得有什么不妥，今日却觉得他目光灼灼，让她有想避开的感觉。

“那燕昊，没对你怎么样吧？”慕乾打量着慕微，见妹妹比他出发前清瘦了些，不由得拧紧了眉头，“是不是他虐待你了？”

“没有。”慕微摇了摇头，心里难受得想哭，“哥哥，你们没对燕昊怎么样吧？你们没有埋伏人马在……”

“妹妹，你怎么将兄长看成那般无耻之徒。”慕乾横了慕微一眼，“我既然答应了他，自然会信守承诺。再说，你是我们慕家的掌上明珠，我如何敢拿你的性命开玩笑？我还怕他燕昊出尔反尔呢。不过，瞧着他倒也是一副正人君子的模样，这才斗胆信了他一回。”

“只有你才觉得他是正人君子。”赫连毓在一旁嘀咕，心中郁闷。燕昊那厮，绝不是什么好人，竟然用手揽住慕微的腰，这一幕在他眼前不住地浮现，让他一直耿耿于怀。

“微儿，现在你总算是平安回来了，马上跟太原王返京吧。”慕乾笑了笑，赫连毓看起来似乎在吃醋，可爱得紧。

“哥哥，我能不能再留几日？”慕微看着慕乾，眼中充满恳求，“我想留下来照顾哥哥。”她有几分心虚，其实，她想留在这里，是因为与他隔得很近，闭上眼睛，似乎便能感受到他的气息，看到他的容颜。

“微儿，快莫要说玩笑话了。”慕乾没有像以前那般对她千依百顺，收敛了笑容，“你要知道，军营里没有女子，你怎么能在这里待着？再说了，我已经派人回京送信了，想必母亲已在家中望眼欲穿，等你回去。”

提到母亲，慕微心中一惊，她怎么能如此不孝，为了一个才认识不久的燕昊，便将母亲忘在脑后？自己被燕昊抓走，母亲肯定都急死了，自己是该快些回去，好让她放心。

“哥哥，我马上就走。”她朝慕乾点了点头，“我想母亲了。”这话说出口，慕微只觉得脸红，她发现自己仿佛已经不是以前的那个自己了，或许这一次被劫，让她的人生发生了某种改变，她再也不是原来那个单纯的慕家二小姐了。

她有了心事，但这心事只能深深掩藏在心底最深的角落，不能被任何人知晓。在风清月白的夜晚，她会将记忆的匣子打开，让这一段往事从那匣子里飘出来，让她闻到一阵幽幽的清香，那是一段在阳光里晒干的回忆。

马车辘辘前行，车里气氛沉闷。慕微与赫连毓并肩而坐，两个人谁也没有说话。慕微的脊背挺得笔直，脸上看不出什么神色，就如木偶一般，没有一丝喜怒哀乐。

赫连毓悄悄摊开手，掌心湿漉漉一片。这是他第一次与慕微单独相处，狂喜之外，他激动得说不出话来，根本不知道该如何面对身边的慕微。

“微儿，”赫连毓迟疑着开口，“你是不是有些怨恨我？”

正沉思的慕微被赫连毓的话惊醒过来，她转过脸来看了赫连毓一眼，见他一脸歉意，有些不解：“太原王，我为何要怨恨你？”

“你分明已经留下线索，我却没有看出来，让燕昊那厮将你掳去南燕。”赫连毓一回想青州城门口的失之交臂便觉得有些郁闷。他伸手从怀中拿出一个锦囊，扯开五彩丝线的绳结，从里边拿出一个小纸包，将纸包打开，上边躺着几个玉白色的指甲，“你将这指甲扔在地上，可我……”

他盯着那几个指甲，心中充满懊悔。那几个指甲躺在纸上，随着马车的前进不住地摇晃，如小舟在浪潮中起伏，又如莲花花瓣摇曳，一点点刺痛着他的心。

若那时自己早些注意到这些，恐怕慕微早已被他救下，也不会受那么多苦了。他重新将指甲细心地包起来，看着慕微的眼睛，真诚地说道：“微儿，我一路追来都没能将你救回，我对不住你。”

慕微看着赫连毓将自己的几个指甲收起，心中不由得微微一动。她又想起燕昊来，他也是这样宝贝一般将那几个指甲给收了起来，也是贴身放在胸口处，这两人的举动，真是有相似之处。

“太原王，你已经尽力了，慕微如何再能怪你。”慕微转过脸去，不敢再看赫连毓。他的那一双眼睛实在太专注，盯着她瞧的时候，如幽幽的深潭，似乎要把她整个人都卷进那深不可测的潭水中去。

“微儿，你真不怪我？”赫连毓的语气里多了几分欢愉，但看见慕微望着另外一边，心中又有几分惆怅，或许她只是口里说说，心中却是在怨恨自己。

她那纤细的背影，黑油油的青丝下露出了一段白皙柔软的脖子，如凝脂一般，吸引着他的目光。赫连毓深深吸了一口气，极力压制住自己的惆怅，低声说道："我没有保护好你，这是我终身的遗憾。"

慕微的身子一僵，这温柔的语气让她回想到以前的时光。那年的冬日，他站在雪地里，手里捧着数枝寒梅，眼神温柔地看着她："我知道慕小姐最喜这种朱砂梅，特地去昭阳宫那边寻了几枝来给慕小姐插瓶。"

他说话的声音永远是那般柔软，眼神永远是那般清澈明亮，唇边永远有如冬日暖阳般和煦的微笑，每次与他交谈，都有如沐春风之感。但今日，她却只觉得不适应，很希望赫连毓不要这般对自己，他的声音越温柔，便越发让她难受，如坐针毡。

慕微心中一酸，默默坐在那里，再没有说话。

赫连毓很细心，在前边州郡买了一辆马车和两个丫鬟，一路上倒也没吃什么苦。慕微将两个丫鬟取了新名字，秋霜与秋凌。这两个丫鬟手脚虽勤快，可毛病也有一大堆，特别是两人都是大嗓门，有什么事情，被她们扯着嗓子一喊，不说方圆十里，十步开外的人肯定能听见。

"小姐，王爷过来了！"秋霜大叫起来。慕微正靠着车壁沉思，蓦然被她的叫声惊醒。

一缕阳光照进来，赫连毓的脸出现在马车外面，他嘴角上扬，朝慕微展眉一笑："微儿，我告诉你一个好消息。"

慕微探着身子看了看赫连毓，有几分好奇。瞧他那模样，笑容是发自内心的，没有丝毫做作。

"微儿，你兄长很快就要立大功了。"赫连毓兴致勃勃地道，"皇上将南燕派来的使者斩杀了，如今正派人快马加鞭去告诉你兄长，让他即刻发兵攻打南燕。"

"攻打南燕？"似乎有什么将慕微的喉咙堵住了，好半日喘不过气来。

"是。"赫连毓笑得十分开心，完全没注意到慕微渐渐变色的脸，"想那南燕，残兵败将，不堪一击，你兄长只要发兵，定能直捣南燕都城，擒获那南燕皇帝，这样一来，他可不是立下大功一件？这，难道还不是好消息？"

他与慕乾，从小便是好友，自然希望他能大获全胜，从沙场上挣得一份功名，而不只是依靠祖荫升迁。灭南燕，这可是奇功，班师回朝之日，也是他升迁之时。不说“策勋十二转，赏赐百千强”，连升三级是肯定的，而那大虞皇宫里的慕昭仪，更有了升为皇后的资本。

“是，确实是个好消息。”慕微点了点头，朝赫连毓勉强笑了笑，“方才那位将军便是去云州送信的？”

赫连毓点了点头：“正是。八百里加急轮流接手传送，想来不过一日半便能到云州。”他抬头望了望天空，明亮的阳光刺着他的眼睛，“我想，最多一个月，便能拿下南燕。”

不是说等十日吗？现在还只是第八日，皇上便派人去给兄长送信，要他即刻发兵攻打南燕，燕昊做好应战的准备了吗？慕微的思绪飞到了云州城里的那处小院，小虎子、宝儿他们，难道又要过那种颠沛流离的生活了吗？

皇上圣旨已下，兄长不能违抗君令，只能出兵，南燕必然要亡国！慕微眼前晃过一张俊秀的脸，一双眼紧紧盯着她，仿佛在说：“你们慕家的人怎么能如此不守信用？提前发兵，是想趁我不备？”

她的呼吸沉重起来，一种说不出的难受让她的心拧在了一处。她眯着眼睛，慢慢呼了一口气，一切都与自己无关，难道不是吗？

“小姐，小姐！”秋霜与秋凌的声音似乎也不能唤回她渐渐离散的神志。慕微茫然地望了前方一眼，可什么也看不到。

她软绵绵地躺下，眼前金光闪闪，出现了一个人的身影。他穿着白色衣裳，手中拿着埙，一边吹奏，一边深深地凝望着她。

“燕昊。”她想喊出声来，却半点儿声音也发不出，索性闭上了眼睛。

似乎在一条黑暗的小路上摸索着前行，很远很远的路，怎么也看不到尽头，慕微跌跌撞撞地走着，想要追随那个人的脚步，可周围是那般黑，她看不到希望，天似穹庐，没有一颗星，她徒劳地往前奔着，直到脚下绊到一块石头，顷刻间前方亮堂起来。

“小姐醒来了！”惊喜交加的声音在耳边响起，慕微睁开眼睛一看，居然是自己的贴身丫鬟秋月，她正惊喜地看着自己，泪珠大滴大滴地落下来，“小姐，你把秋月急坏了！”她转过头来，朝门口喊，“快去告诉夫人，小姐醒过来了！”

一阵急促的脚步声传来，门帘被人高高擎起。

“微儿。”慕夫人见慕微睁着眼睛坐在那里，一把将慕微揽在怀里，

"微儿！"

慕微伸手抱住慕夫人的腰，将脸贴在慕夫人的肩膀上，闻着那熟悉的气息，心中有一种说不出的安定。"母亲，是微儿不好，让你牵挂了这么久。"慕微在慕夫人耳边喃喃说道，看着母亲眼角依稀的皱纹，她鼻子酸了酸，"是女儿不孝。"

"微儿，快别这么说。"慕夫人伸手摸了摸慕微的头发，"都怪那贼子，与你有何关系。"慕夫人端详了慕微一番，咬牙切齿道，"听太原王说，掳你的是南燕太子，这南燕人实在可恶！"

听母亲提起燕昊，慕微忽然想起他来，想他那张脸，俊眉星目，望着她目光灼灼。他现在肯定还在云州，带领着军民苦苦坚守着那座城池。他能守多久？一想到哥哥那骄傲的话语，慕微不由得打了个寒战。要拿下南燕，不是一件太难的事，城破之时，燕昊……她的心底幽幽生出一丝痛楚，燕昊，他会殉国吗？

"微儿，你是冷吗？"慕夫人心细如发，注意到慕微这颤动，心疼地将她搂紧了些，"母亲给你请了上京最有名的大夫，他说你只是惊厥所致，只要安心静养几日便会好了。"

慕微点了点头，将头靠在慕夫人的肩膀上，几滴泪悄悄滑落下来。

"夫人，小姐，老夫人过来了。"外边有秋喜铃铛般的声音。慕夫人与慕微抬起头来，慕老夫人已经跨步走了进来。

花白的头发上简单地插着一根碧玉簪子，一条抹额上嵌着宝石，绯丝衣裳上绣着团花，走起路来虎虎生威，这慕老夫人如今快七十岁了，身板儿却十分硬朗，根本不用丫鬟婆子扶，倒将她们甩下一大截。

慕老夫人是一个坚强的人，生了五个儿子、两个女儿，五个儿子里有两个夭折了，两个战死疆场，如今只剩慕华寅一个。在儿子们离开她时，慕老夫人流过泪，可也不过是几天罢了，泪干以后，她的脊背依旧挺得笔直，没有瘫下来半分。三年前慕老太爷生病过世，慕老夫人曾大病一场，京城的大夫都说可能会跟着慕老太爷去了，可她又奇迹般地活了下来，身子骨儿比以前似乎还好些。

对于慕老夫人来说，人在这世间活着，不能退缩或者犹豫，只能大步向前走，前边是什么样儿，只能自己走过去瞧瞧才知道。慕微被掳，慕府上下惊慌失措，慕夫人每日里哭哭啼啼，就连慕华寅也受了影响，独有慕老夫人不声不响。

昨日听说太原王送慕微回府，慕老夫人过来看了一趟，见慕微昏迷不醒，心中也着急，只是脸上并未显露出来，今日听丫鬟来报，说二小姐醒了，这才赶紧过来看她。

“微丫头，你可醒了。”慕老夫人慈祥地看了慕微一眼，见她面容消瘦了些，心中十分疼惜，“怎么瘦了？那南燕的贼子施虐于你了？”

慕微摇了摇头：“微儿谢祖母牵挂，微儿并未受苦，只是旅途颠簸得太久，有些乏了。”

“这就好。”慕老夫人点了点头，看着在一旁擦泪的慕夫人，道，“老大媳妇，五日后太原王府上有游宴，你喊珍珑坊过来给微丫头做几套精致衣裳，穿着新衣出去，人就会爽快些，去去霉气。”

慕夫人皱了皱眉，有些担心地看着怀里的慕微：“母亲，微儿身子虚弱，不大合适出府参加游宴，况且我觉得微儿躲过这阵子风头才好，去了那些地方，少不得会有人说闲话，听了心里发堵。”

“老大媳妇，你怎么这般胆小起来？”慕老夫人不满地看了看慕夫人，脸上的皱纹深了几分，“嘴巴长在人身上，她们爱怎么说便怎么说，微儿若是不去，只怕她们还会说得更多！咱们大虞慕家的小姐，要经得起风浪，上马射箭，下马女红，样样儿都要占强！咱们微丫头又不是那些扭扭捏捏的大家闺秀，听几句奚落就受不住，你难道不相信自己的女儿？”

“母亲，我没事的，到那日我与你们一起去便是。”慕微直起身子，朝慕夫人笑了笑，“祖母说得对，我若躲在屋子里哭哭啼啼，那也不是咱们慕家的做派。”

“微丫头，祖母就喜欢你这一点，爽直得很！”慕老夫人眯着眼睛笑了起来，花白的头发被窗外透进来的阳光映着，点点发着银光，“到那日祖母陪你去，看谁敢在我面前嚼舌根！”

慕夫人瞧着慕老夫人那坚毅的眼神，又看了看慕微那清澄如水的双眸，也挺直了脊背，脸上露出笑来：“母亲说得是，微儿必须走出去，否则还不知道旁人在背后将她诋毁成什么样子呢。”

“微儿究竟被谁掳去，昨日我已与太原王商议好，就说是一群流民，因没有粮米生存，不得已捉了微丫头去，想向大司马府讹诈银子，这群人现已被太原王捉拿，微丫头也平安归来。”

慕夫人听了这话，心中甚是不安，脸上变了几分颜色：“母亲，被流民掳去……这不大好吧？流民都是些暴民，旁人还不知道会如何议论微儿呢。”

“微儿被掳之事，京城谁人不知？那城墙张贴的画像还能瞒得过旁人？既然都知道了，也只能放手一搏了。”慕老夫人的眼神有几分凌厉，“用流民这般说辞，总比说微儿被南燕贼子捉去要好，毕竟这还牵涉了远在云州的乾儿。”

慕乾今年才十八岁，虽说十五岁起便跟着慕华寅外出征战，但这次却是他第一次独当一面，领了十万兵马去攻打南燕。若是被有心人知道他为了自己的妹妹竟然在云州停战十日，还不知道会是个什么结果。

虽然外边传言慕大司马权倾朝野，跺一跺脚，京城都要摇几分，可这般夸辞却让慕家更有危机之感。所谓功高震主，还不知道皇宫里的皇上心中是怎么想的。这伴君如伴虎，其中究竟是什么滋味，不是慕家人自是体会不到。

孙子与孙女相比，慕老夫人自然更倾向于要保证慕乾的安全。说成是被流民掳去，慕微的名声可能会受损，可总比慕乾被皇上发落要好。再说有太原王这般用心良苦，只要他出面解释，或许事情也不会糟糕到那个地步。京城里的人确实喜欢说闲话，可这些闲话若没有人肆意去传播，隔一阵子自然也会被人忘记。

听到慕老夫人提到儿子，慕夫人脸上也变了颜色。她抱住慕微的手紧了几分，额上沁出汗来：“太原王想得委实周到！也多亏他替乾儿掩盖着，否则若是被皇上知道了，还不晓得会如何震怒呢！”顿了顿，慕夫人脸上露出恨恨的神色，咬牙切齿道，“都是那可恨的南燕贼子！若是能拿住他，定要将他碎尸万段！”

慕微坐在那里，没有细听母亲与祖母的话，只是在想着自己的心事。她悄悄将手拢在袖子里，手指抚摸过手背。已经过去了多日，那鞭痕早已不见，但她似乎依旧能感受到上边有浅浅的凸起一般——或许只有那道鞭痕才能提醒她，自己曾经遇到过他，曾经遇见过那俊秀如斯、温柔如斯的他。

难怪他的埙声那般幽怨，他早已预知到了他与她之间的天涯陌路。那夜，他握着自己的手，教自己吹埙，已是他们此生最后一次交集。

或许他们还会再见吧，可见了又能如何？他们两人已成了仇敌，慕微无奈地笑了笑。南燕破国，自己的兄长便是燕昊最大的仇人，而在慕夫人心中，燕昊也是慕家最大的仇人，他与她，永远都处在对立的位置，不会走到一处去。

春日的清晨天色空濛，枝头的花轻轻坠落，发出一丝柔和的声音。

“小姐，宇文太傅府的七小姐过来了。”看门的丫鬟小梨子坐在院墙边的一棵树上，跷着脚在打秋千，见那边影影绰绰地来了几个人，仔细瞧了瞧，便扭头向慕微喊起来，“小姐，快些去梳头，别让宇文小姐看见你这般模样。”

“我这般模样又如何？她是我的手帕交，给她看了我这懒怠的模样有什么干系？”慕微笑了笑，望着小梨子又笑了笑，“你爬到树上，岂不是更不合规矩？偏偏还装模作样地说起我来。”

小梨子朝慕微扮了个鬼脸，说：“小姐，我要坐到树上才能看得远啊！”

说话间，院门边已经站了几个人，秋月笑着迎了上去：“宇文小姐安好。”

宇文如眉走了进来，看了看树下站着的慕微，眼睛红了，快步走过来握住了慕微的手：“微微，我来看你了。”

慕微见宇文如眉脸上焦急的神色，不由得抿唇笑了笑：“如眉，你别这样，我又没什么事儿，别红着眼圈子，我瞧了都觉得难受，好像我在外边受难了一般。”

“难道不是受难？”宇文如眉挑起了眉毛，眼角也斜斜飞起来，她捏起手帕，擦了擦眼睛，“听说你被流民掳了去，定然好多日没有吃饱饭、睡好觉……”她的目光悄悄在慕微身上溜了一圈，“他们没对你怎么样吧？”

“还能怎么样，他们捉了我去，便是想要勒索些酬金，自然是好饭好菜招待着。即便他们没有饭吃，也要让我吃饱才行。”慕微笑着拉了拉宇文如眉的手帕，“我没事。”

“我听说外边传得风风雨雨的，心里头惦记你，怕你难受，这才请示了祖母，让她带我来看看你。”

“风言风语随他们去，嘴巴长在他们身上，我又如何能止得住？”慕微朝宇文如眉笑了笑，指着树下的秋千道，“你瞧那秋千架子，只要有风，它自然会动，人可比秋千架子灵活多了。”

“你能想开便好。”宇文如眉转瞬便笑了起来，两条柳叶眉似乎挑入了刘海里。她伸手挽住慕微的胳膊道：“走，去瞧瞧你最近画了些什么画儿。”

秋月上前一步，笑着对宇文如眉行礼道：“宇文小姐，我家小姐受了风寒，这几日一直躺着呢，今日精神才好些，哪有心思画画儿，不如陪我家小姐在院子里说说闲话，我这就去给你们拿些糕点果子来。”

“你这丫鬟真是贴心。”望着秋月的背影，宇文如眉满眼的羡慕神色，“我的丫鬟个个都很愚笨，就像那算盘珠子一般，我拨一下，她们才会动一下。唉……你都不知道，前些日子我及笄宴上，她们俩差点儿把我的簪子给摔断，若不是她们自小便服侍我，真想将她们几十板子打杀了才解气。”

“只不过是一支簪子而已，何必说打说杀的。”慕微心中有几分诧异。宇文如眉虽说被养得娇了些，可也不至于会因为一支簪子便喊着要打杀了自己的贴身丫鬟，想来这支簪子定是很重要的，或许是她母亲送她的及笄礼。

宇文如眉的头上插着两支簪子，一支白玉梅花簪，还有一支是水晶琉璃簪，两支簪子相互交映，瞧着十分协调，与她的小圆脸很是匹配。那水晶琉璃簪上有长串的流苏，细细碎碎地垂到耳边。

“我错过你的及笄宴，实在不好意思。”慕微有几分歉意，宇文如眉自小便与她交好，可她那么重要的日子，自己却没能在她身边，真是失礼。

“这也怨不得你。”宇文如眉敛了双眉，同情地看了慕微一眼，“你那会儿不是被流民捉住了嘛。”她得意地伸手摸了摸水晶琉璃簪的流苏，冰凉的水晶触着她的肌肤，心底生出丝丝的温暖。

这簪子是他送的，宇文如眉真恨不得大声告诉每一个认识自己的人，可又碍着闺阁小姐的矜持，怎么也说不出口来。

他是她见过的最好的男子，俊眉朗目，英气勃勃，站在那里如烟罗里的玉树，又如芳庭里的芝兰。他温柔的眼神一望过来，她便会觉得心里一阵慌乱，抑制不住地狂跳不止。

“无论怎么说，我还是觉得过意不去。”慕微笑着看了看她的簪子，“改日我再送你一幅画，算是赔罪。”

“小姐，珍珑坊的绣娘过来了。”树上的小梨子一边大声喊道，一边麻利地从树下溜了下来，两只手在衣裳上擦了擦，一对小虎牙露在外边，笑得很是可爱，“小姐，我要瞧瞧你的新衣裳！”

“不过是几件衣裳罢了，”慕微笑了笑，“有什么好看的。”

宇文如眉瞧着那几个绣娘捧了几个大包走了进来，深深地看了慕微一眼：“微微，你明日……要去参加太原王府的游宴？”

慕微漫不经心地点了点头：“是，我祖母与母亲都会去。”

打开包袱，珍珑坊的绣娘拿出了一件嫩黄色的衣裳来，两人扯着衣裳的肩膀抖了抖，一袭精致的春衫便出现在众人面前，交领，高腰，下边的裙子是十二幅的月华湘水裙，整件衣裳是渐变的颜色，最下边是沉积的橘红色，慢慢往上走，那颜色便淡了许多，等到了最上边，便是那种嫩嫩的黄色，仿佛吹一口气，那黄色便会化掉，只余纯白的底子。

衣裳上绣了缠枝牡丹，每一朵花都有嫩绿的叶片托出，那花瓣重重叠叠，里边露出用金线绣出的花蕊，似乎能迎风而动；花蕊顶部，点缀着米粒大的珍珠，如海上泡沫一般，晶莹而纯净。

慕微穿着这件春裳走出来时，屋子里仿佛明亮了起来。她站在那里，恬静美好，脸上有着艳艳的光，就连从窗外照进来的阳光都失去了颜色。

宇文如眉呆呆地站在一旁，看着站在屋中央的慕微，心里忽然一阵发酸，不知道该说什么才好。

“微微，我觉得你明日最好不要出去，待在家里比较好。”宇文如眉握住慕微的手，眼神很真切，“我担心你呢，身子还没大好，那些无聊的人肯定会在你面前说些风言风语，你哪能受得住？”

她的脸上有一种担心的神色，看得慕微一怔，旋即笑了笑：“没事，反正嘴巴长在他们身上，爱怎么说便怎么说，我又不会因这个少一块肉。”

“可是……”宇文如眉一副担忧的模样，轻轻拍了拍慕微的手，“你又不是不知道，那些人说话有多难听，你这会儿可能觉得不会怎样，可真正听到了，怕会气得说不出话来呢。”

慕微没有回答她，只是沉默地坐在那里，眼睛盯着自己的双手，纤细的手指如洁白的水葱，上边几个指甲修得圆圆的，没有了往日葱管儿似的指甲盖子。

“你自己好好想想吧。”宇文如眉同情地看着慕微，以为她此时心中正难受，不由得双眉皱了皱，“若真不想去，也不必强撑着。”

“如眉，多谢你的关心。”慕微抬起头来，绽开一个笑容，看得宇文如眉愣了愣。那笑容如春日里绽放的花朵，让人瞧着心旌摇动。

与慕微一道去参加过不少游宴，每次只要她在场，那些公子的目光都会追逐着她。虽然有不少京城贵女在场，可谁都不及慕微的好颜色。就如赏花时，旁人只会看那艳冠群芳的牡丹，又有谁会注意到那秾丽花瓣之侧，还有不起眼的小花小草？

气氛微妙起来，两人虽然还是坐在一处，可仿佛没有原来那般无话不说。一阵沉默过后，宇文如眉随意拣了些京城趣事说给慕微听，却远不及素日里那般眉飞色舞，她自己都觉得说出口后简直是味同嚼蜡。

第十一章 别院赏花

马车在太原王西郊的别院前停了下来，门口车水马龙，一派热闹景象。

“微丫头，只管挺直背，不要管旁人怎么说，往前走便是了。”慕老夫人一只手攥住慕微的手，眼神矍铄，“若是畏惧那些流言，以后便没法子抬起头来做人了。”

自己宝贝一般养大的孙女，却被那南燕的贼子弄到如此地步，真是可恶，幸得太原王还眷顾着他们打小的那份情意，想要为微丫头将这事儿化解。京城的高门大户里，若是出了丑闻，往往要想法子藏着掖着，可事情如何能瞒得过旁人，总有一日会被揭露出来，到时候众口悠悠，愈说愈厉害。

所谓防民之口甚于防川，与其让慕微躲藏在家，不如让她大大方方地出现在众人面前，让京城那些喜欢说闲话的人瞧瞧，慕大司马家的二小姐什么事情都没有，不要胡乱猜测。

慕家女眷慢慢地往前走着，忽然听到一个惊喜的声音：“慕老夫人，慕夫人，慕小姐。”

不用抬头，慕微便知那人是谁。她的目光落在了那蜀锦袍子上，袍子上绣着一丛翠色修竹，修竹上边有一块玉珏，泛着水碧的颜色，在阳光照射下流光溢彩。

“太原王实在客气，何必出来相迎！”慕老夫人的声音很是响亮，惹得周围的人都往这边瞧过来。

“大司马府的女眷到了。”有人小声议论着，“咦，慕二小姐回来了吗？”

或许是看见赫连毓站在那里，那闲话只露了个头，便没了尾。慕微笑了笑，今日不知道要听多少闲话呢，这才刚到大门口，便有了风言风语，想必宴席结束后，自己要兜一帽子的闲话回去了。

从花厅看过去，除了那鲜艳的花朵，还能看见外边有不少穿红着绿的贵女带着丫鬟们走过，不时洒落一串串银铃般的笑声，给这春日里添上了热闹的气息。

“慕二小姐比以前更美了。”一位穿着深红衣裳的夫人笑眯眯地朝慕老夫人点头，“都说大虞慕家男子俊，女子美，可真是名不虚传。咱们的慕大司马，曾经有那侧帽风流的典故，可瞧着这年轻一辈，似乎要比慕大司马更胜呢。”

慕华寅年少时有次带着随从去打猎，过城门时一阵风起，将他戴的帽子吹得侧在一旁，第二日上京里上至达官贵人家的公子哥儿，下到贩夫走卒，个个都将帽子斜着戴，皆是仿了慕华寅侧帽之举。

僖宗听到这件新鲜事，特地召慕华寅觐见，见他站在殿前，仿若潘安再世，卫玠重生，不由得龙颜大悦，钦赐他“侧帽郎”之名，这侧帽风流的典故也因此传了下来。

听到那位夫人的话，花厅里众人皆点头称是：“可不是，慕大小姐德才兼备，被皇上册封为昭仪，慕家两位公子个个俊秀无俦，现今瞧着这慕二小姐……啧啧啧，比起年前见时又美了几分。慕夫人，快别藏私，莫非你们家有什么养颜的方子不成？”

“我瞅着慕二小姐是没了那青涩的底子，眉眼长开了些，这才显得更美艳了。”一位夫人手里捻着一串檀木珠子，不经意地溜了慕微一眼，“这个‘美’字不少人能当得起，而这个‘艳’字就真真难说了。”

旁边有人会意地点了点头：“美艳不可方物，现今慕二小姐可真当得起这句话了。”

在大虞，“艳”一般用来形容妇人，用来形容未婚女子，这个字眼还是略带贬义。这几位妇人拿这个词来形容慕微，分明是话里有话。

慕微看着花厅里这几位说得正开心的妇人，站起来行了一礼，笑吟吟地道：“各位夫人如此夸奖慕微，慕微可真有些担当不起。各位夫人这溢美之词说得如此顺口，想来也常这般夸奖自己的女儿。只是慕微这般粗陋之姿，哪里比得上各位夫人的小姐，这‘艳’字，还是归还给各位夫人，请大家拿去尽力夸奖自己的女儿吧。”

这番话说得风轻云淡，慕微扫视了花厅里众位夫人一眼，再朝慕老夫人与慕夫人行礼道：“祖母，母亲，微儿想去园中寻朋友一道去赏花游玩，暂且失陪。”

慕老夫人脸上露出一丝笑来，朝慕微点了点头：“你去吧。”转眼瞧了瞧那几个被慕微说得哑口无言的夫人，心中大呼过瘾。对待这样的人，若不给她们些颜色瞧瞧，恐怕还一个个牙尖嘴利地继续说下去呢。

杏树那边站着一群贵女，正叽叽喳喳地说着话，见慕微带了秋月过来，忽然都静了下来，一双双眼睛瞪着她，谁也没有开口。

慕微瞧了瞧众人，看到里边有几个与自己相熟的，便朝她们笑了笑：“王小姐，李小姐，你们来得这般早。”

被喊到名字的两人似乎有几分尴尬，将头转到了一旁，仿佛要与慕微撇清关系一般。秋月看两人的神情，很是生气，撇了撇嘴道：“王小姐，李小姐，今日怎么就这般生分了？以前你们见了我家小姐，可是一个劲儿上来巴结着，唯恐我们家小姐不理会你们呢！”

王小姐的脸上一红，方转过头来低低道了一句：“慕二小姐。”而那李小姐却依旧端着一张脸，嘴巴闭得紧紧的，眼睛往不远处的杏树上瞄，似乎正在赏花。

“原来这位就是鼎鼎有名的慕二小姐。”人群里忽然传来一个欢快的声音，“慕二小姐，听说你前不久被流民捉了去，可否与我们说说那贼窝里究竟是什么模样？你是不是吃了很多苦？”

慕微定睛一看，就见一位穿着红衣的少女正满脸带笑地看着她，那笑容似乎很真诚，没有讽刺挖苦的意思。慕微淡淡一笑：“那些人对我不错，派了两个丫鬟服侍我，住得也很舒适，没吃什么苦头。”

“如何没有吃苦头？”一个尖尖的声音响起，带着几分尖刻，“听闻那些流民都是从受灾的地方逃过来的，吃不上饭，讨不到媳妇，慕二小姐这般美貌，我便不信那些流民没有动心思……”那声音说到后面，慢慢转成一句哂笑，“所谓掩耳盗铃，也不过是骗骗自己罢了。”

慕微站在那里，眼睛朝那位小姐望去，见她甚为陌生，一张容长脸，高颧骨，薄嘴唇，擦着鲜红的口脂。

“不知这位小姐是哪家的，以前怎么没见过？”慕微笑着朝她点了点头，

“这位小姐说起话来头头是道，莫非你已经领教过那流民头子的凶残？”

“你胡说！”那小姐脸色煞白，眼里似乎要冒出火来，“我养在深闺，哪有什么机会去见那流民头子？”

“若你没见过，又如何知道那流民头子会对美貌女子动心？你连流民是哪一方来的都不知，偏偏当成自己亲眼见过一样，这般胡编乱造去说一个人，你便不担心死后会下地狱拔舌？”慕微嘴角露出一丝讥讽，“若心中有佛，看旁人便是佛，若心中有鬼，看一切皆是鬼，这位小姐心中想必装的全是那鬼蜮伎俩，所以瞧着世人个个都是鬼怪一般，才会有这般龌龊的心思。”

周围的贵女听到慕微这般落落大方地说话，没有半分畏畏缩缩的神色，不由得想着，这位慕二小姐是不是真没被那歹人侵犯过，否则她怎么会这般坦荡？她们看了看慕微，又看了看那位小姐，脸上露出迷茫的神色。

“有些人最擅长的就是反咬一口。”那位小姐气得全身发抖，重重地哼了一声，“我便不信了，从那贼窝里出来，还能清清白白的！”

“说得也是，听说那流民都是穷凶极恶之徒，为何能这般仁慈，还派丫鬟服侍她，也没吃什么苦头？说出去都不会有人相信。”有人立刻动摇了几分，眼睛觑着慕微，开始咬起耳朵来。

“你们都在胡说什么！”忽然有人开口，声音里满是怒意，“谁在这里乱嚼舌根？难道不会良心不安吗？”

慕微没有回头，那声音很熟悉，是宇文如眉过来了。

“宇文小姐说得是，她们就是在乱嚼舌根！”秋月听到宇文如眉过来替慕微抱不平，欢喜得眉毛眼睛都挤在了一处，指着那群贵女道，“宇文小姐你瞧瞧，她们都在说什么话，不就是在忌妒我家小姐，所以才诋毁她？”

一阵香风袭人，宇文如眉挽住慕微的手，笑道：“微微，咱们去那边玩，别理她们。”

“微微，你还是来了。”宇文如眉伴着慕微走到湖边，伸手将慕微衣裳上几片殷红的花瓣弹了去。她的眉头微微皱在一处，眼中有不赞成的神色：“我说过的，她们定会在背后说三道四，可你还是要来，现在心中肯定不舒服吧？”

“谁人背后不说人？她们说她们的，我不放在心上就是了。”慕微朝宇文如眉笑了笑，眉宇间有一种疏淡的神色，“走吧，咱们到那边瞧瞧去。”

宇文如眉的眼圈红了红，一只手抬了起来，很是亲昵地抓住了慕微的手：“微微，你吃了这么多苦，偏偏还要听这些闲话，真为你觉得不值。好在你自己不堵心，否则我都不知道该怎么安慰你才是。”

两人携手慢慢往前边走去，不多时便走到水榭，两人趴在窗边往外看。湖水清澈，如明镜一般，春风一吹，粼粼细纹翻腾，如万点碎金。

“这边景色真美，不知为何却没有人来游玩。”宇文如眉看了看周围，只有两三个人在湖边闲逛，这让她觉得颇为诧异。

“大抵都去演武场或者是花厅那边了。”跟在慕微身后的秋月撇了撇嘴，“还不是都想得到太原王的喜欢？全去奉承了。”

宇文如眉心中堪堪地漏了一拍，只觉得有些心事被人戳穿的感觉。今日她特地仔细打扮了一番才出来，为的就是想让他多看一眼。可刚踏进花厅，就听两位夫人躲在角落里窃窃私语，仔细听了一耳朵，才知原来慕微来参加这次游宴了。

她心中一阵怅然。她终究还是来了，没听自己的劝阻跑来了——难道她也想见他一面？

一想起那日慕微身上穿着那件春衫，那艳艳容光让她几乎不敢直视，宇文如眉的一颗心便如被虫子咬了一般，一种酸涩的情绪弥漫开来。

若慕微站在他面前，恐怕他只会看着她吧？宇文如眉痛苦地闭了闭眼睛，自己明明劝过慕微，可她还是来了，分明就是想来出风头，抢去他的目光。慕微的手拿在掌中，很是柔软，宇文如眉心中有几分恨意，几乎想用力将她的手指捏断，可她终究没有这样做，只是笑着道：“咱们就在这里坐坐吧，不去凑热闹。”

宇文太傅是大虞的老臣，这两年尤得皇上信赖，太傅、太师与太保并称三师，乃一品大员。宇文太傅家与慕大司马府算得上是旗鼓相当的门户，故此宇文如眉与慕微自小便是好友。

宇文如眉是宇文太傅的第七个孙女，在家中很是得宠，宇文老夫人出门拜会亲友，都会将她带在身边，逢人便说：“这可是我们宇文家的明珠。”

慕微五岁的时候，便认识了宇文如眉，两人有十年的交情。小时候，慕微觉得宇文如眉有什么话都与她说，真是推心置腹的朋友。可慢慢随着年纪渐长，她发现自己与宇文如眉之间越来越疏远了，虽然每次游宴两人总是手挽手地站在一处，可她始终感受不到宇文如眉的真心。

今日，宇文如眉好像有些不同。

她素来对自己很有信心，每一次游宴都想引人注目，从不放过任何一个被人注意到的机会。可现在她不去参加赛诗会，也不想去演武场。慕微扭头望着那波光粼粼的湖面，心中暗自揣测，宇文如眉究竟想要做什么呢？

水榭外边传来沙沙的脚步声，慕微转脸一看，便见一个穿着长袍的公子带了长随往这边走来。

“咦，怎么太原王的府邸里还混进了这样的人？”宇文如眉的口气很是不高兴，“喜儿，将那水榭的门给关了。”

那人慕微认识，是一位姓任的光禄大夫的三公子，听说这人不学无术，惯会在风月场所出入，京城贵女对他皆是避之不及，每次游宴遇到都会闪身躲过。任大夫为这个儿子花了不少心思，眼见着已经二十岁，一事无成，也没有谈好一门合适的亲事。

“哎呀，宇文小姐，何必关门呢，这水榭又不是私人地盘，你关门似乎不太好吧？”宇文如眉的话音刚落，那任三公子便一步跨上了汉白玉台阶，一只手撑着门，绿豆眼笑得根本找不到瞳仁。

“如眉，我们走。”慕微不愿与那任三公子待在一处，她站起身来便往外走，宇文如眉也紧紧跟了上来，只是在路过任三公子身边时，回眸朝他看了一眼，似有深意。

“慕小姐，为何走得这般匆忙？”任三公子闻到一股淡淡的香味，又见一张芙蓉粉面从身边走过，一双腿便有些发软，赶紧追了出来，“慕小姐，你慢些走。”

慕微不理他，径自往前走。任三公子嬉皮笑脸地追过来，伸手指着湖畔的金丝柳道：“慕小姐，你瞧这柳树生得多好，枝枝相交，叶叶缠绵，好像是两个人抱在一处……”

秋月呵斥道：“这位公子，你竟敢在我家小姐面前说这种淫词烂语！”

任三公子横着眼睛瞟了秋月一眼，嘴里吐出唾沫星子来：“我在与你家小姐说话，你这丫鬟怎么能开口？你们大司马府的规矩去哪里了？”

“我家小姐是你这样的人能攀谈的？”秋月冷笑一声，双手叉在腰间，脸上露出不屑的神色来，“莫说是跟我家小姐说话，就是与我说，你也没那个资格！”

“你这丫头在胡说八道什么！”任三公子脸涨得通红，伸出手就去扇秋月的耳光，却被秋月灵巧躲过。他往前扑了扑，差点儿掉入湖中，幸得身边长随伸手拉住："公子，小心些。"

任三公子站定了身子，转过身来瞅了瞅慕微，见她悠悠闲闲地带着秋月往前边走去，不由得勃然大怒，追过去一把拉住了秋月的衣袖："你是个什么东西，敢在爷面前装清高！你主子都被歹人非礼过了，你还在这里装模作样！老实说，我能过来和她说话，已经是看得起她了！"

这大司马府家的二小姐，生得实在貌美，以前自己只有远远看着的份儿，可现在不同了，她坏了名声，谁还愿意同她说话？自己也算是怜香惜玉，可她偏偏还不识相，不仅不与自己说话，就连她的丫鬟都把自己如此看低！

"你胡说什么！狗嘴里吐不出象牙！"秋月被任三公子拉住，听他满口胡言乱语，气得打战，伸手便往任三公子脸上掴去，"竟敢这般说我家小姐，我跟你拼了！"

任三公子没料到一个小丫鬟竟敢出手打他，没来得及躲闪，就听"啪"的一声，他结结实实地挨了秋月一掌。

"你这个臭娘儿们，竟敢对本公子动手！"任三公子气得跳脚，朝身边的长随一瞪眼，"还不快给我上！"

"谁敢动手打我的人？！"慕微见那长随真的伸手要打秋月，厉喝一声，"我还在这里呢！"

那个长随一怔，想想慕微的身份，举起的手放了下来。任三公子见自己的下人不敢动手，着实气恼，可瞧着慕微的脸，心里的怒气暂且压下，忙涎着一张脸凑了过去："慕小姐，虽然你名声坏了，可我不嫌弃你，要不，我让家母去大司马府提亲，如何？"

"你说什么？不嫌弃我？"慕微挑了挑眉，"任三公子，你以为自己能配得上我？"这人可真是不识相，自己有几斤几两都不知道，竟敢想着娶自己！慕微瞧着那一脸猥琐的任三公子，恶心得几乎要吐出来。

"慕小姐，你现在都……"任三公子停了停，见慕微一脸平静地看着自己，眼中满是不屑，他吞了口唾沫，将手捏成拳头给自己壮胆——不过是个还没及笄的雏儿罢了，自己为何要这般畏惧她？现在她名声全毁，大司马府肯定着急想要替她寻个婆家嫁了。自己父亲三品官职，门第也不算低，若是向大司马府提亲，慕家定会一口答应。

想到此处，任三公子一脸得意："慕小姐，今日远非昔时，你以为你还是那个金尊玉贵的慕家二小姐不成？"说着，身子便往慕微身边挨过来，"慕小姐，你能将身子给那肮脏的流民，为何就不能嫁我？”

眼见与慕微越来越近，任三公子格外兴奋起来，手舞足蹈地往前凑过去。还没等他近身，便觉有一个人影闪到面前，还没等他反应过来，那人伸出一只手按在他胸口，用力一推，任三公子便如一只纸鸢，轻飘飘地飞了出去。

“公子！”那长随吓了一跳，就听“扑通”一声，任三公子已落入水中。

湖泊里银光闪闪，任三公子伸出两只手在湖面上不住地扑腾着，身子在湖水里一上一下沉沉浮浮，他的长随站在旁边不住地跳脚喊道：“快来人啊，来人救救我们家公子！”

“我看谁敢救他。”冷冷的声音如寒风扑面。那个长随转过脸来，看清来人，吓得“扑通”一声跪倒在地：“王爷，我家公子是有些胡言乱语，可罪不至死，还请王爷开金口，准许小人去救我家公子。”

赫连毓手里捧着一枝杏花，那杏花开得饱满，却遮不住赫连毓脸上的铁青颜色，仿佛是一个煞神，全身有着冷冽之气。

“谁说他罪不至死？胆敢开口侮辱慕小姐，那便已是死罪！”赫连毓盯着在水里扑腾的任三公子，心中有气。这不知天高地厚的家伙，竟敢在慕微面前说那种不恭不敬的话，不想要命了？他冷冷地扫过周围的人，厉声喝道：“谁也不许救他，若他能自己爬上来，就给他留一条贱命！”

转脸一看，慕微已带着秋月往前边走去。除了秋月，她旁边没有其他人，这显得她的身影格外孤单。赫连毓心中一酸，赶紧拔足追去。

跟着赫连毓过来的公子小姐们愕然地望着那几道身影，脸上都是震惊之色：“这慕二小姐名节已毁，为何太原王还如此眷顾她？或许她真的还是冰清玉洁？”

宇文如眉静静地站在人群之外，听到旁人的议论声，心中有说不出的酸溜溜的滋味。她的眉毛深深地皱了起来，手紧紧地捏着手帕，一张脸白了几分。

“小姐，旁人都散了，咱们也去找夫人吧。”丫鬟喜儿瞧着宇文如眉那张脸，知道她心里不好受，忙在一旁轻声劝解，“湖边风大，小姐穿得单薄，别着凉了。”

太傅府坐落在御道街上，暗红的大门上钉着闪亮的黄铜梅花钉，府门口有两尊石狮，张着大口坐在那里，威风凛凛。门口坐着几个门房，正在说着闲话，看见两辆马车辘辘过来，几人都站了起来，争先恐后地往马车奔过去：“夫人、小姐回来了。”

宇文大夫人沉着一张脸从马车上下来，后边跟着宇文如眉，脸色也不甚好看。两人带着丫鬟婆子到了华碧堂，宇文老夫人正坐在主座上，宇文大夫人气哼哼地将今日之事说了一遍：“原以为那个慕微出了事，是眉儿的好机会，没想到太原王依旧对她关怀备至。”

“眉丫头，你先回屋里去。”宇文老夫人看了一眼宇文如眉，眉毛略微动了动，眼里闪过一抹凌厉之色，“我与你母亲有话要说。”

宇文如眉朝祖母和母亲行了一礼，没精打采地走出了华碧堂。屋外已有了淡淡暮色，一抹青莲色的云彩慢悠悠地飘过，将那本来瓦蓝的天空染出淡淡的灰青。宇文如眉抬头瞧着那流云，仿佛呆住了，站在那里好半日没有动弹，直到一朵落花落在脸颊，她才惊得往旁边侧了侧脸。

“小姐。”喜儿有些胆怯，小姐自从做了那件事便心神不宁，她也跟着有些不大舒服——毕竟这是头一遭暗地里给旁人使绊子，虽然这绊子并没有如愿绊倒人，可心中还是会有几分难受。

宇文如眉伸手揉了揉眼睛，朝喜儿吩咐了一声：“咱们回院子去。”

“老大媳妇，你今日怎么这般糊涂？”宇文老夫人睁开了眼睛，眼神全是责备，“你这般着急又是为何？竟然当着眉丫头的面说那样的话！”

宇文大夫人垂下头去，有几分惭愧，被宇文老夫人一点拨，她顿时明白过来。只是这事也怨不得她。宇文大夫人垂头轻声叹了一口气：“母亲，这事与眉儿有关，我便有几分心乱，没把握好分寸。”

“我明白你的心思。”宇文老夫人的口气缓了几分，“所谓关心则乱，遇着眉丫头的事，你这做母亲的自然会关心些。”看了看垂着头的宇文大夫人，宇文老夫人心中敞亮。宇文如眉是长房最小的嫡女，宇文大夫人从小便将她捧在手心里养着，自然希望她嫁得好，好不容易抓着一个太原王，如何能够放手？

“母亲，现在该怎么办？”宇文大夫人满脸苦恼。

“该怎么办？”宇文老夫人眼中满是讥讽，“老大媳妇，你是越发想不通了，太原王对慕二小姐再好，难道会对眉丫头的亲事有影响？”

“母亲，这怎么说？”宇文大夫人听了这话，心中惊喜，抬起脸来看向老夫人，眼中起了希望，“莫非……眉儿还有希望嫁给太原王？”

“如何没有希望？”宇文老夫人有几分不悦，将那串紫檀佛珠又捻了起来。

“你去吧。”宇文老夫人没有看宇文大夫人，只是盯住了脚边一片金色的夕阳亮光。

“微儿。”见慕微带着丫鬟走开，背影显得格外孤单萧索，赫连毓的心更痛了几分。他捧着花追了上去：“微儿，是我考虑不周，让你听到了那些闲言碎语。”

慕微转过头来，脸上很平静：“太原王，谢谢你为我做的一切，我很好，你别担心。”

这平静的脸色让赫连毓的心重重地跳了一拍，他宁可慕微是一副伤心欲绝的表情，这至少说明她还在乎着与她休戚相关的事情。可她这般淡定，有一种超然度外的平静，让赫连毓有一种不妙的感觉。他再也见不到以前那个语笑嫣然的慕微了，站在面前的慕微，古井无波，仿佛这世上没有一件事能让她感兴趣。

赫连毓心中难过，是他要开这个游宴会，才会让慕微吃这么多苦，还被任三公子这个登徒子侮辱。他看着慕微那平静的神色，不知道该怎么做才好，低头看了看怀中的杏花，捧了过去：“微儿，给你去插瓶。”

慕微低头看了看那枝杏花，花朵拥拥簇簇地开满了枝丫，嫩黄的花蕊正随风微微摆动。赫连毓还是那般细心，那般体贴，慕微不敢抬头看他——这杏花分明是赫连毓向旁人证明她的清白，若她真是被人毁了名节，堂堂太原王，又怎会肯送花给自己？

温润如玉，谦谦君子，慕微心中涌出深深的歉意。若是在以前，她定会毫不犹豫地接受他送来的花朵，可今日，她只觉得别扭。她不想伸出手去，因为她明白，这枝花承载了太多自己无法接受的情意。

她的耳边仿佛响起了悠长凄婉的埙声，“死生契阔，与子成说。执子之手，与子偕老”。这如一段咒语，锁住了她的心。她只有一份情意，已经遗落在南燕，再也给不起别人这种深情。

“怎么了？”赫连毓见慕微只是低头看着那枝杏花，并不伸手来接，忽然心里有几分焦躁，索性将那花枝往慕微手中一送，“微儿，这上边花苞尚多，能养好几日，你可拿了临摹。”

慕微抱着杏花站在那里，很想将它扔掉，可终究还是下不了决心。她朝赫连毓笑了笑道：“多谢太原王。”随手将那花交到秋月手中，“你拿着，回家插到书房的花瓶里去。”

秋月在旁边长长地舒了一口气，连忙伸手将花接了过来，满脸带笑：“这花开得这般好看，太原王的别院里一定有个好花匠。”

她瞄了慕微一眼，见她脸色依旧淡淡的，心中有几分不解，不知道小姐在想什么，竟然连太原王送的花都不接。要知道，太原王这般做，不只是送花，湖那边多少人瞧着这里，太原王分明是在向那些人明示，千万不可再议论慕家小姐。

秋月抱着杏花转脸看了看湖畔那边，那里站了不少小姐。秋月十分开心，举起花枝盈盈一笑，快步跟上了慕微。

流光容易把人抛，日头很快就从东边转到了西边，眼见夕阳慢慢沉下，太原王府门口的马车也渐渐少了。宝马雕车香满路，一地的花瓣零落在车辙里，又随着那车轮滚动飘扬起来。

“慕老夫人。”赫连毓看着花白头发的慕老夫人，脸上有着说不出的沮丧，“我想错了，原来她们不是想象中那般良善。”

慕老夫人微笑着摇了摇头：“不，你做得很好。”

她坐在花厅里听着旁人闲聊，大家都在传言太原王送了慕二小姐杏花。“看起来慕二小姐或许没有传言说的那般糟糕。”有人用极细的声音在谈论，“慕二小姐是太原王接回来的，她究竟有没有失了名节，太原王还不知道？”

“可不是呢，太原王竟然还亲自送花给慕二小姐，若她真如传言中失了清白，太原王为何还会去送花？”

有位夫人坐得端端正正，脸上有愤愤之色：“那些喜欢乱嚼舌根的人，自然看不得旁人好。慕二小姐美貌聪慧，她们心中忌妒，就拼命诋毁了。”

旁边有人连连点头称是：“还是陈夫人看得透彻。”心中却暗添一句，陈夫人几个女儿都出阁了，自然不用诋毁慕二小姐来为自己女儿争取机会了。

慕老夫人虽然年纪大了，可依旧耳聪目明，瞧着似乎在闭目养神，可这些议论一点儿也没错过，这太原王对自己的微丫头实在是上心。

“慕老夫人，真的吗？”赫连毓有几分惊喜，“我听他们在诋毁慕二小姐，心中很是难受，都不知道该怎么做才好。若他们是男人，尽可以好好去打一架，打得她们不敢再胡说八道，可偏偏她们都是女人！”

她们不仅是女人，而且是他亲自下帖子请来的贵宾，她们的夫君、父母大都是大虞有名望的达官贵人，若对她们不逊，恐怕第二日京城里就会传言太原王得了失心疯，那个温润如玉的谦谦君子不见了。

“已经有好几位夫人都相信了微丫头的清白，以后流言会越来越少的。”慕老夫人朝赫连毓笑了笑，“多谢了，太原王。”

赫连毓出神地望着慕微，慕老夫人瞧着心中既欢喜又惆怅。赫连毓对微丫头的情意，她早两年便看出来了。对于赫连毓，慕老夫人心里是一百个赞成，家世好，人品好，这样的孙女婿，打着灯笼也难找，只是这门亲事却有些麻烦，还不知道能不能稳妥定下来。

大虞讲究些的贵族人家，从来没有亲兄弟娶亲姐妹的道理，最多是堂兄弟堂姐妹或者是表兄妹之类。可赫连毓是皇上的弟弟，而慕瑛是皇上的昭仪，若讲规矩，赫连毓与慕微便没有什么可能了。

只是慕家不是寻常人家，自然也不能按寻常规矩办事。慕老夫人被甘嬷嬷扶着上车时，看了看站在那里俊眉朗目的赫连毓，心中暗自下了决心，怎么样也要将这天生的一对凑到一起去。

“小姐。”秋月喜滋滋地捧着那杏花看个不歇，“这杏花真美。”

“丢了。”慕微淡淡地吩咐了一句，便转身朝室内走去。

“丢了？”秋月吃了一惊，举起花枝朝慕微摇了摇，“这可是太原王送给小姐的，怎么能随意丢弃呢？”

慕微瞧着秋月，有些无语，可又想不出什么话来反驳她。满枝花朵在她面前不断晃动，慕微心中有几分焦躁，一种压抑却不能说出口的无力感深深占据了她的心。

“既然我的吩咐你都不听，那你便按着你的想法去做吧。”慕微没有办法向秋月解释自己不想要这杏花的原因，瞥了秋月一眼，转过身去。

秋月有些迷惑地看着慕微的背影，又看了看手中的花，坚决地摇了摇头：“不能丢，这可是太原王送给小姐的一片心意，要是过两日太原王来府里，发现小姐将花扔了，他心中肯定会不舒服。”

她抱着杏花踏入书房，数片花瓣轻轻飘落下来，地上点点嫣红，似是长亭里的残春，点点尽是离人泪。

夜晚寂寂，天空弦月如钩。

慕微坐在窗前，一灯如豆，映出了她的一双远山眉。她将窗户推开，让冷清的香味飘进来，她侧耳听着外边的动静，想要听到那悠扬的埙声，却只听到春虫在草丛间低吟。

“燕昊。”她低低地喊了一句，只觉得脸孔倏然热了几分，忙伸出手蒙住脸，又深深地吸了一口气。回来这么些日子了，为何还如此牵挂他？

她与燕昊，似乎渐行渐远。

从太原王府告辞时，祖母临行前那微笑的眼神让慕微一直担心，她是否在想着要将自己与赫连毓拉到一处。

若没有这次变故，若她不认识燕昊，或许她会顺其自然地接受赫连毓，毕竟自小到大，除了父亲与两位兄长，与她来往最密切的便是赫连毓。他家世显赫，人品不错，在京城的贵族里算得上翘楚，不少夫人都盯紧了他，想将女儿嫁给他，不少贵族少女也对他倾慕不已，如她的闺中密友宇文如眉。

那任三公子，素来只往热闹的地方跑，哪里小姐多，他便会闻着香风往哪边去，为何今日会放弃了热闹，反而来那人烟稀少的湖畔呢？恐怕是得了某人的指点过来的。慕微眯了眯眼，心中有几分酸，如眉，难道为了赫连毓，你竟然不顾多年的情谊了？

她与宇文如眉坐在水榭，水榭只开了两扇窗，任三公子根本不可能瞧见里边有人。是宇文如眉说了一句话，这才将任三公子引过来的。

慕微回忆起宇文如眉那副气愤的模样："咦，怎么太原王的游宴里还混进了这样的人？"她眉头紧皱，声音却响亮，"喜儿，将那水榭的门给关了。"

这分明是在给那任三公子暗示，慕微心里一片澄澈。没想到自己的手帕交竟处心积虑地算计自己，表面上却装出关心的模样来。那些小姐在散布流言的时候，她涨红着脸替自己说话，似乎一片好心想将自己拉走……

慕微轻轻喟叹了一声，如眉，其实你不必这样做，我根本不会与你争赫连毓，你没有必要将我当成假想敌。

第十二章 迫不得已

“太子殿下，咱们派去的使者被大虞皇帝给杀了！”御风从外边飞奔进来，手中捧着一只信鸽，“刚刚大虞那边传来密信，大虞皇帝让人快马加鞭传了圣旨，要慕乾立刻发兵。”

燕昊从御风手中接过密信，看后将信放到灯上烧了。

既然大虞皇帝下了圣旨，为何慕乾还没动静？难道他不顾大虞皇帝的命令，依旧在信守十日之约？想到此处，燕昊心里生了几分欣赏之情，慕乾还真是一个守信的君子。

“太子殿下，我们该如何办？”御风有些着急，眉头似乎打了一个结，望着燕昊急忙道，“属下以为，既然大虞按兵不动，那说明慕大将军在守那十日之约，咱们该夤夜前去偷袭，或许还有一线生机。”

“夤夜偷袭？”燕昊将手背在身后，声音有几分清冷，“大虞兵马几何？云州兵马几何？”

“回太子殿下的话，大虞有十万人马，我云州五万，二比一之数。”御风回答得很快，“虽说我们云州人数不及大虞，可我军民有破釜沉舟的决心，不说以一敌十，以一敌二总是能做到的，属下以为，可以一试。”

燕昊的眉毛皱了皱，御风说得实在轻巧，云州城内的兵马，很多都是前方撤退下来的，正处于休整状态，根本没法子再上阵作战，真正能拿得出手的不过四万人马。他不是想长他人志气，灭自己威风，实在是大虞兵强马壮，远非南燕士兵所能抵挡。

这些年来，大虞与南燕交好，边防也松懈了许多，马放南山，刀枪入库，到处歌舞升平，士兵也没怎么操练，此番大虞突然发动袭击，南燕的兵马根本无法抵挡，连连败退。

可现在若是再不起来反抗，那便要亡国了。偷袭，或许还有一线生机。燕昊将拳头攥紧，沉声吩咐御风："将云州刺史、各位将军、副将都喊到正厅，我有要事与他们商议。"

御风应了一声，飞快朝外边跑去。

燕昊心里很乱。云州城外是慕微的兄长慕乾，自己以慕微为筹码恳求他停战十日，慕乾言而有信，这些天都没有攻打云州。若自己今晚偷袭，慕乾定会猝不及防，说不定南燕也会有反败为胜的契机，可这样很不光彩。如果慕微知道了此事，定会鄙视他，痛恨他一辈子吧。

沿着青石小径慢慢走向外院，燕昊思绪混乱，始终无法平静。路旁的树在小径上投下了黑黑的树影，他走在这片黑色的阴影里，仿佛在做一件见不得光的事情。

"此事绝非君子所为。"似乎有人在对自己说话，那声音又急又快，带着严厉的责备意味，"燕昊，我兄长恪守诺言，而你却食言而肥！"

燕昊一凛，停住了脚步，从衣裳里掏出埙，凑在嘴边，仿佛上边还留着她的口脂香味。幽幽的埙乐缓缓流泻在月下的花树憧憧里，那般凄婉。

"昊哥哥，你又在这里吹埙了！"陆凝香如旋风一般跑到燕昊面前，脸上有一种不忿的神色，"她都走了这么多日子了，你还是忘不了她！"

燕昊看了陆凝香一眼，没有理睬她，继续吹奏着，仿佛只有通过那哀婉缠绵的音乐，他才能将悲伤忘掉。陆凝香站在燕昊身边，低头看着那黑黑的树影，听着埙乐，心中有说不出的悲伤。

慕微在时，她没法子让燕昊喜欢自己；慕微走了，燕昊对她还是那般平淡如水，说不上冷漠，也说不上热络。陆凝香站在那里，十指交握，心里很清楚，燕昊对她不冷漠，只是看在自己过世的父亲分儿上，看在自己从小与他一道习武的分儿上，若是自己想要踏过这条界线，那几乎是不可能的，除非燕昊彻底忘记了慕微。

"昊哥哥，他们都在正厅等你。"曲子实在凄婉，陆凝香听着，只觉得眼泪都要往下掉，她咬了咬牙，大声道，“昊哥哥，我要投军，我要去与大虞交战，为我父亲报仇！”

燕昊将埙放下，看了陆凝香一眼：“我答应过你父亲，要好好照顾你，上阵作战是男子的事情，你只管好好待在这刺史府里便是了。”说完转身便走。

陆凝香呆呆地望着燕昊飘然而去的身影，眼泪终于忍不住掉了下来：“你不懂我，昊哥哥，你一点儿也不懂我的心。”

来到正厅，里边已经坐了一屋子人，见燕昊进来，大家都站了起来，齐声道：“太子殿下安好！”

燕昊摆了摆手：“大家都坐下，我们来商量下偷袭大虞之事。”

各位将军听到这话都兴奋起来。这些天来，燕昊一直让大家加强城防，挖了不少壕沟与暗道，还在暗道里储存了不少的粮食，做好了打硬仗的准备。将士们士气高昂，都等着太子殿下的调遣，今日总算是得了确切信息，在座的各位将军不由得个个露出振奋的神色。

燕昊注意到将军们的反应，心中暗自叹气，这是箭在弦上不得不发，作为南燕太子，他只能想着南燕的百姓，不能再计较儿女私情。他稳了稳心神，暂时将那个窈窕的身影抛在脑后：“拿地图过来！”

燕昊盯着一脉山岭，伸手指着几个位置：“从东西两边，成合围之势，左翼右翼各两万人，城内留守一万。”

“东西战线似乎拉得过长。”有个将军提出反对意见，“我觉得要快、狠、准，不如直接杀过护城河去，杀他个措手不及。”

“正面交锋有利也有弊。”燕昊在地图上敲了敲，脸色郑重，“若你觉得咱们南燕的兵马能以一敌三，那便有胜算的把握，否则免谈。我不能拿四万军士的生命去做赌注。”

那将军一怔，仔细想了想，摇了摇头：“以一敌三有些为难。”

“太子殿下说得没错，咱们只能偷袭，不能正面作战。”另外几位将军纷纷附和燕昊的意见，“还请太子殿下再明示哪些人带队前往。”

“我与刘将军带两万人从东边出发，赵将军与李将军各自领一万人马从西边出发，刺史大人与孟将军领一万人坚守云州。现在赶紧回去让军士休息，明日丑正时分出发。”燕昊望了望周围众人，“将马蹄用稻草碎布裹好，给马套上嚼子，免得它们在奔跑时发出声响来。”

“是。”众人都领命而去，正厅里只余下燕昊与御风。

燕昊心事重重地坐下来，面对着那张地图，眼神游移不定。

“太子殿下，只是慕乾承诺了您十日之内不举兵，你又没有承诺他不动手，咱们这算不上食言。”御风看着燕昊那为难的样子，知道他心中所虑，“何必想那么多？一切都是为了南燕。”

燕昊没有说话，良久才站起身来，背着手朝外边走去。御风紧紧跟上，瞧着前边一个被拉长的身影，那般孤单寂寞，忽然想起那日慕微离开，也是这般情状，燕昊与慕微的身影交叠在一处，太子殿下今晚出征，以后与慕小姐便再无和解的一日。

军帐内烛火通明，将军们的刀剑上闪着寒光，帐中一片肃静，大家都盯着坐在上位的慕乾。

慕乾面前摊着一份黄绫圣旨，慕乾看着这道圣旨已经有好几个时辰了。一碗米饭和一碟小菜摆在桌上，却没有动过的痕迹。

“慕大将军，你召集我们来，究竟有何要事？”京城里来了圣旨，军中将士们便开始有些蠢蠢欲动，他们在云州城外已经耽搁了不少时间，众人都在猜测慕乾葫芦里究竟卖的什么药。见上京来了使节，众人忽然不再猜测了，是继续作战还是撤回上京，看来今晚便可定局。

慕乾将那份黄绫卷了起来，朝将领们沉声道：“皇上下了旨意，灭南燕！”

军帐里的将领们都欢呼起来：“皇上圣明！”

在外作战快两个月了，众人皆想着一鼓作气把南燕灭了，得胜还朝后就能博个封妻荫子，也能与家人团聚。开始一路向南很是顺利，到了云州却受阻，将士们心中都有些焦躁。这些日子慕乾让他们好好休息，只字不提攻打云州之事，这更让大虞将士觉得不安。

出来作战，谁不想立功？浩浩荡荡地出来，没声没响地回去，谁都不愿意，现在得了准信儿，大家的一颗心都落了地。

“慕大将军。”军帐的门帘被掀起，秦冕带着几个人冲了进来。他气喘吁吁地走到主座面前，毫不客气地在旁边坐下，盯着慕乾的眼里有几分不满：“慕大将军，这般重要的事为何不喊咱家？”

“秦大人。”慕乾笑着看了秦冕一眼，“我以为秦大人还在自己的帐里养伤。”

秦冕被赫连毓恶狠狠地抽了一顿，身上脸上全是伤，请了一个擅长治疤的大夫过来瞧了瞧，叮嘱他不能风吹日晒，每日要赤身涂抹药膏，因此他只能在帐中休息，故此，秦冕差不多有七八日没露脸了，慕乾也落了个耳根清净。

“咱家、咱家……”秦冕依旧喘气不匀，伸手摸了摸脸，吼道，“咱家现在好得差不多了！”见慕乾脸上有讥讽神色，赶紧补了一句，“即便没有好，这般重要的事情，咱家怎么能不来？咱家可要对得住皇上！”说到“皇上”二字，秦冕将手高高抬起，朝北边作了一个揖，“吾皇万岁万岁万万岁！”

慕乾皱了皱眉，秦冕这般小人作态看得他几乎要呕出来：“秦大人，既然你来了，那我便告诉你，我们今晚就要行动。”

“行动？”秦冕尖声道，“可是要攻打南燕？”

“是。”慕乾从怀里将那黄绫圣旨拿了出来，在秦冕面前一晃，“皇上下旨，马上攻打南燕！”

“皇上圣明！”秦冕笑了起来，脸上布满了褶皱，与那还没完全好的鞭痕交织在一处，甚是狰狞，“慕大将军，咱家早就说过了，咱们不必在云州这边等皇上的旨意，你瞧瞧，耽搁了这么久，才将皇上的旨意等来，结果还是让咱们继续攻打南燕，这又是何苦？是不是你与那南燕太子有勾结，所以……”

“秦大人，你这大帽子扣下来，慕乾可担待不起！”慕乾的脸猛地板了起来，前一刻还言笑晏晏的模样，此刻便成了黑沉沉的乌云。他将手按在腰间宝剑上，横了秦冕一眼，“秦大人，没凭没据的可不能乱说！你哪只眼睛看见我与南燕太子有约？”

秦冕气得直哆嗦，那日在护城河边，他分明看见了南燕太子与慕乾的妹妹慕微，后来慕微被南燕太子送了回来。虽说他并不知道其中究竟是怎么一回事，但他能肯定慕乾在云州停了这么久不发兵，肯定跟这件事脱不了干系。

可是慕乾纯属耍赖，自己亲眼看见他与那南燕太子说话，他却来反问自己哪只眼睛见着了——自己分明是两只眼睛都见着了！秦冕愤愤不平，正准备扬声争吵，却瞥见一抹寒光从慕乾腰间流出，配着慕乾冷冷的双眼，吓得他话到嘴边又咽了回去。

“秦大人，开拔之前要祭祀一番才好。”慕乾将宝剑从剑鞘里缓缓抽出一半来，“秦大人，你说哪样东西比较好？我们是杀猪、杀牛、杀羊，还是……”就听“刺啦”一声脆响，宝剑已经出鞘，清冷的光芒一晃而过，映着慕乾那张冷脸，带着他最后两个字，“杀人？”

青锋一闪，秦冕吓得两条腿发软，头往旁边一扭，整个人从椅子上滚落下来。慕乾走到他面前，秦冕捂着眼睛放声叫起来：“慕大将军，别杀我，别杀我！”

慕乾看了一眼秦冕的两个小跟班内侍，笑得十分温和：“快将秦大人扶起来！虽然现在已是四月天气，可地上还有寒气，着了凉可怎生是好？”

两个小内侍战战兢兢地将秦冕扶了起来，胆怯地看了一眼慕乾，这才站稳了身子，心中埋怨秦冕，分明知道慕大将军惹不起，还非要自找苦吃。

秦冕瘫坐在椅子上喘了两口气，缓缓睁开眼睛，看着慕乾那笑得很有深意的脸，艰难地吞了口唾沫：“慕大将军，祭祀就用猪、牛、羊各一只吧，这人……可别杀了。”

“可若是有些人不识趣，喜欢说些煽动军心的话，那慕乾也只能不得已而为之了！”慕乾笑眯眯地将宝剑回鞘，一脸惊讶地看着秦冕，“秦大人，你怎么出了这么多汗？要不要回帐篷里歇息去？”

秦冕摆了摆手：“身为监军，怎么能在行军前去歇息？慕大将军，你只管与将士商议今晚的计划，咱家且在旁边听着，若有不合适的地方，咱家再提建议。”

“如此甚好。”慕乾见秦冕不再拿慕微那件事说道，一颗心放了下来，踏上主座，眼睛扫过麾下将领，“今晚咱们撤离云州城郊！”

“撤离？”众人大吃一惊，不解地看向慕乾。秦冕脸涨得通红，双手不住地挠着椅背，想要开口说话，可又怕慕乾训斥，强忍着没敢开口，继续听慕乾说道：“是，我们连夜撤离，去攻打旁边的江州。”

“这又是为何？”有将士不解，“慕大将军为何舍近求远？”

慕乾想这件事已经想了一个下午，自从接到皇上的圣旨，他便思考着该怎样布置行军路线才既不会违约，又能够遵旨。他与燕昊约定是十天，可密令到的时候才九日，也就是说遵照协约，他要推迟一日才能进攻云州。

可是皇上的圣旨不能不听，虽说将在外君命有所不受，可大虞的将士们休整了这么久，早就摩拳擦掌想要一举灭了南燕，若他们知道自己得了皇上圣旨却依旧按兵不动，别说是秦冕，就是自己的手下都会提出质疑。慕乾想了很久，最终想出一个一箭双雕的法子。皇上命令他攻打南燕不假，可是没有说攻打哪一座城池，攻打江州也是进攻南燕，并没有违背天子旨意。

“江州在云州南六十里。”慕乾指着地图，道，“根据密探的消息，江州只有两万守兵，且城防较云州松懈。咱们在云州城外僵持了这么久，你们也明白，云州城有五万守军，南燕太子亲自督战，士气颇高，又有固若金汤的防御设施，咱们想要一举拿下，是绝无可能的。”

大家听慕乾如此分析，都表示赞成：“慕大将军考虑得果然周到。”

“如果咱们绕过云州，拿下江州，再拿下后边的黄州与漳州，云州便成了一座孤城，只要断了它的粮草，这云州城的供给支持不了一个月，到时候再回过来拿它，岂不是更容易一些？”

“慕大将军，可这连夜行军六十里，恐怕到了那里兵士也十分辛苦……”有人提出疑虑，“还有没有更妥当的法子？”

旁边秦冕见有人提出疑问，仿佛逮着了机会，他得意地点了点头：“慕大将军，舍近而求远，此乃兵家大忌！我们分明距离云州更近，为何偏偏要赶六十里路去拿江州？你这番举动，究竟是何道理？”

“道理我已经说得很清楚，秦大人听不懂，我也没办法。”慕乾冷着一张脸看了看秦冕，“秦大人，若你以为能轻而易举攻下云州，那我便给你一万人马，你做先锋，若你能将云州城的城墙打出一个缺口，我就跟着你进军，你看如何？”

秦冕一听慕乾让他带兵去攻打云州，吓得脸上变了颜色：“慕大将军，你在开玩笑不成？咱家如何能带兵打仗？还是慕大将军带兵做先行部队吧。”

“既然知道自己不会行军布阵，那就闭嘴。”慕乾冷笑着说了一句，转身指着地图，“六十里地，步行需两个时辰多一点儿，若骑马则需一个时辰，实在算不得太远。咱们十万人马里有一半骑兵，一半步兵，行军途中可分乘坐骑，最多两个时辰便能杀到江州城外。现在正是酉时，各位将军现在就回营整顿人马，让军士立即歇息，还能休整三个多时辰，等到子正时分，咱们便准时出发！”

风将门帘吹得不住晃动，慕乾嘴巴紧紧闭着，望着漏进来的一线月光，心中忽然有几分遗憾。那南燕太子燕昊倒是一个值得结交的人，只可惜两人身为敌对，无缘成为挚友。

夜色深深，一轮圆月照着树林，黑色树影与银色月华交相互映，形成了一种不协调的美。

护城河的吊桥放了下来，一支人马正从吊桥上走过，迅速朝城外扑去。燕昊穿着寒铁盔甲，骑着宝马金翼走在队伍最前边，身边跟着的刘将军苦苦劝说："太子殿下，你还是到队伍中间去吧，前边由我们领着就行了。"

燕昊神色坚定地往前边看了看，前边一片银白与漆黑交织，如一只蛰伏的猛兽。"身为南燕太子，自然要与将士同进退，更要身先士卒起表率作用，如何能躲在别人身后？李将军，你不用劝我，咱们速速出发！"

"是。"刘将军手握缰绳，紧紧跟上燕昊。太子殿下可真是让人没话说，若南燕是在他的治下，恐怕不会是今日这般局势。刘将军暗自叹了一口气，想到在江都寻欢作乐的皇上，不由得添了几分愁绪。听说皇上最近颁了一道圣旨，说是后宫空虚，着令各州府物色美女送往江都。

做儿子的在前线拼死拼活，当老子的却躲在后宫享受，这太子殿下的命也太苦了。据说皇上原先并没打算立燕昊为太子，是皇后娘娘身后有助力，这才没让贵妃娘娘得逞。现在看来，皇上的选择没错，那位贵妃娘娘生的三皇子燕旻，瞧着与皇上差不多一个性子，若他当了太子，恐怕会与皇上一道躲在深宫饮酒作乐，又怎会到这云州来督战？

马蹄上都裹了稻草与碎布，走起路来不再是平日里的嘚嘚作响，而是细微的沙沙之声。这是一种充满希望的声音，让人听了仿佛全身都有了力气。

从云州城出来到大虞驻地香樟岭差不多有三十里地，丑正时分出发，走了约莫一个时辰才赶到。香樟岭是一个依山傍水的地方，有开阔的平原，进可攻，退可守。燕昊带南燕将士与慕乾交战了很久，最终还是敌不过大虞军马，只能放弃香樟岭回到云州。

这次算是故地重游，燕昊心中憋着一股子劲儿，怎么也要将这局势扭转才行。他脑海里浮现出云州百姓殷殷盼望的眼神，想到王家阿婆、小虎子、宝儿，只觉得心中一阵发堵。云州百姓都指望着他呢，今晚必须一击得中，杀大虞兵马一个措手不及，将香樟岭收复回来。

"香樟岭到了！"刘将军低声道。

燕昊将缰绳勒住，往前边看了看，立刻呆住了。

他想象中的成千上万顶军帐没有出现，这里静悄悄一片，只有山头、高大的香樟树与静静的河水在无声流过。

"大虞的十万军士呢？都到哪里了？"燕昊睁大眼睛重新扫视了一番，还是没有看到一顶军帐，也没看见一个大虞士兵，只有地上砌起来的灶台提醒着他，这里曾驻扎过军队。

"太子殿下！"耳边传来焦急的呼喊声，燕昊举目一看，原来是计划从西边包抄的队伍到了，赵将军与李将军正领着军队朝这边奔来。

“两位将军，是否在途中遇到了什么？”燕昊拧起眉头，这件事情实在古怪，一夜之间大虞军队消失得无影无踪。他们会去了哪里呢？不是说大虞皇帝将南燕使者斩杀后，下了圣旨让慕乾即刻发兵攻打南燕吗？为何这里一个人都没有？

做好了偷袭的准备，南燕将士本想一鼓作气将大虞击退，没想到却面临这样的场景，实在叫人不痛快。

“去四处搜查看看，看能不能找到什么线索。”燕昊翻身下马，往香樟岭那边的平地走去。几位将军带着士兵紧紧跟上：“太子殿下，小心有诈！”

燕昊站定身子，转身看了看几位将军：“吩咐下去，就地休息，但不得放松警惕，你们领人随我走。”十万人，不可能凭空消失了，总能找到些线索，知道他们去了哪里。

身后众人打起火把，照着前进的路，地上有零落的细碎东西，有纸片，有被遗弃的破布，还有……燕昊的眉头紧紧地皱了起来。

一个平台上有着黑黝黝的几团影子，打着火把一瞧，原来是祭祀用的牲畜。燕昊在牛的脖子处摸了一把，手上有暗红血迹。

“祭祀？”燕昊惊呼，“糟糕，大虞发兵了！”

“可是，太子殿下，为何咱们路上没有看到？”身后几位将军一听，也都是一惊。他们出发偷袭大虞军队，城中设防空虚，若大虞军马不顾一切扑向云州，那城中一万人马是绝对无法抵抗的。

“咱们没有看到的原因，”燕昊将手指并拢，紧紧地捏成一个拳头，“定是大虞兵马并没有去攻打云州。”他痛苦地闭了闭眼睛，“我想，不出意外，他们应该是奔着江州去了。”

“那咱们追啊！”李将军有几分沉不住气，吼道，“江州布防虚弱，如何能抵挡得住？太子殿下，咱们赶紧发兵去救江州啊！”

燕昊摇了摇头：“这祭祀已经全部冷了，可见他们早已出发，咱们追不上了。”

“可是，如何能让江州失陷？”赵将军也很着急，心中惴惴不安，“若江州失陷，紧接着便是漳州、黄州、明州、惠州、豫州……”说到此处，他已经不敢再多说，紧紧地闭上了嘴。豫州再过去，那便是江都，南燕的都城。

慕乾这算是遵守了他的约定，又不违背大虞皇帝的旨意。燕昊看着那三头已经死透的畜生，心中不住翻腾。因今日才是第十日，所以他没有即刻发兵攻打云州，宁可舍近求远绕道去了江州，不仅仅是因为江州布防虚弱，更因他曾经对自己做了承诺。

他才是真正的男子汉，自己与慕乾相比，则成了一个彻头彻尾的小人。燕昊站在那里，只觉得身子微微发凉，身上的寒铁盔甲似乎更重了几分，耳边似乎传来一个清脆的声音："你不守信用，竟然想偷袭我兄长！"燕昊只觉得额头上汗珠涔涔滴落。

"太子殿下，我们该怎么办？"几位将军见燕昊沉默，心内着急。

燕昊猛地一惊，醒悟过来，此时，他已没有权利选择守信还是背弃，他是南燕军民所倚仗的人，他不能拿百姓的命来为自己的私情做牺牲。

"赵将军，你带一万人马赶紧回云州，我与刘将军、李将军领三万人马去追大虞军队。"燕昊最终下定了决心，"咱们不要急着进攻，等大虞军队攻打江州时，咱们从背后发兵，两面夹攻，大虞十万军马只怕也难抵挡。"

"太子殿下说得对。"几位将军脸上终于有了欢喜的神色，"咱们打他个措手不及！"

当下将人马分割清楚，燕昊领三万人往江州而去。

从香樟岭去江州只有一条路，所以不必猜测大虞军队会走哪一条。燕昊骑着金翼往前追去，脸上没有半分表情，心里却很不平静。

他终究是辜负了慕微。

想到慕微，燕昊便觉得有一种刺心的疼痛，她那双大眼睛仿佛就浮现在眼前，正以责备的眼神看着他。

"你竟然背信弃义，偷袭我兄长！"慕微的眼神变得凌厉，"燕昊，你这个骗子！"

"不，不是我背信弃义，我是不得已。"燕昊为自己辩解着，一颗心痛得说不出话来。他想为自己辩白，可又那般苍白无力。

没错，他就是一个背信弃义的小人，为了不得已的大义，他放弃了自己做人的原则。

催马扬鞭，江州城离他越近，他的心便越往下沉。他有一种很不好的预感，这一路上一直没有看到大虞的兵马，或许……江州已经失陷。

一切就如他想象中那般，赶到江州城外，城门紧闭，城墙上插着数面旗帜，写上一个黑黑的“虞”字。

燕昊端坐在马上，瞪着那几面旗帜，喉间好一阵翻滚。他深吸一口气，压住了那股腥甜，心中有几分悲哀：江州失陷了！

城墙上站着几个人，因隔得远，看不清楚他们的面容，但他能感觉到，中间站着的那个，定是慕乾。他如芒在背，拨转马头，朝来路奔去，脑袋昏昏沉沉，眼前模糊一片，额头汗珠滚滚而下。

“回云州！”燕昊咬牙说了一声，整个人便趴在马背上，一口压了很久的鲜血从喉间喷出。

“太子殿下！”刘将军与李将军俱是一惊，伸手去扶，却被他一把推开：“速速整顿人马，快些回云州去！”不知道慕乾有没有看清自己，若被他瞧见，知道自己带军杀来，自己可能要被打个措手不及。

“是！”刘将军与李将军不敢再多说，赶紧传令下去。顷刻间官道上烟尘弥漫，南燕军队原路返回，没再耽搁一刻。

云州刺史府里一片沉闷，昨夜太子殿下带人去偷袭大虞未果，而且带回一个很不好的消息，大虞兵马去攻打江州了。虽然太子殿下回来什么都没说，可大家暗地里都在猜测，江州城应该是失陷了。

御风站在院门口，呆呆地望着地面。太子殿下回来后就精神不振，连连吐了几口鲜血，云州刺史急得如热锅上的蚂蚁，请了云州城最好的大夫来给他看病。现在还不知道怎么样呢。

御风伸出脚尖，在地上画了一个圆圈，江州失陷，后边的漳州、黄州，兵力更弱，完全不是大虞兵马的对手了。若这般下去，云州势必成为一座孤城，到那时……他的心猛地一紧，别说太子殿下糟心，就是他，也是心急如焚。

“太子殿下生病了？”正烦着，忽听耳边有人说话，抬头一看，只见陆凝香如一阵旋风般刮了过来，一双眼睛里全是焦急。

“太子殿下没有生病。”御风看了陆凝香一眼，“陆姑娘，你别着急，太子殿下只是急怒攻心而已。”

“我怎么能不着急？”陆凝香跺了跺脚，飞快朝院内跑去，御风都来不及喊住她，只能看着那道淡绿色的身影，瞬间飘飞无影。

“唉——”御风长长地叹息了一声。陆小姐对太子殿下的这份感情，即便是瞎子也能看得出来，可太子殿下对她，是半分那样的心思都没有。

陆凝香刚冲进屋子，就听燕昊幽幽地说道：“江州已经失陷。”

陆凝香大吃了一惊，站在那里扶着门，觳觫不已。江州失陷了？那云州还能支撑多久？她屏住呼吸听着里边人的回答：“太子殿下接下来打算怎么办？”

“江州失陷，云州便被动了。”燕昊手里拿着一张信笺弹了弹，长长地叹了一口气，“我现在也想不出更好的法子，当今之计，只能赶紧屯粮，以防大虞切断云州的粮草，另外便是等着父皇拨些兵马来支援。若能支援三五万人，那我便带着人赶去漳州，在大虞兵马到来之前将他们截住。”

“柳大人，已经将军情送出去没有？”燕昊抬起头来，看了看坐在床边的云州刺史柳润声，有几分焦心。自己一直在给父皇汇报云州这边的情况，希望他快些派兵来增援，可到现在父皇还没有派出一兵半卒，只是告诉他，他已经派使者去与大虞皇上和谈，应该不久以后便能有好消息。

“刚刚已经派人快马加鞭去送信了，不知道什么时候才有回音。”柳润声抹了抹额头上的汗珠，答道。皇上的心思可真难猜，可无论如何，总要调兵前来增援才是。“太子殿下，我们在这里苦苦支撑了这么久，皇上那边却没有丝毫反应，莫非是出了什么问题？”

燕昊苦笑了一声。父皇听说大虞派兵攻打南燕，吓得躲进后宫不敢上朝，将一摊子事交给了太师、太傅和大司马去处理，连奏折都不想批，在后宫吃喝玩乐，根本不想知道前方的消息，自然不会有什么动静了。

子不言父过，燕昊心中十分痛苦。若能直说，他真想说一句，自己的父皇不是个好皇上，每日里只知道饮酒作乐，无心朝政，用人唯亲，使奸人当道，朝堂上下乌烟瘴气。若南燕真的亡了，不能说是亡于大虞，只能说亡于父皇啊。

“昊哥哥。”陆凝香听得一阵难受，大步跨了进去，“昊哥哥，我替你去送信，我亲自将信送到宫里去！你也知道，那些急件要先去兵部，他们讨论后再交给皇上，天知道那些酒囊饭袋会做些什么！”

燕昊抬眼看了看闯进来的陆凝香，心中有几分感动：“凝香，这事轮不到你来做，你安安心心待在刺史府里便是。”

“不，我要去！”陆凝香握紧了拳头，看到燕昊憔悴的容颜，心疼不已，无论如何，她也要为燕昊分忧解难，“昊哥哥，你亲笔写一封信，我送到宫里，直接交给皇上，无论怎样，我也要带回一支增援部队！”

“太子殿下，陆小姐确实是个合适人选。”柳润声在一旁小声提议，“陆小姐曾跟着陆夫人进宫觐见过皇后娘娘，对皇宫比较熟悉，这军情紧急，若慢了半分，恐怕云州城就保不住了！”

“哪里只是云州城保不住，就连咱们南燕……”陆凝香说到此处，声音低了几分，“南燕恐怕也难保了……”

燕昊咬了咬牙，吩咐：“准备笔墨。”

清晨，淡淡的日光透过云层穿过来，将河水照得波光粼粼。河边官道上奔跑着两匹快马，速度快得如两支白羽箭，只听“嗖嗖”几声，那马已不见了踪影。

陆凝香和御风望着那灰青色的城墙，两人都轻轻地松了一口气，总算是到了江都。他们赶到皇宫门口，守门的副将认得他们，笑着点了点头：“陆小姐，御统领，准备进宫去？”

陆凝香点了点头，道：“我有要事要进宫面见皇上！”

“陆小姐，你可有皇上宣召的圣旨？”那副将伸出手来，“若没有圣旨，我不能放你进宫去。”

“我……”陆凝香语塞，看了看那副将，忽然想起什么来，“那我可以去见皇后娘娘吧？麻烦你与宫中传话的内侍说一声，就说我想觐见皇后娘娘。”

“皇后娘娘？”那副将眉头紧锁，看了看周围没人，这才将脸凑过来，小声道，“皇后娘娘已被皇上关进冷宫了。”

“什么？！”陆凝香大吃一惊，“皇后娘娘被关进冷宫？她犯了什么错？”

“陆小姐，噤声！此处不是说话之地！”那副将朝陆凝香瞪了一眼，露出一脸为难神色，朝陆凝香摆了摆手，“陆小姐，你还是走吧！”

这时，一辆马车过来，四角缀着金色铃铛，随着风叮咚作响。

那副将见了马车，便撇下陆凝香他们二人，躬身迎了过去：“曹大人。”

马车侧面的软帘被掀了起来，露出一张圆胖的脸，傲慢地瞧了一眼守卫后宫的副将，带着几分不悦，叱骂道：“为何后宫门口有这种平头百姓？还不将他们赶开！”

那副将低头应了一声，朝陆凝香与御风使了个眼色：“快走吧！”

陆凝香瞧着那曹大人胖乎乎的脸便觉得不舒服，她虽然没见过此人，但也能猜出他的身份——贵妃娘娘姓曹，能在后宫门口这般趾高气扬地说话，恐怕也只有贵妃娘娘的父亲了。

贵妃娘娘这名声好听，但说到底，不就是一位贵妾？贵妾也就是姨娘，姨娘的父亲如何能这般作威作福？陆凝香只觉得一口恶气难忍，只想冲上去与那曹大人理论，不想却被御风一把拉住：“咱们走。”

陆凝香还想挣扎，却不及御风手劲儿大，被他带着跌跌撞撞走出了很远。在一棵大树下站定后，御风才松开手。陆凝香狠狠地盯着他："你怎么了？我要去和那曹大人理论理论，为何我们就不能在后宫门口了？"

"理论有什么用？难道你看不出来？这后宫已被贵妃娘娘给控制了。皇后娘娘被关进冷宫，贵妃娘娘的父亲能如此趾高气扬，这说明了什么？"御风眉头紧锁，"恐怕咱们不能光明正大地进宫了。"

"那可怎么办？"陆凝香听了这话，急得额头上汗珠都下来了，"太子殿下嘱托的事没办成，我没脸面回云州见他。"

"不着急，我们晚上再来，"御风朝陆凝香使了个眼色，"宫墙难道挡得住你我？"

夜凉如水，宫墙边不远处有高大的树木，被月光照着，在地上投下了乌黑的树影。

树影忽然动了起来，似乎是从地上钻出来一般，两道黑影飞身跃起，纵上高高的宫墙，飞落在皇宫里边。

两人都穿着黑色夜行衣，脸上蒙着黑色的布，只剩下两只眼睛露在外边。他们贴着宫墙根儿向前走着，似乎对这里很是熟悉。走过几条小径，沿着一条抄手游廊，他们来到一处院墙外，这里看起来十分萧索，宫门紧闭，墙边长着高高的杂草，看起来很久没有人来清扫了。

四周静悄悄的，院子里不见一个人影，只有一间屋子里有微弱的灯火。

"我先过去瞧瞧。"御风飞身上了屋顶，轻轻地揭开一片瓦，往下边瞅了瞅。

屋内一灯如豆，灯旁边坐着一位中年妇人，一套青灰衣裳，半新不旧，很是朴素，头发简单地梳着一个双心髻，黑油油地堆在一处。因是从上往下看，御风看不大清楚她的面容，可从整个身形来看，她就是皇后娘娘。

"娘娘，夜深了，你且歇息吧。"妇人的旁边还站着一位宫女，也穿着青灰色衣裳，从声音听来，年纪不是很大，十分清脆。

"青莲，你先去歇息吧。"那妇人幽幽地叹了一口气，"昊儿在云州，本宫这心便悬着，不知道前边的战况如何了。"

"娘娘，您别想太多，心事存得多了，就没法子歇息了。"那小宫女走上前来，将手放在妇人的肩膀上，慢慢地按了起来，"娘娘，就算是为了太子殿下，您也该要振作一点儿。"

御风从屋顶飘下来，回到陆凝香身边，朝她点了点头：“屋里的人正是皇后娘娘。你将太子殿下的信拿出来，咱们先将信送进去，也好让娘娘知道有人来找她。”

屋里静悄悄的，一点儿声响都没有。一团包着石头的纸团落到地面。萧皇后看到滚落到脚边的纸团，有些害怕，望了望四周，没看见半个人影。

“娘娘。”青莲弯腰将纸团捡起，递到萧皇后面前。

萧皇后镇定下来，道：“将纸团给本宫。”

青莲将纸团递过去，萧皇后接过打开，才瞅了一眼，知这是燕昊的字迹。她再顾不得危险，将那张纸凑近几分，认真地看了起来。

稍后，她将那纸攥在手心，朝门边指了指：“青莲，开门，有客人到了。”

青莲看见她镇定从容，便稳了稳心神，迈步朝门边走去，将门闩打开。只见眼前暗了暗，两个穿着黑衣蒙着面的人站在那里，不由得睁大了眼睛，几乎要尖叫出来。

御风一把将她的嘴巴捂住，迅速闪身进来。陆凝香也跟着走进屋内，反手将门给关上，这才奔到萧皇后面前，“扑通”一声跪倒在地：“凝香见过皇后娘娘。”

“凝香？”萧皇后脸上露出了几分惊喜，这不就是那位陆大将军的女儿陆凝香吗？

“是，娘娘，我是凝香。”陆凝香将面纱取下，露出一张白玉般的脸，“娘娘，好久不见了。”

“好孩子，快起来。”萧皇后一颗心终于落到实处，弯腰将陆凝香搀扶起来，“你从云州来？昊儿在云州一切可好？”

陆凝香本想说燕昊不好，可看到萧皇后憔悴的模样，只好点头道：“太子殿下一切安好。”

萧皇后长长地舒了一口气，脸上露出一丝笑来：“好，那就好。”才说了这句，忽然想到了什么，拿着那封被揉得皱巴巴的信纸，紧张地看了看陆凝香，“凝香……这信上写的是现在前方的实情？”

“是，娘娘，现在云州吃紧，太子殿下心中着急，这才让我回江都送信，希望皇上能快些派兵马前去援助，否则，只怕云州要不保了。”陆凝香双手紧握在一处，已顾不得宫里的规矩礼仪，只是尽量克制着自己，不想让那份焦急被萧皇后看出来。

“皇上不发援兵？”萧皇后惨白了一张脸，口中讷讷，“都说虎毒不食子，他竟然如此忍心。”

“娘娘，现在当务之急是要将军情送到皇上案头，只有将这些情况告诉皇上，他才会重视起来。”一旁的御风走上前来，跪地向萧皇后行了一礼，“小人御风，乃太子殿下的贴身暗卫，不知道娘娘是否还记得小人。”

萧皇后茫然地看了御风一眼，只觉得有几分眼熟，此时也顾不上细瞧，心中只记挂着儿子：“御风，你们赶紧将这信送去皇上那边，让他速速发兵解云州之急！”

“今日小人与陆小姐来宫中求见，门口守卫说我们没有皇上手谕，不能进宫，想求见娘娘，他们却说娘娘被关入冷宫了。”御风看了看萧皇后，见她脸色苍白，原先一张圆润的脸，此时已瘦出一个尖尖的下巴来，“娘娘，这究竟是怎么一回事？”

“还不是那群小人所为？”萧皇后冷冷道。旁边青莲赶紧来给她顺气：“娘娘，您别太难过，皇上迟早会明白的。”

“迟早会明白？”萧皇后嘴角泛起一丝冷笑。她看着那飘摇不定的灯火，眼里慢慢堆起了一层水雾，“曹贵妃早就处心积虑地算计本宫，这次他们趁本宫父亲亡故，是不会让本宫有半分逃脱的机会了。”

这冷宫进来容易，出去便难了。

萧皇后无奈地摇了摇头：“只盼望昊儿能班师回朝，我们母子或许还有重逢的那刻。”提到燕昊，萧皇后眼角眉梢变得十分温柔，脸上那苦恼的神色也减了几分。

御风却是眉头紧锁：“娘娘，太子殿下恐怕有危险！”

“危险？”萧皇后嘴角的笑容凝固，一双眸子瞪向御风，“你们听到了什么？”

“娘娘，我们今日在京城里走了一圈，听百姓议论说太子谋逆，去云州是准备造反，皇上准备废了太子，立三皇子为太子。”御风心中也很是紧张，皇上昏聩无能又偏听偏信，从他将皇后娘娘关进冷宫一事便能看得出来，说不定他真准备对太子殿下动手了。

“谋逆？”萧皇后一愣。

“娘娘，小声些！”青莲有些惊骇地望了望窗户外，怯怯地提醒道。

“本宫怕什么！若是昊儿真被他整治了，本宫还在乎这条命吗？”萧皇后凄然一笑，捂着胸口咳嗽了几声，“燕铣啊燕铣，你可真够糊涂，真够狠啊！”

屋内静悄悄的，谁也没有再说话。良久，萧皇后才道：“青莲，你伺候本宫也有好几年了，本宫不能让你跟着我去死，你跟着御风与陆小姐出宫去吧，你还有自己的好日子要过。”

“娘娘。”青莲向前爬行了一步，趴在萧皇后的腿上，哭了起来，“娘娘不走，奴婢也不走，奴婢要陪着娘娘。”

“傻青莲。”萧皇后伸手摸了摸她的头发，轻声道，“你是个心细的孩子，要出去替本宫好好照顾太子殿下。”

青莲匍匐在那里，不住地哽咽着。

陆凝香在一旁听了有几分心急，萧皇后似乎在交代照顾燕昊的人了。她咬了咬牙，这是她的机会，她要搏上一搏。想到此处，陆凝香抹了抹眼睛，低声对萧皇后道：“娘娘，凝香愿意一辈子照顾太子殿下。”

萧皇后抬头看了看陆凝香，嘴角露出一丝欣慰的笑来：“本宫不会忘记你，陆小姐，你且将手伸出来。”

陆凝香疑惑地将手伸到萧皇后面前。萧皇后从手腕上脱下一个镯子，握住陆凝香的手，套了上去：“凝香，本宫被打入冷宫，也没带什么值钱的东西出来，这个镯子本宫本想等昊儿大婚时传给他的媳妇，今晚，本宫便将这个镯子给你吧。

“你小时候进宫觐见，本宫那会儿便想着这小姑娘如此聪明伶俐，以后还不知道谁家有福气娶了去，没想到这世事兜兜转转，竟然落到了自己身上。凝香，现在我把昊儿交给你了，你可要好好照顾他。”

一阵莫名的惊喜涌上心头，陆凝香看着手腕上的镯子，不可置信地睁大了眼睛。虽然萧皇后话里的意思是原先并没有看好她，可时势所逼，她最终还是选择了自己做燕昊的妻子。

陆凝香跪倒在地，恭恭敬敬地磕了三个响头。对燕昊暗恋了多年，今晚忽然喜从天降，让她有些措手不及。“娘娘，我一定会好好照顾太子殿下的，一辈子都追随他，不离不弃。”陆凝香抬起头来，看着萧皇后脸上的笑，鼻子一酸，“娘娘，您跟我们一起出宫吧。”

“出宫？不！”萧皇后坚决地摇了摇头，“凝香，你且站起来，本宫有几句话要给昊儿，你替我带给他。”

萧皇后提笔想了想，开始写得颇为艰难，写一句停一句，后来便越写越快，泪，也不住地往下掉，滴在那信纸上。

信终于写完了，萧皇后长长地舒了一口气："信，你带走，本宫要在这冷宫，看着燕铣如何死去。"

"娘娘！"青莲吓得跪了下来，"您可千万别这样说，若被人听去……"

"听去又如何？"萧皇后眼中闪过一丝厉色，"你以为本宫还能活下去不成？"她站起身，在屋内走了两步，猛地推开了窗，一阵凉风吹了进来，"本宫是南燕的皇后，这里是本宫的家，即便现在被关在冷宫，但皇上没有下废后的诏书，本宫就依旧是这宫中的主人，又如何能弃了自己的家跑出去？

本宫即便是死，也要死在这宫里。"萧皇后一手扶着窗户，转过脸来笑了笑，脸上有一种说不出的诡异，"本宫要在这里瞧着燕铣与他那曹贵妃是如何死的。凝香，你与御风快些带青莲出宫，别再耽搁了。"

"娘娘，这份军情怎么办？"陆凝香想到自己回江都的初衷，事情没办成，怎么有脸回去面对燕昊？

"我们送去明仪殿。"御风想了想，道，"明仪殿是皇上批改奏折的地方，放到皇上的御案上，皇上自然能看见。"

"皇上根本就不去明仪殿。"青莲在旁边摇头道，"现在皇上只在几位贵人宫中，既不上朝，也不去明仪殿。"

"你们不如拿去给萧国公，看他能否想出个什么办法来。"萧皇后无力地挥了挥手，道，"你们快些走吧。"

见萧皇后心意已决，陆凝香与御风也说不出什么劝解的话来。青莲跪下来朝萧皇后磕了几个头，眼含泪水："娘娘，奴婢去了，你可要保重身子。"

萧皇后没有说话，只是端端正正地坐在那里，从窗户灌进的晚风将她的头发吹起，让人瞧着有一丝凄凉。

御风与陆凝香带着青莲匆匆往院墙边溜去，刚到宫墙边，就听见后边喧哗起来，御风与陆凝香一人抓住青莲一只手，飞身翻墙而出。

春庭空照月，冷院寂无声。

三人骑马匆匆往陆府赶去，忽然天空一角有红云飘来，回头一看，只见皇宫那边红红的一大块云彩，将天边都映红了。

日头慢慢升高，薄薄的晨曦已经散尽，院内开了一墙的蔷薇花，团团地盛放在那深绿色的叶子里。

燕昊背着手站在那里，看着天空。

“太子殿下！”

燕昊眼睛一亮，盯住御风：“你们可将我的信送去父皇手里了？”

看到燕昊的满眼希冀，御风艰难地摇了摇头：“太子殿下，我们将信送到了国舅爷手中。”

“为什么？难道宫中有变？”燕昊敏锐地觉察到一些异样气息，他看到陆凝香身后的青莲，厉声喝道，“青莲，你不好好服侍皇后娘娘，跑来云州作甚？”

青莲被燕昊的一声厉喝吓得魂都快没了，她跪倒在地，全身发抖：“太子殿下，是娘娘派奴婢出宫来照顾太子殿下的。”

“母后派你出宫？”燕昊转脸看了看御风，又看了看陆凝香，“我母后呢？究竟发生了什么事情？”

御风将萧皇后的信拿了出来，递给燕昊：“太子殿下，这是皇后娘娘写给您的信。”

燕昊将信接过，展开匆匆看了起来，越往下看，一颗心便越沉，脸色也越来越苍白——母后，竟然被关进了冷宫！父皇竟如此糊涂，被那些奸佞之臣牵着鼻子走，做出这等事情来！

信笺上有几处明显的泪痕，有些字被晕染得化开。燕昊盯那泪迹斑斑的信笺，一种说不出的痛让他几乎不能呼吸。

“还有别的消息没有？”燕昊抬头喘了一口气，伸手抓住了御风的领口，“不许隐瞒！”

“皇后娘娘给了我一只镯子，她说……”陆凝香抬起手来，刚想把萧皇后的话告诉燕昊，却被御风打断：“是夜，冷宫走水。”

燕昊眼中闪过一丝绝望：“走水？”

御风担心地看着燕昊：“太子殿下，您千万别着急，还不知道实情，只是江都街头巷尾的传言罢了。”

燕昊的脸色变得一片惨白，身子摇了摇，他抬起衣袖掩住嘴，放下手时，玉白色的云锦衣裳上殷殷地开出一朵艳红的血花。

“太子殿下！”门外传来柳润声焦急的声音，“军情到！”他匆匆奔进来，将一张纸递给燕昊，“漳州……”

“漳州还是失陷了……”燕昊的手一松，手上的纸便飘落在地上，他的脸如木雕一般，已看不出喜怒哀乐。

“漳州只有一万人马，高刺史却能带着将士们死守三天三夜，实在是已经尽心了。”柳润声低声道，心中也十分难过。云州若不是城防坚固，又有太子殿下亲自督战，恐怕也早已沦陷，可现在瞧着，云州沦陷也只是早晚的事情了。

燕昊拿起那份飞鸽传书看了看，喃喃道：“高刺史真是好样儿的，若人人都似高刺史，我南燕如何会落到如今这般地步！”

燕昊只觉得脑子里一团乱麻，盼了好几日，援兵依然没有影子，倒是各地告急的信息不住地朝云州涌来。

对母后的牵挂、对险恶形势的焦虑……这些都让他再也无力承担。他接过丫鬟递上来的帕子，擦去唇边的血迹，抬头看了看四周：“我誓与云州共存亡！”

“现在也只能指望兵部早些调兵了。”柳润声也很无奈，若皇上再如此行事，南燕亡国是迟早的事。他看了看脸色苍白的燕昊，道：“太子殿下，您得好好休养身子，云州百姓还指望着您呢。”

燕昊点了点头：“柳大人，你去吧，我明白。”

“昊哥哥。”陆凝香心疼地看着燕昊。他清瘦了不少，原先丰神俊逸的一张脸，现在憔悴了不少，瞧着让人心疼。

燕昊抬眼看了看她，没精打采地应了一声：“你有事情？”

陆凝香紧紧握着那只手镯，想将萧皇后嘱托的话说出口，可话到嘴边却说不出来。她想了又想，只能将手腕伸到燕昊面前：“昊哥哥，你看，这手镯好看吗？”

这是皇后娘娘天天戴在手腕上的镯子，想必燕昊定能认得出来，等他询问这镯子怎么到了自己手腕上，她再顺理成章地将皇后娘娘的话说出口。陆凝香伸着手站在那里，满眼期盼。

燕昊瞥了那只手镯一眼，冷冷地道：“凝香，都这个时候了，你还有闲心让我看手镯？”

他对站在旁边的御风道：“御风，走，跟我出去转转。”

陆凝香呆呆地站在那里，瞧着燕昊带着御风大步走出去，简直不敢相信自己的耳朵。他难道看不出这是皇后娘娘的手镯吗？

丫鬟明欣进来收拾，看了看站在那里发呆的陆凝香，露出一丝浅笑。

这位陆小姐可真是不识时务，这个时候竟然还拿手镯来问太子殿下好看不好看，她以为她是谁？她又不是慕小姐。若是慕小姐伸出手来让太子殿下看手镯，太子殿下定会微笑着称赞。

陆凝香看了一眼明欣，气冲冲地甩了甩衣袖，大步往院外追去，好不容易追上了燕昊，却见他与御风出了角门，那边停着一辆马车。

“昊哥哥，带上我。”陆凝香喊着跑了过去，可燕昊就像没有听到她的喊声一样，掀开车帘钻了进去，都不曾回头看她一眼。

陆凝香站在那里，两行清泪流了出来：“昊哥哥，你好狠心，我是皇后娘娘认定的媳妇，你却为何对我不理不睬？”她伸手抹了抹眼睛，恶狠狠地骂了一声，“慕微，你这个贱人，都是你作怪，才害得昊哥哥对我不理不睬！”

没有人回答她，只有那树上的鸟雀在婉转啼鸣。

“太子殿下，陆小姐不是故意那样做的，她想要让你看那只手镯，是因为……”御风坐想了很久，终是开了口。他有些不忍心，燕昊对于陆凝香，实在是太冷淡了些。

陆凝香对燕昊的感情，刺史府上下谁人不知？唯有燕昊故意装作不知情。在去江都之前，御风认为燕昊这般对待陆凝香没什么问题，可去了江都以后，一切都发生了变化。陆凝香是皇后娘娘给燕昊选定的太子妃，当时他在场听得清清楚楚，虽然御风觉得陆凝香远不及那位慕小姐，可她毕竟是皇后娘娘亲自选定的人，这男女婚姻，不就是父母之命，媒妁之言吗？哪里轮得了自己做主？

燕昊看了御风一眼：“那手镯怎么了？”

“我不相信太子殿下看不出那手镯是谁的。”御风见燕昊这般平静，气鼓鼓地道，“那是皇后娘娘的手镯。”

“我如何能看不出？”燕昊轻轻地叹了一口气。萧皇后在信中写得很清楚，让他弃了云州城，带了陆凝香与青莲隐姓埋名去生活。“南燕离破国不远，你父皇昏聩无能，在那帮奸佞小人的怂恿下，早将你看成了眼中钉、肉中刺。母亲跟着南燕陪葬已经足够，你不要为南燕再断送了自己的性命。凝香是我给你选的正妻，青莲是侍妾，你带着她们，隐居避世，好好过日子便是。”

这是母后给他的安排，只想让他活命，而且指定了陆凝香是正妻，青莲做侍妾。燕昊紧紧抓住自己的衣袖，一颗心如母后给的那皱巴巴的信纸，无论如何也抹不平整——自从遇见慕微，他从没想过自己的妻子会是别人。

他不要陆凝香，也不要青莲，他只要慕微！

拿着匕首搁在自己脖子上的慕微、靠在树上脸色苍白的慕微、站在湖畔回眸而笑的慕微……她的脸在他脑海里交织着，不断浮现，越来越鲜明，始终没有消退过。

她是世上最美好的女子，没有谁能比得上她，他情愿孤独终老，也不愿意另娶他人。

燕昊摸出怀里的埙，手指轻轻抚摸它光滑的表面，那上面仿佛还留着她口脂的香味，那般轻柔。

“我要将你的声息装在这埙里，以后每次拿出来时便能听见你的声音。”燕昊将埙举到耳边，轻轻摇了摇，里边仿佛传来一阵幽幽的叹息。

第十三章 风云突变

马车在云州城中的一处工事前停了下来。

这是云州一处防御工事，一群精壮汉子脱了上衣，正挥着胳膊，抡起锄头热火朝天地挖掘着地面。

旁边有穿着粗布衣裳的妇人正忙碌地给他们端茶送水，不住地将粗瓷碗举起：“大哥，喝口水，歇歇气。”

“现在哪儿有空歇气！”挖土的汉子接过粗瓷碗喝了口水，喘了口气便弯腰继续干起活儿来。泥土不住地往外纷飞着，旁边有人用篼箕、筐子将泥土抬走，整个工地上一片忙碌的景象。

云州城城防坚固，自大虞开战以来，云州又开始加固防御工事，另外还在各处挖掘了暗道。这是柳润声做的两手准备，等到大虞破城时，云州百姓可以通过暗道逃生，躲避大虞兵马的铁蹄。

这云州城的地下几乎被全部打通，暗道一直通到云州城外四十余里的山里，沿途有不少出口，即便被大虞人发现了暗道，也不知道那些百姓究竟是从哪里出去的。燕昊跳下暗道，拿起一把铲子也开始干活儿。旁边几个人瞧见，都惊呼道：“太子殿下，您怎么又来了？不是说你生病了？为何不好好休息？”

燕昊没有吭声，只是拼命地挖起土来。他自幼练武，身手比一般人要好，不多时，身边的筐子里已经堆满，身上的蜀锦袍子上也沾满了乌黑的泥土。

“太子殿下，您且歇歇。”旁边的人见燕昊这般不要命地干活儿，一个个脸上充满着紧张的神色。御风跳了下来抓住燕昊的手：“太子殿下，您的身子还没大安，如何能这般劳累？”

燕昊停了手，看了周围百姓一眼，心中十分难受。周围的人一个个眼巴巴地看着他，脸上是关心的神色，更带着一丝希冀。云州的百姓将他看得这般重，而他对保证他们的生命安全却无能为力，这让他心里堵得慌，说不出话来。

“云州的各位父老乡亲，”斟酌良久，他终于慢慢开口，“是我燕昊无能，不能带领大家将大虞兵马赶出南燕，现在我能做的，也只能是与大家一起来挖暗道了。”他扬起头来，阳光刺着他的眼睛，让他有些睁不开。他闭了闭眼睛，心中十分懊恼，若自己不曾指望着南燕使者能说服大虞皇帝和谈，趁着慕乾守那十日之约时，派人去偷袭大虞军队，此时云州也不会落到这般地步。

一切都是他的错，他实在是不够聪明，没有审时度势的大局观念，只是可笑地守着那个十日之约，结果现在却让云州百姓陷于困顿之势。燕昊紧紧握住铲子，声音坚定：“各位，我燕昊誓死守护云州，会坚持到最后一刻，云州在，我燕昊在；云州失陷，我燕昊……”

“太子殿下，属下誓死追随太子殿下！”御风伸手抓住燕昊的衣袖，“扑通”一声跪倒在地，“太子殿下，还望您能保重身子，回去休息！”

周围干活儿的壮汉也都跟着跪了下来，大声喊着：“誓死追随太子殿下！”

仿佛有千万人的声音从暗道里汹涌着席卷而来，如一道旋风，充满着力量。

“太子殿下，可算把您找到了。”柳润声匆匆忙忙地赶过来，“皇上派使者来了。”

燕昊惊喜地道：“父皇终于派兵增援了！”

御风心中却觉不妙，在江都时听说皇上要废太子，立三皇子为储君，不知道这个时候使者到来是否为了此事。他跟在燕昊身后，见他步伐越来越轻快，一种不安的情绪悄然浮上心头。

柳润声府里的议事大厅里坐着几个内侍模样的人，正捧着茶盏喝茶说话，见燕昊进来，几个人都站了起来。为首的乃中常侍唐景，神色倨傲。

“太子殿下。”唐景拱手作揖，“咱家等你好一阵子了。”

“唐大人，我方才去视察防御工事了。”燕昊微笑道。虽说这唐景是个只会阿谀奉承的小人，可毕竟他是带着皇上的圣旨来的，也就意味着他身后还跟着几万士兵，燕昊对他比在江都时热络了几分。

唐景皮笑肉不笑地看了一眼燕昊，朝柳润声吩咐道：“摆香案。”

柳润声知道这是要传旨了，赶紧让人将香案摆起来。唐景扬着脖子站在香案后，从一个托盘里拿起一卷黄绫，慢慢展开，高声念了起来：“奉天承运，皇帝诏曰，罪人燕昊在云州滞留不归，有谋逆之心……”

温暖的阳光照在人的脊背上，暖烘烘一片，可这份温暖慢慢变成了一种炙热，无情地烤着院子里跪拜的一群人。听完圣旨后，四周静悄悄的，没有一个人说话，大家都惊愕地抬起头望着中常侍唐景，脸上全是不敢置信的神色。

“燕昊，接旨谢恩吧。”唐景的声音又尖又细，“怎么，还站在那里不动？”他笑了笑，“我倒是忘了，你有谋逆之心，自然对皇上的圣旨不会恭敬了。”

“唐大人，我父皇如何下这样一道圣旨？我不相信，这定然是伪造的！”燕昊身子发抖，不敢相信自己的耳朵。他在云州是为了守护南燕，没想到竟给他定了个谋逆之罪。

“你有没有谋逆之心，皇上心里清楚得很。”唐景露出一副不以为然的笑来，“燕昊，你母亲与萧国公府勾结，谋害宫中妃嫔，被皇上关入冷宫后竟然在冷宫里咒骂皇上，最后畏罪自焚身亡。萧国公已被皇上捉拿下了天牢，现在就差你一个了。”

“什么？”燕昊震惊得几乎说不出话来，“母后……母后……她……”

“哼，萧氏早就被皇上废为庶人，还有什么资格称为皇后！死前竟敢口口声声诅咒皇上，真是万恶不赦！”唐景朝身后跟着的几个御林军招了招手，“来呀，将罪人燕昊拿下，即日返回江都。”

“谁敢动太子殿下？”只听一声怒喝，御风一跃而起，伸手抓住唐景，将他轻轻一带便扯了过来，抽出腰间佩刀搁在他的脖子上，“太子殿下为了南燕呕心沥血，带领云州军民苦苦抵抗大虞兵马，而你们这些奸佞小人居然如此待他，这才让南燕成为如此局面！”

唐景不住地挥动双手，如乌龟划水，脸色一片苍白：“你……你……你竟敢挟持咱家！咱家可是替皇上来传圣旨的！燕昊，还不让你的手下将咱家放开！”

“太子殿下，愚忠愚孝不可为！”御风见燕昊站在那里不说话，心中一急，大喊道，“难道你忘记了惨死在冷宫中的皇后娘娘吗？”

听到御风提及母亲，燕昊心中一震，转过脸来，咬牙切齿道：“杀！”

一线鲜红的血箭喷射而出，御风手起刀落，唐景如一只被抹了脖子的鸡，软趴趴地倒在了地上。

那几个跟着唐景来宣旨的小内侍见了这场景，吓得浑身发抖，哪里还敢动弹，倒是跟着来的那一队御林军已经拔出了刀，高声厉喝：“燕昊，你想抗旨不成？”

御风跳了过去，用还滴着血的刀指着那十来人，冷冷看了他们一眼：“你们竟敢直呼太子殿下的名讳，此乃大不敬！”说罢，纵身而起，和那些人厮杀在一起，很快，为首的那个被他砍倒在地。

“谁还敢过来？”御风的刀上滴下鲜红的血来。几个小内侍“扑通”一声都跪了下来，对着燕昊磕头如捣蒜，其中一个口中连呼冤枉：“太子殿下，我们也是被逼无奈，由唐大人点了名跟了来的。这宫中内乱与我们没关系，全是曹贵妃与外臣勾结弄出来的事，皇后娘娘的确是枉死的。皇后娘娘仁心待人，小的受过她的恩惠，还偷偷为她烧过香呢！”

燕昊听那内侍提到萧皇后，心中一酸，伸脚将他踢到一旁，对御风道：“放他们回江都去！”

那几个小内侍听了这话，喜不自胜，赶紧从地上爬起来，经过那几个御林军身边时，看了看。

“你站着。”燕昊指着方才那个小内侍道，“你回去告诉我父皇，我是被人冤枉的，我在云州是与刺史柳大人共同御敌，绝无谋逆之心。现在南燕形势危急，还请父皇速速派兵增援黄州，黄州若不保，后边便是明州与豫州了！”

那小内侍听燕昊这般说，打了个寒战：“小的一定会将太子殿下的话带给皇上的。”

“还有，”燕昊忍住心中悲痛，对小内侍道，“我母亲的尸身，还请尽量帮我好好保存，有朝一日我会去找你。”

那小内侍咕哝了一声，脸上露出为难的表情来：“太子殿下，我只是个穿深蓝常服的……”

御风拎着刀冲到他面前，将刀举起来在他面前晃了晃：“太子殿下的话，你敢不听？不要命了？”

那刀上沾满鲜血，小内侍吓得两条腿几乎站不稳，旁边同伙忙扶住他：“太……太……太子殿下，小的尽力而为，只是小的真的是能力有限，若没有做到……”

御风将刀贴在他的脸上，嘴角扯了扯：“若没有做到，那你便等着我的刀架到你的脖子上吧。”他指了指躺在地上一动不动的唐景，“看到没有？那便是例子。”

那小内侍惨白着一张脸点了点头，由同伴扶着一瘸一拐地走出了院子。那十来个御林军看了看燕昊，忽有一人跪了下来：“太子殿下，小人一直敬重太子殿下，只希望能追随太子殿下左右，还望太子殿下准许小人加入云州守备军，为保护我南燕出力。”

旁边几人见他这般举动，也都不由得深思起来。此次没有保护宣旨使安全，回去定会受罚，现在南燕处于水深火热之中，还不如加入到前线军营中，为保卫南燕出力。想到此，众人也跟着跪下来：“请太子殿下收留！”

燕昊看了他们一眼，对身边的柳润声道：“柳大人，你去安排吧。”

柳润声应了一声，命人将那十来人带去军营安排，又让人将尸首抬了出去。看着那群人走远，燕昊皱起了眉头，长长地叹息一声：“南燕危急至此，父皇却如此行事……”

想起那道圣旨，燕昊心中好一阵难受。父皇竟轻信奸佞小人的话，要将他废为庶人，把三弟立为储君。他不在乎自己的身份，可是父皇这种做法让他寒心。逼死母后，现在又要逼死他。谋逆，好一顶大帽子啊！

南燕已处在灭国的边缘，而那群小人却一手遮天。若大虞铁蹄踏进江都，那群小人还能蹦跶多久，或者他们想效仿前朝，将父皇拱手送给大虞，自己来做这傀儡皇帝？

“可恨，着实可恨！”燕昊握紧了拳，意气难平。

“柳大人，借一步说话。”御风将柳润声拉到一旁，“御风有一事相求。”

柳润声乃状元出身，祖父做过中书令，也算是朝中重臣，其祖父、父亲皆是耿直之人，看不惯朝中结党营私之事，皆早早回家颐养天年，不问朝政。柳润声本怀着一腔热血，想要有所作为，可是被朝中小人打击，到现在快五十岁了，还只是云州刺史。

“从目前的情况来看，恐怕是大局已定，难以挽救了。”御风说得十分沉重，逐字逐句斟酌着，“云州失陷，只怕是迟早的事。”

柳润声沉重地点了点头：“御统领说得不错，若皇上再这般延误不发兵，南燕……”说到此处，一滴老泪滑落，“南燕即将亡国。”

“柳大人，那你准备怎么办？”御风紧紧盯着柳润声，“是准备弃城逃走，还是与云州共存亡？”

“自然是与云州共存亡！”柳润声奇怪地看了御风一眼，“御统领，莫非你想让我做一个弃城而逃的胆小鬼不成？”

御风点了点头：“是，我正是这般想的，不仅如此，我还想请柳大人去劝劝太子殿下，请他弃了云州城，躲避战乱。”

柳润声惊得连话都说不完整了：“御统领，此……此事万万不可！”

头顶阔大的树冠亭亭如盖，遮住了略微燥热的日光。柳润声站在树影里，心底有些发凉。面对着御风，他忽然说不出话来。

让太子殿下与他弃城逃亡？柳润声很茫然，这个念头他从未有过，他所想的只有拼死为南燕战到最后一刻，云州城被攻破的那日，便是他殉国之时。

人生自古谁无死，为国捐躯，博得个流芳千古，也算是一条正道。柳润声自幼饱读诗书，这些观念早已深深地植入他的脑海。忠、孝乃最重要的两个字，所有的事情都该在忠孝面前低头让路，他决不能做不忠不孝之人。

“柳大人，为何不可？”御风皱起眉头，弃城这个主意他想很久了。自从在皇宫见到萧皇后，他便一直在琢磨，南燕如今已是满目疮痍，如何才能更好地保全太子殿下，完成皇后娘娘的心愿，才是他最重要的任务。

跟着燕昊转了一日，见他已有了殉国之心，御风心中甚是着急，方才他手起刀落将唐景斩杀，实际上就是为弃城这件事做铺垫。斩杀了唐景，便是让燕昊与皇上燕铣正式决裂，让燕昊不必去尽那愚孝之责。而对于南燕的忠，他要好好想法子才行。无论如何，他也不能眼睁睁地看着燕昊跟南燕一道埋在那冰冷黑暗的泥土里。

“御统领，‘忠孝’二字，‘忠’字当头，忠孝不能两全时则取忠，这么简单的道理，难道御统领不知道？”柳润声摸了摸稀疏的胡须，慢慢摇了摇头，语气里有一丝苍凉与无奈，“我是南燕的刺史，南燕亡，我如何能苟活？”

“柳大人，御风想请教，究竟什么是忠？”御风盯住柳润声不放，“难道对皇上言听计从便是忠？即便知道他做错了，知道他要将南燕民众置于水深火热、颠沛流离之惨境，也要听从他的话？”

柳润声呆了呆，细细一想，才道：“我可以去进谏。”

“若进谏没用，那又该如何？”御风一点儿也不让柳润声有躲避的余地，紧接着道，“若现在有一线希望，让南燕百姓不再处于水火之中，不再有亡国之恨，柳大人也不愿意一试，还是想跟着皇上一道赴死？”

“法子？什么法子？”柳润声惊疑，“现在还有什么法子能救南燕？”

“有，当然有法子，就看柳大人能否赞同了。”见柳润声似乎对他的主意很感兴趣，御风一双眼睛发亮，“柳大人，南燕现在这情形已是死局，你认同吗？”

柳润声点了点头：“不错，没有一处活眼。”

“若我们置之死地而后生，那又如何？”御风用脚在地上画了一个圈，“我们不到这圈子里，跳出圈外去。”南燕若是灭国，那只有两条路走，要么由大虞派人过来管辖，要么在南燕扶植一个傀儡。

不管是哪一条路，都不会得民心，若失了民心，百姓自会思变，而这时若有一个有凝聚力的人出来振臂一呼，百姓自然会跟从，等势力发展壮大，自然能将大虞的人与那傀儡赶出南燕。

而这个具有凝聚力的人，非燕昊莫属。

柳润声摸着稀疏的胡须，没有说话，心中在思考这个问题。御风说得没错，所谓置之死地而后生，让烂到根里的南燕垮掉，将一切旧势力摧毁，这才会有新的萌芽，新的希望。

南燕并不缺乏有志气的将士，只是缺一个明君，一个能引导南燕抗击大虞的人。现在的皇上只知道吃喝玩乐，根本不是承担这重任之人，几位皇子看起来也只有燕昊是最具有这种能力的人。

“柳大人，把旧的打破，迎接新的，这，才是我们唯一的出路。云州现在还有五万将士，若这五万人都殉国，不过是白骨成堆而已，有什么价值？若这五万将士跟着太子殿下撤入深山，养精蓄锐，等大虞对南燕松懈时再进行反扑，岂不是更有胜算？若南燕能复国，此乃南燕百姓之幸。柳大人，你也是功不可没！”

“复国？”柳润声喃喃道。

“柳大人，现在当务之急是保存实力，不能硬碰硬消耗力量。大虞十万人马我们尚且不能抵挡，现在又增派了十万做后继，咱们更没法与他们较量了。好汉不吃眼前亏，唯有速速撤离才是！”御风说得兴起，紧紧地抓住了柳润声的手，力道之大，让柳润声的眉毛都皱到了一处，“柳大人，太子殿下宅心仁厚，爱民如子，有明君风范，你若支持太子殿下，他日你便是南燕第一大忠之人！这忠，是忠于南燕，是真正的忠。忠于皇上，御风以为，只不过是愚忠罢了。”

御风的话如金石之音，让柳润声有醍醐灌顶之感。忠于皇上，只是愚忠，御风说得没错，就像方才，皇上派人来宣旨，竟要将太子殿下废为庶人，捉拿回江都受刑。这样糊涂的决议，难道也要他遵从？

“柳大人，这事咱们两人私下合计，不能让太子殿下知晓。”见柳润声的口气不再像开始时那般坚定，御风知道他有所动摇，心中雀跃起来，“柳大人，这些日子你做好布置工作，先将粮草运出去，再抓紧时间组织云州百姓撤离，不管躲到哪里，都不能在云州城里等死。”

柳润声站在那里，眼前仿佛出现了一幅流民图，百姓扶老携幼，奔走在逃难的途中，他心中一阵发酸，口中喃喃道：“还能去哪里？南燕灭国，覆巢之下，安有完卵？”

“趁大虞人还在攻打黄州，咱们可要抓紧时间，去南边，去东南，去山里躲避，这些都是办法。”一个国家亡了，它的百姓并不会跟着它灭亡，总有一部分人留下来，而这留下的一部分人，便是复兴的中坚力量。

“那……太子殿下呢？若太子殿下执意不肯走，又该怎么办？”柳润声疑惑地看了御风一眼，“咱们都撤了，留太子殿下一个人？”

“柳大人，你负责将城中百姓与五万军士撤离，太子殿下包在我身上。”燕昊不是柳润声，不是三言两语便能劝得动的。今日他已在百姓面前承诺要与云州共存亡，自己即便说破了嘴皮，他也不会听从自己的建议，当今之计，只能智取。

又挨了一日，还不见援兵到来。

燕昊坐在杏花树下，点点殷红花瓣落在他白色的袍子上，星星点点，很是醒目。燕昊刚从外边巡城回来，云州地底下的暗道已经基本挖好，即便大虞兵马破了云州，百姓依旧可以从那些暗道里从容撤离。燕昊见一切即将准备好，这才长长地松了一口气。

他摸出随身携带的埙，低头看着上边的六个小孔，将埙举起到嘴边，轻轻地吹出幽幽的声音。黄州战事逐渐吃紧，除了自己派去的一万人马，再没有援兵，黄州苦苦挨了这么几日，也算是难能可贵了。

黄州下边是明州、豫州，然后……埙声一顿，戛然而止，凄凉的回音袅袅地在树叶上颤动。江都失陷以后呢？南燕便算是亡国了吗？燕昊痛苦地闭上了眼睛，破国那一日，也是他离开世间的时刻，他多么想在离开人世前再看她一眼，可是上天不会给他这个机会的。

“微儿……”他轻轻喊出了声，一颗心立刻柔软起来。他的眼前仿佛出现了慕微的脸，一双眸子清亮地望着他，轻启朱唇："燕昊，你吹的是什么曲子？"

"出其东门，有女如云。虽则如云，匪我思存"，燕昊微微闭了闭眼，心底那根弦丝丝颤动，一种说不出的甜蜜荡漾开来。

"太子殿下，该喝药了。"柔软的声音在耳边响起。燕昊睁开眼，见青莲端着一碗药站在他面前。她穿着一件绿色的衣裳，站在那里，如一朵碧色的莲花。

……

这是哪里？到处黑沉沉一片，没有一丝光亮，也没有说话声，死一般的寂静围绕着他。燕昊伸手摸了摸，觉得手上湿漉漉一片，似乎触到了墙砖，坚硬而冰冷。

他睁大眼睛看了看头顶，依旧只看到一片漆黑。

他仔细回忆了一下今日发生的事情。巡城回来，坐在杏花树下吹埙，青莲走了过来，递给他一碗药汁，喝了以后他便渐渐有了嗜睡的感觉……忽然，他心中一紧，忙伸手摸向怀中，那圆溜溜的东西还在。他长长地舒了一口气。

青莲为何要用药将他放倒？这里究竟是什么地方？燕昊静下心来仔细听了听，周围有极细的呼吸声，看来旁边有人。他沉声喊道："有人否？"

"太子殿下醒了。"一个惊喜的声音传来，"太子殿下，您终于醒了。"

火折子亮起，燕昊看见一张脸，细眉细眼。

"青莲？"燕昊眉头一拧，反手将青莲的手腕扣住，"你究竟是谁派来的？"

青莲吓了一跳，火折子从手中掉落，火焰熄灭，四周又陷入一片黑暗。

"太子殿下，奴婢是皇后娘娘派来的啊。"青莲挣扎了两下，见无法脱离燕昊的掌握，索性不再挣扎，"太子殿下误会奴婢了，奴婢是听了御统领的话，这才让太子殿下喝了那碗药的。"

"为何要给我喝药？让我昏睡究竟意欲何为？"燕昊将青莲的手腕捏紧了几分，心中隐隐有些明白。御风怎么能这样做？他一直是自己最忠实的手下，什么事情都听从他的吩咐，为什么在这件大事上，他竟然自作主张？

自己是要誓死守护云州的，可现在却被御风骗出了云州城，不能坚守自己的誓言，让他做了一个背信弃义之徒！燕昊颓然地将手松开："你去将御统领找来。"

青莲弯腰将火折子捡起，点亮了。燕昊这才发现自己所处的正是云州城下的暗道，原来储备好的粮食不见了，密室里空荡荡一片，只有一张硬板床，旁边一张小桌子，似乎还断了一条腿，挨着床和墙壁斜斜地立着。

“御统领还在和柳大人议事，很快就回来了。”青莲将油灯搁在墙壁上的一个石龛里，朝燕昊走过来，跪倒在地，伸手摸到燕昊的一片衣袖，“太子殿下，奴婢恳求太子殿下三思，为了皇后娘娘，您也该保重自己。”

她抬起头来，一双眼睛水汪汪地盯着燕昊，她从来没想过自己竟还有这个福分，能做燕昊的侍妾。皇后娘娘指了她来照顾燕昊时，她几乎都不敢相信自己的耳朵。

在青莲的心里，燕昊是一个完美的人，他为人宽厚温和，不像别的皇子那般趾高气扬，即便是对待像她这样的小宫女都是和颜悦色。大家都说南燕太子文武双全，乃不可多得的美玉，可在青莲眼中，他俊美无俦的容颜比他的才能更胜，每次见他来萧皇后宫中请安，她心中便小鹿乱撞，脸颊飞起红云。

燕昊完全没有注意到青莲脸上的变化，他猛地站起来。青莲跌跌撞撞地站起来，跟了一步：“太子殿下，您要去哪里？”

“我去找柳大人与御统领。”

他的命运，怎么能由旁人来决定？他定要好好地将御风责备一番，让他明白，自己是决心要与南燕共存亡的。

“太子殿下，柳大人与御统领不知道在哪里呢，我们现在已经不在云州城了。”青莲追上来，拉住燕昊的衣袖不放。御风叮嘱过她，让她看住太子殿下，不能让他跑出来，否则计划就会失败。

为了让太子殿下能安安稳稳地活下去，无论如何也不能让他走出这个密室！青莲心中一急，索性从后边抱住了燕昊：“太子殿下，请在这里等着，柳大人与御统领会来找您的！”

“松手！”燕昊沉声呵斥。

“奴婢不能放手，除非太子殿下答应奴婢不出去。”青莲抱紧了几分。她闻到了燕昊身上淡淡的药香，心中有说不出的踏实。这是她第一次与燕昊这般亲近。她将脸贴在他宽阔的后背上，实在舍不得松开。“太子殿下，请你不要为难奴婢。”

燕昊眯了眯眼，这青莲实在大胆！他伸手一把抓住她的手腕，稍一用力，就听“咔嚓”一声，仿佛脱臼了。

“太子殿下……”青莲痛得几乎要喊出来，可她不敢出声，只是托着手皱着眉看向燕昊，“奴婢的手腕……”

燕昊漠然地看了她一眼，用力一推，那脱臼的地方便复了位。青莲痛得眼泪直往下流，一边还连声道谢："多谢太子殿下开恩。"

"青莲。"燕昊深深地皱着眉头，眼中全是严厉，那神情让青莲吃了一惊，太子殿下已经不是她所认识的那个太子殿下了，这时候的他，看上去有些让人恐惧。

"我不喜欢旁人碰触我，明白吗？"燕昊站在那里，冷冷地看向青莲，"即便你是母后派来的，也不可以。"

青莲"扑通"一声跪倒在燕昊面前："奴婢……奴婢是皇后娘娘指定来照顾太子殿下的……奴婢……不该算在旁人里。"

"滚。"燕昊吐出一个字，一张脸板得紧紧的。

"太子殿下！"青莲凄厉地喊了一声，"奴婢怎么能走？若奴婢走了，如何向九泉之下的皇后娘娘交代？"

听到青莲提起自己的母亲，燕昊心里蓦然软了几分。他瞥了一眼泪流满面的青莲，冷冷地哼了一声："你若是不想走，那便记着自己的本分，不要做越矩之事。"

"是，是，奴婢晓得。"青莲抬手抹了一把眼泪和额头的汗珠，"奴婢一定会将太子殿下的话记在心里。"

燕昊转身正准备往密室外走，就听一阵杂沓的脚步声传来。

一线暖黄的光亮从门口传来，伴着有人说话的声音："不知道太子殿下醒来没有。"

燕昊绷得笔直的身子蓦然放松下来，已经抬起到腰间的手慢慢放下来。方才他在手里扣了几枚飞镖，准备以防万一，现在听到是御风的声音，这才将飞镖收回囊中。他要听听御风的解释，为何不顾他的意愿将他劫持至此。

"太子殿下。"御风大踏步走了进来，身后跟着柳润声、陆凝香和几位将军，见燕昊站在那里，赶紧行了一礼，"属下得罪了太子殿下，还请太子殿下责罚。"

他将腰间的刀解下，双手托着跪了下来："我知道太子殿下此刻的心情，但御风此举是事出无奈，若太子殿下不解气，便请将御风就地处置了！"

燕昊看着跪在那里的御风，久久没有说话。御风是他最忠实的下属，他这般做也是为了自己，自己如何能下手杀了他？可他违背自己的意愿，将自己送出了云州城，这也让他无比愤慨。他怒目瞪着御风，良久，才长叹了一声，道："御风，你这般胡作非为，我是不敢再让你跟随我了。"

"太子殿下！"御风惊愕地抬起头来，"太子殿下，你要打要骂，要砍要杀，御风不会有半句怨言，只求您千万别将御风赶走！"

柳润声上前一步拱手道："太子殿下，下官也觉得御统领的主意不错。"

"主意不错？"燕昊气得说不出话来，好半日才挤出几句话，"我是南燕的太子，自当与南燕共存亡！南燕若亡，我又如何能忍辱偷生？你们两人不顾我的意愿，让我处于千夫所指之局面，做了一个背信弃义的小人，我还有何脸面去见云州的父老乡亲，有何脸面去见九泉之下的列祖列宗？"

"太子殿下，若您真的与云州城一道殉国，这才是没有脸面去见九泉下的列祖列宗。"御风抬起头来，稳稳地道，"当初太祖拼死打下这江山，可现在南燕要亡国了，太子殿下没有丝毫犹豫，就想殉了南燕，或许在您看来，这是对南燕的忠诚，可太子殿下想过没有，若是去了九泉，遇见南燕的列祖列宗，太子殿下又该如何回答？"

燕昊听了这话，不由得一愣："如何回答？南燕已亡……"

御风重重地磕了几个响头，道："太子殿下，御风觉得，死，是一件再容易不过的事情，当懦夫不愿意面对困难的时候，便会想到死，一了百了，不用有任何担当。可要活下来，重新将南燕大好河山收拾起来，这才是真正的勇士所为。御风希望太子殿下不要做那懦夫，要做真正的勇士！"

"是啊。"柳润声也在一旁附和，"下官本来也与太子殿下有相同的想法，可是经过御统领的开导，这才恍觉自己的懦弱。"他也跪倒在地，郑重地磕了一个头，"下官誓死追随太子殿下，匡复南燕！"

身后几位将军也跟着跪了下来。陆凝香双腿一弯，也跪倒在地："请太子殿下想想皇后娘娘的话，好好爱惜自己，这样才能带领南燕百姓对抗大虞！"

御风的话铿锵有力如金石，掷地有声。"是做懦夫还是做勇士？"燕昊吸了一口气。御风说得没错，若自己殉国了，不过是双眼一闭，万事皆了，可这满目疮痍的南燕，究竟谁能拯救它于水火之中？

"你们起来吧。"燕昊沉声道，"燕昊自然要做勇士！"

第十四章 九尾凤钗

五月的天气比四月暖和了许多，桃李已开尽，就是那杏花，也稀疏了不少。从树下走过，抬头一看，就见枝上绿色多了些。

慕微带着秋月踏入玉彦堂，慕老夫人已经起床，正坐在主座上与身边站着的丫鬟双珠说话。见慕微进来，她笑眯眯地朝她招了招手：“微丫头，快过来，祖母有个好消息要告诉你。”

慕老夫人将桌上的一张信笺拿了起来：“刚刚送来的急件，你兄长已经攻克了江都，将南燕皇帝拿下，看来不多时便会班师回朝了。”

“真的？”慕微接过信笺看了起来。慕乾在信上说：攻打南燕很顺利，将黄州拿下后便长驱直入，拿下了明州与豫州。本以为江都乃南燕都城，城防会很严密，定会是一场硬仗，没想到刚到江都城外，便有南燕官员派人联络，自愿献城，倒也免了军队讨伐之苦。慕乾的字里行间充满了疑惑的语气。那献城的官员姓曹，乃宠妃曹贵妃的父亲，“听说南燕萧皇后已在冷宫自尽身亡，燕铣有意扶曹贵妃为后，立她生的三皇子为太子，可不知为何这位曹大人竟然来献城。”

这可真是一件蹊跷事，慕乾带兵将南燕皇宫包围了起来，四处搜查燕铣的下落，最后在一口枯井中找到。枯井中不仅仅有燕铣，他还抱着两位妃嫔，缩在箩筐里瑟瑟发抖。

这两位妃嫔，其中一位便是曹贵妃。

“既然这般得燕铣宠爱，就连逃亡都要带上她，为何她的父亲要做出这般举动？简直是将她弃之不顾。”慕乾在信中连连叹息，“这般薄情寡义的父亲，实在是少见。”

薄情寡义？慕微心中微微一哂，这不过是为了自己的利益罢了。想来这位曹贵妃的父亲早就做好了投降的打算，只是把宫中的女儿当作一枚棋子，让皇上不怀疑他，让他有机会做自己想做的事情。

慕微忽然想到了深宫里的大姐慕瑛，她六岁时便被送进宫去侍奉太后娘娘，十六岁做了贵人，十八岁封为昭仪，一步步走到今天，家中助力不可小觑，可她同样也是父亲放进宫中的一枚棋子。

所谓树大招风，功高震主，慕微相信大虞皇帝赫连铖对于慕家是有猜忌的，为了打消他的猜忌，父亲才将姐姐送进宫里，就如同有一个质子，间接向皇上表忠心。

可万一父亲哪一日真起了谋逆的心思，姐姐便会是第一个遭殃的人。慕微站在那里，不由得打了个寒战，忽然觉得姐姐实在是可怜。伴君如伴虎，不说深宫里倾轧有多么厉害，便是被家中作为棋子，从小进宫受苦，也着实让人心里难受。

自己与姐姐，虽说在旁人看来都是金尊玉贵的慕家小姐，可她们也有自己说不出的苦处。自云州归来，为保全慕乾，慕老夫人毫不犹豫，当即便让太原王对外宣称她是被流民掳走，宁可她名声有失，宁可将她推到太原王的游宴前去面对流言蜚语，也不愿让慕乾受一丝一毫的伤损。

虽然她喜欢慕乾，喜欢这个宠溺自己的兄长，可祖母的做法也让她心塞，现在瞧着曹贵妃的下场，联想到慕瑛，再联想到自己，慕微不由得心寒。

慕老夫人拿起一个锦盒：“你大哥对你这个妹子实在是好，在外打仗还记着你及笄的事，这不，随八百里加急将你的及笄礼也给送来了。”

慕微接过那个锦盒，轻轻拔下栓子，就听“咔嚓”一声，锦盒应声而开，从里边冲出一道光彩，熠熠生辉地照到了玉彦堂的屋顶。

锦盒里是一支九尾凤钗。

慕微将那九尾凤钗拿在手中，朝着天窗那边转了转，凤凰的九条尾翎上镶嵌着各色宝石。随着她的手势不断变幻着颜色，在玉彦堂的地面上投下点点斑驳的光影，有金色、银色、绿色、紫色、红色，各种颜色交织在一处，如一幅斑斓的画。

“祖母，这支九尾凤钗，恐怕我是不能戴的。”慕微摇了摇头，心道慕乾实在是鲁莽，也不问问旁人首饰上有什么讲究。

慕老夫人脸上也变了颜色，厉声道：“微丫头，快将这锦盒合上，莫让人看见这支凤钗！”她朝站在身边的贴身嬷嬷道，“快，将老爷请过来，我有话对他说！”

慕华寅将盒子打开，看了一眼那凤钗，便将盒子放回到桌上：“不过是一支凤钗罢了，母亲何必大惊小怪？”

“只是一支凤钗？”慕老夫人不由得感叹，男子要比女子粗心，微丫头一见这支凤钗，便看出它是九尾，而自己的儿子，在朝为官这么多年，却连这点儿细心都没有，“华寅，你再数数看，它是几尾？”

慕华寅又拿起凤钗看了看，脸上这才有了惊异的神色：“这支九尾凤钗，是从哪里来的？”

“从哪里来的？”慕老夫人瞥了他一眼，将手中的紫檀木佛珠转了又转，“还不是你那个好儿子！带兵灭了南燕，在皇宫里找到了这件宝贝，直接让人给送回家来了，说是给微丫头的及笄礼。”

慕华寅将那支九尾凤钗拿起又仔细看了看，哈哈一笑：“南燕的工匠就是心灵手巧，这支凤钗做得这般精致。”

慕老夫人见他完全不将这支九尾凤钗当一回事，不由得皱了皱眉头：“华寅，这支九尾凤钗可是皇后娘娘才能戴的。”

“现在大虞还未立皇后，微儿戴这支凤钗也未尝不可。”慕华寅笑了笑，将凤钗放进盒子，“乾儿倒是有心了，在外边还记得微儿的及笄之日。”

慕微拜倒在地，低声道：“祖母，父亲，这及笄礼太贵重，微儿不能收。咱们大虞不还没有皇后吗？说不定这支九尾凤钗还是姐姐的契机呢。”

“契机？”慕老夫人沉吟了一句，忽然笑了起来，“微丫头可真是聪明伶俐，才这一眨眼的工夫，便想出了应对的法子。你说得不错，这确实是一个契机，慕昭仪住在那映月宫也有两年多了，是该挪挪地方了。”

大虞的后宫只分了六级，绵福、中式、椒房、贵人、昭仪、皇后，昭仪上头便是皇后，瑛昭仪要挪位置，也只有往那朝凤宫里挪了。

朝凤宫，乃大虞中宫之所在。

慕华寅笑了起来，看了慕老夫人一眼，压低了声音道：“母亲，这件事已经有人在筹划了，就等着乾儿得胜回朝，自然有联名的奏折送到皇上的御案上，请立慕昭仪为皇后。这支凤钗来得正好，儿子现在就拿到宫里去进献给皇上。”

大殿里一片沉静，总管内侍江六弯腰站在那里，一丝大气也不敢出，战战兢兢地听着赫连铖拍着桌子在喊叫。

“南燕那边只有慕乾送回来的奏折，秦冕的呢？他是死了不成？朕派他去监军，从出发到现在，就送来两份折子，说的都是一些无关痛痒的事情！朕派他去是监督慕乾的，有什么错处自然要留心记下，他可倒好，只字未提！”

等赫连铖气息平复，江六这才慢腾腾地将茶盏递了过去：“皇上息怒，先喝口茶消消气。”他瞥着赫连铖脸色缓和了些，这才慢慢道，“皇上，想秦大人定是被慕乾威慑了，不敢说他坏话。”

“如何能被威慑？朕赐了他尚方宝剑，又拨了人马给他，他还能怕了那个慕乾不成？”赫连铖越想越生气，“慕乾才十八岁都不到，他秦冕已经是四十岁的人了，连一个毛头小伙子都拿不定，我看他是不打算回来见朕了！”

“皇上，那慕乾一路向南，现今已经攻破了江都，灭了南燕，也算是居功甚伟了。”江六很是小心措辞，生怕惹怒了赫连铖，“或许他真无私心，一心一意在为大虞领兵作战，所以秦大人也找不出他什么错来。”

赫连铖端着茶盏喝了一口，没有说话。这时，只听脚步声橐橐，门口小内侍尖细的声音响起：“大司马求见皇上。”

赫连铖身子微微一抖，将茶盏放在桌上，坐直了身子：“宣。”

小时候他不懂事，不愿意见慕华寅，当听见小内侍通传说“大司马求见皇上”，他斩钉截铁地说：“不见，叫他回去，朕一点儿也不想见他。”结果……赫连铖的嘴抿得紧紧的，自己说不想见他，可依旧还是要见他，小内侍的那声通传不过是慕华寅给他几分情面罢了，他想做的事情，自然总是能做成的。

“皇上万岁万岁万万岁。”慕华寅走了进来，只是朝赫连铖拱了拱手，不等赫连铖吩咐，便轻车熟路地坐到了左手边的一把椅子上。赫连铖心中一动，这么多年的习惯，慕华寅丝毫不将自己放在眼里。

“慕爱卿，今日进宫见朕，可是有什么事情？”赫连铖挺直了脊背，端起一张脸望向慕华寅，双手在龙袍底下紧紧握成了一个拳头。慕华寅，你这般骄纵，总有一日、总有一日……他恨恨地想着，总有一日，却还没想清楚总有一日他该如何做。

“皇上大喜。”慕华寅朝赫连铖点了点头，从怀中摸出一个锦盒交给江六，“请皇上过目。”

赫连铖打开那个锦盒，里边是一支凤钗，他有些奇怪，望了望慕华寅：“慕爱卿，这支凤钗怎么了？如何称得上是大喜？”

“皇上，这是臣的长子慕乾在南燕皇宫里找到的九尾凤钗。”慕华寅笑着看了赫连铖一眼，“这支九尾凤钗是皇后娘娘才能佩戴的饰品，故此慕乾将这支凤钗以八百里急件送回，就是为了向皇上道喜的。”

“道喜？”赫连铖看了看那支九尾凤钗，皱了皱眉头，“喜从何来？”

“想我大虞现在后位空虚，这支九尾凤钗一出，不就是说皇上该要立皇后，从此两人携手共享这万里江山？”慕华寅盯住赫连铖，不肯放松一星半点儿，“皇上，您说呢？”

赫连铖看着躺在锦盒里的那支凤钗，心中实在不是滋味。慕华寅这是明目张胆地告诉他，我女儿慕瑛进宫这么多年，你早该立她为皇后。他的手指紧紧地握着龙椅，气得说不出话来。沉闷了好一阵子，赫连铖才慢慢说道：“慕爱卿想得果然周到，这真乃大喜之事。”

“皇上英明！”慕华寅站了起来，朝赫连铖拱了拱手，“已是正午时分，臣便不打扰皇上了，还请皇上爱惜身体，赶紧回去用午膳吧。”

赫连铖无力地坐在龙椅上，看着慕华寅的身影渐渐远去，终于忍无可忍，一拳重重地砸向堆满奏折的书案：“慕华寅老儿，着实可恨！”

有几份奏折跳了起来，从那高高堆起的奏折堆上慢慢滑落到了地上。

赫连铖再也无法忍受，狠狠地将面前那个锦盒一扫，那支九尾凤钗便飞了起来，笔直地朝一旁落去。江六见那支凤钗名贵精致，十分不舍，赶紧扑身将凤钗接在手中，朝赫连铖急喊道：“皇上，这支凤钗还是留着吧！”

赫连铖瞥了他一眼，江六的身子已经滑倒在地上，可手里还是擎着那支九尾凤钗，双眼盯着那又大又亮的珍珠舍不得移开。见这情景，赫连铖忽然觉得有几分滑稽，笑着啐了江六一口，道：“贪财的东西，看到个好宝贝就这般舍不得，朕要丢了的，你偏要捡回来。”

“皇上，老奴是个没把儿的，这世上也没别的牵挂了，只有见着这黄白之物才会动心。”江六爬了起来，弯腰将那支九尾凤钗放到锦盒里，“皇上，一粥一饭，当思来之不易；半丝半缕，恒念物力维艰。”

赫连铖瞧着江六那佝偻着的身子，半晌没有说话，只是将手背在身后，年轻的脸上有一种不服的神色。良久，他才叹了一口气道：“带上盒子，去万宁宫。”

万宁宫在大虞皇宫的西侧，是历代太后娘娘的居所，院墙边有一排高大的香樟树，亭亭树冠如一把把大伞，延绵出了院墙。走在万宁宫的院墙外，一片凉津津的感觉，忽然间，赫连铖那种焦虑的心情慢慢放松了下来。

大虞皇宫里存在着三种太后娘娘，这是任何一个朝代都不曾有过的。母凭子贵，皇上的生母自然要被封为皇太后，只是大虞后宫旧制，儿子被立为太子后，生母就会被赐死，据说这是为了防止外戚夺权而形成的规矩，所以，即便被封为皇太后，也只是死后在灵位上有个谥号罢了。

能活着被尊为皇太后的，有两种，自己没有生儿子但被皇上封为皇后，皇帝死后自然被尊为皇太后了，她们一般要抚养太子，与太子的关系十分密切。还有一种便是皇上的乳母，被称为“保太后”。

赫连铖的生母与乳母皆已死去，现在皇宫里只有一位太后娘娘，那就是与太皇太后一道将他抚养长大的高太后。赫连铖的生母只是个司寝的宫女，在铺床的时候被先皇宠幸有了他，因而被封了中式。先皇觉得她出身寒微，不适合抚养孩子，在赫连铖三岁时便让高皇后将他接来养在膝下。

赫连铖对自己的生母已经记不清了，只记得她一双眼睛大大的，笑起来十分温柔。他自幼由高太后抚养，所以与高太后的感情很好，几乎把她当成了真正的母亲，对高太后所生的儿子赫连毓也十分宽厚，将大虞最尊贵的王爷称号给了他，还给他划了富足的封地。

高太后说不上聪明，但也并不愚笨，这些年，她磕磕绊绊地将赫连铖拉扯长大，还让他坐到了龙椅上。大虞很多皇上都是黄口小儿时便莫名地死去，赫连铖觉得自己能活到二十岁，高太后功不可没，所以对她十分敬重。

“皇上这几日身子如何？”高太后端端正正地坐在主殿的椅子上，凤目微扬，问来传旨的小内侍，“为何今日忽然想着要到哀家这里来用午膳了？”

“方才慕大司马来了。”小内侍弯腰答道，“娘娘，奴才站在外边，没有听清楚里边的话，但奴才听到慕大司马有说有笑，皇上却鲜少有言语。”

“哀家知道了，你回去吧。”高太后点了点头，吩咐下去，让厨房赶紧做几个赫连铖喜欢吃的菜式，这才扶着身边墨玉姑姑的手站了起来，长长地叹了一口气，“皇上自小便对慕大司马有戒备之心，到现在还是不能摆脱。走，扶哀家到外边走走，顺便将皇上接进来。”

"母后。"赫连铖见高太后站在门口，知道是出来迎他，心中过意不去，"外边日头烈，母后何必出来相迎？"一边说着，一边走到高太后身边，亲手扶住她往里边走，"方才朕在那边瞧着，母后与姑姑笑得很是开心，有什么欢喜事，也说出来让朕听听。"

"我们正在说你那些妃嫔的身孕，明年这个时候哀家便有孙子抱了。"高太后说到这件事情，脸上容光熠熠，"哀家盼孙子可盼了很久了。"

赫连铖听高太后提到这事，眉毛挑了挑，脸上也有了点儿淡淡的笑意："这的确是一件欢喜事。"旋即又露出了一副惆怅的神色，"李中式与孙椒房有了身孕，偏偏她却没动静……"

高太后心中微微一动，伸手拍了拍赫连铖的手背："皇上，这事急不来的。"

"朕也没少去她宫里，还特地让太医算了下她的日期，可就是这般算计着，都过了四年，她的肚子还是没有动静。"赫连铖咬了咬牙，一种铁青色渐渐浮现在他浅白的脸上，显得有些狰狞，"老天为何这般不开眼？！"

"皇上！"高太后有几分着急，"不能对老天爷不敬！"她合起掌来，口中喃喃念了几句，方睁开眼睛对赫连铖笑了笑，"皇上，你怎么想着来陪哀家用膳了？"

"多日未见母后，心中甚是挂念。"赫连铖轻描淡写，将眼底的失落隐去。

"只怕不是这个原因吧。"高太后坐了下来，将茶盏捧起，茶盏里袅袅升起淡淡的白雾。

"皇上，我瞧你有些心浮气躁，可是处理政事遇到了问题？"高太后见赫连铖只是坐在那里沉着一张脸，并不开口说话，心中暗自叹气。多年前，她便发现赫连铖喜欢将事情闷在心中，若不追问，他便能将事情烂在肚子里，绝口不提。

"母后，你瞧瞧这个。"赫连铖朝江六指了指。

高太后接过锦盒，打开一看，脸上露出惊讶的表情："九尾凤钗？这是哪里来的？咱们大虞可没这般精致的首饰。"她摸了摸自己的发髻，微微摇了摇头，"那时候哀家戴的九尾凤钗可比这一支差多了。"

"这支凤钗是慕华寅刚刚拿来的，他说是慕乾从南燕皇宫里寻得，特地八百里急件送到京城来的。"赫连铖的手按在案几上，牙齿咬得紧紧，"慕华寅竟然说送凤钗进宫是为了给朕道喜！"

“道喜？这支凤钗再精致，也不过是一支凤钗罢了，又不是什么绝世珍宝，有什么好道喜的？”高太后将九尾凤钗扔回锦盒里，淡淡一笑，“慕华寅若这般说，那他的眼皮子也忒浅了些，哀家真看不起他。”

“母后，你想错了，慕华寅的意思不是说朕得了这九尾凤钗值得恭贺，而是在逼朕立他的女儿为皇后！”赫连铖终于忍无可忍，拳头重重地砸在桌子上，“朕一直拖着，就是不想让他得逞，可他步步紧逼，说这支九尾凤钗送进皇宫，就代表着大虞要立皇后了！过不了几日，肯定有大臣联名上书，请立皇后，母后……”赫连铖的眼中露出一丝不安，“我真想将慕华寅给砍了！”

“皇上，不得鲁莽！”高太后赶紧出声制止，“慕华寅势力太大，不仅朝堂上有他的爪牙，关键是他手中掌握着三军。而且他有先皇御赐的三道免死金牌，你动不了他的。”高太后摇了摇头，“皇上羽翼未丰，暂时还不能与他抗争，你且忍忍。”

“母后，朕知道你的意思。”赫连铖点了点头，声音放缓了一些，“朕现在还不足以将慕华寅那老贼给扳倒，朕现在所要做的便是培养一个能与慕华寅老贼抗衡的人，这个人既要有才干，又要忠于朕，总有一日，朕要将慕华寅老贼干掉，让他再也没法子在朕面前趾高气扬。”

高太后微微闭上了眼睛，脸上平静，她听着赫连铖在耳边不停地抱怨，没有说半句话。这么多年来，赫连铖只要有不顺心的事，都会来她这里抱怨一番，等过一阵子，一切又会归于平静。

“母后，你觉得朕这个主意行否？”赫连铖说出了藏在心里的话，顿时觉得全身都轻松下来，见高太后面沉如水，心中很是奇怪，“难道朕的主意不对？”

“皇上，莫非这便是你早些日子找宇文太傅的原因？”高太后睁开了眼睛，双眸里有探询的意味，“难道你想……”

“是。”赫连铖道。

殿里一阵沉默，屋角的沙漏仿佛停止了流动，听不到一丝声响。

良久，高太后半弯着腰，贴着赫连铖的耳朵小声道：“皇上，千万不可轻举妄动，务必谨言慎行。”

赫连铖眉头紧锁，坐在那里没有说话。

仿佛又回到十五年前的那个夜晚，天空有极亮的满月，他端坐在案几后，与高太后说话，上边还坐着太皇太后，正高高兴兴的时候，天降异象，紫微星忽然向地面压来，朦朦胧胧的一团微光照在京城的东南方向。

当时他怎么说的？他看着太皇太后，眼中带着泪，问道："皇祖母，我以后一定要娶那慕家的小姐为妻吗？我讨厌慕家，讨厌慕华寅，他只会在我面前趾高气扬，可我还得听他说话。"

高太后当时赶紧捂住了他的嘴："皇上，快别乱说，小心被人听了去，告诉大司马，那咱们可不会有好日子过了。"

十五年了，已经过去十五年了！可高太后还像当年那般谨小慎微，将慕华寅看作了不起的人物一般。赫连铖心中憋着一口气，实在难受。他已经不是当年的黄口小儿，而慕华寅也不再是当年他眼中甚是可怕的人物。

当年的慕华寅虽然面容白净，不似一般武将那样让人望而生畏，可他只要远远瞧见了慕华寅，便会不由自主地全身发抖。他不敢接近他，也讨厌他走到自己面前，用那听似恭敬，实际却专横跋扈的语气说话："皇上，您瞧这事情是不是这样？"

一张圣旨摊在他面前，慕华寅站在一旁，一张脸沉静如水。赫连铖抓着笔，战战兢兢地在落款处写上自己的名字，然后怯生生地瞧着他向自己行礼："皇上圣明。"

皇上圣明？赫连铖实在想笑，当年自己只是一个傀儡，任由他摆布，每日下朝回到后宫，他总要抱着高太后痛哭一场："我恨慕大司马，我恨他！"

高太后伸手摩挲着他的头顶，轻声安慰他："皇上，一切都会好的。你快些长大，以后就不会这般害怕他了。"

"真的吗？"他止住哭声，惊喜地抬起头来，一双眼看向高太后，带着丝丝希望。阳光透进来，在他脚边斑驳跳跃，点点金黄光芒，让他忽然觉得有了力量——等到那一日，等到他长大，他定不会再怕慕华寅。

慢慢地，他长大了，也开始积聚自己的力量，可当自己再来找高太后的时候，发现她依旧还是当年那般心态，一点儿变化都没有。就如刚刚自己提出要除去慕华寅时，她顷刻间变得惊慌失措。

"母后，现在是朕的天下，朕连在后宫都不能自由说话，那活着还有什么意义！"赫连铖脸上有几分不悦，"朕自有把握，不然，这些话也不会随便说出口的。"

"皇上，宇文太傅是三朝老臣，门生遍天下，你找他倒也算是找对了人。"高太后细细斟酌了一番，还是准备顺着赫连铖的意思来，只是不得不提醒他，"但他是文臣，手中并无重兵，要借他的手将慕华寅除去，恐怕还要费些心思。”

赫连铖这才长长地舒了一口气，脸上微微露出了丝笑意：“母后，你放心吧，朕都快二十一了，已经不似当年，朕自然要有十拿十稳的把握才会下手。”

“皇上，太后娘娘，映月宫里的慕昭仪身子不适，已派人去请了御医。”一个姑姑匆忙从外边走进来，朝赫连铖行了一礼，“听说……”

“听说什么？”赫连铖放下手中的筷子，大声道，“你究竟听说了什么？”

“奴婢方才听映月宫那边传来的消息，说慕昭仪吐得厉害，趴在床上差点儿将胆汁都吐出来。”那姑姑怯怯地看了赫连铖一眼。

皇上可真是看重慕昭仪，一听说她生病了，脸色都大变。那姑姑半低着头，垂手而立，心中却在想，大虞慕家男俊女美，那慕昭仪生得美貌，身后又有慕家撑腰，怪不得皇上宠爱她呢，每月里在映月宫中逗留的次数是最多的。

赫连铖听说慕昭仪呕吐，扶着桌子站了起来，向高太后急急忙忙道：“母后，我先过映月宫那边去瞧瞧。”

帐幔低垂，露出一张花容月貌的脸，只是有些苍白。慕瑛睁眼看向赫连铖，眼中有说不出的欢喜：“皇上。”

赫连铖站在床边，皱眉问：“如何便呕吐了？”

慕瑛低眸小声答道：“臣妾也不知道，方才用膳时恶心得不行，只觉油腻，张口就吐了。”

赫连铖又看了看她，道：“这几日仿佛又瘦了些。”

慕瑛抬起头来，似乎不敢相信自己的耳朵：“皇上，你……在关注臣妾？否则如何知道臣妾瘦了？”

赫连铖脸上露出一抹嗤笑的神色：“你胖还是瘦，跟我有关系吗？我不过是随口说说罢了，你又何必当真。”

慕瑛难过得咬了咬唇，没有出声，寝殿里的气氛忽然尴尬起来。赫连铖站在那里瞥了慕瑛一眼，没有半分怜悯，施施然地坐了下来：“给朕上茶。”

慕瑛挣扎着要从床上爬起来，却被贴身的陈姑姑按住身子：“昭仪，您身子沉重，还是奴婢去沏茶吧。”

“让她去，在这映月宫，不该是她服侍朕的吗？”赫连铖毫不留情地盯着慕瑛，看着她扶着床柱爬起来，在陈姑姑的扶持下，一步步，艰难地往外走。

“皇上，请用茶。”慕瑛抖着一双手将茶盏捧到赫连铖面前，苍白的脸上一双乌黑的大眼睛很是分明。她出神地望着赫连铖，眼里没有怨恨，只有爱慕与敬重，仿佛坐在那椅子上的，是一尊闪着金光的天神。

赫连铖将茶盏拿起来，抿了一小口，“扑”的一声，将那茶水吐在了慕瑛的裙袂上。那裙立刻便湿成了一片。

“这茶怎么这般难喝？”赫连铖将茶盏重重地搁在桌上，脸色不悦，“慕昭仪，你对朕是越来越不敬重了，竟敢拿这样的茶给朕喝。”

慕瑛咬着唇站在那里，低声分辩：“皇上，臣妾用的是雨前明茶，乃皇上最喜欢喝的，没有换别的茶叶。”她黑油油的头发披在肩上，如丝绢般光滑，随着窗外的日光流泻着光彩。

赫连铖伸出手来捏住她的下巴，脸上露出一丝厉色：“你真是没用，为何你还没怀上朕的孩子？你可知道朕一直盼着你快快给朕生个孩子，可你总是让朕失望！方才听说你身子不适，那呕吐之状与孙椒房相似，朕满心欢喜地跑来，结果……”他的手劲儿重了几分，“竟然只是偶感风寒！你！实在太让朕失望了！”

“皇上息怒！”慕瑛只觉得下巴似乎都要被捏碎，双眼里含着委屈的泪水，“皇上，臣妾自己也很想要一个孩子……”

“没用的东西！”赫连铖猛地将手松开，飞起一脚将慕瑛踢到一旁，“你说，究竟什么时候可以给朕生个孩子？旁人生多少个我不管，我就想要你给朕生个孩子！”

慕瑛瑟瑟地缩在角落，眼里闪着欢喜的光彩，伸手抹了抹眼睛：“臣妾会尽力。”

“尽力！”赫连铖伸手指着慕瑛，“我再也不相信你这句话！”

“皇上！”慕瑛匍匐在那里，身子不住地发抖。她绝望地听着脚步声慢慢远去，就如踩在她的心尖上，每走一步，她的心便疼一分。

抬起头来，寝殿里已没了赫连铖的身影，慕瑛茫然地看了看依旧在晃动的水晶琉璃帘，眼中一点点失去了光彩。

“皇上走了。”她吸了吸鼻子，用手捧住脸，泪水从指缝里流出来，“皇上不会再喜欢我了，他不会再来映月宫了！”

“娘娘，您别难过，您也知道皇上的脾气一直就是这样古怪，一会儿对娘娘好，一会儿又这般暴躁。”陈姑姑将慕瑛搀扶起来，怜惜地帮慕瑛整理了下头发，“娘娘，赶紧躺下歇息吧，这风寒瞧着是小毛病，可不好好养着，会出大毛病呢。”

“姑姑，你在胡说什么，皇上的脾气哪里古怪了？他一直都对本宫很好！”慕瑛躺在床上，听了陈姑姑的话忍不住反驳，“皇上生得英武，又聪明体贴，性子再和善不过了。只是本宫天生愚笨，有时候惹他生气罢了。”她伸手摸了摸肚子，长长地叹了一口气，“皇上只想要本宫生一个属于我们两个人的孩子，可本宫就是这般不争气，唉……”

陈姑姑站在床边，替她掖了掖被子：“昭仪，赶紧歇息吧，别想太多了。”陈姑姑是慕瑛的乳母，十五年前跟着慕瑛一道进宫，慕瑛一生下来便是她带着，所以对慕瑛有着不同的感情。

皇上对慕家一直有猜忌，如何能真心喜爱昭仪娘娘？陈姑姑悄悄叹了一口气。可从皇上平素的举动来看，似乎还是有几分喜欢昭仪娘娘的。要问宫里谁侍寝最多，毫无疑问是映月宫的慕昭仪。若不喜欢，为何会让她侍寝呢？这让陈姑姑有些看不透了。

陈姑姑拿出手帕给慕瑛擦拭额头的汗：“娘娘，你安心歇息几日，病好后才有精神啊。”

慕瑛望着帐幔顶部，微微点了点头：“本宫晓得，姑姑操心了。”

清华宫里靠墙栽种着一排紫薇花，那些花朵挨挨挤挤地开在枝头，花团锦簇。

赫连铖站在那一排紫薇花前，手中拿着那支九尾凤钗，宝石熠熠生辉。

“皇上，外边日头大，进去歇着吧。”江六垂手站在一侧，瞧着赫连铖的神色，拿不准他究竟还要站多久。从映月宫出来，他便一直站在这紫薇花前，呆呆地看着手里的九尾凤钗，一句话也不说。

“江六，”赫连铖举起那支九尾凤钗来，“她，配得上这支凤钗吗？”

江六尴尬地笑了笑：“皇上可是说映月宫的慕昭仪？”

赫连铖没有回答他，只是紧闭着嘴巴，眼中闪过一丝让江六看不懂的神色。江六站在一旁，不敢再说话。

慕昭仪、慕皇后……赫连铖脑子里很混乱，面前浮现出一张巴掌小脸，双眼黑白分明。他咽了口唾沫，拿着那支九尾凤钗看了看，若她做皇后，自然要将这支九尾凤钗赐给她。

她有一头黑油油的青丝，若这凤钗插在头上，定是极合适的。赫连铖将那凤钗转了转，心中忽然有想法，但是转瞬，他又咬了咬牙，摇了摇头。她不配！她是慕华寅的女儿，她不配有这么精致的东西！

慕瑛十五年前以侍奉皇太后的名义进宫，赫连铖到现在还清楚地记得她进宫那日的场景。慕瑛穿着正红色绣牡丹花大袖襦裙，梳着两个丫髻，每个发髻上插着一对琉璃蝴蝶簪子，蝴蝶口中吐出一串流苏，垂在她耳边，窸窸窣窣作响。

他坐在一侧，见慕瑛由姑姑引导着慢慢走到高太后前边，站在那里抬眼望着高太后。她的肌肤似玉，白得没有一丝瑕疵，两颊有着微微的粉色，一点点漾在鼻子两侧，显得她一管琼鼻更加笔挺。

高太后对她笑得温柔，赫连铖却恨她入骨。这些年来，他一直在折磨她，好像折磨了她，就等于折磨了慕华寅一般。他很想让慕瑛生下自己的孩子，只要她生了孩子，自己将那孩子立为太子，慕瑛就得死。

赫连铖瞪着满墙的紫薇花，只觉手中有些疼痛，低头一看，那支九尾凤钗的一条尾翎刺进了手掌，有一丝淡淡的血从掌心渗出来。

"为何这么多年了，她的肚子还是没有动静？难道老大有意让她多活些日子？"赫连铖喃喃自语，目光从紫薇花上转回，心里有几分烦躁，"江六，让人将这一墙紫薇花给铲了！"

江六瞪大了眼睛："皇上，这不是您最喜欢的花吗？"

"谁说我最喜欢？快些将它们都铲了！"赫连铖气哼哼地甩了甩袖子，转身大步往寝殿走去。江六赶紧追上，心中在想，究竟是什么事情刺激了皇上，令他忽然要向这些紫薇花下手呢？

紫薇花，是慕昭仪十岁那年与皇上一起亲手栽下的，这么多年过去，已长得枝繁叶茂，可突然要将它们全部铲除，真是可惜。

第十五章 及笄贺礼

“姑娘，明日你准备用哪三支簪子盘头发呢？”丫鬟秋月抱着梳妆匣走到慕微面前，笑嘻嘻地拨弄着一堆簪子，“现今都有这么多送簪子的了。”

慕微没有出声，只是出神地望着镜中的自己。

大虞的风俗，女子及笄时，要请尊贵的长者给梳妆，一边梳还要一边唱赞词，祝福这位及笄姑娘一辈子顺风顺水，人生美满。梳妆时要用到三支簪子，这三支簪子代表着对这位姑娘最重要的人，一般来说是祖母、母亲这样的长辈，也有闺中密友送的簪子，还有一些人因为定亲早，也会选用未婚夫送的簪子来梳妆。

现在听丫鬟们问自己用哪三支簪子梳妆，慕微自己都有些茫然。祖母与母亲送的肯定是要用的，这第三支便不好选了。她眼前浮现出一张英俊的脸来，俊眉朗目，一眨也不眨地在看着她。

“不，我就是要喊你微儿，我就是要做你最亲近的人。”燕昊的声音仿佛在耳边回旋，“微儿，你知道吗？第一眼看到你，我便喜欢上了你。”

他是自己最亲近的人？慕微有几分失神，她忽然有几分冲动，若是燕昊送簪子给自己，那她肯定毫不犹豫地将那簪子用在及笄礼上。她觉得脸有点儿发热，伸出手去贴着脸摸了摸，热热的一片。

“宇文小姐来了。”外边有小丫头过来，“是跟太原王一道过来的。”

慕微抬头看到门外进来几个人，走在最前边的，正是赫连毓与宇文如眉。赫连毓穿着一件浅紫色云纹团花锦衣，配着一块羊脂玉玦，显得格外飘逸。而他身边的宇文如眉，穿了一套淡红色的衫子，分外娇艳。

两人走到慕微面前，赫连毓双眼盯住了她："微儿。"

慕微无奈，只能回一个半礼："太原王安好。"

赫连毓伸手扶住她："何必这般客气，微儿这般举动，越发见外了。"

手指触及慕微的纱衣，滑溜溜如凝脂。赫连毓不由得低头，见她手腕上有一串红珊瑚手钏，颗颗通透，衬得皓腕如雪，晶莹可爱。

慕微倏然缩手，赫连毓有几分不自在，宇文如眉在一旁更不是滋味。她看得分明，赫连毓的双眼只盯着慕微，根本就没一丝一毫看自己。

论家世，论容貌，自己哪一点儿比慕微差？为何赫连毓的眼里只有她？宇文如眉气愤不已，却又无计可施："喜儿，将我的及笄礼送给慕小姐。"她说得十分亲昵，"微微，我们是闺中密友，我想你的及笄礼肯定会用我送的簪子，对不对？"

宇文如眉笑靥如花，她不愿看到慕微用赫连毓送的簪子，于是先下手为强。

慕微笑了笑："秋月，快收好，宇文小姐这份大礼，我可得好好收着。"

"微儿，我的及笄礼也是簪子。"赫连毓拿出一个锦盒，看着慕微，眼中全是希冀的神色。

"太原王竟能记得我及笄的日子，慕微实在感激。秋月，快将太原王的簪子收起来。"慕微看着那个锦盒，上边没有标记，恐怕是赫连毓在宫中司珍局里定制的，是御制。

宇文如眉的眼中流露出一丝忌妒，她笑着拉住秋月的手："别着急收走，让我也开开眼界。"

慕微刚想出声制止，秋月已将锦盒打开，推到了宇文如眉面前："宇文小姐瞧瞧，可会不会比你头上那水晶琉璃簪子精致？"

宇文如眉的脸瞬间涨红，手微微颤抖着，双手托着锦盒，好半日说不出话来。身边的丫鬟喜儿见自家小姐被呛声，愤愤道："秋月，你可别看走了眼，这水晶琉璃簪也是太原王送的呢。"

"啊？"秋月惊讶地叫了一声，赶紧朝赫连毓行了一礼，"奴婢多嘴了。"

赫连毓瞥了宇文如眉头上的簪子一眼，奇怪地问道："宇文小姐，我何时送了你这一支簪子？怎么我自己都忘记了？"

宇文如眉手一抖，手中锦盒便要掉在地上，盒里的簪子斜了斜，差点儿掉出来。秋月眼尖，赶紧伸手将簪子接在手中。她朝宇文如眉瞥了一眼，笑着道："宇文小姐，肯定是有人借了太原王的名义想接近你呢。没事，只要有人想送你东西，那便是说宇文小姐招人喜欢……"

"秋月，你在胡说什么！还不快住嘴！"慕微见宇文如眉那般狼狈，赶紧喝止秋月。虽说她现在已经看透了宇文如眉，可还是要顾她几分面子。

"真真是胡说八道！"喜儿气得眼泪都快要出来，"我可没有胡说！那簪子正是我家小姐及笄时太原王送的及笄礼！"

赫连毓一愣，旋即笑起来："原来是这样！我说我自己如何也不记得这件事了。那阵子我有事情不在家，府里的事都交给了管事打理，想来宇文府下了帖子，他便买了这支簪子代我送了过去。"他偏头看了看宇文如眉头上的簪子，脸上露出一丝不满意，"易管事也太不把宇文小姐放在眼里了，如何送了水晶琉璃簪？回去后我定然好好训斥他一番。"

听了赫连毓的话，宇文如眉脸上的红色越发深了几分。

"慕小姐，可选好了明日及笄礼用的簪子？"赫连毓没有关注宇文如眉，他的眼睛只殷切地看着慕微，希望慕微能将他的簪子选上。

今年初赫连毓便让司珍局着手设计，到了三月份才定下图样，精心雕琢了两个月，才将簪子做好。今日他到司珍局取了簪子，兴致勃勃地便往慕府来了。可到了慕府，发现慕微有些无精打采，无论他说什么，她仿佛都提不起兴趣，这让赫连毓有些心慌。

以前每次来慕府，都能看到她纯净的笑容，如一块水晶，没有任何杂质，折射着日光，剔透玲珑般明媚。那时候她对自己是直呼其名，和自己说话没有半分芥蒂，可现在，好像一切都不对了。

这变化是从什么时候才有的？赫连毓仔细思考着。当她被燕昊掳去后，她曾在青州城门口留下她的指甲向他求助，那时候的慕微，还是信赖自己的。但当他在云州城外见到慕微时，她的眼里有慕乾，有站在身边的燕昊，似乎已将他漏掉了。

赫连毓的心忽然跳得很快，难道慕微喜欢上了燕昊？除此之外，他想不出第二人。记得她与自己一道从云州回来，她执意不与自己坐同一辆马车；听到皇上要慕乾发兵攻打南燕，她竟然晕厥过去……赫连毓慢慢将手捏成了一个拳头，难道慕微真的喜欢上了燕昊？

“及笄礼用什么簪子，实在是难选。”慕微笑了笑，眉眼疏淡，“我也在考虑呢，方才如眉说要我用她的簪子……”赫连毓的口吻，自然是希望自己选他送的簪子，与其用他送的，不如用宇文如眉送的，这倒是块挡箭牌。

赫连毓瞪眼看了看宇文如眉，她好不容易恢复平静的脸红了红：“我与微微是手帕交，自然该用我送的。”一边说着，一边还妩媚地朝赫连毓抛去一个眼波。

赫连毓有几分惆怅，但想到慕微并没有选用燕昊送的簪子，心里又快活起来。他笑着点了点头：“那倒也是，京城里谁不知道慕小姐与宇文小姐是好姐妹，连我都忌妒你们的亲密呢。”

慕微笑了笑，没有说话，宇文如眉却逮着机会，开始与赫连毓攀谈起来：“最近我看了《心经》，有些偈语实在难解，人们都说太原王文武双全，想请太原王指点一二。”

“这《心经》须精心揣摩，若是心有旁骛，那是怎样也无法领略的。”赫连毓无奈，只能陪着宇文如眉说起佛经来。慕微乐得清净，坐在一旁默默地想着心事。

燕昊，她茫然地望了雕花窗户一眼，艳艳的阳光将浅碧色的窗纱照得透亮，金色的日影模糊一片。在那日影里，仿佛有一匹骏马，上面坐着一个穿黑披风的人，领口绣着四爪金蟒，此刻，他正温和地朝她微笑。

第十六章 月夜诉情

晚上，月凉如水。院子里摆着一个香炉，有烟雾袅袅地从小孔里钻出来，香炉边有一架古琴，银色的月光照在上面。

“小姐，好久都未听你弹琴了。”秋月期盼地看着慕微。

慕微坐下来，伸手拨动了一下琴弦，只听“铮”的一声，琴弦发出幽幽的声响，慕微一双手在琴弦上跃动起来。

“巍巍乎若太山，汤汤乎若流水。”琴声婉转，忽高忽低，高有凌云之感，低似能钻进人心。秋月坐在一旁听着，也渐渐神思恍惚起来，只觉得那琴曲好听，让她全身都放松下来。

“锵”的一声，琴弦断了一根，一滴血从慕微的手指上滴落，滴在了古琴上。秋月吃惊地跳起来：“小姐，怎么了？”

慕微怔怔地看着古琴，都说琴弦断，要么是遇到了知音，要么是有人偷袭，她的心猛地一跳，脑子里浮现出一个念头来，可马上又摇了摇头，怎么可能？怎么可能？

忽然，一阵埙乐之声不知从何处传来，悠长缠绵，在这清幽的夜晚，仿佛一只温柔的手，轻轻拨动着慕微的心弦。

春庭月，寂寥无声，一地银色轻纱如水，四周一片朦胧。

是他来了？燕昊来了？自己不会是在做梦吧？慕微举目望了望四周。院墙边是一排高高的杏树，挨着杏树的是一片开得正盛的紫薇。

“小姐？”秋月疑惑地看着慕微，不知道为何她神色大变，“小姐，先来搽些药吧，你的手指破了。”

“秋月，你有没有听见有人在吹埙？”慕微急切地看着她，“有没有听到？”

“埙是什么？”秋月一边低头给慕微包扎手指，一边道，“小姐，我没有听过这种曲子。”

慕微有几分气馁，侧耳听了听：“你听，是不是有人在奏乐？”

秋月点了点头：“我听到了，好哀婉，那就是埙乐吗？”

慕微又凝神细听了一阵，终于拔足往外奔去。秋月赶紧跟上来：“小姐，你要去哪里？”

“你别跟来，我出去一会儿，马上就回来。”慕微转身制止了她，“记住，不许跟任何人说。”

慕微压制着自己激动的心情，快步往外边走去。真的是他来了吗？她简直不敢相信自己的耳朵。不是说兄长破了南燕，捉了南燕皇帝与一众妃子，不多日便要押回大虞了吗？京城里皆传言南燕太子在云州逃脱，皇上下令要速速缉拿，不能让南燕余孽有喘息的机会。

这阵子燕昊该是在逃亡，如何到京城来了？他难道不知现在形势危急万分？慕微走得很快，一颗心怦怦跳个不停。这埙乐的声音仿佛很近，可等她循声过去，却觉得很远。沿着湖泊往前走着，慕微睁大了眼睛往四周看，本想着离得越来越近，可那埙声仿佛总是在自己前边，就差那么一步，引着她往前走去。

慕微在湖边停了下来，看了看那湖水，一轮明月倒映在水中，随着涟漪荡漾，泛起万点碎银。她有些茫然。莫非吹埙的人不是燕昊？

忽然，“扑通”一声，一个石子投进水中，将那轮好不容易才圆满的月亮打碎。慕微一惊，不敢转身，低头一看，一个人影在慢慢地朝自己靠近，那身影从后边过来，几乎将她的身影盖住。

“你终于肯出来了。”慕微轻轻叹息了一声，这叹息是那般轻，随着月夜轻风悄然而逝，隐没在银光点点的湖泊里。

“微儿，你怎么知道是我？”燕昊的声音还是那般温和，听上去让人觉得安稳。他伸手将慕微的肩膀拢住，两人的身影交叠在一处。

“我知道是你，我知道。”慕微眼中含着泪，极力压制着自己的心情，可她的那份欢喜却怎么也压不下来，一颗心仿佛要跳出来，“你知道吗？我好担心你。”

燕昊没有出声，只是静静地将慕微抱在怀里，将下巴搁在她的鬓边，两人就这样站在那里，听着草丛里的虫鸣，轻风将他们的衣衫吹起。

“微儿，咱们到别处说话。”燕昊抓住慕微的手，“跟我走。”

慕微由他牵着手一路往前走。她走在青石小径上，只觉得周围很陌生，就像第一次来到这里，树、花、假山、湖水，一切都是那样不真实。

燕昊低头看了看她，俯身在慕微额头落下一个吻：“微儿，闭上眼睛。”

慕微惊诧地看了他一眼，不知道他要做什么，见他一双眸子含笑注视着自己，不由得有些羞怯，顺从地闭上了眼睛，一颗心“扑通扑通”跳得极快。他是要吻自己吗？慕微全身都有些发软，似乎要站不住了，呼吸也急促起来。

但她所想象的事情并没有发生，她只是感觉到一双坚实的臂膀环抱住了她纤细的腰肢，还没弄清是怎么回事，她的双脚就离开了地面，整个人飞了起来。“燕昊……”慕微颤着声音喊了一声。

“别怕，我带你出府去。”燕昊的声音在耳畔响起。这让慕微稍微安稳了几分。燕昊想得没错，家中不安全，虽然已是晚上，可会有巡夜的人。

睁开眼睛时，她与燕昊已经落在金翼的背上，呼呼的风声在耳边响着，司马府在身后越来越远。慕微问：“你准备将我带到哪里去？”

“怎么，你害怕？”见慕微的笑容如春风里绽放的花朵，燕昊心中有说不出的喜悦，他在慕微耳边轻轻道，“你就不怕我把你拐骗了？”

“我不怕，因为你是正人君子。”慕微坚定地摇了摇头。

燕昊叹了一口气，一只手将慕微搂紧了几分：“微儿，你别将我想得太好了，很多时候我都想过要偷偷将你拐出来，咱们就到哪个地方躲着，隐姓埋名过一辈子。”

慕微低下头没有说话。燕昊的话仿佛是一种诱惑，让她忽然有几分向往，若是能与自己心爱的人过一辈子，这样该有多好。她不需要豪奢的楼阁亭台，也不需要各种精致的首饰，她只需要一个真正关爱她的人陪在身边，两人不离不弃，这样就很美好。

只是——慕微转瞬便想到了父母与兄长，没有亲人在身边，生活肯定也会有所欠缺，没有父母兄长的祝福，这亲事她也会觉得有遗憾。慕微暗自嘲笑了自己一番，是不是想得太远了。

金翼停了下来，慕微睁眼望着面前的景色，不由得赞了一声：“好美！”

这里依山傍水，那湖泊比自家府中开凿的人工湖不知道大了多少倍，一眼望不到边际。湖泊的那边，隐隐有黑色的山峦起伏；湖这边，有一片树林，靠近湖畔还有一架紫藤萝，在月色下盛开着团团簇簇的花朵，如一幅闪着银紫色光影的云锦。

“喜欢这里吗？”燕昊带着慕微走到那丛紫藤萝旁边，伸手摘下一朵紫色的花，托在手掌里，“你瞧，这花开得多美。”

慕微仔细地看着他掌心的花，那花朵离开枝头，颜色没有那样深，淡淡的紫色，上边有晶莹的夜露，被月光照着，如水晶的碎片，闪闪发着亮光。

“如果……如果我们结庐田间，我去种田打猎，你在家里做羹汤，生几个活泼可爱的孩子，就这样过一辈子，如何？”燕昊的声音响起，带着丝丝热情，仿佛容不得她辩驳。慕微抬起头来，看了燕昊一眼，有些疑惑地眨了眨眼睛：“燕昊，你已经做好了打算？”

月光洒在慕微的脸上，银白如玉，她的眼神清澄如身旁的湖水。燕昊微微一笑，捉住了慕微的双手：“你只需告诉我，愿不愿意？”

慕微被燕昊盯得有几分心虚，她慢慢低下头，声音变得细小：“燕昊，我不能答应你，我不能抛开我的父母，我的家人，如果和你在一起，我希望能被他们认可，这样我才会心安。”

燕昊叹息了一声，伸手将慕微搂入怀里：“微儿，我只是问问你，其实我也知道你不会就这样跟我走。”

“燕昊，你很好，可是我不能……”慕微心中有些难受。她伤害了他，不是吗？他冒着被人抓获的危险跑到大虞来找她，可自己却拒绝了他，他肯定会很伤心吧？自己实在是太懦弱了，没有一丝面对感情的勇气，慕微将头埋在燕昊的肩膀上，羞惭得不敢抬起。

“微儿，你看着我。”燕昊温和的嗓音在耳边响起，“微儿，我很高兴你是这个答复。”

慕微一愣，高兴？为什么？他不该伤心难过吗？她打量着燕昊的脸，盯着他的眼睛，可是却没有发现他有一丝悲伤的神色。

“我只是问问你罢了。”燕昊牵着她的手，将她带离了紫藤萝花树，沿着湖边慢慢地往前走着，“现在南燕灭国了，我带着云州的将士逃了出来，现在肩上担负复国的重担，正四处逃亡，没有能力来照顾你。与你结庐山间，过着男耕女织的日子，这些，对我来说都是奢望。我怎么能连累你？微儿，你是我这辈子唯一心悦的女子，在我心中，你是这世间最美好的，应该被人捧在掌心，用尽全力来呵护。”

“那……”慕微只觉得有什么东西在刺痛着自己的心，她抬起头来望向燕昊，“你的意思是……以后我们不会再有来往了？”

“不是不会再有来往，而是本来就不该有来往。”燕昊伸手将埙拿出来，朝慕微笑了笑，“微儿，你别这样瞪着我。”他将埙捧到她面前，“上次你走时我让你吹了一段曲子，你的声音还藏在这里边，我得空便拿出来听，你听听，是不是还在？”

慕微看着那个圆圆的乐器，忽然流出泪来：“我恨你，燕昊。”

“别这样，微儿。”燕昊有几分慌乱，他一把抓住了慕微的手，将她带到怀里，“微儿，你是我这辈子最牵挂的人，但你要原谅我，有些事情，我也是情非得已。”

慕微贴着燕昊站着，没有说话。燕昊说得很清楚，他要复国，还在逃亡，他不能给自己幸福，所以他只能放弃。“燕昊，既然你知道会是这样，为何还要来招惹我？”慕微伸出手来，环抱住燕昊的腰。这是她第一次抱一个男人，仿佛抱着一棵大树，那厚实的感觉让她心中安稳。

“微儿，是我不好，我也不知道为什么要去招惹你，我控制不了我自己。”燕昊长长地叹息了一声，“微儿，如果你觉得生气，打我骂我都行，只要你开心就好。”

“如果我要你死呢？”

“那我也愿意。”燕昊闭上了眼睛，“动手吧。”

“我要你为我吹奏一首乐曲。”她的眼泪簌簌地掉下来，“我想再听听你吹奏的曲子。”

燕昊睁开眼睛，朝慕微点了点头。一首清婉的乐曲从埙里飘出来：蒹葭苍苍，白露为霜，所谓伊人，在水一方。

埙乐仿佛柔软的藤蔓，将两人紧紧地缚在一处。她依恋地贴着他的肩膀，贪婪地感受着他温热的气息，让自己如凌霄花一般攀附在他的身上。

“燕昊！”慕微忍不住喊了出来，伸出手紧紧地抱住他的脖子，踮起脚尖将自己的唇凑了上去，“别吹了，我的心都要碎了。”

燕昊俯下身来，两人紧紧贴在了一处，一种芳香与甜蜜在他们的双唇间流动，如春光明媚时的鲜花在慢慢绽放它们的花蕾，吸引着蜜蜂过来采撷芬芳。

“燕昊，我一直记挂着你。”终于得了喘息的机会，慕微将脸贴着燕昊的脸，不住地厮磨着。

“我也是。”燕昊将慕微搂紧了几分，唇在她的额角轻轻扫过，“我每晚都在思念你，有时甚至睡不好觉，总觉得你就在身边，可睁开眼睛，四周空荡荡的，一切都只是我的幻想。”

“燕昊……”慕微低声喊了一声，一颗心不住地颤抖。这一刻，她真想不管不顾地跟着他离开。无论发生任何事，只要他在身边就好。

“微儿，你瞧。”燕昊仿佛记起了什么，从怀中掏出一样东西递到慕微面前，“送给你的及笄礼。”

这是一支簪子，黑色的木头簪子，簪子被打磨得十分光滑，上边雕琢着两朵小花。

燕昊有几分不好意思：“因逃亡在深山里，没时间出去买什么好簪子，将士里恰好有一位擅长做首饰的匠人，我请教了他，亲手做了这支簪子。微儿，希望你不要嫌弃。”

慕微伸手紧紧地握住了那支簪子，泪水不住地流下来：“燕昊，我怎么会嫌弃，只要是你送给我的，我都喜欢。”

“喜欢就好。”燕昊笑了起来，伸手握住慕微的手，“我只怕耽搁了你的及笄礼，匆忙做成，所以不太精致。”

慕微忽然想起来了什么，站直了身子：“你怎么能就这样来大虞？难道不怕被抓到吗？听说皇上已经下令，务必要抓到你。”

“明日你及笄，是你最重要的日子，我定是要来的。”燕昊伸手将慕微的一绺秀发拨到耳后，“无论怎样，我都会来的。”

慕微没有出声，只是静静地站在那里。

月亮往中天又挪了些位置，燕昊长长地叹了口气：“微儿，我送你回去。”

慕微没有出声，只是默默地跟着燕昊。

翻身上马，那个湖泊，那树紫藤萝，就如一个不真实的梦，很快就消失在眼前。

这晚，慕微坐下来，掌心摊开，那里是一支木簪子，木纹清晰，上边有两朵小小的花，看得出来是兰花的轮廓，雕得并不是很精致，但能看出雕刻的人很用心。兰花中央镶嵌了两颗珍珠，瞧着并不贵重，颗粒不大，成色也不是很好，在灯下发着点点微光。

“咦，小姐，你什么时候有这样一支簪子？”丫鬟秋月奇怪地瞄了一眼这簪子，“花梨木还是黄杨木的？瞧着不是很珍贵的木材。”

“谁说不珍贵！”慕微眼角轻扬，目光温柔地落在那簪子上。秋月从未见小姐有过这种目光。

“明日我要用这根簪子盘发。”

“啊？”秋月愣了愣，“小姐，这簪子……怕是不合适吧？”

慕老夫人送的是一支红珊瑚簪子，中间用白玉雕出梅花，红白相间，煞是赏心悦目。慕夫人送的是一支七宝滴露簪，上头用七种不同的宝石镶嵌而成，五彩缤纷，熠熠生辉。那这木头簪子与两支簪子摆在一处，委实不是一个格调。

“我说用这支便用这支。”慕微笑着站起来，伸手接过秋月递上来的帕子。当帕子印到嘴唇上时，她停了下来，仿佛还能感受到燕昊柔软的唇印在上面。

她将脸埋在手掌间，长长地舒了一口气，脸红得燥热。燕昊，明明才刚刚与你分别，为何就这般牵肠挂肚？

第二日是五月十五，清晨起来，外面有淡淡的云，日头在云层后边露出了侧脸，照得靠墙的紫薇花格外艳丽，如镶嵌着金边一般。

屋子里一片欢声笑语，只有慕微静静地站在那里，什么话也没说，心里充满着落寞与遗憾。

丫鬟秋雨将慕微的发髻拆下来，瞬间一头黑油油的发丝流泻，如丝绢般，带着幽幽的光。“二小姐这一头秀发可真美。”慕老夫人身边的丫鬟双珠看得出了神，“今日才得见，实在是曼妙。”

秋雨在一旁心情愉悦：“我们可是日日见，比你有福气！”

双珠见盘子里摆着两支簪子，一支七宝滴露簪，另一支竟然是木头簪子，不由得有几分好奇。

慕微端端正正地坐在那里，看到双珠的神色，她笑了笑：“这簪子是我自己雕的，双珠，你瞧怎么样，可还精细？”

“原来是二小姐自己雕的，那可算得上是精致了。”双珠看了看，啧啧称赞，“我想京城里的贵女们谁都没有咱们二小姐这般新巧的心思呢，三支簪子，用的是老夫人、夫人的和自己做的，这也算是新鲜事儿了。”

秋月在旁边也连连点头："还不是那宇文小姐与太原王？两人都想要小姐选用他们送的簪子，我们家小姐不好选，索性谁的都不用，这样谁也不会说闲话儿了。"

双珠点了点头："这样极好，二小姐思虑得可真周到。"

这时，小梨子在外边通报："小姐，南安王妃到了。"

慕微连忙起身，迎向南安王妃："王妃安好。"

"哟哟哟，我来瞧瞧，这些日子不见，慕二小姐越发水灵了。"南安王妃笑着道，"慕夫人，你女儿可真是女大十八变，越变越漂亮！"她又仔细打量了慕微一番，就见长长的青丝披在肩头，将一张小脸衬得巴掌大小，一双眼睛水波盈盈，怎么瞧怎么美，"长得貌美的小姐我见多了，可像慕二小姐这般美的，我还真没见过几个！若我有年纪相当的儿子，定要抢了去做媳妇不可！"

慕夫人微微一笑："南安王妃实在是抬举了，小女顽愚，如何能当得起王妃如此夸赞？"

"我儿子里边没有合适的，侄子里头倒有一个，若与慕二小姐站在一处，那便是一双璧人啊。"南安王妃的眼神扫过慕微，似有深意。

难道……南安王妃是来给太原王做说客的？慕微心中一惊，眼眸低垂，打量着自己的脚尖，没有抬头。这南安王妃是太原王的婶娘，她说的，应该就是太原王了。

慕夫人也是一怔，旋即便领会了南安王妃的意思，不由得笑了起来："王妃实在是会说笑，我家微儿如何高攀得起。"一边口中推辞，一边打量着慕微，心中却甚是得意。虽然慕微历经劫难，可依旧被不少贵夫人看好，这让她放心了。

两人正说笑，就听外边小梨子又道："太原王到！"

南安王妃挑了挑眉，朝慕夫人投去别有深意的一瞥，仿若在说："你瞧，我这可是说曹操，曹操就到。"慕夫人赶忙起身。

赫连毓大步走进来，他今日看起来该是仔细打扮过，全身上下收拾得格外招人，让人不免产生一种错觉，仿佛今日是他及冠。赫连毓头上戴着碧玉簪，额上戴着抹额，上边是麒麟，腰间系着白玉珏，压住一身华服，瞧着贵气四溢。

"婶娘来得可真早。"赫连毓先与慕夫人打了声招呼，又大步走到南安王妃身前行了一礼，眼睛却往慕微身上打量，见她穿着红色团花衣裳站在那里，亭亭玉立如出水莲花，眼睛便拔不出来。

慕微含笑向赫连毓点了点头，赫连毓瞠目结舌，一时间竟呆在了那里。南安王妃“扑哧”一声笑了出来，过了一阵她才转过脸来看了看慕微，柔声问道：“慕二小姐，你选的是哪三支簪子？”

这还不明显吗？肯定是慕老夫人、慕夫人与自己侄子送的簪子了。南安王妃笑吟吟地看着慕微，心中不住地暗自点头。即便大虞贵族里两姐妹嫁两兄弟的情况很少见，但慕二小姐实在与太原王很相配。

慕微朝丫鬟秋月点了点头：“秋月，去将盘子拿出来。”

托盘里，静静躺着三支簪子。

南安王妃有些愕然，赫连毓站在一旁，脸上有些尴尬，就连慕夫人看了，也望向了慕微，眼神里满是不解。

在两支珠光宝气的簪子衬托下，那支木簪子显得格外寒酸，淡黄色的木纹斑驳交错，虽然刨得很光滑，可掩盖不住木头的质地。上边两朵兰花里镶嵌了两颗珍珠，但瞧着也值不了太多钱。

“微儿，这簪子是谁送你的？”慕夫人脸上有些变色，及笄礼这般重要的事情，慕微怎么会如此儿戏？这簪子实在是寒酸，根本拿不出手。

慕微朝慕夫人弯了弯腰行了个礼：“母亲，这是微儿自己做的。”

“你自己做的？”慕夫人睁大了眼睛。

“微儿起先是好奇，因是练手，所以才用了这种不大好的材料。”慕微脸上有几分羞赧，“若时间来得及，微儿会用最好的黑檀木，定然会华贵得多。”

“夫人……”秋月在一旁小声开口，“昨日太原王与宇文府的小姐过来了，两人都想让小姐用他们送的簪子，小姐很是为难，所以才……”

“原来是这样。”慕夫人瞧了瞧南安王妃，笑了笑，“王妃，我家微儿就是这样，一遇到挂心的事，晚上便睡不着呢。”

南安王妃笑了笑：“慕二小姐考虑得甚是周到。”她心想，宇文家的小姐，是宇文如眉？她为何一定要慕二小姐用自己送的簪子？看了一眼坐在旁边的赫连毓，南安王妃轻轻一笑，还不是年轻男女之间的那点儿事儿。

赫连毓听了秋月的话，心中也微微释然。只是他再仔细打量了那簪子一眼，便觉得有些不大对头。

过不多久，宾客们陆陆续续到了，夫人贵女们都打扮得光彩照人，一时间厅里五光十色，莺声燕语。宇文如眉笑意盈盈地走过来，上上下下打量了慕微一圈，眼中有说不出的惊艳之色：“微微，你今日可真漂亮。”

秋月扶着慕微站在那里，朝宇文如眉笑道："我家小姐每日都是这般啊，宇文小姐说得好似头一遭认识我家小姐一般。"

宇文如眉听着秋月这带刺的话，脸上有一丝尴尬。慕微转脸看了秋月一眼，秋月忙朝宇文如眉弯了弯腰："宇文小姐也是个美人呢。"

宇文如眉讪讪道："我哪里比得上微微。"

大虞习俗，及笄时要将那三支簪子陈列出来，让在场的人看个清楚。宇文如眉看了看托盘里的三支簪子，一颗心终于落地。

她转身朝宇文大夫人走过去，低头悄声道："母亲，慕微没有用太原王送的簪子，反倒用了一支不起眼的木头簪子。"

"竟有这种事？"宇文大夫人一挑眉，朝女儿笑了笑，"这样你总该放心了吧？"

宇文如眉心中甜丝丝一片，眼睛朝太原王望去，就听母亲在耳边嘀咕："这也怪了，为何用木头簪子？会是谁送的？"

"听她们议论，是慕微自己做的。"宇文如眉小声道，眉头又皱在了一起，"旁人都在夸她呢，说什么心灵手巧……我怎么没看出有多好！"

宇文如眉没有说话，母女俩有一阵沉默。这时，一个穿着白色衣衫的男子迈步朝这边走来。

"那是谁？"宇文大夫人有几分奇怪，"怎么，慕府还请了男宾？我以为就只有太原王一位呢。"

宇文如眉看了看来人，不禁笑了起来："母亲，那是慕微的二哥慕坤，他很少参加游宴这样的活动，所以你不认得他。"

慕坤径直走到慕微面前，上下打量了一番，微微一笑。

慕微蓦然觉得有一丝不安。慕坤的笑看起来有些怪异。大哥慕乾开朗，有时话多得像只麻雀，而二哥慕坤则很内敛，很少见他有眉飞色舞的时候。只是在今日这种场合，他怎么会一句话都不说，只是这样默默地看着自己？难道自己哪里不对？

慕坤是个书呆子，极其注重规矩礼仪，是不是自己的衣裳穿得不得体？慕微低头看了看自己，又抬头看了看慕坤："二哥，你干吗这般看着我？"

慕坤贴着慕微的耳朵道："今日你很美，美得让我说不出话来了。"

慕微全身一震，站在那里说不出一句话来。这声音根本不是慕坤，慕坤的声音低沉沙哑，而非这种温和里透着热烈的嗓音。慕微盯紧了慕坤的眼，一眨也不眨地，忽然，她心跳得格外快。

是他！慕微激动得全身都绷直了。燕昊来了，他将自己易容成慕坤的模样，来参加自己的及笄礼了！

可是二哥又在哪里？慕微轻声问："我二哥呢？你把他怎么样了？"

慕坤用那极细小的声音在她耳边说道："我没把他怎么样，只是请他出去做客了。你放心，等你的及笄礼结束，我便让他回府，不会少他一根寒毛。"

慕微这才略略将心放下，笑着朝燕昊道："二哥，还不快去向母亲问安，她看着你呢。"

慕坤最讲究规矩礼仪，若是他，绝不会不向慕夫人及各位客人问安就直奔自己的。

燕昊直起身来，笑得十分明快："我这就去向母亲请安。"

他直接走向慕微，是因为太想见到她，再者他也不认识慕夫人，现在顺着慕微的眼神看过去，见一位穿着淡蓝色衣衫的中年美妇坐在上座，知道那便是慕夫人。他赶紧朝慕夫人走去，向她恭恭敬敬行了一礼，将嗓音压得低沉："见过母亲。"

喊慕夫人一声母亲，燕昊心中忽然甜丝丝一片。

慕夫人打量了一下燕昊，总觉得儿子今日有些不对劲，可具体哪里不对劲又说不出来，她笑着朝慕坤点了点头："你去陪太原王坐吧。"

燕昊看了看赫连毓，见他坐在左首，心中冷冷一笑，大步朝赫连毓走去。

"太原王。"燕昊走到赫连毓面前，拱手行了一礼，撩起袍子坐到他身边，一只手搁在案几上，不经意般碰到了赫连毓的胳膊。

赫连毓瞄了一眼燕昊，觉得有几分奇怪。从小时起慕坤便是一个安静沉稳的孩子，随着年龄增大，越发寡言。慕坤喜欢读书，每日里必准时去书院，从来不会迟到，现在，正准备参加今年秋季的选拔比试。

小时候他与慕坤还能见上几面，可年纪越大，便越没有机会见到，慕坤总是在书院里待着，从不参加京城里游宴之类的活动，真真是两耳不闻窗外事，一心只读圣贤书。

虽然他与慕坤见得少，但依小时候的了解来看，今天的慕坤似乎有些不对。赫连毓朝他笑了笑："好久不见。"

燕昊没有接口，因为他不知道该怎么回答，因为他根本弄不清他们究竟是什么时候见面的，还是不开口为妙。

赫连毓有点儿郁闷，心道：这慕坤还是这般沉默清高，连与他说话他都不愿搭理。但毕竟知道他的性格，赫连毓也没有多说，只是转过脸看着站在厅屋中央的慕微。

燕昊见赫连毓不搭理自己，心中一喜，也不再管他，也转眼盯着慕微，真恨不能将她身边的丫鬟推开，自己站在那里。

吉时到，慕微由秋月、秋雨扶着踏上了中间的毡毯。她微昂着头，一张粉脸，寒星般的眼睛，嘴角带笑看向厅房里的人。一时间周遭寂静无声，大家都不由自主地屏住了呼吸。

她实在是太美了，优雅极了，那份超凡脱俗的气质，是任何人都无法比拟的。她站在那里，就如一朵亭亭出水的莲花，沐浴着圣洁的光辉。赫连毓与燕昊两人坐在那里，屏住了呼吸，静静地看着慕微。

慕微慢慢地跪在毡毯中央，心中充满了喜悦。他竟然混进府，来陪自己度过这最重要的日子。他，燕昊，南燕太子，就这般坦然地坐在大虞贵族中间，目视自己行成人之礼。

正胡思乱想间，就听南安王妃高声念道："笄礼始，全场静。天地造万物，万物兴恒，以家以国，祖光荣耀。父母传我，人生家国，贵至荣和。夫，人之因幼，少而及往，青年独立继承。家、族、国纳其人之成立，与其人之权利，其成人者受个体生存，家族责任，社会义务之命。此，特予正礼明典。"

双珠捧来一个盆子，里边装着清水，南安王妃以盥洗手，朝慕微点头行礼，慕微也赶忙回礼，这时及笄礼才算正式开始。

南安王妃拿起托盘里的玳瑁梳，轻轻地替慕微梳头，一边梳，一边念着颂词，然后将慕老夫人的红珊瑚白玉簪插入发间，又簪上了慕夫人的七宝滴露簪，最后，南安王妃拿起第三支簪子。

燕昊瞧到那支簪子，脸上露出了微笑。慕微竟然选了他送的簪子，她也真是胆大！

南安王妃上簪完毕，引慕微站到厅屋中央，要她行三拜之礼："笄者三拜。笄者拜父母，感念父母养育之恩；笄者拜师长，勤勉求学，发奋进取；笄者拜祖先，传承文明，效我大虞。"

慕微先朝慕夫人行了一礼，又向自己的教养娘子行了一礼，再向全场宾客行礼。行到第三礼时，发髻间的那支木簪子晃了晃，从头发里掉了出来，那兰花钩住了慕微的一丝头发，眼看就要掉落到地上。

燕昊顾不得细想，飞身出去，在那木簪子在落地之前将它接住，朝慕微笑了笑：“微儿，我给你簪上。”

他刚举起簪子，忽然旁边传来风响，转脸一看，赫连毓已经冲了过来。

赫连毓坐在那里看得很清楚，慕坤只是从小练过骑射，根本不可能有这般矫健的身手。簪子从头发上掉落，速度极快，他竟能在簪子落地之前接住，快得几乎让人看不清他是怎么做到的。那些贵夫人看不出其中奥妙，只觉得慕坤动作极快，可他知道得清清楚楚，没有高深的武功修为，根本不可能接到。这个人不是慕坤，绝不是！

想着方才慕坤走向自己，拱手行礼，赫连毓额头涔涔地出了汗。慕坤绝不会这般做，他见到自己，定然是作揖，而不是那般轻慢地拱手行礼，而且慕坤也不会有那种霸气的动作。

回忆着慕坤，再看他正拿着簪子准备替慕微簪上，赫连毓心中忽然一亮，一张脸在脑海里浮现出来，是燕昊！一定是他！

燕昊没料到赫连毓识破了自己的身份，赶紧腾出手来抵挡。慕微见赫连毓来势汹汹，心中一急，转身拦住赫连毓：“太原王，你为何要打我兄长？”

赫连毓见慕微转过身来，唯恐伤了她，生生地将自己的手势收了回来。这时，燕昊得了空隙，飞身往外奔去。赫连毓急眼了，快步追过去。

被赫连毓与燕昊这样一闹，屋里立刻乱成一团，几位贵女提了裙快步跑出去想看个究竟，到了院门口，却不见两人的身影。

慕夫人被惊得目瞪口呆，看着慕微道：“微儿，你二哥与太原王这是怎么了？”

慕微摇了摇头，道：“我也不知道。”见慕夫人依旧将燕昊认作慕坤，她的一颗心才安稳了些。就连母亲都没有看出来，那些来宾自然也看不出。南安王妃站在慕微身边，也是惊魂未定：“太原王今日可真是奇怪，慕二公子不过是替妹妹捡了下簪子，他便眼红成这样！”

她看了一眼慕微，心里忽然醒悟过来：“慕小姐，太原王可真是将你看得紧，就连你的亲兄长，他都如此忌妒。”

旁边的夫人、小姐们听见南安王妃这句话，一个个都不住地点头：“可不是呢，那太原王也着实太紧张慕二小姐了些。”这不明摆着的嘛，及笄礼上能出现的男子，撇开这身份地位不说，还有一层与众不同的含义呢。众人都往慕微看去，一个个想着，或许慕大司马府中又要出一位王妃了。

第十七章 两虎相争

大司马府后院墙外有一条小巷，一直通到外边的御街。一个挑着货担的货郎，正一边走着一边扯着嗓子喊：“最新的胭脂水粉、绣线花样子啦！”

话音还没落，两条黑影“唰”的一声闪过，从大司马府的院墙飞出，将那货郎吓了一大跳，手中的拨浪鼓滚出很远。他战战兢兢地看了一眼，就见那两个人影你来我往地斗在了一处。

货郎只能在旁边“哎呀呀”地叫：“两位爷，别踩坏了我的拨浪鼓，好歹也值几钱银子呢！”

“咣当”一声，一个银锞子从天而降，落在货郎脚边，伴随着一声叱喝：“休得啰唆，走远些！”

货郎欢喜地将那银锭子捡起，朝打斗的两人行了一礼：“两位爷，继续打，继续，继续。”他挑起担子飞快地往巷子那边走去，高兴得眉毛都要飞起来。今日可真是运气好，从这巷子走一遭便捡了个银锞子。

拿在手中抛了抛，约莫有半两重，货郎心中暗自高兴，回头望了望，那两人还斗在一处。穿白色衣裳的似乎占了上风，穿紫色衣裳的公子正不住地在往后退。货郎紧紧地握着那个银锞子：“也不知是哪位爷给的银锞子，只希望他别打输了。”

忽然，就听那边声音稍微大了些，货郎瞪眼一瞧，只见那个白衣公子已飞身跃起，站到了院墙那边的大树上，树叶从枝头飘零而下，如漫天花雨，地上瞬间落了绿绿的一层。

“这白衣公子可真厉害。”货郎心中正惊奇，那紫裳公子也飞身跃起，直奔那白衣公子而去。就见那白衣公子不慌不忙，飘飘然在空中旋身，反手一掌接住了紫裳公子的一掌，另一只手从一侧偷袭，按着紫裳公子直直坠了下来。

货郎瞧得目眩神移，心想，紫裳公子该是输了，正叹气，又见那紫裳公子忽然暴起，一只手仿佛忽然长了几分，朝白衣公子袭去。

“燕昊，你站住！”赫连毓咬牙望了望疾奔的燕昊，心中实在不爽。刚刚两人交手后，他才发现，原来自己与燕昊功力不相上下。见燕昊似有要走的意思，他那份不服输的劲头上来了，非要追着燕昊分个高低不可。

燕昊没有回答，只是继续往前边飞奔，白衣飘飘，如蝴蝶的翅膀。两人飞快地向前奔跑着，差不多过了小半个时辰，来到城郊一处树林旁，燕昊才停住脚，转身望向赫连毓道：“你方才为何不在厅堂里揭穿我的身份？”

赫连毓也站住身子，瞧着气定神闲的燕昊，咬了咬牙：“我不能不顾及慕小姐的名声，不能不为慕大司马着想。”

燕昊望着赫连毓，点了点头：“不错，你想得周到。”

他伸手点着额角，轻轻往下一抹，一张薄薄的面皮被揭了下来，露出了一张面如冠玉的脸。“太原王，咱们又见面了。”燕昊微微一笑，朝赫连毓拱了拱手，“多谢你承让。”

赫连毓看见燕昊，蓦然想起他伸手搂住慕微腰际的那一幕来，瞬间怒火中烧，望着燕昊冷冷一笑：“我承让你什么？燕昊，本王非捉住你不可！慕乾破了南燕，送回的战报说南燕太子逃走，皇上正下令全力缉拿，你竟然自己送上门来了！”话音刚落，赫连毓便飞身扑去。

燕昊见赫连毓飞身而来，赶紧出手格挡。刚刚已经较量过，他自认为赫连毓还打不过自己，但他也不敢托大，全力与赫连毓斗在一处。两人你来我往过了一百来招，赫连毓终被燕昊制住。

“燕昊，我输了，随你怎么处置。”

燕昊瞧着赫连毓闭上了眼睛，一副等他处置的模样，心中暗赞一声，这太原王倒也算是个铮铮男儿，不似那些纨绔子弟，不学无术，只会吃喝嫖赌。他松开了手，淡淡道：“你回去吧。”

赫连毓睁开了眼睛，有些惊讶：“为何放我？”

“我放你，是因为有事相托。”燕昊脸上露出了一丝痛苦，眼前仿佛是慕微穿着吉服的模样，站在那里，娇俏可爱，一双眼里水波潋滟。

“你有事要托付于我？”赫连毓越发惊奇，“我与你，还能有这种情谊？”

燕昊微微一笑，可这笑却掩盖不住他心中的惆怅：“我希望你能好好照顾微儿，这辈子不要让她伤心难过。”

一提到慕微，赫连毓忽然便暖了一颗心，而瞬间又凉成一片。他挑眉看了一眼燕昊，带着丝气愤：“你这话是什么意思？我自然会对微儿好，何须你来惺惺作态？”

燕昊深深地看了赫连毓一眼：“你真不懂我的意思？我是不会再见她了。”

赫连毓站在那里，怔怔地回味着这句话。“你不会再见她了？”他心中涌上一阵欢喜。燕昊的意思是……以后他再也不会干预到他与慕微了？那么自己与慕微，还是会回到从前，像原来那般亲近？

“是，我不会再见她了。”燕昊决然地点了点头，“她值得这世上最好的东西，应该有她最亲近的人在身边，过着安稳舒适的生活，而不是到处奔波，担惊害怕。”燕昊的声音沉了沉，“我给不了她这些，只希望你能好好对她，让她无忧无虑地过一辈子。”

“你说的是真心话？”赫连毓简直不敢相信自己的耳朵，仿佛有一块瑰宝从天而降，自己却犹疑着不敢上前拾取，“燕昊，你要说话算话。”

“我……”燕昊踌躇了一下，咬牙道，“我自然说话算话。”

树林里安静下来，偶尔传来鸟雀的啼鸣之声。

“好，我答应你。”赫连毓最终点了点头，眼神坚定，“我自然会好好照顾微儿，这件事情，不用你多说。”

“多谢。”燕昊沉声道，眼前仿佛出现了慕微略微皱起眉头的模样。他只希望有一个人，能陪在她身边，让她快乐，让她欢笑，让她忘记一切痛苦忧愁。

赫连毓朝燕昊摆了摆手，转身大踏步走了。

燕昊站在那里，看着赫连毓的背影，怔怔地看着他越走越远。

“太子殿下，我们走吧。”御风不知什么时候到了燕昊身边，见燕昊眼角有泪，心中震惊，太子殿下竟为了一个女人流泪，值得吗？

燕昊默默地点了点头，从怀里摸出埙来，想将它扔了，可想了又想，还是放回了怀中：“我们走。”

金翼欢快地跑到燕昊面前，甩着尾巴望着他。燕昊翻身上马，伸手摸了摸金翼的鬃毛：“走吧，以后你就只驮我一个人了。”

赫连毓赶回大司马府时，慕微的及笄礼已经结束，大家都在游园，等待午宴。桃红柳绿的园子里，莺声燕语，赏心悦目。

赫连毓走在青石小径上，耳边时时响起“太原王安好”的问候语，他无暇细看是谁在向他问安，双眼不住地搜索着慕微的身影。

她在那里。

慕微已经换下吉服，穿了一件淡碧色的撒花纱衣，裙袂上绣着蝴蝶，风一吹，蝴蝶也似随风飘舞。

“微儿。”赫连毓大步朝她走去，完全忽略了站在她身边的宇文如眉，“可否借一步说话，我有事要对你说。”

即便赫连毓不来与她说话，慕微也准备去问他。她正琢磨着如何将宇文如眉甩开。她实在担心燕昊，孤身闯进大司马府，而大虞皇帝正派人捉拿他。

看到赫连毓走来，慕微心底升起了一线希望，转身朝宇文如眉笑了笑：“如眉，你先逛逛，我说说话就来。”

“微儿。”赫连毓看了看慕微，脸如细瓷一般光洁，又如羊脂玉一般温润，让他不由得心中一动，口中又喊一句，“微儿。”

慕微吃了一惊，太原王这般连声叫她，着实让她不舒服，好半日才开口道：“太原王，你与我二哥怎么打起来了？”

“二哥？”赫连毓不免一喜，难道慕微没有看出来那慕坤是燕昊假扮？他疑惑地看了看慕微，见她神情坦荡，不似作伪，心想，慕微那时正全心行及笄之礼，没有注意到也对。

“你觉得他是你二哥？”赫连毓淡淡地笑了笑。燕昊啊燕昊，你这般冒险来参加慕微的及笄礼，结果她竟然不知你来过。他犹豫了一下，本想隐瞒，后来一想，慕坤回家定会和慕微说，那慕微自然会明白那人是谁，不如自己告诉慕微。

“他不是我二哥还会是谁？”见赫连毓似乎已识破了燕昊的身份，慕微心中一颤，不知道燕昊现在怎么样了，赫连毓有没有让人去抓他。

“他不是你二哥，他是燕昊，南燕的太子。”赫连毓盯紧了慕微的双眼，想看她有何反应，就见她捂住嘴，轻轻地“啊”了一声：“是他？”

“对，是他。”赫连毓有几分得意，“你没有认出他来？”

“他去了哪里？现在怎么样了？”慕微没有回答赫连毓的问题，既然他已经知道了燕昊来过的事实，自己也不用再假装没有认出他，“你没有抓他吧？”

慕微皱起眉来，眼里透出的担心让赫连毓觉得有些不能忍受。他能忍受慕微对自己的冷淡，却忍受不了慕微对燕昊的关心。他冷冷一笑：“我抓住他了。他以为我们大虞是这般任由他来去自如的地方？只身一人来大虞，还能跑得掉？”

“你抓住他了？”慕微脸色苍白，身子微微颤抖了下。

慕微伸手抓住赫连毓的衣袖，眼里全是乞求的神色：“太原王，请你放了他。”

赫连毓转过脸去，不敢看慕微的眼睛。那眼神太悲伤，悲伤得让他觉得自己十分可恶，竟然在她面前撒谎。

“你放心，我放了他。”赫连毓低声道，心中一阵惆怅，“因为燕昊答应了我，这辈子不再见你，所以我才将他给放了。”

“什么？”慕微有些不相信。

“是。”赫连毓点了点头，“他亲口说的，以后不会再见你。”

慕微的眼神立刻黯淡下来，脸上的容光顷刻间变得一片灰暗。她吸了一口气，抬头看着赫连毓：“不会的，燕昊不会那样说的，你在撒谎。”

“我没有撒谎，燕昊真是这样说的。”赫连毓这句话说得理直气壮，他看着慕微惨白的脸，有几分心疼，“慕微，忘了他吧，他是南燕逃亡的太子，这次侥幸逃脱，自然不敢再来大虞。”

慕微没有说话，眼中有说不出的绝望。风将她的裙角吹起，那些蝴蝶在她脚边盘旋。

难道他忘记说过的话了？慕微痛苦地捏紧了手指。她不敢相信，为了自保，燕昊竟然说出这样的条件让赫连毓放了他，他真的是个贪生怕死的人吗？

慕微幽幽地叹了一口气。或许有时候，人到了生死关头，会有一种对生的留恋吧。

“小姐，二公子过来了。”小梨子气喘吁吁地跑过来，心有余悸地看了一眼赫连毓。刚刚太原王怎么与二公子打起来了？会不会继续追着打他？

“微儿，我陪你过去。”赫连毓上前一步，燕昊这厮怎么又来了？

慕微板着脸道：“太原王，我与二哥说话，你何必跟来？”她没有再理睬赫连毓，转身朝前边走去。

“微儿，今日那个人是南燕太子燕昊。”慕坤刚坐下，开口便提到了燕昊，这让慕微吃了一惊。她目瞪口呆地看着慕坤，不敢相信自己的耳朵。为何慕坤也知道燕昊？

“他自己与我说了。”慕坤看着慕微，忽然不知道要说什么才好，他没有慕乾那般会说话。

“他很好。”

“他很好？”慕微听到从慕坤嘴里竟然说出这样一句话来，简直是又惊又喜，“他哪里好？二哥，他不是将你捉了去，才冒充你来参加我的及笄礼？你还说他好？”

慕坤点了点头：“他捉了我去不假，可他对你是真心的。”

慕微茫然地看着慕坤，不知道他这话是什么意思，愣愣地坐在那里，一句话也说不出来。

“微儿，你在想什么？”慕坤看着慕微只觉得妹妹今日实在是奇怪，“我在跟你说燕昊呢。”

慕微抬起头来嫣然一笑：“二哥，你还要说什么？”

“我想说，那个燕昊很喜欢你。”慕坤石破天惊地说了这句话，害得慕微很快红了脸：“二哥，你在说什么呢？”

“我说得不清楚吗？燕昊喜欢你，他人很好。”慕坤憨厚地朝她笑了笑，“配得上我的妹妹。”

“二哥！”慕微忽然觉得有些心酸，这是她第一次与旁人这般推心置腹，以前从没有这样的机会，今日总算有个人能与她好好谈谈燕昊了。她探过身子，抓住了慕坤的手：“二哥，燕昊今日是怎么将你捉走的？”

“他拦了我的马车，将我接到他住的客栈里。”慕坤笑了笑，“开始我也害怕，后来他说，请我成全，他一定要来看你的及笄礼，不然，他这一辈子便不完整。”

“二哥，你就这样被他打动了？”慕微望着傻笑的慕坤，心道，二哥真是个书呆子，读书都读傻了。若不是燕昊，而是一个敌国来的奸细，恐怕今日大司马府便要遭殃了。

“他说得很真诚，我能看出他的诚意。”慕坤朝慕微摇了摇头，“莫非你以为你二哥是个傻子？这人的目光真诚与否，我还是能看出来的。”

“二哥，可他是敌国太子，难道你一点儿都没想过这个问题？”慕微皱了皱眉，“我们两个，是不可能在一起的。”

“心悦于一个人，难道还要管他的身份？”慕坤摇了摇头，“微儿，你想得太多了。喜欢便是喜欢，与一个人的身份地位没有关系。”

“可……”慕微语塞了，没想到慕坤竟这般直接，“二哥，我与他，今生今世恐怕是不能在一起的。”慕微幽幽地叹了一口气，“不能在一起，互相喜欢又有何意义？”

“怎么没有意义？”慕坤连连摇头，“微儿，你错了，只要是真心喜欢一个人，自然就会有牵挂，这样的人生才有意义，否则，日复一日过着同样的日子，没有一点儿心动，那又有何意义？你先别将话说满，今生今世还长着呢，谁知道以后会发生什么事。”

今生今世还长着呢，慕微眼睛一亮，二哥说得对，这辈子还长着呢，为何要过早下定论？

第十八章 凤凰山居

“太子殿下。”屋外传来清脆的呼喊声，燕昊没有抬头，继续坐在那里写字。桌上放着一沓白纸，上边密密麻麻写满了字，但若走近了，便能看出其实就是重复的两个字：慕微。

微儿，燕昊艰难地将笔落下。这几日，除了操练，他就是在写她的名字。她的脸仿佛从这黑色的字后隐隐地浮现出来，在对着他微笑，让他觉得既欢畅又难受。

多想牢牢抓住她的手，将她留在身边，一起看岁月流逝。等到白头，再细数陈年往事，将那过往酿成一壶美酒，坐在花树间，揭开那盖子，滴滴清冽，盏盏芬芳。

可是，他不能这样做。

所以，他只能放手。

她不想让父母伤心，不想跟着他在这山间辗转，自己当然不能强迫她。燕昊沉默地看着那一排排写得整整齐齐的名字，用手压了压胸口，那里，丝丝地痛。

正想着，耳边传来声音。

“陆小姐，太子殿下正在休息，请别去打扰他。”御风拦住了陆凝香，见她端着一个托盘，上面放着一个汤盅，不知道炖的是什么补品。

“御统领，我是给太子殿下送补汤的。”陆凝香嘟嘴道，“太子殿下最近瘦了不少呢。”

御风沉默了一下，伸出手来：“陆小姐，我给太子殿下送去。”

“我想亲自送。”陆凝香将手腕抬起来，那个翡翠手镯在日头映照下，熠熠生辉，“皇后娘娘可是吩咐过，让我好好照顾太子殿下的。”

那手镯通体幽亮，绿汪汪一色，挂在陆凝香的手腕上，似乎有些大——山间生活苦，陆凝香瘦了不少。

“陆小姐，太子殿下不喜欢旁人打扰。”御风平心静气地解释着。从大虞回来后，燕昊休息时唯一做的事就是练字。他曾经偷偷捡起过一张，发现上边写的全部是“慕微”两个字，他当即便震惊了。

太子殿下对慕小姐的真心超出了他的想象，上回太子殿下对那位太原王说，他不会再见慕小姐，当时御风心中很是高兴，觉得太子殿下总算是从那劫难里走了出来。可当他看到那张纸才发现，原来，那只是浮在表面的一句话，太子殿下的心依旧沉沦在那个三月的清晨，遇到慕小姐的一刹那。

御风有些好奇，他今年已经二十五岁了，可还没有体会过男女之情。燕昊嫌青莲黏人，索性将青莲赐给了他，青莲哭哭啼啼地来到他这边，他看着她纤细窈窕的身子，却没有一丝心动的感觉，就将她赶到旁边屋里住着。“太子殿下将你赐给我，是要你给我做丫鬟的，没有别的意思。”

青莲听了这话，眉头舒展开来，拎着包袱高高兴兴地走开了。望着她的背影，御风只是摇头，这女人究竟有什么好？要么哭哭啼啼，给她们一点儿好马上就眉开眼笑，要么就黏人，与她们打交道实在是麻烦，还不如和一帮好兄弟在一起开心痛快。

可即便他这样想，也不敢这样去劝燕昊，毕竟他是高高在上的一个人，是不可触犯的存在。他只能默默地在旁边替燕昊担心，看着他一日日憔悴，心中也很难过。陆凝香是皇后娘娘指给燕昊的太子妃，可燕昊根本没将皇后娘娘的遗愿放在心上，别说是跟陆凝香成亲，平日连一个笑脸都很难给她。这让御风觉得有些不好做人。说起来，陆凝香也算是准太子妃，自己阻挠她去见燕昊，这不是一个下属该做的事。

“御统领，你就让我进去看看太子殿下吧。这些日子以来，每日我就只有在操练时能见着他。”陆凝香说话直接而大胆，“我知道太子殿下因慕二小姐的事与我生分了，可皇后娘娘叮嘱过我，要我好好陪伴太子殿下，我如何能辱皇后娘娘的遗命？”

燕昊听着外边的吵闹声，忽然听见“慕二小姐”几个字，一颗心蓦然痛了起来。

外边陆凝香仍在喋喋不休，将萧皇后抬了出来，燕昊将笔一丢，大声对外边道：“御风，你让陆凝香将补汤带回去，我不用。”

他最近是消瘦了些，可声音依旧中气十足，御风与陆凝香听得清清楚楚。御风瞅了陆凝香一眼，脸上带着一丝尴尬的笑：“陆小姐，你也听到了太子殿下的吩咐，还是带着补汤回去吧。”

陆凝香愣愣地站着，双手颤了颤。

“太子殿下……”陆凝香心中难受，眼角一滴泪挂着，几乎要落下来。她哽咽了一声，屏住呼吸站在那里，过了好一会儿，才慢慢离开。

“怎么了，太子殿下没喝？”李妈妈站在门口，见她托着盘子回来，有几分惊讶。李妈妈是柳润声府中的厨娘，现在专管燕昊、柳润声与几位将军、副将的伙食。陆凝香说她昨日去云州城买了些补药回来，想要给燕昊炖些补汤养身子。今日李妈妈赶紧动手将补汤炖了足足一个时辰，这才让陆凝香给燕昊端过去，没想到燕昊竟然没喝。

“太子殿下是不是病了？”李妈妈揭开汤盅盖子，那浓郁的香味便飘了出来。山中日子清苦，难得吃到肉，这补汤炖了一只鸡，那汤黄澄澄的。

“太子殿下才不是病了呢。”那边走过来一个穿着绿色衣裳的女子，细眉细眼，肌肤白净。她瞟了一眼陆凝香，脸上带着一丝冷笑：“是你端过去，太子殿下才不喝的。”

“你！”陆凝香瞧着青莲那讥讽的神色，气得有些发抖，将托盘交给了李妈妈，冲上去恶狠狠地道，“你以为你端了去，太子殿下就喝了？没见他讨厌你到将你赐给御统领的地步？”

青莲听后脸色骤变，哼了一声，一甩衣袖便转身走了。李妈妈在旁边瞧着直摇头：“青莲这性子，实在是有些不好。”

听说青莲是皇后娘娘身边的大宫女，是皇后娘娘赐给太子殿下的，可不知道为什么，太子殿下竟将她赐给了御统领。大家原以为青莲要做统领夫人了，没想到御统领却拿她当丫鬟使唤，两人根本没有睡到一间屋子里，这可真是让人想不通。

陆凝香抬头望了望天，天空一片明净，瓦蓝如洗，这让她想到了小时候，她与燕昊一起习武的事情来。

人还是不要长大的好，年纪越大便越生分，现在两人已经成了陌路人一般，见了面也没什么话好说。

陆凝香鼻子一酸，差点儿掉下泪来。自己是在关心他，可他怎么就这样不领情？

燕昊实在是太辛苦了，云州城里跟着他出来的将士，有五千人，现在藏在这凤凰山中，他既要担心大虞的人来搜查，又要督促大家操练，更要担心粮米问题。

这五千人的吃住，可不是一个小问题，云州城里储存的粮米搬了一部分过来，可也就能支撑三个多月，吃完了，五千人马的吃穿用度从哪里来？陆凝香总在替燕昊担心。

军队里没有她什么事情，她也只能管管燕昊的日常生活了。萧皇后说过，要她与青莲好好照顾燕昊，这可是皇后娘娘的遗命。青莲被燕昊转赐给了御风，陆凝香很是高兴，总算少了一个人与她分享燕昊了，可青莲虽被赐了出去，却依旧时时刻刻惦记着燕昊，动不动就往燕昊住的这边晃荡。陆凝香心中憋着气，无论如何也不能让青莲逮了机会，自己可要牢牢把握好自己的地盘。

陆凝香的泪“吧嗒吧嗒”地掉下来，吓得李妈妈赶紧摸出一块粗布帕子来：“怎么了，陆小姐？”

陆凝香哽咽着没有说话，心如刀割。

第十九章 潜入江都

屋子里静悄悄的，御风与柳润声站在燕昊面前，有些担心地看着他的脸。

桌上摊着一张纸，上边写着两行字——

“关在刑部大牢里。”

燕昊颤抖着手，将那张纸拿起来，看了又看。

“慕乾将皇上关押在刑部大牢里，三日后将起程押解皇上及娘娘回大虞。”纸上的字迹很是潦草，看得出来写的时候十分慌乱。燕昊久久地盯着那张纸，眼前幻化出一张清瘦的脸来。

那是他的父皇燕铣。

自记事起，父皇就没有胖过，他身子清瘦，最近两年尤其瘦了些，走起路来似乎能被风吹倒一般。他很少见父皇在明仪殿里批改奏折，见得最多的是他在烟波湖里的水殿里搂着妃嫔们观赏歌舞。

他不知道那些歌舞究竟有什么好看的，能让父皇每日都看不厌。燕昊也想不通，父皇为何能喜欢上那么多的女子，他分明那般消瘦，心却很大，能容下那么多人。

母后似乎很宽容，从来没有过问过父皇宠幸妃嫔的事，也没有对那些妃嫔苛责，她的脸上总是挂着和善的笑，可他却曾经看见母后在人后悄悄地落泪。那还是在他很小的时候，长大后，他便再也没有见母后流过一滴泪。

或许她已经不在乎了，可燕昊总觉得，母后依旧还是很伤心，有时候她的眼神不经意便泄露了她的情绪。

燕昊很为母后感到委屈，可他自小受的教诲让他不得不尊敬父皇，他不能为母后说一句公道话，只能默默地看着父皇每日沉迷酒色，夜夜笙歌。

最终，父皇将自己断送，将南燕断送，现在被人捉住，成了待宰的羔羊。燕昊将那张纸揉成一团，抓在手中，望着御风与柳润声问："你们有何建议？"

御风没有说话。柳润声皱着眉道："若按父子之情、君臣之义，太子殿下该去救皇上……"

话还没有落，就被御风打断："去救皇上？这怎么可以？拿什么去救？我们这五千人与慕乾的十万兵马去对抗？太子殿下，万万不可！"

柳润声脸色尴尬，轻轻咳了一声："我还没说完，御统领，我只是说，若是……"他摸了摸胡须，不再出声。

"好不容易才安顿下来，怎么能自投罗网？五千对十万，岂不是以卵击石？"御风瞧着燕昊，有几分焦急，生怕他为了救燕铣，把自己的性命搭上，"太子殿下，你要为南燕想想，咱们现在最要紧的就是保存实力。"

燕昊沉默着，没有说话，好半日才点头道："我晓得，你别担心，我不会让五千将士去送死的。"纸团硌着手心，似乎有什么东西在扎着一般——那毕竟是自己的父皇，不管怎么说，对他还是会有几分记挂，即便他对自己与母后不那么好，甚至想废掉他的太子身份，可他还是他的父亲。

"我知道了，你们下去吧。"瞧着面前两人眼巴巴地看着自己，燕昊无力地摆了摆手，"我自有分寸。"

"还有一件事。"柳润声走上前来，声音里有几分不自在，"这是太子的家事，下官本不该多言，只是下官瞧着那位陆小姐对太子殿下着实关心，为何太子殿下对她总是冷冰冰的？她是皇后娘娘指定的太子妃，以后是要陪太子殿下一辈子的，太子殿下总该与她好好相处才是。"

陆小姐前两日来与他诉苦，给他看了手上的翡翠镯子，也将皇后娘娘的遗命告诉了他："柳大人，太子殿下很信赖您，能不能请柳大人替我在太子殿下面前美言几句？"

柳润声有几分奇怪，陆小姐刚来云州时，与太子殿下的关系不错，她的父亲为国战死沙场，太子殿下还尽心安慰她。过了一段时间，陆小姐心情平复了不少，太子殿下对她虽说不及最开始那般热情，可见面偶尔还会说上几句话，脸上也是有笑容的，后来不知为什么便慢慢冷了下来。陆小姐替太子殿下去江都送信回来后，两人更是话都不说了，那情形，犹如水火。

莫非……太子殿下觉得陆小姐忽然要变成自己最亲密的人，有些接受不了？柳润声观察着燕昊的脸色，小心翼翼地道："太子殿下，这人一辈子难得遇着合意的人，既然皇后娘娘独具慧眼，已帮太子殿下挑到合适的人，太子殿下也不必过于纠结，就按娘娘的意思去办吧。"

"柳大人，你似乎管得有些宽了。"燕昊淡淡地说了一声，"以后你们与我谈军事国事都可以，切莫再提起私事。"

柳润声与御风相互看了一眼，两人默默地退出了屋子。走到外边，就见陆凝香满眼期盼地站在树下，落花凋零，落满了一地。

"太子殿下……没什么事吧，柳大人？"陆凝香走上前来，脸上是浅浅的笑意。

"太子殿下一切安好。"柳润声举步往厨房走去，"不是说有补汤？我去尝尝。"回头瞧了瞧御风，"御统领，一道去？"

御风不敢看那一脸惆怅的陆凝香，赶上了两步："嘴巴里都淡出鸟来了，有补汤喝还不好？柳大人，同去，同去。"

陆凝香失神地站在那里，山风吹乱了她的头发，也将她的一颗心吹得冰凉。柳大人有没有与燕昊说起她啊？瞧他那模样，应该是不愿与她说这件事。也就是说，柳大人提了她的事，可燕昊没有给出回应。

望着燕昊的屋子，陆凝香心中一阵抽痛。她低头看着自己的脚尖，深绿色的鞋面一点点露了出来。为了追随他，她放弃了大小姐的生活，跑到这深山里，她为他做了那么多，可还是比不得慕微在他心中的位置。

她都已经走了那么久了，为何燕昊还惦记着她？难道他不知道真正对他好的人是自己吗？慕微之于他，没有半点儿帮助，她与燕昊是站在对立面的两个人，燕昊与她是没有未来的，难道燕昊连这一点都想不通？

陆凝香望着那扇门，脚下如生了根，半分也挪动不得。忽然，见燕昊穿了一件黑色夜行衣从里边走出。陆凝香一愣，燕昊穿成这样，是要做什么去？

"昊哥哥。"陆凝香忽然慌乱起来，见燕昊眉宇间有一种说不出的决然，她的心忽然提了起来。她飞奔到燕昊面前："昊哥哥，你要去哪里？"

燕昊皱眉看了她一眼，没有说话，只是将手放在唇边打了个唿哨。不多时，一阵马蹄声嘚嘚作响，金翼雪白的鬃毛在屋角出现。燕昊走上前去，摸了摸金翼的鬃毛，然后抓住缰绳翻身上马。

陆凝香张着嘴看着他催马离去，口中讷讷喊了一声："昊哥哥……"

她猛然醒悟过来，急急忙忙地冲到厨房那边，对柳润声与御风道："柳大人，御统领，太子殿下骑着马出去了，穿的是夜行衣！"

柳润声看了御风一眼，御风已经站了起来，大步往屋外奔去，转瞬便不见了踪影。柳润声端着碗愣在那里，等稳定了心神才道："太子殿下穿着夜行衣出去？"

"是。"陆凝香的眉头皱了起来，眼里全是担忧，"柳大人，太子殿下会去哪里呢？"

柳润声没有出声，心中却已明了。

江都，燕昊定是去了江都。

五月的夜晚十分凉爽，乌蓝的天空中月亮缺了一半，犹如遮了半张脸的美人。繁星数点在天幕里不停地闪烁，如明亮的宝石。

月夜下的江都，居然依旧繁华。快到子时，街道上的夜市也要收摊了，小贩们脸上带着满足的笑容在收拾桌子。

"这慕乾倒真是让人刮目相看，看来南燕的百姓已经适应了大虞人的统治。"燕昊走在江都的大街上，看着身边慢慢走过的人，不得不承认，江都与原来相比，不仅没有败落，反而更显繁华了。

"也就是慕乾，换了其他人，还不知道会是什么样子。"御风道，"慕乾就要回去了，派来管南燕的人肯定不止一个，谁知道将来会是什么样子。"

那位曹贵妃的父亲，打开城门投降，本想自己积攒一些功劳，没想到慕乾完全没买他的账，进城占了皇宫后，捉拿了燕铣，也将江都城里正三品以上的官员都捉了起来，全部关在刑部大牢。那位曹大人首当其冲，刚弯腰将慕乾迎进来，便被慕乾下令拿下，半分没容他喊冤。

看来大虞是不打算在南燕的官员里培植傀儡了，否则那位曹大人怎么会被慕乾关到大牢里。若大虞想自己管理，至少要派二十多个刺史来分管各州，这些人，必定不会做到慕乾这样。

两人慢慢走到御道街，再往前走，便是华泰门。站在华表下，可看到南燕皇宫，明黄琉璃瓦在月夜下发着清冷的光，朱红的宫墙颜色越发深重。皇宫门口，站着一排执枪而立的大虞军士，虽是深夜，可依旧站得笔挺，月光照在他们的盔甲上，发出冷冷的光。

燕昊注视着那一排军士，长长地叹了一口气：“大虞与南燕，相差不是一点点。”

御风点了点头：“瞧这站姿，便知他们素日里操练定然严格。咱们南燕军士可是万万不及的。”这些日子在凤凰山里操练，云州将士很多都说累，有些回到屋就直接倒在床上，几乎爬不起来。御风瞧着他们那模样就来气，后来狠狠地训了一次话，以亡国之恨鼓励他们加紧操练。

云州的将士在南燕的军士里还算是好的，尚且是这个样子，旁的州郡就不用提了。燕昊一想到这里，心情便沉重，无论如何也要培养出一支精锐部队来，到时才能与大虞人一较高下。

“太子殿下，我们还去不去刑部大牢？”御风见燕昊在沉思，问道。

“先去未央宫看看。”

两人迅速朝后宫奔去，在屋檐上起起落落，不多时便到了皇宫。燕昊对这里很是熟悉，兔起鹘落间，便到了未央宫。

未央宫的主殿里有着微微的光，燕昊愣了愣。这般时分，如何还会有烛光燃着？他与御风偷偷摸到了墙角，用刀子将茜纱窗挑开一个洞，就见一个小内侍跪在那里，桌上摆着一个牌位。

地上一个炭盆，里边烧着一些纸钱，火光照得那个小内侍的脸一闪一闪的。燕昊仔细辨认了一番，原来是跟着唐景去江州宣旨的小内侍，御风当时威胁他，要他将萧皇后的尸身找到。

“皇后娘娘，今儿是您过世的第二十一日，奴才来给您烧纸了。”那小内侍磕了一个头，直起身来，伸手合十喃喃自语，“奴才找不到您的凤体，幸托了老天爷的福，黄公公偷偷将您烧化后的骨殖留了下来，今日才给了我，我便将您带回未央宫来了，娘娘您便安心继续在这里住着吧，这南燕的中宫还是您的。”

一阵冷风刮来，将那微弱的烛火吹得摇摇晃晃。小内侍有些害怕，四处看了看，不见人影，赶紧朝那牌位又拜了几拜：“娘娘，莫非是您回来了？奴才便不打扰了，您只管好好歇着。对了，那曹贵妃没落到什么好下场，被大虞将军捉了，听说要押去大虞的京城呢。”

他说完这些，朝牌位磕了几个头，赶紧站起来，将烛光吹灭，摸着墙走了出来，刚跨出屋门，就见门口站着两道黑影。那小内侍吓得全身发抖，“扑通”一声便栽倒在地。

御风伸手探到他的人中，用力掐了下去，那小内侍“哎哟”一声，慢慢睁开了眼睛，瞧了好半日，才认出是燕昊与御风。他忙翻身起来，跪下向燕昊磕头：“太子殿下。”

“你做得不错。”燕昊将他拉了起来，“还记得我要你做的事情。”

“太子殿下的吩咐，奴才不敢不从。”那个小内侍指着屋内道，“皇后娘娘的凤体已被烧化，我找了不少人才问到下落。管冷宫的黄公公偷偷将皇后娘娘的骨殖捡了来，小人今日才讨到，刚刚将那个坛子埋在床下了。”

燕昊心中悲伤，点了点头：“你带我去看看。”

那小内侍弯腰道：“太子殿下请跟我来。”

来到殿内，炭盆里的纸钱还没有烧尽。燕昊“扑通”一声跪倒在牌位前，眼泪簌簌而落：“母后，母后……”刚喊出两个字，便忍不住泪流成河。

“太子殿下，噤声！”那小内侍有些惊慌，忙探头往外边瞧了瞧，见四周无人，这才将脑袋缩了回来，“那大虞的慕大将军就住在东宫，可别让他给听见了。奴才不过是想着今日是娘娘的三七，就来偷偷给娘娘烧些纸钱罢了。”

小内侍说得急，燕昊却恍若未闻，只看着那块牌位，眼泪怎么也止不住。

御风在旁边看着，心道不妙，太子殿下这般伤心，若被人听到这边的动静，传报给慕乾可就糟了。

“太子殿下，我们快走吧，知道了娘娘凤体所在，我们以后再来拾取。”御风拉着燕昊站起来，“咱们不能停留太久。”

燕昊知道御风说得没错，只好擦了擦泪站起身来，朝牌位拜了拜，又将牌位小心翼翼地拿了起来：“母后，您跟着昊儿一道走吧。”

“走？准备走到哪里去？”

忽然，背后传来了一个声音，在这深夜里，显得十分响亮。

燕昊没有回头，将手放在腰间，那里缠着一支软剑。

“慕大将军，我们又见面了。”即便不回头，燕昊也能猜出来人的身份。

“哦？你知道是我？”

燕昊转过身来直视着慕乾：“那是自然。”

慕乾盯着燕昊点了点头：“燕昊，没想到你敢夜闯皇宫，胆子不小。”

燕昊猛然从腰间拔出软剑，朝慕乾刺去。

慕乾往旁边一避，大喝道："燕昊，你不要行小人行径，要打要杀，咱们战场上来！"他刚得密报，说有人在未央宫哭泣不止，心中惊奇，便带了几个手下匆匆赶来，也没带顺手的兵器。

慕乾的几个手下大喊道："休得伤慕大将军！"说话间，便与御风两人打在一起。

慕乾见燕昊在给萧皇后烧纸钱，心中有些怜悯，没想到他倒先来与自己缠斗，这让慕乾有些愤愤不平："燕昊，想打可以，你若胜了，那我便放你离去，如何？"

燕昊点头，手下却不敢有半分放松："好，咱们出去打。"

慕乾转脸朝那几个手下喊道："都住手。"

众人来到屋外，慕乾朝旁边手下一伸手："拿把大刀给我。"

燕昊将牌位交到御风手中，纵身一跃，慕乾提刀迎上，就见刀剑交锋，寒光铮铮而出，"叮叮当当"，在这寂静的月夜显得格外响亮。

旁边众人看得目眩神移，两人一进一退，打斗得十分投契，厮打了近两百回合，竟然还没分出胜负。

"慕大将军，你这是在做什么呢？"一个尖细的声音响起，"大晚上不睡觉跑到这里练武来了？"

慕乾看到是他，一边挥动大刀抵挡燕昊的软剑，一边中气十足地回答："秦大人，我什么时候与人切磋武艺，应该不是秦大人管的事吧？"

秦冕带了两个小内侍站在一旁，狐疑地看了看燕昊："慕大将军，这与你切磋武艺之人，咱家怎么瞧着有几分眼熟？"

慕乾心中暗叫一声不好，秦冕曾在云州城外隔着护城河见过燕昊，也不知道他看清楚没有。他飞身而上，将大刀探了过去。燕昊略略一愣，发现慕乾突然近身进攻，忙变换招数。

"燕昊，你速速离开。"慕乾逼近燕昊，压低了声音，"我怕那秦冕会喊人过来包围未央宫，那时你便不好走了。"

燕昊有些不敢相信自己的耳朵："你为何要帮我？"大虞皇帝不是下令要捉拿他吗？可慕乾为何要将自己放走？

"一、我不想胜之不武；二、我的直觉告诉我，微儿喜欢你，我不能让她伤心。"他把大刀故意偏了偏，"快些走！"

一阵脚步声传来，燕昊知道事情紧急，不能再拖，忙将软剑朝慕乾探出，慕乾装作躲避，往后一撤，这边燕昊飞身跃起，上了未央宫主殿的屋顶。御风见状，也赶紧飞身而上。二人没有回头，飞快掠起，如两只大鸟飞过皇宫的屋顶，朝茫茫月夜飞奔而去。

“慕大将军，你是与何人在切磋武艺？”秦冕看得目瞪口呆，直到燕昊与御风的身影都消失不见才缓过神来。他冲到慕乾面前，满腹狐疑地问道：“这人我瞧着眼熟，好像在哪里见过。”

慕乾惊讶地挑了挑眉，朝秦冕看了一眼：“秦大人，你竟然认识这般好身手的江湖中人，慕乾佩服得紧！哪日还请秦大人引荐一番，慕乾还想与这位高手再较量一番。”

秦冕没有搭理慕乾，只是皱着眉头在想着什么，忽然他大叫一声：“是了！是了！一定是他！”他抬头盯紧了慕乾，“慕大将军，这人是不是你故意放走的？他可是南燕太子燕昊，皇上下令要捉拿的要犯！”

他看了看未央宫门口涌进来的几百军士，带头的正是皇上下令要来保护自己的那位将军，心中安稳了几分，冷冷道：“你与南燕太子勾结，是何道理？”

慕乾张大了嘴巴，脸上露出一种不可置信的神色来：“秦大人，你竟然认识南燕太子！那方才为何不说出来？若说出来，我定让手下一起上去将他拿住！”他狐疑地看了秦冕一眼，“秦大人，难道你与那燕昊串通一气，故意将他放走？”

没想到被慕乾倒打一耙，秦冕气得满脸通红：“慕乾，你休要血口喷人！”

“秦大人，我才说了这么两句，你就说我是血口喷人，可你说了那么多句，我却没有说你血口喷人，那我岂不是亏了？”慕乾气定神闲地看着秦冕，见他太阳穴上青筋暴出，不由得一笑，“秦大人，你是不是做贼心虚了？”

“你才做贼心虚！”秦冕气得脑袋发晕，慕乾与燕昊在这未央宫前打斗，手下都在旁边观看，居然没有一个人上前帮着捉拿燕昊，这究竟是什么意思？“慕大将军，你竟然将燕昊放走，该当何罪？来人，快将慕乾拿下！”

话音还没落，秦冕便觉脖子上一凉，一把雪亮的大刀正搁在他的脖子上。慕乾那带着笑的脸也逼近了几分：“秦大人，你这般胡说八道又是为何？燕昊是什么模样，我们谁都不知，而你看到一个人就说他是燕昊，就说我把他放走了，你这不是欲加之罪，何患无辞吗？”

大刀冷冽，秦冕只觉得自己的脖子已被刀拉出了一道口子，不由得全身都觳觫了起来。慕乾轻蔑地看了他一眼，朝那两个小内侍道：“你们来的时候，看到我与一个高手在过招，是不是？”

那两个小内侍吓得全身发抖：“没有，没有，我们只看见慕大人在赏月。”

“那为何你们家秦大人却说我在与高手过招，还要污蔑那高手就是燕昊呢？”慕乾没想到那两个小内侍如此配合，哈哈一笑，“你们秦大人可真是会编故事。”

“我们秦大人是与慕大将军闹着玩儿呢。”一个小内侍笑得十分殷勤，“慕大将军您又不是不知道我家大人的性子，喜欢开玩笑。”

第二十章 大牢探父

大牢里灰蒙蒙一团，火把映照着慕乾的脸，他看着缩成一团的燕铣，笑问：“听说你睡得不好？”

燕铣惊慌地看了慕乾一眼，结结巴巴道：“没……没有，挺好，挺好的。”

“没想到南燕的皇帝真是很能适应，从皇宫奢华的龙床到干枯的井底，再到这大牢，无论哪个地方都能安之若素。”慕乾拍了拍栏杆。燕铣有些害怕，抖着声音道：“你……你要做什么？”

“我只是查看下这牢门结不结实。”慕乾笑了笑，转身对旁边的几个军士道，“你们好好看着这间牢房，可不能让人将他劫走了！”

“是，大将军！”众人齐刷刷地回答，声音之大，让燕铣惊得全身一抖，将身子抵住墙壁，一双眼睛从披散着的头发下望过去，慕乾已经昂首阔步走开了。他与众军士留在墙壁上的身影不住地摇晃着，如幢幢鬼影，看得燕铣一阵心惊肉跳。

他身上起了一层鸡皮疙瘩，这大牢里曾经枉死过不少人，那些冤魂会不会从地上钻出来向他索命？燕铣将头埋在双膝之间，默默地回想着自己这几十年，忽然觉得一阵莫名的空虚。

从出生到投井前，他都是锦衣玉食，从没想过自己会有这样一天。他当上太子全是他母后手段高超，将那些妃嫔的身孕一个个弄没了——只有一位妃嫔生了个皇子，可还没三日，那小皇子便因身体虚弱夭折了。燕铣一直以为是那些妃嫔运气不好，从来没想过这里边的玄机。总之，南燕那时候除了皇后娘娘有儿子，其他宫的娘娘都没有，这太子之位自然落到了他的头上。

父皇驾崩，燕铣顺理成章继位登基，昔日的皇后娘娘成了太后娘娘，她虽然身居深宫，可一心牵挂政事。燕铣本来就没有理政的能力，见母后帮自己打理朝政，正好乐见其成，就将政事全扔给了她，自己与后宫美人日日欢歌笑语，玩得不亦乐乎。

没想到一朝风云变，身体健旺的太后娘娘忽然生病了，这病来得急，两个月不到，太后娘娘便薨了。燕铣哭得实在伤心，太后娘娘过世，以后便没有人帮他批阅奏折了，他每日起得比鸡早，赶着去上朝，晚上听内侍念奏折，听得昏昏欲睡。

这样实在不是个法子，后宫的美人都委屈地冲他撒娇："皇上，你怎么这般精力不济？臣妾等皇上，眼睛都望穿了！"

花朵一般的脸挤在他面前，燕铣看看这个，又看看那个，于心不忍长长地叹了一口气："美人，不是朕不想陪你们，是实在没法子！"

"皇上，你不会找个人来帮你分忧？"曹贵妃趴在他的肩膀上，声音软绵绵的，似乎能挤出水来，"我看只要有几个像太后娘娘一般，替皇上分担国事的忠心大臣，皇上便轻松了。"

一语惊醒梦中人，燕铣搂着曹贵妃亲了一口："贵妃真是绝顶聪明！"当即下令，早朝改为五日一次，平日有什么问题去找太傅与太师，遇见要紧的事，就由太师、太傅到后宫来找他请示，这可省了不少事，燕铣觉得生活又快活起来。

有滋有味的生活没几年，大虞的兵马便打了过来，那次直接杀过了长江，到了云州才被拦住，燕铣吓得发抖，赶紧派使者去大虞协商。彼时大虞皇帝赫连铖还未满十六岁，什么事都与太皇太后、皇太后商议，最后他接受了太皇太后与皇太后的建议，与南燕签下了协约，南燕每年交纳岁贡给大虞，大虞便不发兵进犯南燕。

好不容易过了五年歌舞升平的日子，没想到风云突变，大虞人又打来了，这让燕铣吓得面无血色，心里想着，这大概与上回一样。他躲进深宫，嘱咐太师赶紧派使者去大虞商议和谈之事，没想到这次大虞皇帝竟然不接受岁贡，哪怕他将岁贡提高一倍，可他们还是拒绝和谈，直接杀入了江都。

燕铣茫然四顾，大牢里一片黑暗，只有远处隐约亮着暗淡的灯光，周围的一切都看不清楚。早些日子，他还在宫里与美人一道饮酒作乐，喝的是琼浆玉液，吃的是美食珍馐，穿的是绫罗绸缎，睡的是轻软床褥，可现在……他摸了摸冰冷的地面，虽然铺着稻草，可是潮湿，手掌上湿漉漉一片。

他扶着墙慢慢站起来，走到栏杆旁，努力地瞧了瞧外面，勉强分辨出灰暗的甬道，旁边没有别的牢房，只有他被单独关押在此。他能听见细微的脚步声在外边响起，那该是值夜的军士在走动。燕铣伸手握住铁栏，眼中掉出了一滴泪。

“昊儿，昊儿……”燕铣从没有这般热切地想念过燕昊，可在大牢里，他心里想的全是他。这个时候只有燕昊才能来救他，这是他活下去的唯一希望。

甬道那边传来一阵极细微的脚步声，燕铣站在栏杆这头，全身紧张。一个黑影忽然出现在牢房外边，速度之快，几乎让人看不清他是怎么过来的，只一瞬间，外边便有了一个黑影，分明是一个人。

燕铣惊得几乎要握不住铁栏，这人走路毫无声息，难道是那些冤魂来找他索命了？他两腿吓得直抖，顺着栏杆溜了下来，整个身子软趴趴地伏倒在地上：“别杀我，别杀我……”燕铣的嘴里发出喃喃之声，一丝涎水从口里滴落。

“父皇，我是昊儿。”燕昊站在那里，见燕铣这模样，心里软了几分，“你别出声。”

燕铣听见这声音，立即振作起来。燕昊真的来了，他来救自己了！

“昊儿……”燕铣低声喊了一句，眼中全是泪水，“你是来救父皇的？快些将这牢房的门打开，快让我出去。”

燕昊为难地看了燕铣一眼，这牢房里光线实在昏暗，他看不清燕铣脸上的表情，但是他知道，父皇现在肯定极其渴望自己能将他从牢里救出去。站在那里，燕昊的手握着铁栏杆，心中说不出地难受。救他出去，对不起枉死的母亲；不救他，又对不住自己读了那么多年的圣贤书。

百善孝为先，哪有父亲被关在大牢，儿子不闻不问的？燕昊站在那里，脑子里天人交战，可怀中萧皇后的牌位却提醒着他，就是这个人杀死了母亲！燕昊的手紧紧抓着那栏杆，可依旧没有想出下一步该怎么做。

“昊儿，怎么了？快些救我出去！”燕铣有几分着急，用手拍打着栏杆，顿时一阵“哐当哐当”的响声在牢房里响起。外边传来一声呵斥：“这么晚了还不睡！在做什么！”

燕昊静静地贴在墙壁上，没有出声。外边那人也只是呵斥了一句便走开了。燕昊摸了摸怀中的牌位，忽然便得了勇气一般，慢慢地跪了下来，向燕铣磕了一个头："父皇，昊儿感念您的生恩，但昊儿却无法直视母亲的枉死，昊儿来大牢，只是想与父亲作别。"

"什么？你只是来与我作别？"燕铣不敢相信自己的耳朵，他摸着胸膛咳了一声，"燕昊，你这个不孝之子，看着父皇身陷囹圄却不出手相救！"

"父皇，不是燕昊不救您，是您不值得燕昊来救。"燕昊的手触到怀中的牌位，萧皇后的音容笑貌似乎就在眼前，那般贤惠温良的母后，却被父皇打入冷宫，看着她被奸人所害而无动于衷，从某种意义上来说，就是父皇将母后害死的。

"你在说什么胡话！"燕铣低声喝了一声，"快些将牢门的铁锁斩断，放父皇出去！"

燕昊没有理睬他，只是伏在地上又磕了三个响头："父皇，这几个响头就当燕昊将您的生育之恩还给您，恕燕昊不能按照您的吩咐行事。"

燕铣瞪眼瞧着燕昊慢慢站起来，心中充满了绝望。他方才还盼着燕昊能救他，没想到他只是来与他诀别的。磕几个头便想断绝父子之情？燕铣瞧着燕昊，大为慌恐，若燕昊走了，谁还能来救他？

"昊儿，快莫要置气了，你母后的事，都是那个曹贵妃弄出来的，跟父皇没有关系。快些救我出去，再不动手，便来不及了。"燕铣猛地扑到铁栏杆那里，伸手抓住燕昊衣裳的一角，使劲儿将他往里拽，"快些动手！"

燕昊摇了摇头："父皇，恕昊儿无法从命。"他伸手掰开燕铣的手指，"父皇，是您葬送了南燕的江山，难道您不该对南燕负责？"

燕铣气得全身都发起抖来，儿子教训起老子来了！他望着燕昊，心里闪过歹毒的念头。既然燕昊不救他出去，那也不能让他在外边逍遥自在！

"快来人啊，有人劫狱了！"燕铣扯着嗓子大喊起来。

没想到燕铣竟会这样，燕昊大吃一惊，用力掰开燕铣的手，飞身掠出。燕铣喊叫的声音虽然不大，可在这寂静的夜晚却格外响亮。外边值夜的大虞军士听到喊声，纷纷打着火把冲了进来。

"劫狱的人在哪里？"众人询问。

燕昊穿着大虞军士的服装，混在人群里，微低着头没有出声。就听有人道："我方才好像看见有人影往里边去了！"

"不好，有人想劫走南燕皇帝！"大家急忙往燕铣牢房跑去。燕昊略微放慢了脚步，稍微落在后边，趁人不注意，如一道黑色闪电从甬道里奔了出去。跑到门口，便见穿着大虞军士衣裳的御风手执长枪站在那里，两人四目相视，飞身上了刑部大牢的屋顶，迅速朝外边奔去。

“怎么忽然便有那么大的动静了？”御风问燕昊，“太子殿下不是说去看看皇上就出来的吗？”

燕昊没有出声，一只手摸着怀里的牌位，心中百感交集。母后死时还挂念着自己，而父皇却想拖着自己一道去死，两人的态度真是判若云泥。最开始他还有些同情燕铣，可到了这个时候，他却没有一丝同情——什么生育之恩，他不想拿这几个字来骗自己了。

燕昊与御风马不停蹄地赶回了凤凰山，柳润声已是等得焦急，见两人回来，这才放下心来：“太子殿下，可见着了皇上？”

燕昊点了点头，没有说话，将金翼交到军士手里，拖着疲惫的身子回了屋。柳润声看燕昊这神色，知道他心中难受，也不敢多问，只是将御风拉到一边细细询问。听了皇后娘娘被烧死的事情，柳润声老泪纵横：“都说皇后娘娘温柔贤淑，竟然落了这么个下场，难怪太子殿下伤心。”

说起大牢探望燕铣，燕铣竟然高声大喊让大虞人来抓燕昊，柳润声惊得目瞪口呆：“皇上之心……实在不可测，不可测啊！”

五月的凤凰山，漫山都是粉白色的野蔷薇，引得蝴蝶在花间翩翩起舞。陆凝香穿着一身浅碧色衣裳，头上戴着一个斗笠，挎着一个篮子在山间采摘茶叶。

此时已不是茶叶当季的时候，叶芽已经长成叶片，可上边还是有些许嫩叶。陆凝香一边摘着仅剩的嫩叶，一边与李妈妈说话：“那些茶叶都卖掉了？”

“都卖光了。”李妈妈用帕子包着脑袋，眼睛笑得弯弯，“没想到咱们自己烘焙出来的茶叶这般走俏，凤凰山水好，养出了好茶树，所以才卖得好。”

陆凝香直起身来长长地舒了一口气：“卖了就好，也不枉费我们辛苦一场，到时候那些银子可以去买米粮。”

李妈妈也直起身来，看了看站在茶树丛中的陆凝香，心中感叹，这位陆小姐可真是好心人，一心一意为太子殿下打算，也不知为何太子殿下就是不喜欢她。不是说陆小姐是皇后娘娘指给太子殿下的太子妃吗？手上那个玉镯子是皇后娘娘给她的，那太子殿下怎么不听皇后娘娘的吩咐呢？更何况皇后娘娘已过世，太子殿下娶陆小姐为太子妃，这也是她的遗愿啊。

“陆小姐，咱们靠山吃山，有不少能卖钱的，还能在山坡上开出田地来种庄稼，吃穿用度倒不用担心。”李妈妈朝陆凝香笑了笑，“只是太子殿下吃惯了精细的东西，不知道这粗茶淡饭他吃不吃得惯。”

陆凝香的眉头皱了起来，轻轻地叹了一口气：“我瞧着太子殿下瘦了不少，心中也是着急，不知道如何才能将他的身子养起来。”

李妈妈也跟着叹气。从江都回来，太子殿下将自己关在屋内整整三日，只让御风替他送些饭菜进去，旁人一律不能进。三日后太子殿下出来，见他的人个个都觉得心酸。

也不知道太子殿下这三日是不是没有歇息，眼中布满红血丝，整个人憔悴不堪，一张脸瘦了一圈，唇上也长出了淡淡的胡须。大家都说太子殿下这三日是关在屋内祭拜皇后娘娘，因为从窗户里能瞧见淡淡的火光，还能听见太子殿下压抑的哭声。

“陆小姐，我觉得这身子要养，更重要的是，太子殿下需要一个知冷暖的人照顾他。”李妈妈伸手摘了几片嫩叶，摊到手心看了看，勉强还能烘焙出来。她本来不想再摘茶叶了，可禁不住陆凝香撺掇：“咱们得给太子殿下留些茶叶，不拘好坏，总要有茶叶泡水喝。”

陆小姐可真是贴心，这般为太子殿下着想。李妈妈看了看站在那边怅然若失的陆凝香，笑着安慰她：“陆小姐，人心都是肉长的，别看太子殿下现在冷冰冰的，总有一天他会明白你的心意的。水滴石穿，这理儿谁都懂，就是没人坚持着做。”

陆凝香看了李妈妈一眼，眼中有一种说不出的光彩：“李妈妈，我知道，精诚所至，金石为开，我相信太子殿下不会一直这般对我的。”

“陆小姐想得通便好。”李妈妈开心地笑起来，“老婆子便等着喝陆小姐与太子殿下的喜酒了。”

陆凝香低下头去，绿油油的茶叶在她的手腕边飘出阵阵清香来。

清晨，阳光还只在远处青色山岚里露出半张脸，本该一片宁静，可上京城郊外却有着很大的动静，马蹄阵阵，车轮辘辘，马嘶人喊，热闹得紧。

赫连铖骑马立在东城门外，他头戴一顶金盔，上边镶嵌着各色宝石，闪闪发亮；身上穿着一套盔甲，据说乃千年寒铁制成，刀枪不入，护心镜是由一块硕大的金刚石打磨而成。

慕华寅此时心情颇为激动，他骑马伴在赫连铖身边。此次大虞南征，他不顾旁人非议，直接点了自己的儿子为大将军，统帅兵马直指南燕，当时不少人说他用人唯亲，慕乾连十八岁都没满，如何能担此重任。彼时慕华寅只是微微一笑："有志不在年高，昔时甘罗十二岁便被拜为上卿，慕乾已经十七，领兵出征难道不行？"

慕大司马说出这样的话来，旁人还能说什么，只能乖乖闭口。慕乾年纪轻轻便成了征南大将军，风光无限。慕华寅对儿子很是放心。南燕本来就是外强中干，根本不必怕它，慕乾此次去南燕，只不过是捡军功而已。他得意地摸了摸胡须，现在慕乾得胜归来，他倒想看看那些喜欢生事的人还有什么话说。

慕乾当上了征南大将军，有不放心的人一直在赫连铖耳边进言："皇上，就怕那慕华寅父子勾结，借口出兵灭南燕，其实却来反攻大虞，这可如何是好？"

赫连铖本来就对慕华寅颇为顾忌，听到那些人煽动，更是担心，于是点了秦冕做监军，赐了他尚方宝剑，又拨给他一支军队，心想，这该是准备充分了。临行前他特地叮嘱秦冕："你须盯紧了慕乾，有什么情况速速密报回京，若他有什么妄动，杀无赦。"

出去了这么久，秦冕的密报回来得很少，赫连铖心中十分不安，好在慕乾倒也没什么异常举动，灭了南燕，将皇上与群臣都捉了来，算是恪守本分。赫连铖眯了眯眼，看着前边慢慢靠近的队伍，心中平静，最初听说南燕被灭的那种高兴劲儿已经没有了，他只是来完成一个承诺而已。

慕乾带着军队走到东城门外，长长的号角吹出了呜呜的声音，与唢呐欢快的曲调交织在一处，直冲云霄。慕乾见赫连铖骑马立在城门下，赶紧翻身下马，朝赫连铖行了一个大礼："臣慕乾叩见皇上。"

"慕爱卿，平身吧。"赫连铖看了慕乾一眼，见他眉目间一股勃勃英气，两道剑眉斜斜入鬓，一双眼睛如寒星一般，站在那里，如一棵挺拔的青松，全身充满着朝气，还有一种让他说不出来的感觉。赫连铖心中的猜忌忽然又起了几分，这慕乾瞧上去便是人中龙凤，自己不能放松了对他的警惕——慕家父子，可都不能等闲视之！

接慕乾进了城，赫连铖先犒赏了三军将士，然后问到燕铣："听说他带着两位妃嫔躲在枯井里？"

慕乾笑着点头："不错，确实如此。"

"哦？竟然还有这种皇帝？都破国了还惦记着自己的妃嫔？快将他押上来让朕瞧瞧。"

燕铣被带了上来，经过这一段时间的磨难，他比原来更瘦了几分，如一根枯枝，脸色也黑了不少，头发凌乱地耷拉在脸侧，看上去无比憔悴。

赫连铖看了看燕铣，哈哈大笑起来："南燕的皇帝竟是这副模样，我倒是没想到。为何这般脸如死灰？没一点儿帝王之气。"

"皇上，不如宣他那两位妃嫔上来瞧瞧，看看究竟是什么样的绝色，能让这南燕皇帝紧急关头还惦记着。"旁边有大臣谄媚地说道，"都说南燕出美女，臣也见识见识。"

赫连铖听了也颇感兴趣，吩咐下去，将曹贵妃与魏美人押上殿来。燕铣听了这话，抬头望了赫连铖一眼，露出哀求的神色。周围的人都笑了起来："你瞧瞧他那样，好像还想护着自己的两个妃子呢！"

结果，燕铣的下场很不好，被做成了人彘，用盆子盛了，放在映月宫中，亲耳听着赫连铖糟蹋了魏美人。

曹贵妃听说赫连铖要临幸她，愤而撞柱身亡。

而魏美人则上吊自尽。

"她怎么会自尽？"赫连铖伸手将慕瑛从床上拖起来，将她狠狠地往外边拉，"是不是你忌妒她，派人将她谋害了？"

慕瑛惊愕地抬起头："皇上，臣妾没有，臣妾不敢。"

"不敢？你们慕家人有哪些事情不敢做？"赫连铖一脚将慕瑛踢到一旁，赶着上去又踏了一脚，"你莫要想骗朕，这真凶肯定就是你！"

"皇上！"慕瑛吃力地抬起头来，眼中泪水不住地打转，"皇上嘱咐臣妾要在床上歇着，臣妾服药后便睡着了，连内室的门都没有出，更不知道魏美人出事了，皇上……"她的泪滴落下来，"臣妾是什么样的人，皇上难道不知道吗？"

赫连铖轻轻哼了一声，低头看了看慕瑛。她消瘦得厉害，蜷缩在那里，似乎一只手就能将她拎起，一头青丝凌乱地披散下来，将她的脸遮去大半，只留一双乌溜溜的大眼睛露在外边。

见慕瑛这副模样，赫连铖忽然有瞬间的心软，他将头偏到一旁，吩咐道："江六，去查查看，究竟是怎么一回事。"

"是。"江六弯腰应了一句，眼睛匆匆扫了慕瑛一眼，心里想着，虽然天气渐渐暖了，可地上毕竟有凉气，慕昭仪身子还未大好，怎么能躺在那里呢？

“将她扶到床上去。”赫连铖背着手站在那里，面无表情地喊了陈姑姑与宫女紫萱过来。两人长长地松了一口气，走过去将慕瑛扶起，慢慢扶到床上。赫连铖走到床边的一张椅子前，大咧咧地坐下，一双眼睛盯住了慕瑛，见她行动十分迟缓，冷冷地笑了一声，“你不必装出这副可怜样儿给朕看，朕不会同情你的。”

她是慕华寅的女儿，自己如何能对她心软？赫连铖暗暗咒骂着自己，有时候他竟会莫名其妙地觉得慕瑛可怜，这是脑子不好使了不成？慕家，没有一个好人，全是贱如蝼蚁，他要将他们一个个摁死才对。

“皇上，老奴问清原因了。”江六迈着细碎的步子慢腾腾地走进来，朝赫连铖行了一礼，“听说那魏美人出来看见了泡在瓮里的人彘，吓得晕了过去，后来就……悬梁了。”

“什么？”赫连铖将茶盏放下，有些不相信，“就这样悬梁自尽了？”

“是。”江六恭恭敬敬地回答，“老奴问过那边的宫人，都说昭仪娘娘这边的人没去过魏美人那边，她确实是自尽的。”

“一具人彘而已，她竟然吓得自尽，实在是禁不得吓唬，南方女子真是胆小如鼠，可惜了好好的一个美人。”赫连铖站了起来，望了望外边。天色已有些灰暗，暮色慢慢起来了，青莲色的烟霭弥漫在空中，有一种说不出的神秘感。

“宣秦冕来清华宫，我有事要问他。”赫连铖背着手大步走了出去，丝毫没有看床上的慕瑛，只是在走出去后才回头看了看内室，“原来是我冤枉她了。”

江六站在一旁没有吱声，只是默默地跟在赫连铖的身后走着，皇上与慕昭仪之间的事，没有人能说得清楚，他也不好妄加揣测。

“皇上！”秦冕一进来便大放悲声，“扑通”一声跪倒在赫连铖面前，痛哭流涕，“奴才可算是活着回来见到皇上了！”

“秦冕，你这是为何？”见秦冕这副模样，赫连铖吃了一惊。他这不是好好的吗？瞧着似乎比原先还白胖了些呢，怎么说总算是活着回来的话。

“皇上，您不知道，那慕乾实在可恶。”秦冕少不得添油加醋地将慕乾在路上虐待他的事一一说了出来。听到秦冕说起尚方宝剑被夺了去，赫连铖只是笑：“秦冕，你这老东西，也忒托大了，竟然与他拼酒，你能喝得过他？再怎么样，人家也是身强力壮，年纪又轻。朕还奇怪，为何你没有什么密报送回，原来是被他欺负得不敢写密报了。”

“皇上，慕乾做的事可不止这一桩啊！”秦冕本想诬陷慕乾几桩事情，忽然想到尚方宝剑将自己的纱帽削去的事，不由得缩了缩脖子。他小心地掂量了下，这慕大司马家势力大，就连皇上都不敢惹他，自己到皇上耳边添油加醋，恐怕皇上也没那实力帮自己报复，若被慕乾知道了，指不定还会拎着剑把自己砍了呢。

“还有什么事？”赫连铖瞧着秦冕的眉头皱成了一个八字，不由得笑起来，“你快说来听听，朕也好久没听过笑话了。”

秦冕决定略过燕昊与慕乾的交易，只是提了慕乾要绕道攻打江州，却没听他的去攻打云州，还被慕乾威胁了，说要将他杀了做祭品。“皇上，你可不知道，那慕乾当时的眼神能杀人！”

“你阻挠他的行军计划，他自然恼怒，这也算不得什么。”赫连铖有些不以为然。不管怎么样，慕乾的计策没错，南燕还不是被他攻克了？秦冕在京城过惯了享福的日子，一点儿委屈就受不了。

“还有，慕乾进了江都，将南燕皇宫搜刮一空……”秦冕说到此事，眼睛都发出了光，他觊觎那大宗的钱财，没想到慕乾根本没让他插手，竟让自己的手下将南燕皇宫洗了一遍。等他带了手下进去的时候，宫里稍微值点儿钱的东西，一样都不见了。

“钱财？”赫连铖眯了眯眼，“搜刮了多少？可有账册记载？”

“老奴也不知道，我听说南燕皇宫里的宝贝数以万计，其中有一支九尾凤钗，实在是精致，他们说慕乾当时便将那锦盒拿走了。”秦冕尖着声音道，“九尾凤钗，那可是皇后娘娘才能戴的，慕乾拿走这个，可是有什么想法……”

九尾凤钗，赫连铖想到了一些大臣联名上书的事来，他恨恨地捶了下桌子：“可恶！实在是可恶！”

秦冕也凑上前，谄媚地附和：“着实可恶！”

赫连铖飞起一脚，将秦冕踢到一旁：“你这老东西，又知道什么？”

“皇上，那慕乾疯狂敛财，皇上不该好好处置他？”若说慕乾里通外国，与南燕太子燕昊勾结，恐怕没有一个人愿意出来给他做证。而且即便有证人，大家也不会相信，因为南燕是慕乾带兵灭了的，南燕皇帝大臣都被慕乾抓了回来，怎么可能与南燕有勾结？

想来想去，也只能用敛财这个罪名了。普天之下，莫非王土，率土之滨，莫非王臣。这天下的财宝，都应该奉献给皇上，更别说是一支九尾凤钗了。秦冕讨好地看着赫连铖："皇上，咱们便用这个罪名将那慕乾给关起来……"

"朕派你去监军，你什么事情都没做，就只盯住了这样一些事？"赫连铖气呼呼地看了秦冕一眼，"江六，把那支九尾凤钗给他瞧瞧。"

秦冕听了这话，佝偻着腰站在那里，不敢出声。江六去拿了锦盒出来，在他面前一晃："你看看，是不是那支九尾凤钗？"

秦冕伸手将那锦盒打开，看到里边的九尾凤钗，不由得目瞪口呆："慕乾……慕乾将这九尾凤钗送到皇上手里了？"

"是。"江六长长地叹了一口气，"秦冕，你这次出去，可是什么都没有做好。"

秦冕耷拉着脑袋站在那里，心中懊悔不已，可不是嘛，什么都没做好，一路上担惊害怕，跟着军队风餐露宿，他真是受够了！最要紧的是，原以为攻陷了南燕，这花花世界、大好河山，总能让他抢到些什么东西，可没想到慕乾竟然下手那么狠，连口稀的都没给他留。

秦冕缩成一团，不敢再开口说话。忽然，他好像想起什么来，眼睛一亮："皇上，我还有重要的事情要禀报！"

赫连铖淡淡地道："说。"

"皇上，慕乾的妹妹慕二小姐是个绝色美人。"

"这算什么重要的事情。"忽然，他又坐正了身子，"果真绝色？"

"皇上，老奴不敢说假话，您若不信，可宣她进宫，一看便知。"秦冕凑前，嘴角挂着一丝阴笑，"那可真是水嫩嫩的，让人瞧了忍不住想上去摸一把呢。"

"你都已经是没用的人了，也有这感觉？"赫连铖有些吃惊，"那我可真得好好看看这位慕二小姐才行。"

江六在旁边轻咳一声："皇上，慕大司马家似乎不想让这位二小姐进宫呢。这么多年来，慕老夫人与慕夫人进宫看慕昭仪的时候，都没有带上过慕二小姐，可见大司马家是有戒备之心的。"

"戒备之心？"赫连铖的手停住了，茶盏停在口边。慕家不让那二小姐进宫，难道是害怕他会对这位二小姐感兴趣？虽说大虞后宫没有两姐妹一同侍奉皇上的事，可他若想要那慕二小姐进宫，就得先破了这个例。

只是……赫连铖嘴角露出一丝冷笑来，他才不想让慕家又添荣耀呢。大司马府将那慕二小姐看作掌上明珠，保护得这般严密，自己偏不让他们得逞，得把这颗掌上明珠变成一文不值的鱼眼珠才解恨。

他确实喜欢美人，可慕二小姐长得再美，也不在他喜欢的美人之列，谁让她是慕华寅的女儿呢？等自己尝过她的滋味，再毫不留情地将她扔到一旁，恐怕她受不了打击，像魏美人一样寻了短见吧。赫连铖手握茶盏，嘴角的笑越来越深：“江六，替我起草诏书，半个月后举办手铸金人仪式。”

“手铸金人？”秦冕脸色露出一丝惊讶，“皇上要立皇后了？”

第二十一章 小心应对

“皇上，是不是要将慕昭仪立为皇后？”秦冕瞧着江六的脸色，心中顿悟，“可……她是慕华寅的女儿，慕家，能配得上如此天恩？”

赫连铖将茶盏搁在桌上，眉头略微皱了皱：“朝中一干老臣都在上奏折请立中宫，众口一词说慕昭仪贤惠温良，乃中宫最佳人选，朕也要看他们的面子才成，否则每日里都嚷着让朕立中宫，朕烦都要被他们烦死了。”

“可慕昭仪的身份……”秦冕有些犹豫，不知道赫连铖现在的心思。赫连铖自小便一直欺负慕瑛，秦冕看得清清楚楚。他知道赫连铖心里别扭，既忌恨慕华寅，却偏偏还要纳她的女儿为妃，所以他看准了这一点，常在旁边出主意，让赫连铖整慕瑛，如此，赫连铖便会欢喜一些。

每次他出的主意被赫连铖采纳，慕瑛就会被整得凄凄惨惨，久而久之，他也就成了赫连铖的亲信之一。

“秦冕，你以为我想要她当皇后吗？你不是不知道我痛恨那慕华寅。”赫连铖的眼睛落在那盏宫灯上，托着桃子的美人仿佛幻化成了慕瑛的脸。他凝神望着，见她的眉头淡淡舒展开来，一脸微笑地望着他，他恨恨地踢了那宫灯一脚，他才不会让慕华寅的女儿做皇后呢！既然她不能怀上孩子，那换一种方式便是。

大虞册立皇后都要经过手铸金人大典，准皇后要当众铸造金人，若铸造出来的金人光滑细致，那便意味着是上天准许她做皇后；若铸造出来的金人坑坑洼洼，身上有凹凸不平的小洞，那便意味着失败了。

每个被推举出来的妃嫔都只有一次机会，很多得宠的妃嫔都是在手铸金人上栽了跟头，只能一辈子做妃嫔。皇后的位置虽然瞧着只有一步之遥，可还是没办法坐到那张凤椅上去。

“皇上的意思是，要让慕昭仪通不过那手铸金人大典？”秦冕忽然得了启发，恍然大悟，“皇上，果然是高明！老奴脑子笨，怎么就没想到这一点？”秦冕露出十分敬佩的神色来，这敬佩仿佛来自心底一般。赫连铖瞧着，心中十分痛快，哈哈大笑起来：“秦冕，朕命你去监管这件事，你可要替朕看好了，不允许出一丝一毫的差错。”

“皇上，您尽管放心，老奴一定会将这件事情办妥当。”秦冕笑着行了一礼，“等着看慕昭仪在众人面前出丑吧。”

“手铸金人大典那日，要有宗室百官围观，让慕夫人带着慕二小姐进宫来观礼。”赫连铖站了起来，大步走到殿门口，长长地吐了一口气，望了望外边乌蓝的夜幕，心中有说不出的舒畅。这一次手铸金人大典，他必定是赢家，让慕瑛彻底失去做皇后的资格，又能让那慕二小姐失去她最宝贵的东西，这两件事肯定能打击慕华寅，让他心中难受。

六月初的天气已有些闷热，晚风虽然带来了些许微凉，可风儿一过，额头上的汗珠又层层涌出来。慕老夫人觉得这初夏的日子真是难挨，若不是有丫鬟拿着扇子在扇风，随便动一动，全身便冒出汗来。

慕夫人坐在玉彦堂里，屏声静气听着慕老夫人说话。

“皇上昨日下旨，半个月后慕昭仪在昭阳殿前手铸金人。”慕老夫人的眼睛没有抬起，看着手指间的紫檀木佛珠，“我年纪大了，就不去凑这个热闹了，你带着微丫头过去便是。”

“母亲，我听闻皇上十分……”慕夫人为难地将话咽了下去，换了一种说辞，“皇上格外喜欢美人，就连南燕皇帝的妃嫔，他都宠幸了，之后那妃嫔自尽身亡，谁知道里边是什么原因。微儿实在生得好颜色，我不敢让她进宫，万一被皇上瞧见起了那份心思该怎么办？”

“皇上再起心思，也不会起到微丫头身上。”慕老夫人眼中带着几分轻蔑，“咱们慕家虽然表面上对皇上毕恭毕敬，可皇上也知道分寸，明白现在的朝堂里究竟有多少人是真心向着他的，他便是有这个想法，也不会有这个胆子做这件事的。”

慕夫人听着慕老夫人这般托大的话，心中有些想法。婆婆说不去便是抗旨，皇上正在找慕家的错处，不能与皇上对着干，可一会儿又说皇上畏惧慕家，那慕家又何必担心这“抗旨”二字？不去便不去，皇上还能拿慕家怎么样？

见慕夫人脸上阴晴不定，慕老夫人笑了笑：“老大媳妇，你别想那么多了，微丫头是个机灵人，到了皇宫里，见情况不对，不会躲到她姐姐宫里去，或者随便找个借故出宫去？再说，手铸金人大典这般重要的事，皇上哪还有精力注意到微丫头。老大媳妇，你别想太多了。”慕老夫人的手指停下来，朝她笑了笑，“难道你忘了太原王？有他伴着进宫，还怕出事？”

“太原王？”慕夫人眼睛一亮，“我倒忘了这事儿了。”她脸上紧张的神色这才松弛下来，“母亲说得没错，那日我领了微儿进宫去便是。”

大司马府的书房里，慕华寅脸色凝重，一只手敲了敲桌子：“皇上这般爽快便答应了此事，其中必有蹊跷。”

慕乾坐在一旁，脸上有着满不在乎的神色：“父亲，你是担心皇上会让人在手铸金人大典上捣乱，让姐姐当不成皇后？我觉得这件事情很简单，找出负责这件事的人，再找到是哪些人准备材料，哪些人负责协助姐姐浇铸，把他们都威胁一通便是。”

“乾儿，你出去一趟，越发猖狂了些。”慕华寅看着慕乾，嘴里虽在责备，眼中却有赞赏，“你一声不吭就将那支九尾凤钗送回给你妹妹做及笄礼，你可想过，若是被皇上发现了，他会如何想？”

“他还能怎么想，不过是一支凤钗罢了，他皇宫里头难道还少这一支钗子？我不过是没来得及准备礼物，见这凤钗精美，就送了回来，谁知道你却大做文章，什么九尾凤钗，皇后才能戴，不能僭越。”他瞄了一眼慕华寅，见他一脸不赞成的神色，哈哈一笑，“大不了将一条尾翎剪了，剩八条尾翎，就没有人多说话了。”

慕华寅有些哭笑不得，慕乾实在是将事情看得太轻巧了些，虽然慕家势力大，但皇上毕竟是皇上，不到迫不得已，他们也没必要与皇上顶撞。“乾儿，以后做事要小心些，现在皇上猜忌心很重，咱们可得防着他些。”

慕乾睁大了眼睛，鼻子里重重地哼了一声：“我觉得皇上有些胡思乱想，咱们慕家世代忠良，对皇家忠心耿耿，可他偏偏还要疑心，不仅对咱们慕家，对他兄弟也是这般。父亲，你看太原王被他拘在京城里，连去封地都要向他请示，做人做到这份儿上，不要太累啊。”

瞄了一眼儿子一脸阳光的脸，慕华寅心中暗叹，慕乾毕竟年轻，还不知道其中的利害关系，皇上对于慕家的忌惮，哪里只是他提到的疑心！慕乾这般没有城府，看来暂时还不能让他共谋大事，只有以后慢慢熏陶他，让他了解了自己的心思再做决定。

“乾儿，这些日子你去将准备大典的那些人找到，想好如何保证昭仪娘娘万无一失地铸成金人。”慕华寅摆了摆手，“别的话也不用多说，以后咱们父子两人多多交谈，有什么事你要先来问我。”

“是。”慕乾站了起来，朝慕华寅行了一礼，英姿勃勃。

瞧着慕乾的背影，慕华寅捻着胡须笑了起来：“虎父无犬子，乾儿可真像我年轻时的模样。”

慕乾从书房出来，直奔慕微的院子。回来好几日了，每日都有人请喝酒，说是替他接风洗尘，到现在还没在府里用过一次饭，也没见过慕微。今日被父亲直接喊了回来，得了些空，心里便想到了妹妹。

入夏的天气有些热，萤火虫提着黄绿色的灯笼在草丛间飞过，点点光芒，忽隐忽现。慕微正带着几个丫鬟在外边歇凉，小梨子坐在树上，不住地远望，见有个黑影正往这边走来，可又看不清是谁，心中有几分焦急，一边问着“是谁”，一边拎起灯笼照了照。

慕乾看见那树枝上的光，早就明白是小梨子坐在树上，哈哈笑了起来：“小梨子，你干吗这般着急？”

听见慕乾的声音，小梨子快活地冲着树下喊道：“小姐小姐，大公子过来了！”

“吱呀”一声，大门打开，慕乾踏了进来，见大树下放着一张美人榻，旁边有一张小桌，上面摆着各色瓜果，还有一小盆冰镇酸梅汤，不由得哈哈一笑：“微儿，你可实在会过日子。”

慕微笑着迎了上去，将慕乾拉到桌边坐下：“哪儿有哥哥好过，日日在外饮酒作乐，都不记得陪母亲用饭了。”

“哟，你这是变着法子说我呢。”慕乾瞥了一眼慕微，重重地点了点头，“你说得没错，哥哥是该多在家里用饭才是，否则，以后想和你一道用饭都难了。”慕乾扫视了一下四周，见丫鬟们都站在不远处候着，实在不是个说话的地方。他伸手抓住慕微："你跟我过来，我有话要问你。"

慕微有几分惊愕，慕乾什么时候这般神神叨叨的了？说句话都要避开自己的丫鬟。她看了慕乾一眼，见他一脸郑重，便站起身来，跟着慕乾来到一丛玉簪花前。

此时正值玉簪花盛放，洁白的花朵如漫天的星星，在这静谧的夜里开得十分旺盛。

人如花，花似梦。

"微儿，哥哥问你一件事，你可要老老实实回答我。"慕乾抓住慕微的手，一双眼睛盯紧了她，"你与那南燕太子燕昊……"他停了停，探究地问道，"你可是心悦于他？"

慕微的心仿佛被重重撞击了一下，多久没有听到过这个名字了？燕昊，燕昊。她忽然觉得轻松起来，仿佛有花朵在心底盛放，一朵朵吐露着芬芳，几乎要盖过眼前的玉簪花香。

"怎么不说话？"慕乾看着慕微这模样，呵呵一笑，"原来你不喜欢他，早知道这样，在南燕的皇宫里我便该将他击毙。"

"哥哥，你伤了他？"慕微惊呼一声，"伤得重不重？他现在在哪里？"

慕乾瞧着慕微紧张的神态，哈哈笑了起来："微儿，你已经告诉哥哥答案了。"

"原来你是在骗我。"慕微低头去看那玉簪花，心情瞬间差了几分，"哥哥什么时候学会骗人了？"

"我哪里骗你了？我的话还没说完。"慕乾松开慕微的手，抱在胸前，"我与燕昊十多日前曾在南燕的皇宫里交过手，他的身手确实不错，与我算得上旗鼓相当。我想他是你喜欢的人，便将他放了。"

"哥哥说大话也不脸红，我怎么觉得是你打不过燕昊呢？否则你怎么会将他放走，还不将他抓回来请功？"慕微听说燕昊被放走，心里松了一口气，笑吟吟地看着慕乾，"哥哥，山外有山，人外有人，你还得苦练才是。"

"女生外向，果然没错。"慕乾摇着头啧啧有声，"你现在心里只有燕昊，竟然连哥哥都不相信了。好吧，说实在话，他的软兵器是比我好些，可我的骑射功夫比他强。"

慕微抿嘴笑了笑，弯腰摘下一朵玉簪花，问："燕昊，他去了哪里？"

“我也不知道，不过你放心，他应该很安全。”慕乾抬眼看着慕微，那笑容实在是灿烂，让他不由得想起愁眉苦脸地来找他的赫连毓。赫连毓喜欢慕微，他一直知道，也一直想着赫连毓肯定会成为自己的妹夫，可是没想到半路杀出一个燕昊，才相处那么些日子，便将慕微的心俘获了去。

那日在云州城外第一次看到燕昊与慕微并肩站在一起，他心中就有一种奇妙的感觉。第二次见到他们时，燕昊送慕微过护城河，他的埙乐是那般凄婉，如一缕忧伤的风钻进了每个人的心。慕微走过来时是那般依依不舍，脚步是那般缓慢，这些，都在告诉他，他的妹妹，喜欢上了一个人。

这个人是敌国太子——燕昊。

慕乾也曾为自己的好友赫连毓感到不平，慕微走过护城河后晕倒在他的怀里，赫连毓望向她的目光是那般焦急。他能看出来的事情，赫连毓肯定也能看出来，慕乾想，赫连毓肯定伤心得厉害。

自己若是有个喜欢了十多年的心上人，忽然有一日对自己说喜欢上了别人，自己会是什么样的感觉？慕乾摇了摇头，心中直呼侥幸，幸亏自己还没有喜欢过人，就等着母亲替他定个媳妇儿，否则说不定也会像赫连毓这般伤心。

“微儿，你一点儿都不喜欢赫连毓吗？”慕乾挣扎了一番，决定为自己的好友说句公道话，“他自小便喜欢你，十多年了，你就这般狠心对他？”

“哥哥。”慕微想了想，回答得有几分艰难，“喜欢一个人，真的说不清楚。我也不知道为什么会喜欢燕昊，可我就是喜欢上他了，一想到他，我便觉得欢喜，就连提到他的名字，我的心都会跳得很快。而太原王……”她沉思了一下，摇了摇头，“我对他的感觉，仅止于对你那般，只是将他当作一位好兄长。”

“兄长？微儿，你弄错了吧，你只有我与慕坤两个哥哥。”慕乾扯了扯嘴角，“不行，赫连毓只能是一个好伙伴。”

慕微“扑哧”一声笑了出来：“没错，他是小时候的玩伴，长大后的好友。”

“可是微儿，你想过没有，你已经及笄了，说不定过些日子就有人上门来提亲了，家里若是将你许了人家，你与燕昊便再无可能。”慕乾叹了一口气，“你难道不嫁？”

女儿家的亲事都是父母之命，媒妁之言，哪有自作主张的？即便慕微向母亲说明，她喜欢的是南燕太子燕昊，只怕父母亲知道后就会将她关在院子里，不让她出府，只等着成亲那日直接将她塞进花轿。

“与其嫁给旁人，不如嫁给赫连毓，至少他是那么喜欢你。”慕乾伸手拍了拍慕微的肩膀，“哥哥不是强迫你去嫁给他，只是你与燕昊是绝无可能在一起的，为何不选一个对你好的人嫁了？”

慕微没有出声，只是低头望着面前的一片玉簪花，它们开在这寂静的夜，就像一个不可触及的梦，那么朦胧，那么幽远，仿佛眨眼之间，便会消失不见。

“你自己好好考虑一下吧，其实听父母的话也没什么不好。”慕乾一本正经地劝告着，“你看咱们大姐，我听府里的老人说，那会儿她哭着不肯进宫，现在不过得挺好？皇上很宠爱她，后宫就她一个人被封了昭仪，而且不久便要给她办手铸金人大典了，等手铸金人成功，她便是咱们大虞的皇后娘娘了。”

慕微笑了笑，没有说话。晚风将她的衣裳吹起，如那天上落入凡间的仙女。

第二日一清早，慕乾便开始寻访是谁在负责慕昭仪手铸金人仪式这件事。他不方便出面，便派了几个信得过的手下出去打听，不多时那几个人便回来了：“大将军，说来真是有缘分，这件事是秦冕在打理。”

慕乾摇头叹气道：“也不知道皇上是怎么想的，这般不中用的人，偏偏要委以重任。”

几个手下听了都哄然大笑起来，他们跟着慕乾打南燕，早就见识过慕乾整秦冕的手段。现在见秦冕又撞到了慕乾手下，不由得笑起来，这秦冕也委实可怜，好不容易才从慕乾手里逃脱，这下又要撞到慕乾了。

“手铸金人，这里边的门道很多，任何一个疏忽都可能会造成失败。”慕乾扳着手指数着，“陶具模型、金砂的质量、引水的配比，甚至火力到不到位，都不能疏忽。”他已请教过金银饰品坊的老工匠，将如何铸造金器都摸了一遍，不管怎么说，不能有任何疏忽。

慕乾嘴角浮出一丝笑容。

六月二十八，慕昭仪于昭阳殿外手铸金人，凡正二品以上官员、命妇以及宗室成员，皆要入宫观礼。慕华寅是正一品的大司马，慕夫人是正一品的诰命，自然要进宫，但慕微是钦点，要随着慕夫人一道去。

慕夫人有些不放心，慕老夫人特地找了太原王来作陪。赫连毓听说慕家请他护送慕微进宫，正是求之不得，连忙答应下来，这日卯时便赶到了慕府。

慕老夫人与慕夫人对赫连毓很是客气，请他一道用了早膳，将他看作一家人一般。赫连毓心中暖洋洋的，更是有了几分把握，慕府很是中意他，等慕昭仪册立仪式一过，他便请母后代他提亲。

今日慕夫人进宫，肯定要先去见太后娘娘，再去昭阳殿。赫连毓的手藏在了衣袖里，手心汗津津一片。他要让母后好好瞧瞧慕微，这是他心仪已久的女子。

用过早膳，慕微也到了玉彦堂，她穿着专门为她定制的衣裳。那是一件银紫色绣牡丹的纱衣，下边是一条湘水月华裙，裙袂上是牙边的缠枝小叶牡丹，枝上头贴着小小的碎晶石片，每走一步，便闪闪发出光来。

赫连毓心中一喜，慕微似乎与他商量好了一般，衣裳的颜色与他身上的华服很相近，都是紫色，与她站在一处，两人便如一对金童玉女。

慕老夫人瞧了瞧站在一起的赫连毓与慕微，心中暗自点头，这真是一对再也不能更配的妙人儿了，让珍珑坊做的这件衣裳真是不错——她特意挑了这紫色，就是想让慕微今日与赫连毓相配。

慕老夫人瞧着慕微，越看越满意，今日不仅慕瑛要大出风头，便是慕微也会吸引人的注意。

"慕夫人，慕小姐，咱们走吧。"赫连毓朝慕夫人欠了欠身子，脸色微红，一颗心激动得怦怦直跳。他有些鄙视自己，为何这般把持不住？他自小在宫里长大，虽然搬出来一段时间了，也不至于会如此不矜持。

第二十二章 慕微进宫

清晨的皇宫，今日不同于往日，御花园的小道上，宫女内侍们匆匆忙忙。

昭仪娘娘今日要行手铸金人大典，京城的贵妇都应诏前来观礼。到了皇宫，自然要先来拜见太后娘娘，所以万宁宫里人来人往，十分热闹。

万宁宫内，高太后身穿一件金黄色纱衣，外边是珍珠串成的披帛，头上梳着高高的发髻，上边插着一支九尾凤钗，凤嘴里吐出的那串珍珠流苏刚好挂在额间，最下边的红珊瑚坠子如点了一抹红。

高太后的左边坐着宇文太傅一家女眷，宇文老夫人没来，几位宇文夫人都来了。宇文大夫人还带着她的女儿宇文如眉：“太后娘娘，我家眉儿说好久不见太后娘娘了，特地借今日这机会来觐见太后娘娘。”

宇文如眉站起来，婷婷袅袅地走上前，朝太后规规矩矩地行了一个大礼：“臣女宇文如眉拜见太后娘娘，祝太后娘娘长乐无极，万寿安康。”

高太后笑道：“快些起来！哀家年纪大了，记性不大好，记不得宇文小姐是哪一年进宫过，只知道有几年未见了，今日可得好好看看。”

宇文如眉声音娇柔：“回太后娘娘话，臣女是三年前跟母亲进宫觐见过太后娘娘，那时候臣女十二岁。”

一身浅紫色的华裳，挽着一块月白色轻纱，宇文如眉静静地站在那里，嘴角浅笑，眼眸低垂，显得娴静无比。她头上的首饰是紫玉雕琢的簪子，与身上这衣裳倒是匹配。

“真真是女大十八变，三年不见，宇文小姐出落得这般水灵了！”高太后笑眯眯地朝宇文如眉招了招手，“且让哀家仔细瞧瞧。”

宇文如眉手指修长，高太后满意地点了点头。

赫连毓今年十八岁，该要给他指一门好亲事了，今日借着这机会，多看看京城里的贵女，比较比较再说。“墨玉，去将哀家的芙蓉玉镯子拿来。”高太后笑着道，“哀家年轻时，很喜欢这芙蓉玉手镯，只是它的颜色太粉嫩了些，哀家现在年纪大了，戴着也不合适，不如赐给你吧。”

“太后娘娘，您看起来还很年轻，臣女瞧着还没满三十呢，怎么就说自己年纪大了？”宇文如眉娇俏地笑了一声。

高太后听了这话，乐得眼睛都眯成了一条缝：“七小姐实在太会说话了！”

她接过墨玉姑姑递上来的镯子，拉着宇文如眉的手就套了进去：“这么甜的小嘴儿，说出的话真让哀家舒服，若不是你要在府里孝敬你祖母，哀家还真想让你进宫来陪着哀家住几日。”

“太后娘娘发话，如眉自然遵命。”宇文如眉行了一礼，心中很是高兴。高太后是赫连毓的生母，只要讨好了她，还愁不能接近赫连毓？不能嫁给赫连毓？

她步履轻盈地退下来，在夫人、小姐们艳羡的目光中坐下，有意将那芙蓉玉手镯露在外面，粉嫩的颜色衬着她雪白的手腕，显得娇艳无比。

“太原王到，大司马府慕夫人、慕小姐到。”主殿门口的小内侍扯着嗓子喊了一声。宇文如眉的心堪堪漏了一拍，太原王是与慕微一道来的，一种说不出的忌妒让她的心拧在一处，皱在一起，怎么也抖不开。

主殿里的夫人、小姐们听说赫连毓与慕微来了，脸上都露出一丝欢喜的神色。方才被宇文如眉压着，就听她一个人说话，实在有些憋屈，都希望慕微过来能压压她的气焰。

京城贵女圈里生得最美貌的当属慕微，只是因宇文太傅的地位高，宇文如眉又与慕微自小交好，所以大家才将宇文如眉与慕微并称为京城贵女圈的一对明珠。

高太后坐在那里，瞧着进来的几个人。走在最前面的是慕夫人，她穿着一套暗红色衣裳，金线附着在衣裳上，闪闪发光。慕夫人是独孤家的小姐，年轻时也是远近闻名的美人儿，现在虽说有四十岁了，可风韵依旧。

走在她身后的是赫连毓与慕微，两人并排走在一起，穿着很是和谐。众人转眼看了看宇文如眉，她今日穿的也是紫色衣裳，只是颜色淡些，与慕微的一比，略逊一筹，没有那种与赫连毓衣裳相配的感觉。

有位小姐心直口快，轻轻推了推自己母亲的胳膊：“宇文小姐那衣裳，原来还不觉得怎么样，可慕小姐一来，衬得她的衣裳仿佛是洗旧了一般，那颜色像是褪了不少。”

那位夫人微微一笑：“这便是不自量力了。”

“这三人的顺序好像有些不对。”有位夫人很疑惑地看着慕夫人从眼前走过，跟旁边的夫人低声交谈起来，“不应该是太原王走在最前边，后面是慕夫人与慕小姐吗？”

“或许，太原王是尊长？再说，慕大司马家……”那夫人掩嘴低声道，“慕大司马家你又不是不知道，那气焰会比皇室宗亲低？”

高太后瞪眼瞧着缓缓走进来的几个人，有些惊诧。慕夫人她是见过几次的，很是熟悉，但她身后的慕微，她却是头一次见。而且，慕微的出场也让高太后深深震惊，不仅是她的容颜，最主要的是她走在赫连毓的身边，给高太后一种错觉——她的儿子带了儿媳过来拜见她了。

两人都穿着银紫色的衣裳，两人都生得那般温润如玉，站在她面前，如两枝修竹般亭亭玉立。高太后乍一见两人这般模样，脑子里立刻浮现出四个字来：佳偶天成。她心目中的儿媳妇，就该是慕微这样的人，站在自己儿子身边，一点儿也不会逊色。

慕微没有像其他小姐那样，故意低下头去。行过礼后，她只是站在那里，脸上带着浅浅的笑，一双眼睛水汪汪地望着高太后，没有羞涩忸怩，也不拘束，落落大方，仿佛天生就适合这奢华的皇宫一般。

高太后看着这样的慕微，忽然不知道该说什么才好，她那高贵娴静的气质，那沉静如水的表情，都让她觉得找不出什么词来赞美她了。

赫连毓上前一步：“儿臣见过母后，母后金安。”

“毓儿来了。”高太后朝赫连毓笑了笑，越看自己的儿子越觉得满意。赫连毓长得十分俊美，既像先皇，也像她。

“母后，这位是慕大司马家的二小姐。”赫连毓上前一步，坐到高太后身边，挽住了她的胳膊，望着眼前的慕微，眼中全是笑意。

赫连毓的暗示十分明显，高太后心中也是欢喜，正想着要给儿子指婚，没想到儿子与她想到一处了，真真是母子连心。既然这位慕小姐能让儿子这般殷勤，肯定是个极好的。高太后朝慕微笑了笑，无比和蔼。

万寿宫里的气氛微妙了起来。

高太后命人拿了一对羊脂玉环出来，亲手给慕微戴上。雪白的手腕上一双玉环，淡淡的流光掠过，一看便知不是凡品，比起赐给宇文如眉的芙蓉玉手镯，更贵重。

更何况慕微得了一对，宇文如眉只得了一只，夫人、小姐们脸上笑吟吟的，一个个都不住地打量宇文如眉的脸。

她与慕微号称闺中密友、手帕交，现今两人却处在一种尴尬的境地——只为太原王，夫人小姐们眼底全是戏谑的神色。这是一个看不见硝烟的战场，谁会获胜，还未可知。

论两人的身份，宇文太傅与慕大司马都是正一品，只是慕大司马的实权比宇文太傅要大，大虞的三军都攥在慕华寅手里，他跺跺脚，京城的地面都要晃几晃；论两人的容貌才情，慕微长得更美貌些，但宇文如眉在一些游宴上作诗写赋却很是有名，人人都称宇文太傅家的小姐才情无双；而若论太原王的喜欢程度，果断该是慕微胜算更大。上回她被流民掳去，太原王专门为她设了一次游宴，亲自折了杏花送她，还将冒犯慕微的任三公子推到了湖里。

但是，有一点却不容忽视，大虞的贵族自汉化以来就越来越讲究，两兄弟不能娶两姐妹，除非是堂姐妹或表姐妹，否则会被人耻笑。太原王与皇上是亲兄弟，而慕微与慕昭仪是亲姐妹，若按这不成文的规矩来说，慕微是不能嫁给太原王的。

虽有规矩，但只要有心，那又如何？还不是一样可以打破规矩？更何况这只是不成文的规矩呢。前朝一位皇帝娶了自己的儿媳，后来还封了皇后，这样惊世骇俗的事，不也发生了？那位皇后稳坐中宫，儿子还做了皇帝呢。

在场的夫人都知道自己的女儿是攀不上赫连毓了，所以一点儿也不担心，只是端坐在一旁看好戏。

“娘娘，时辰快到了，该起驾去昭阳殿那边了。”墨玉姑姑看了看一角的沙漏，小声提醒道。高太后点了点头。

主殿里的人纷纷站起身来，半垂着头，恭候着高太后起身往外走。赫连毓与墨玉姑姑一道，两人各搀扶了高太后一只手，慕夫人与宇文大夫人紧跟在后边，慕微与宇文如眉正好走了个并排。

“微微，你也穿的紫色衣裳。”宇文如眉轻轻推了推慕微，“咱们可真是心有灵犀。”

慕微轻声道：“我的衣裳都是母亲与祖母挑的，穿哪一件，也由不得我。”

宇文如眉挑了下眉，幽幽叹了一口气，道：“你们家可真是拘你拘得太厉害了，连穿什么衣裳都管，我母亲就从来不管我这些。”

这语气里分明就是充满了不相信的意味，慕微听了也不在意，只是笑了笑：“这说明你更受宠爱啊。”她根本不在乎宇文如眉去争赫连毓，也不在乎她信不信自己的话，见母亲与自己有了一段距离，赶紧跟上去，把宇文如眉撇在了一旁。

“宇文小姐，我若是你，定不会穿这种淡紫色的衣裳出来，容易脏，又不讨喜。”一位贵女从宇文如眉身边经过，笑道。

宇文如眉一抬头，见母亲已在几步之外，赶紧提裙追上。她低头瞧着自己的衣裳，又瞧了瞧慕微身上的，心中着实懊恼。

高太后明明一开始就夸赞自己，和颜悦色，还赏赐了东西，可慕微一来，自己就被忘在脑后了。宇文如眉妒忌地望着慕微，心里有一阵针扎的疼。

映月宫里一片喜庆，慕瑛坐在梳妆台前，紫菱与紫馨正在为她插上最后一支簪子，陈姑姑在旁边搓着手，看起来比慕瑛还要紧张，几个宫女正在整理礼服，叽叽喳喳地说个不停：“这礼服实在好看，只是层数太多了些，一共有五层呢，现在天气这么热，娘娘能不能少穿两层？”

“胡说什么！既然是皇上赐下来的礼服，娘娘哪儿能少穿？”陈姑姑呵斥了一声，心里也犯愁。赫连铖像是成心的，赐了慕瑛一套冬季穿的礼服，里里外外共有五层，可能是怕人瞧出门道，外面用的是夏日的衣料，还算薄，可里面那几件，虽说是绸，可穿到身上也会难受。

“姑姑，别担心，也就那么一阵子，咬咬牙就过去了。”慕瑛站起身来，她已经梳妆完毕，头上盘了个高高的发髻，丹凤朝阳式，上边插着一支五尾凤钗，每一道尾翎上都镶嵌着红宝石，凤凰嘴里吐出一串珍珠，随着她的步子窸窸作响。

“娘娘很快就能戴上九尾凤钗了。”紫菱有些兴奋，望着慕瑛头上的凤钗笑得格外开心，“我听江公公身边的小内侍说，皇上前不久得了一支九尾凤钗，听说是南燕那边的。那簪子极其精致，皇上每日都要拿着看很久，想来是要在手铸金人大典后亲自给娘娘戴上去。”

慕瑛抿嘴笑了笑，心中很紧张，又有些许甜蜜。若今日自己手铸金人成功，他真会将那九尾凤钗插在自己头上？虽然她知道赫连铖绝对没那好心，可她还是抱着丝丝幻想，希望他是真心实意地想立自己做他的皇后。

今日若是不能通过手铸金人大典，那便注定自己终身只能是昭仪了。不管怎样，皇后也好，昭仪也罢，只要能守在他身边，能时常看到他，能尽心伺候着他，慕瑛也觉得满足。

她缓缓伸出手，宫女们开始为她换装。等穿好，慕瑛已有微微的汗意。这礼服极尽繁杂，讲究九镶九滚，衣袖裙袂的牙边都用最好的金线压出各种花纹，身上的大带上还镶着各色宝石，缚在腰上，迎着日光，洒下斑斓的光影。

“娘娘可真美，像天上的仙女。”紫馨替慕瑛将大带缚好，啧啧称赞道，“孙椒房、李中式她们可是万万不及的。”

慕瑛伸着双臂，广袖垂到地上，衣裳上繁复的花纹将周围的一切都压了下去。众人看惯了慕瑛素日里穿着清淡颜色的衣裳，没想到今日见她穿着正红和正黑两种颜色搭配起来的礼服，竟有一种说不出来的庄重威严。

紫菱与紫馨低下头，提着裙子走上前，一左一右扶住了慕瑛的手。

“恭请娘娘出映月宫，前往昭阳殿。”司礼内侍大声唱喊出来，一时间礼花齐鸣，氤氲的烟雾在映月宫上空袅袅升起。

队伍慢慢行到宫门口，那里有一乘步辇候着，八个内侍正垂手而立，一个内侍跪在那里，将背高高耸起。

“恭请娘娘升辇！”在司礼内侍的喊声中，慕瑛踏上那个内侍的背，跨上了步辇。

日头升得高了些，缓缓行进的步辇，四角挂着金色铃铛，轻轻晃动，发出清脆的叮咚声。慕瑛坐在步辇上纹丝不动，隔着薄薄的红纱，看到众多妃嫔带着宫女跟着步辇后，心中忽然有些得意。

熬了这么多年，终于等到了这一天。

虽说她很卑微地想着，只要能陪在他身边便好，可若能当上大虞的皇后，与他并肩携手，这该是至美之事。每年除夕，他们一起祭拜祖先，开春之日一起接受文武百官的朝贺，最重要的是，死后，他们可以埋葬在一处，再也不分离。

身上已经出汗，涔涔地黏住了中衣，慕瑛只觉得全身都不舒服。步辇旁的紫菱与紫馨掀开薄纱，用扇子替她扇了几下：“娘娘，快到了，到了昭阳殿就好了。”

慕瑛没有动，嘴角露出一丝无奈的笑容。赫连铖肯定是故意的，她心里很清楚，还不知道他会安排一个什么样的手铸金人仪式，肯定不会就这样让自己成了他的皇后，定会暗地里让人弄出些事情来。

太后娘娘说了，慕家不会袖手旁观，可毕竟自己六岁便进了宫，与慕家实在没有太多联系，他们还会顾着自己吗？慕瑛低下头去，摊开掌心，汗津津的一片。

其实，若不是自己姓慕，说不定一切也不会这般艰难。慕瑛心中有几分愤恨，今日即便自己在慕家的庇护下手铸金人成功，那也是应该的，这是慕家欠自己的，这么多年的苦难，他们也只是还了一部分而已。

“停辇！”司礼内侍尖细的声音响起。

赫连铖背着手站在昭阳殿的高台上，手里拿着九尾凤钗，正扎在手心里，暗暗地疼。这些日子他一直拿着九尾凤钗看，暗自想着慕瑛戴上这凤钗的模样。不知为何，他竟然觉得她戴上这凤钗会很美。每当有这个念头时，他便气得想将这支凤钗给扔掉，或者是砸烂。

举起凤钗的那一瞬间，他又将手放下来：“不会的，反正她不会铸成金人，自然也没资格戴这凤钗。”

“秦冕，你有没有照朕的吩咐去办？”赫连铖将秦冕喊过来问，“你能保证慕昭仪不会将金人铸出来？”

秦冕笑得很快活：“皇上，老奴将那些金砂都换掉了，全部用的是瓜子金，还有一些沙石，想来无论如何都是铸不成的。”

赫连铖微微点头，一颗心搁回肚子里，心里却想着：“也不知道慕昭仪戴上这支九尾凤钗会是什么样子。”

江六在旁边瞧着赫连铖犹豫不决的模样，心中长叹一声。他瞧着皇上其实是挂心着慕昭仪的，什么事都能想到她身上去，哪怕是百般折磨她，毕竟心中还是有她不是？

这支九尾凤钗已被赫连铖贴身放了很久，今日又带来了昭阳殿，他自己也不知道为什么要带来——反正她是做不了皇后的，何苦要带来呢？赫连铖心中烦躁得很，对慕乾也痛恨起来，若不是他寻了这九尾凤钗来，自己如何会这般百转千回地想着这件事？

一乘红色的凤辇停在了昭阳殿外，两个宫女一左一右扶出了一位丽人，长长的裙裾拖在身后，金色步摇在高高的发髻间熠熠生辉。

这是慕瑛？赫连铖有几分目眩，慕瑛什么时候成这般模样了？不再是被他踩在脚底的柔弱女子，她挺直脊背缓缓走来，端庄娴雅，还有了些气势，这让他觉得好像他从未见过她。

“恭请皇上引昭仪娘娘入朝阳台！”司礼内侍的声音响起。赫连铖不由自主地走到阑干前边，带着些许惊疑伸出了手。慕瑛将手放在他的掌心，两人的手都有些颤抖。

赫连铖看了慕瑛一眼，心中对自己有几分生气。怎么就这般被她迷惑了？他用力抓住慕瑛的手，猛地一拖，慕瑛踉跄了一下，差点儿摔倒。

“娘娘！”紫菱惊呼一声，赶紧上前扶住了慕瑛。

慕瑛抬头看了赫连铖一眼，低声道：“皇上，臣妾若是做得不好，皇上不满意，尽可以回映月宫再惩治臣妾，现在这么多人在观礼，皇上可别失了天威。”

赫连铖心中一惊，转眼看过去，见昭阳殿那边一排排座位，高太后带着一群夫人、小姐坐在那里，旁边两侧的廊下排排坐着大虞的高官。这么多人面前，自己这般做，是会让人私底下诟病的。赫连铖想了想，暂且饶过了慕瑛，牵了她的手，将她带到了平台之上。

平台上摆了多张椅子，椅子上挂了一件衣裳，这代表着大虞故去的各位皇帝。因为神主牌位供奉在太庙，不能移出来，所以用这些椅子代表着赫连家的祖宗们。

手铸金人大典以前都是在殿内进行，这次有朝臣提议，此乃盛况，应该放在外边，让更多的人见到大虞帝后的威仪。赫连铖听了很是赞成，他还等着看慕瑛手铸金人失败，也好趁机打慕华寅的脸——他的女儿，大虞的列祖列宗看不上，这才不让她铸成金人。

这可真是个好主意，赫连铖当即便点头准奏，将这次手铸金人的大典放在了昭阳殿外的平台上。既然慕华寅那般想要他的女儿出风头，那便让更多人来见证慕家受羞辱好了。

慕瑛迈步走上平台，她全身都湿了，从头到脚仿佛泡在水里一般。她迫不及待地想要快些结束这个大典。其实，这个大典对她来说没有意义，她做得好与不好，都没有关系，因为无论成功还是失败，早就在她走上平台的时候便已注定了。

平台上有一个大香炉，里边燃着线香，香味在昭仪殿飘散。司礼内侍引着慕瑛来到香炉前，尖声细气地道：“娘娘，请向大虞的祖宗们敬香。”

慕瑛从小香炉里拿了三炷香，朝着代表祖宗的座位祭拜了一回，又将香插了回去。瞥眼看了看赫连铖，他已在昭阳殿的正门前坐下，身边侍立着江六与秦冕。

正打量着，就听司礼内侍喊道：“铸金大典开始！”

周围的喇叭呜呜地吹出了悠长的声音，将慕瑛吓了一跳。她站在那里，不知道接下来要做什么。就见一位头戴面具的萨满跳着走了过来，披头散发，身上裹着一件红色丝质袍子，腰下，是撕成一片片的布条，被风一吹，飞舞起来。他的脚上蹬着一双靴子，手中挥舞着宝剑，在平台上跳起了一种奇怪的舞蹈。

大萨满在上边跳了很长一段时间，下边观礼的人都有些惊讶。高太后摇了摇头，今日这位大萨满，舞得实在也太久了些。

好不容易那大萨满才跳完那奇怪的舞，他来到慕瑛身边，用剑挑起一张符箓，在香火上引燃，然后将其抛向空中。那符箓吐着小小的火舌，慢慢燃烧殆尽，香灰纷纷跌落下来，有些落在了慕瑛的衣裳上。淡淡的灰色在正红与正黑上点缀着，如一朵朵小花，盛开在这六月的日光下。

四周安静下来，大萨满也退入殿内，司礼内侍高声喊道：“恭请昭仪娘娘前来熔金！”

慕瑛转头一看，就见四位匠人提来了一个木箱，那木箱上还有两道封条。慕瑛撕开封条，将箱子打开。

一时间，金晃晃的颜色跃入眼帘。慕瑛看着那金灿灿的金砂，伸出手抓了一把，心中暗暗祈祷：“上天若是怜惜我慕瑛，今日必将成功。”

赫连铖见到金光一闪，不由得一愣，低声问旁边的秦冕：“你不是说用了瓜子金？为何现在瞧着成色这般好？”

秦冕一愣，有几分口吃起来：“老奴……老奴……确实用了瓜子金代替，那箱金砂还在老奴的床下呢。”

“混账东西，你有没有检查过这金砂？你能将金砂拿出，人家难道就不能换？”赫连铖有几分焦躁，望着慕瑛手中的金砂，气得几乎说不出话来。

“皇上，您可冤枉老奴了！”秦冕两腿直打战，若不是正在行铸金大典，他都要跪下来陈情了，“老奴亲自验看过，那箱子里确实是瓜子金，还是江六跟老奴一道去看的呢！”

江六在旁边也点了点头："皇上，秦冕说得不假。本来那木箱打了封条便不能揭开，在仪式开始之前，秦冕不放心，还拉着我去验看了，确实是瓜子金。"

赫连铖疑惑地望了望那个木箱，慕瑛已经捧着金砂往旁边的坩埚里放了。她的手一松开，金灿灿的颜色便不住地晃。坩埚已在火上一段时间了，金砂刚倒进去，就听见"刺啦"一声，一道白色烟雾腾起来。

"不对！"赫连铖用力捏住龙椅一角，望着那金砂喊起来，"那不是瓜子金，那是纯正的金砂！"

瓜子金因纯度不够，颜色黯淡，哪里能发出这般耀眼的光芒？这绝不是瓜子金，绝不是！赫连铖望着平台，心中充满懊悔，这金砂什么时候被人调了包？

可是他也不能喊停了，这么多人在观礼，箭在弦上，不得不发。

慕瑛在工匠的指点下，一步步将程序完成，最后，那位大萨满又出来了。这次他没有跳多久，只做了几个动作便歇了气，挥舞着木剑念念有词。最后，又拿出一张符箓来，用香火点燃后将其抛向空中，最后朝慕瑛做了个手势，示意她可以打开陶模了。

慕瑛深深吸了一口气，伸手将陶模顶部的机关扭动，用力将陶模打开。刹那间，一尊金人迎着阳光，金光闪闪地耀花了人们的眼睛。平台上的人都不由自主地站了起来，出神地看着这一尊金人，不由得啧啧惊叹："真是巧夺天工！"

"成功了？"赫连铖有几分茫然，看着那金光灿灿的金人，口中喃喃道，"肯定是那个大萨满跳舞时给换了！慕华寅，你的手伸得也太长了，竟然伸到后宫来了！"

赫连铖站在那里，脸部僵硬，那支九尾凤钗刺着他的手心，让他格外难受起来。

此时，映月宫里一片喜气洋洋。

宫女们来来往往，脸上都带着笑，手里捧着盘子，里边盛放着各色瓜果点心或是刚沏好的热茶，如流水一般送过来。内侍们站在门口，不住地喊着："宇文夫人到，慕夫人到……"

这是映月宫第一次有这么多夫人、小姐过来，宫里的人唯恐没有招待好这些贵人，被人传了皇后娘娘的笑话。

慕瑛已由紫菱与紫馨扶着去净室沐浴更衣了。方才穿着五层礼服在昭阳殿手铸金人，头顶骄阳，坩埚那边火焰腾腾，烧得她汗如雨下，全身如从水里捞出来一般。

紫菱小声抱怨：“皇上也真是的，也不看看那司珍局送来的礼服是夏日的还是冬日的，害得娘娘出了一身大汗。”

慕瑛没有说话。这一定不是司珍局的错，他们敢将这样的礼服送来，定是得了赫连铖的暗示，否则谁会这么大胆。她用手划了划水，嘴角露出一丝笑容，想着金人铸成功的那一刻。

昭阳殿内众人向她跪拜，山呼皇上万岁皇后千岁，她的心中有说不出的快活。刹那间，她觉得自己所受的所有苦难都值了。转脸望去，赫连铖有些呆滞地站在那里，一张脸上有着不悦的神色。

或许他没有想到会是这种结局。慕瑛屏声静气地听着他缓缓开口：“皇后的册封仪式选在一个月后进行。”

慕瑛微微一笑。按照大虞旧制，手铸金人仪后紧接着便是册封仪式，皇后的翟衣、九尾凤钗等首饰，都早已备好，可现在看来，赫连铖根本没打算让她穿上翟衣接受朝拜，所以只能将这册封仪式推迟了。

慕瑛心中有几分说不出的苦涩，她没有出声，只是静静地站在那里。直到司礼内侍宣布大典结束，命妇贵女们去映月宫朝贺皇后娘娘，她才惊觉过来。赫连铖已经大步向前走了，只留下她呆呆地站在那里。

“娘娘，咱们回宫吧，得赶紧沐浴更衣，那些夫人、小姐都要去朝贺您呢。”紫菱伸手搀扶住慕瑛，紫馨也扶住了她另一只手，两人摸着她湿漉漉的手，都吓了一跳。

沐浴更衣后，慕瑛踏入内室，一下子呆住了。

慕夫人带着一位她从未见过的小姐坐着。慕瑛的手略略有些颤抖，这，便是她的妹妹慕微了。她脑子里蓦然闪过那个晚上，她伏在慕夫人膝上哀哀哭泣，可还是被无情地送进宫来。

那个晚上，她心中有一种说不出的愤恨，用手顶了母亲的肚子，结果让慕微提早出生。慕瑛站在那里，心情有些复杂，眼睛朝慕微看去，忽然觉得有一缕阳光在自己面前闪亮起来——慕微的脸有一种说不出来的惊艳。

慕夫人与慕微是由陈姑姑领到内室的，她们是皇后娘娘至亲的人，自然不能与外边的那些夫人、小姐一般待遇。陈姑姑双眼带笑地望着她们，声音里都带着喜气："夫人，二小姐，我们家娘娘总算是熬出头来了！"

熬出头来了？慕微心中有些不赞成。从皇上今日在昭阳殿上的举止来看，他分明就没有将姐姐册立为后的心思，甚至都没让人准备皇后穿的翟衣凤袍，册封仪式还推迟到了一个月之后。

抬眼看着这间内室，很是素净，远没有她想象中那般奢华。墙壁上装着多宝格，可上边没有几件宝物，梳妆台上的菱花镜还不及她用的，只是普通的铜镜，上头镶了颗珍珠而已。

慕微叹了一口气，看来姐姐在宫里的日子过得并不怎么样。她抬头看了一眼慕夫人，见她坐得端端正正，仿佛对眼前的一切视若无睹，不由得也赶紧坐直了身子，这时便见慕瑛走了进来。

慕瑛与她，有几分相像，毕竟是姐妹。

两人的眉眼特别像，都是长眉入鬓，眼睛也都是杏核眼，又大又亮。只不过慕瑛要比她更瘦些，下巴格外尖，瞧上去有一种楚楚可怜的风姿。

慕微站起来，跟着慕夫人跪拜下去："恭祝皇后娘娘万福金安。"

映月宫内室的地面很凉，慕微跪在那里，双手贴着地面，只觉得手心里似乎有了一层冰凉的水珠。过了好一阵子，方听见慕瑛淡淡地说了一声："起来吧。"慕微这才跟着慕夫人起身，也不敢伸手掸去膝盖上淡淡的灰尘。

"娘娘，这下您总算是心想事成了。"慕夫人带着笑望向慕瑛，她知道，到现在慕瑛还对当年的决定有意见，每次进宫来探望慕瑛时，她的脸色从来没有好过。慕夫人只觉得揪心。当年的事都过去这么久了，现在慕瑛也被立为皇后了，可她依旧还在恨自己，恨慕家，方才过了那么久才让她与慕微起来，便是最好的证明。

慕夫人暗自叹气，不管怎么说，当年让一个六岁的孩子进宫，独自面对宫中的暗流激涌，也实在是伤了慕瑛的心。她的怨恨是有缘由的，自己也只能默默承受着。

"心想事成？"慕瑛嘴角露出一丝冷笑，坐在了梳妆台前，"紫菱，紫馨，快给我梳妆。"

她专注地望着镜中的自己，没有再管慕夫人，只是偶尔从镜子里看过去，看见暗红色织金线旁边有显眼的银紫色。她暗暗捏了捏拳头。她与慕微，都是慕家的女儿，凭什么她要这般命苦，而慕微那般顺风顺水，被人捧在手心里宠爱。

地上有影子进来，有谁不用通报便敢直接闯入慕瑛的内室？慕微有几分惊讶，抬起头来，却看见赫连铖站在那里。

“慕瑛！”赫连铖很不高兴地喊了一声，正准备上前挖苦她几句，忽然看见屋里坐着的慕夫人与慕微。

慕夫人他见过几次，已经熟悉，可慕微是头一次见。他眯了眯眼，这美貌的女子会是谁？他望向慕夫人，心中暗自揣测，这就是秦冕提到的慕二小姐？

慕夫人带着慕微行过礼后，赫连铖朝她点了点头，仔细打量起慕微来。秦冕说得没错，果然是天姿国色，比她姐姐慕瑛更胜几分。

今日手铸金人大典，本来以为会失败，没想到慕家果然厉害，竟然将上上下下的关节都打通了，甚至连大萨满都收买了，在开场时跳了那么长一段舞蹈，为他们更换金砂争取时间。

这可真是对他的又一次沉重打击。这次手铸金人大典成功，意味着慕华寅赢了，自己惨败而归。赫连铖将手背在身后，满脸不悦，望了望坐在梳妆台前的慕瑛，心中充满愤恨。慕家的女儿，也配当大虞的皇后？无论如何，自己总该做些什么，让慕家遭受打击才是。

转眼望过去，扫到坐在慕夫人身边的慕微，先前想好的那个主意又浮了出来。这般鲜美的花朵，若能采到手，肯定是很快活的，若将那花朵糟蹋了再扔弃，恐怕慕家上下都会很伤心。

“太原王到。”内侍声音尖细，直直地钻入高太后的耳朵。她抬起头来，见赫连毓大步走了进来。

自己的儿子，越看越喜欢，高太后笑眯眯地望着赫连毓，拍了拍身边的座位：“毓儿，快些坐过来，母后正有话要与你说。”

赫连毓笑着看了高太后一眼：“母后，儿臣也有话要与母后说。”

高太后笑逐颜开，一只手拉住赫连毓：“毓儿，咱们母子要说的是不是同一件事？”她一只手在桌上点了点，“你先告诉母后，年前你在司珍局定制了一支簪子，送给哪家小姐了？”

赫连毓脸上微微一红，瞧着高太后一副明察秋毫的模样，也不回避，大大方方道：“我是为慕二小姐的及笄礼定制的。”

“果然。”高太后点了点头，“哀家就猜到你是要送给她的。”

眼前仿若又出现了赫连毓与慕微并肩走来的场景，一个俊美无俦，一个娇媚可人，站在那里就如金童玉女。可是……高太后心中暗暗有一丝惆怅，只因这慕二小姐的家世，她是不能将她指给赫连毓的。

“母后，你猜到了？”赫连毓的眉毛都似要飞起来，他很快活地看着高太后，紧紧追问，“母后，你看慕二小姐如何？”

“很好。”高太后点了点头，眼中也是赞赏，“温柔贤淑，瞧着便有大家闺秀的风范。”

“母后，儿臣和你的看法一致。”赫连毓很是开心，抓住高太后的手摇了摇，“母后，儿臣想请母后替儿臣指婚，将慕二小姐许配给儿臣。”

高太后微皱眉头，望着赫连毓兴奋的模样，不忍心打击他：“毓儿，母后不能给你指婚慕二小姐，你看宇文太傅家的七小姐如何？哀家瞧着，在场的小姐里头，也就是她能与慕二小姐相提并论了。”

宇文如眉？赫连毓一怔，眼前浮现出一张小圆脸来，他摇了摇头：“母后，这又是为何？除了慕二小姐，儿臣谁都看不上。”

“慕二小姐的姐姐是你的皇嫂，是当今的皇后娘娘。咱们大虞有一条不成文的规矩，那便是亲兄弟不能娶亲姐妹。若慕二小姐与皇后只是堂姐妹那倒也无所谓，可她们是嫡亲的姐妹。抛开大虞的规矩不说，便是这般富贵，如何能落到一家头上？哀家想你皇兄定然也不会同意的。”高太后见赫连毓一副不解的模样，轻轻拍了拍他的手，“若你不相信，去问你皇兄便知。”

赫连铖痛恨慕华寅，无时无刻不在想着将他除去。今日手铸金人大典，慕瑛成功铸出金人，赫连铖的脸色十分难看，由此可见，以后帝后关系定然会很紧张。高太后回想着早些日子赫连铖与她说过的话，便觉得忧心忡忡。照赫连铖的说法，他要培养自己的力量，想办法除掉慕华寅。

赫连铖想笼络的人里边，就有宇文太傅。

宇文太傅算得上是三朝老臣，虽说年轻时官职并不显赫，但有个旁人不能及的优势——他曾任数年的孝廉擢升的主考，门生遍天下。后来，他慢慢爬到太傅之职，那些趋炎附势之徒，自然更加趋之若鹜，宇文太傅也很势利，赫连铖正是看准了他这一点，想要利用他来打击慕华寅。

“我娶谁是我的事，与皇兄有什么干系？”赫连毓很是不快，一张脸沉了下来，“母后，不都说父母之命，媒妁之言吗？有您给我指婚便行了，何必去问皇兄？他……”他将后边的话咽了回去。赫连铖肯定不会希望他娶到慕微，因为慕微是慕瑛的妹妹，按赫连铖那性子，他肯定不希望慕瑛家中更兴旺。

小时候他在万宁宫长大，曾目睹赫连铖是如何对付慕瑛的，也知道他对这位皇嫂，慕微的姐姐，有一种深深的厌恶。今日让她行手铸金人大典，是因朝中群臣纷纷上书，说皇上已经及冠，当要立后才是，赫连铖是不得已而为之。

他伴着慕乾去了司珍局，发现秦冕果然受了赫连铖的指使，准备在材料里动手脚。他更是看透了赫连铖的想法。他猜忌慕大司马，不想让他的女儿做皇后。可现在慕瑛成了皇后，他又如何会让她的妹妹再做王妃？

“毓儿，你也很清楚，何必还来求母后呢？”高太后幽幽地叹了一口气，“宇文家的七小姐也很好，哀家瞧着也十分喜爱，你就娶了她吧。”

“不，不行！”赫连毓跳起来，“我不要娶她，我只想娶慕二小姐！”

赫连铖不喜欢慕家，不喜欢慕家的人，可他恰恰相反，他与慕乾是无话不说的好友，而且不可救药地喜欢上了慕微，从很小很小的时候便喜欢上了。他喜欢看她小鹿一般温柔沉静的大眼睛，喜欢看她灿如春花的笑容，只要瞧见她，他便觉得一切烦恼忧愁都没了，只要能伴在她身边，日子总是那般美好。

可是，前不久，忽然半路杀出一个燕昊，慕微对自己似乎没有以前那般热情了。他心中很是焦急，日思夜想，害怕手心的珍宝被旁人抢了去。好不容易燕昊亲口承诺不再见慕微，也就是说，今生他们不会再有交集。可当他喜气洋洋地与母后说起指婚之事，却遭迎头一击。

赫连毓的脸色渐渐沉下来，看着高太后的护甲，只觉得一团晦涩，实在难看。他用力将手抽回来，郑重地道：“母后，若不能娶慕二小姐，那儿臣宁愿今生不娶！”

“混账东西！”高太后的眉毛皱了起来，用力拍了拍桌子，“哀家养出的好儿子！敢如此顶撞母亲！不孝有三，无后为大，难道你准备做这不孝之人？”

“儿子不愿意做那不孝子，可这是被母后逼的！”赫连毓有几分倔强，带着不妥协的口吻道，“儿子只想娶慕二小姐，母后也说了，她娴静温柔，乃大家闺秀，为何不能给儿臣指婚？为何一定要儿臣娶宇文家的小姐？”

高太后瞪着赫连毓，见他站了起来，朝着她行了一礼：“母后，还请为儿臣着想。”说完，他转身飞奔出去，那留在地上的影子越拉越长，慢慢消失不见。

高太后望着那道朱红门槛，阳光照进来，一地灿烂。她长长地叹了一口气："毓儿不明白哀家的心思，一点儿都不明白。"

墨玉姑姑过来轻轻地替高太后揉着肩膀："娘娘，您别想那么多，船到桥头自然直，到时候太原王定然能体会到您的一片苦心。"

"他若是能体会便好了。"高太后颓然倒在椅子里，一双眼睛望着前方。阳光在她眼前交织跳跃着，万点金色不住闪现。

她何尝不想满足儿子的心愿，可是形势由不得她这般做。要她在慕家与宇文家做出选择，她必然要选宇文家。今日两位小姐她都见过了，慕二小姐确实更胜一筹，她这才赐了一对羊脂玉环给她。她知道在场的夫人、贵女们都在艳羡慕微，可这一对羊脂玉环其中的深意，只有等以后慕二小姐才能体味出来。

"太后娘娘，这人世间的事，谁也不能预料，走一步看一步吧。"墨玉姑姑低声劝着，"您现在这般担心，指不定过了一段时间，太原王又改变了主意。"

"墨玉，你说得不错。"高太后嘴角浮现出一丝笑容，"我想，拖上一段时间，毓儿说不定真会改变主意了。"

这段时间究竟会有多长，那就要看皇上的举动了。

马车轻快地在御道街上奔驰而过，慕夫人坐在慕微身边，脸色有些苍白，阳光从车帘里漏进来一缕，照着她身上暗红色衣裳的金丝，一明一灭地晃动。

"母亲，我觉得姐姐好像过得并不快乐。"慕微挽着慕夫人的胳膊，她能感觉到母亲的身子在微微发抖，看来心情很不平静。

慕夫人没有回答，只是盯着车帘，似乎要将它看穿。

慕瑛，她辛辛苦苦十月怀胎生下来的女儿，现在与她是越来越生分了。慕夫人回想到慕瑛刚进宫的第二年，她去宫里看她，慕瑛扑在她怀中哭了一场，走的时候还拉着她的手依依不舍。可慢慢地，慕瑛对她的依赖越来越弱，到最后，关系还不如一个陌生人。

今日她当上了皇后，她带慕微去朝贺，她却故意让她们跪在地上，好半日才不冷不热地让她们起来，这是在发泄她的不满。可慕家究竟做了什么让她这样不满？除了将她送进宫之外，没有什么对不住她。

若不是慕乾替她将金砂调换，今日她能如愿做上皇后吗？没有慕家的支持，她什么都不是，别说是皇后，赫连铖恐怕连昭仪都不会给她。慕夫人长长地叹了一口气，这儿女债来得真快，本来还想着怎么也得再过十多年才会有这样的烦恼，没想到转眼之间，她便体会到这种滋味。

“微儿，你今日有何感受？”慕夫人朝慕微笑了笑，决定忘记在映月宫里发生的事，这日子总得过，不可能将那不快一直放在心头，总要往前看才是。

“没什么感觉，只是为姐姐高兴。”慕微也望着车帘，上边绣了一幅山水画，白云缥缈间露出了高高耸立的山头，上边有点点青翠，山下是一泓清泉，银亮亮地流向远处。她忽然有些发愣，想到了燕昊对她说过的话：“若我们结庐山间相伴一生，你可愿意？”

“你可愿意？”燕昊的声音是那般温和，一点点钻进她的心里。

她很想回答愿意，可现在再也找不到燕昊的人了。慕微静静地盯着车帘，心中有几分惆怅。那个晚上，她回绝了燕昊，可后来她后悔了，每过一日，她的后悔就深一分。特别是今日，赫连毓带着她去万宁宫，眼中那份温柔、高太后对她的打量，都在提醒着她一个事实：可能很快就会有人上门议亲了。

她已经及笄，可以谈婚论嫁了。

家里肯定是想要她嫁给太原王，可她一点儿也不想嫁他，而且也不能嫁他。她不能违背自己的心。虽然赫连毓对她很好，可她没有心动，只将他当成自己的好兄长。这世间，只有一个人能让她心动。

“微儿。”正胡思乱想，就听慕夫人在耳边说话，“我看那宇文七小姐，似乎对太原王也有几分情意。”

“是，看得出来，如眉很喜欢他。”慕微点了点头。

“可是……”慕夫人笑着看了一眼慕微，“我觉得太原王喜欢的是你。”

“母亲，你在取笑我。”慕微将头低下去，十指交握在一处。慕夫人瞧着她的模样，自以为看破了她的心事，情不自禁地笑了起来。

回到慕府，慕夫人去了玉彦堂，慕老夫人肯定会在那里等着她。

“手铸金人大典成了？”慕老夫人端端正正地坐在那里，手里捻着那串紫檀佛珠，脸上一副沉稳的表情，仿佛一切都在她的把握之中。

“是。”慕夫人微微颔首，“慕昭仪现在已经是慕皇后了。”

“咱们慕家欠她的，现在算是还清了。”慕老夫人瞥了慕夫人一眼，“今日她可曾为难你？”

“没有。”慕夫人低声回道，决定不提起宫里的事。

慕老夫人曾经进宫看过慕瑛两次，一次是她给赫连铖做绵福的时候，慕老夫人去训诫了她一番；另一次是她升昭仪时，慕老夫人兴致勃勃地去向慕瑛道贺，没想到被慕瑛给了个没脸，自此之后，慕老夫人便再也没有进宫去看过慕瑛。

“没有？”慕老夫人冷笑了一声，“你可别瞒我，依她那性子，定会为难你和微丫头。”

“真没有。”慕夫人叹了一口气。慕瑛毕竟是她的女儿，她总要维护她一些，哪怕慕瑛让她没脸，她也不能说出去让别人看轻了慕瑛，“可能是她现在身份不同了，也不需要与我们置气。”

“若是她能想通便好。”慕老夫人脸色稍霁，忽然想起什么，瞥了一眼慕夫人，“你进宫前不是担心微丫头被皇上看见会有不妥吗？今日微丫头可见着皇上了？”

慕夫人心中一抖，虽然赫连铖并没有说什么、做什么，可她总觉得皇上的目光似有深意。在内室时，赫连铖走进来，目光落在慕微身上很长时间，仿佛是在审视她一般，久久没有离去。

“皇上只打量了微儿几眼，倒也没旁的事情。”

“我便说过，有太原王陪着进宫，绝对没问题。”慕老夫人笑呵呵地看向慕夫人，“太原王带你们去见了高太后没有？”

“去了，高太后还赐了微儿一对羊脂玉环。”提到太原王与高太后，慕夫人的心才舒畅起来，她笑着答道，“我瞧着高太后很是喜欢微儿，竟然赐了一对手环给她，听旁人说，宇文太傅家的七小姐，才得了一只芙蓉玉手镯。”

“芙蓉玉手镯也算是珍品了。”慕老夫人沉吟了一声，脸上显出阴晴不定的神色，“慕昭仪成了皇后，我瞧着微丫头要嫁太原王，这事怕是难了。”

慕夫人抬头看向慕老夫人，眼中有着不解：“母亲，虽说那是个不成文的规矩，可依旧是有例外的，只要太原王坚持，太后娘娘还能硬塞旁的女子给他不成？毕竟太后娘娘是太原王的生母，如何会不想遂了儿子的心愿？”

“等着看吧，我倒希望微丫头有这样的福分，太原王是一个不错的人选，京城勋贵里头，也就他人品最好，又长相俊秀。”

慕夫人没有说话，只是静静地坐在那里，微风吹得水晶门帘不住地晃动，无数道光芒在地上跳跃。

宇文老夫人坐在那里，冷眼瞧着一脸焦虑的宇文大夫人，脸上露出一种不屑的神色来："老大媳妇，你何必这般急躁，这事情八字还没一撇呢，你却急成这样子。"

"如何能不着急？"宇文大夫人一脸潮红，不时地拿出帕子擦着额头的汗，"母亲，你是没有去，不知道今日的情形。"

本来眉儿算是艳冠群芳，可来了个慕微，形势突变，不仅身上的衣裳与赫连毓更配，而且瞧着高太后似乎更喜欢她一些，竟然赐了一对羊脂玉环给她。宇文如眉刚刚在马车上掉了不少泪，回府后径直回了自己的院子，还不知道现在什么情状呢。

"这慕昭仪成了皇后，慕二小姐便不可能嫁给太原王了，这般简单的道理你都不明白？还在这里一脸焦虑，我看你真是瞎操心。"宇文老夫人满脸不屑，轻轻哼了一声，"你赶紧去与眉丫头说，让她好好在家里练习琴棋书画，到时候总能派上用场。"

"练习琴棋书画？"宇文大夫人呆呆地看着宇文老夫人，"这有什么用处？太原王只喜欢听慕二小姐弹琴，只说慕二小姐的画精妙。"

"蠢材，蠢材！"宇文老夫人叹息了一声，"太原王今年十八岁了，也不算小了，太后娘娘肯定想着替他指婚，过不久定会招一批贵女进宫候选，你且睁大眼睛瞧着，是不是这样。"

"可是那太原王喜欢的是慕二小姐，我们家眉儿便是再精于琴棋书画，恐怕也难以入选。"宇文大夫人一脸忧郁，"除非没有慕二小姐这个人。"

"我说你是蠢材，你肯定不爱听。"宇文老夫人脸上露出了一丝不耐烦的神色，"你仔细想想咱们大虞的规矩便知道了。"

第二十三章 昏君毒计

骄阳似火，照得昭文殿上明黄的琉璃瓦闪闪发亮，门口站着两个小内侍，脑袋不住地往下点，偶尔抬头擦擦额头的汗，小心翼翼地往昭文殿里探头看一眼。

“皇上似乎生气得很。”一个小内侍有些惶恐，“咱们可得仔细着。”

“可不是，今儿连秦公公都被皇上骂成那样，咱们若是一个不小心，被皇上逮着，还不知道会如何罚呢。”另一个站直了身子，抹了一把额头上的汗，“这天气，实在是热！”

昭文殿里，秦冕跪在地上，全身筛糠似的抖个不停。手铸金人大典，他弄砸了赫连铖的计划，慕瑛成功铸出金人，成了大虞的皇后。赫连铖气得一脚将他踢到一旁，额头撞到石柱，流了不少血。

他见额头滴血，瞬间便晕了过去，还是江六吩咐人将他抬回去的。

他窝在府里不敢出来，只是请江六到赫连铖面前说尽好话，请皇上允许他在府中养几日伤。

赫连铖还算是给江六面子：“在家休养十日，十日后，再滚过来受罚！”

第五日，圣旨宣秦冕进宫。他摸了摸额角上的疤，心惊肉跳：“莫非皇上要找我的祸事不成？”

秦冕提心吊胆地来到宫里，赫连铖见了他，将一份奏折直接甩到他脸上：“秦冕，朕让你去督军，可你都督了些什么？混账东西！”

奏折摔到脸上十分疼痛，秦冕不敢回嘴，将那份奏折捡起来看了看，一颗心凉到了底。奏折是留守南燕的大将军写的，说南燕太子燕昊至今没见踪影，据有人透露，大半个月前曾在南燕皇宫中见到过他，燕昊还曾夜探刑部大牢，自此之后，便再也没了音信。

“大半个月前，不正是你在南燕的时候？你那阵子住在南燕皇宫里，怎么一点儿信息都没有？”赫连铖恨恨地看着跪在地上的秦冕，气不打一处来。素日里他逢迎自己，好像再机灵不过，可为何做慕乾身边督军时，便成了一个傻子？

“奴才……奴才是知道一些的，可……”秦冕咬了咬牙，反正都成这样了，怎么还要忌讳那慕乾？皇上不是痛恨慕家吗？自己再添油加醋说上一些，看能不能给自己脱罪，也能让皇上更厌恶慕家，早日将慕家发落了，自己也就安心了。

“可什么？”赫连铖盯紧了秦冕，眼里露出不耐烦来，“让你去督军，便是要你盯住慕乾，看他有什么异动，也看看南燕那边的情况，既然你都看见燕昊了，为何不向朕来禀告？”

“皇上，奴才错了，奴才不该受人胁迫！”秦冕号啕大哭起来，爬到赫连铖身边，抱住他的大腿，一张老脸不住地往龙袍上蹭，“奴才不该将自己的性命看得太重，却将皇上的叮嘱放在后边，皇上，奴才耽误了皇上的事，奴才万死也不能弥补！”

见秦冕哭得伤心，赫连铖倒也歇了几分怒气。这秦冕打小便在他身边服侍，还算是有几分感情的。他踢了秦冕一脚，大声呵斥道：“你先别只顾着哭，快把事情一五一十地告诉朕。”

秦冕点了点头，拿衣袖擦了擦眼睛，跪在那里，将与慕乾从上京出发后的事一五一十地说了一遍，没有漏过云州城慕乾与燕昊的交易，也没有漏过南燕皇宫那个晚上，慕乾与燕昊交手的事情。

“皇上，那慕乾总是动不动拿刀威胁奴才，奴才心中害怕，这才闭嘴不敢说的。”秦冕捶胸顿足，痛哭流涕，一副懊悔不已的模样。赫连铖喝了一声：“别再号了！你且与朕说仔细些，那慕乾是如何与燕昊勾搭上的？”

秦冕擦了擦眼泪，从太原王赫连毓到军营里说起，然后来了南燕使者。第二日慕乾与燕昊隔着护城河相谈，燕昊身边还站着慕二小姐。“皇上，那慕二小姐定然与燕昊有些不同寻常的关系，后来燕昊送回慕二小姐，慕二小姐走过护城河就晕倒了。”

慕二小姐？赫连铖心中一颤，暗自吞了一口唾沫。那日，他原计划要等慕瑛手铸金人失败后再将慕微的清白毁去，可没想到慕瑛成功地铸出了金人，让他心中气恼不堪，也没心思去享受慕二小姐这朵娇花，现在看来，自己是该有些动作了。

赫连铖背着手站在那里，黑黑的一个影子投在地上。

“皇上安好。”慕瑛带着陈姑姑与两个贴身大宫女进门拜了下去，还没等她抬起头，便觉得手上一阵剧痛。赫连铖的脚踩在了她的手上，正用力地蹍压着她的手背。

慕瑛吃痛，却不敢喊出来。多年被赫连铖欺负的经历告诉她，她不能求饶，越是求饶，赫连铖便越会变本加厉地欺负她。她咬着牙承受着赫连铖的踩踏，虽然钻心地痛，可她没有发出半分声响。

赫连铖的目光落在慕瑛身上，她那一头青丝黑得亮眼，让他模模糊糊想起一个人，她的头发也是这般光滑，和她姐姐的一样。他弯下腰，伸手抓住慕瑛的胳膊，一只手便将她提了起来：“起来说话。”

陈姑姑与紫菱、紫馨也跟着站了起来，战战兢兢地低着头。娘娘现在已经贵为皇后了，为何皇上还要这般对她下重手？可这些事又岂是她们能置喙的？三个人只能垂着头站在那里，眼观鼻，鼻观心。

“你现在很得意？”赫连铖将慕瑛拎到墙角，眼睛盯住了她，“因为你们慕家暗地里帮你，让你坐上了皇后的宝座，你心中便将朕看轻了？你是不是认为朕是无论如何也斗不过你们慕家？”

慕瑛慌忙摇了摇头，睁大了眼睛望向赫连铖：“皇上，臣妾绝无此意。”

为了他，她可以抛弃慕家人的身份，她宁可不要慕姓，这个姓氏让她吃了太多的苦头。赫连铖对慕家十分猜疑，对慕华寅很是痛恨，才会附带着如此对她，若她只是别家府第里的小姐，赫连铖与她，该是相处和睦的。

“绝无此意？”赫连铖咧了咧嘴，“我瞧你的眼神里分明就有嘲笑朕的意思！”他将慕瑛的手腕捏紧了几分，几乎要将她的手腕给捏碎，“你想做朕的皇后，那就必须听朕的吩咐，不得违背朕的心意！”

慕瑛痛得眼泪直在眼眶里打转：“皇上，臣妾什么都听你的。”

赫连铖将手松开，忽然朝她笑了笑：“你果真会这般听话？”

慕瑛低头含泪道：“臣妾绝不会做让皇上不高兴的事，绝不会背叛皇上，皇上有什么事要臣妾做，臣妾定会做好的。”

“好，那我正有一件事让你去做。”赫连铖坐了下来，摸出那支九尾凤钗，“你看看这九尾凤钗，是不是很精致？”

这九尾凤钗随身带了很久，赫连铖一直在考虑要不要给慕瑛。这凤钗贴身放着，日日夜夜刺着他的肌肤，如一根刺扎在他心头，让他辗转反侧，久久不能入眠。

究竟是赐给她，还是拿了去熔掉？赫连铖自己都迷惑起来。按正理说，他应该将这九尾凤钗扔给司珍局，将它化为一摊金水。她是慕华寅的女儿，不配戴这般精致的九尾凤钗。可不知为什么，他却一直没有这样做，将那九尾凤钗贴身带着，今日一冲动，竟然拿了出来。

慕瑛抬头看了看那支九尾凤钗，那艳艳的珠光宝气让她吃了一惊，她还没有见过这般精致的首饰：“皇上，这凤钗……”

“只要你乖乖听朕的话，朕便承认你是朕的皇后，这九尾凤钗便赐给你。”赫连铖将那九尾凤钗摇了摇，那串流苏便簌簌动了起来，发出窸窸窣窣的声音，凤尾上的宝石映着阳光，闪着慕瑛的眼睛。

“皇上有什么吩咐尽管说便是，即便没有这九尾凤钗，臣妾也会替皇上做好的。”慕瑛低头敛眉，心中惴惴不安，不知道皇上有什么事要她去做，竟然拿出九尾凤钗来诱惑她——这件事，只怕不大寻常。

“你下一道懿旨，让你妹妹进宫。”赫连铖冰冷地吐出几个字，让慕瑛只觉得心中一凉。

玉彦堂里明烛初上，慕老夫人正坐在桌边，看着慕乾送来的金银首饰：“这也太多了些。”她摇了摇头，“乾儿可真是大胆。”

这些精致的首饰，皆来自南燕。

慕乾带兵攻克南燕后，将南燕皇宫与一些大官府邸都查抄了一遍，挑拣出数百件精致首饰送到了慕老夫人这里。

“祖母可以挑些精致的给妹妹留着，其余看看是赏人还是怎么样，全由祖母做主了。”

慕老夫人拿起一对红珊瑚手钏看了看，啧啧称赞：“这般纯净的红珊瑚手钏，可真真是难得。”

她将那手钏放到一旁：“这个好，给微丫头留着。”

望着堆积如山的首饰，慕老夫人叹了一口气。慕乾从小胆大，年纪越大便越发肆无忌惮，开始拿了一支九尾凤钗回来，已让儿子送进皇宫去了，就是怕皇上拿这凤钗说事，没想到慕乾回来时，竟带回了这么多金银珠宝，真是让她始料未及。

“祖母，您担心什么，这本来就是乾儿该得的。”慕乾满不在乎，脸上有着明快的笑容，“我带领大军破了南燕，这一点儿酬劳都不该有？我想皇上也不会那般小气，皇宫里又不缺这些珠宝首饰，他不会跟我抢的。”

“乾儿，小心驶得万年船。”慕老夫人看着慕乾，又是好气又是骄傲，自己的孙子文韬武略，乃大虞的栋梁，也是慕家的俊才，“你须知做人须谨慎，不能这般肆无忌惮，只怕皇上知道了会不欢喜。”

“祖母，您便放心吧，我已补了一份清单送去皇上那里，我留下的这些已列了出来，我倒要看看皇上是个什么态度。”慕乾朝慕老夫人一拱手，“祖母安心，没有什么了不起的。昔时我大虞先祖南征，都是直接屠城，将城中值钱的东西抢掠一空，我只抢了几个当官的，也没让皇上的名声受损，皇上不会怪罪我的。”

慕乾笑得风轻云淡，慕老夫人听着却还是不能放心，等慕乾走后，她皱着眉头直叹气：“乾儿也太张扬了些。”

珠宝首饰虽好，可终究是身外之物，不要因为这些死物，赔上身家性命。慕老夫人想了想，将慕华寅找来把这事说了下，没想到慕华寅与慕乾是同样观点：“母亲，您年纪越大便越发小心了些，这一点儿东西又算得了什么？”

父子两人口气如出一辙，慕老夫人也不再说话。

慕乾抢回的东西不少，慕老夫人好不容易才选出十来件给慕微留下，其余的吩咐王嬷嬷都收起来，以后留着送礼赏人都是极合适的。正拿着那对红珊瑚手钏欣赏，管事嬷嬷走了进来：“老夫人，宫中皇后娘娘派人来传旨了。”

慕微刚用过晚饭，正在院子里与丫鬟们一道看萤火虫。流萤点点，在夏日的花园里飞舞。

“燕昊，你在哪里？”那一钩新月，撩起了慕微的心事，抬头望着那弯弯的月亮，慕微想起了燕昊。

燕昊究竟在哪里？是不是安全？一想着皇上下令要追捕他，慕微便觉得心中格外难受。皇上暴虐，将南燕的皇帝燕铣做成人彘放在内室一角，将南燕的魏美人惊得上吊自尽，他捉到燕昊，还不知道会如何惩治他。慕微合掌，暗自念了几句“菩萨保佑”，仿佛这样，她才会心安。

“小姐，老夫人叫你过去呢。”睁开眼睛，丫鬟双珠的脸出现在眼前，带着甜甜的笑，“大公子从南燕带回不少珠宝首饰，老夫人挑了好多件给你留着呢。”

慕微笑着点了点头：“祖母有心了。”

跟着双珠往玉彦堂走去，慕微琢磨着慕老夫人为何这个时候喊她过去，仅仅是要将首饰给她？不对，这首饰什么时候都可以给啊，也可以派丫鬟婆子送过来，不需要自己跑一趟的，只怕是有什么大事。

走进玉彦堂，慕微朝慕老夫人行了一礼：“微儿拜见祖母。”

“微丫头，你且坐下。”慕老夫人眉间有一丝隐隐的担忧，“宫里方才有人来传旨，皇后娘娘召你明日进宫陪她说话。”

慕微轻轻“咦”了一声：“难道姐姐不是该召母亲去说话？于情于理，都该是母亲才是。再说了，我与姐姐十几年都未曾见面，又能与她说什么话？”

慕老夫人眼中精光一闪，赞许地点了点头：“微丫头，你这样想就对了。”

“祖母，你觉得其中会有什么蹊跷？”慕微有几分担心，看来，这件事真不是表面上看起来这般简单。

“微丫头，祖母只告诉你两句话，一是皇上不喜欢慕家；二是皇上好色。”慕老夫人紧紧盯住了慕微。聪明如她，自然知道其中的含义。

慕微身子一颤，想起早些日子见过的皇上，个子不是太高，脸上有一种说不出来的古怪神情。在映月宫里，他紧紧盯着她，让她无处遁形——皇上好色？祖母是在提醒她，此去皇宫十分凶险？

慕微朝慕老夫人点了点头：“祖母的话，微儿记在心里。”

慕老夫人嘉许地点了点头，伸手指了指桌上的首饰：“你将这些带走吧，是你大哥给你的，件件金贵，你可要好生保管。”

“是。”慕微吩咐秋月接过那堆首饰，站起身来朝慕老夫人行了一礼，“若祖母没有别的事，微儿先回去了。”

“你去吧。”慕老夫人微微颔首，“明日进宫，一切小心。”

“微儿知道。”慕微点头应答，出了玉彦堂。

明日，无论如何都不能让皇上得逞，不仅是为了自己，为了慕家，更为了她心中坚守的那份真情。

她，只能属于他，旁的人，都别想来染指她的清白。

映月宫里，慕瑛端坐在那里，今日她穿了一件明黄色的宫装，这颜色是她以前一直羡慕向往的，现在终于可以堂堂正正地穿在身上了。她伸出手，握住桌上的茶盏，就听外边有细碎的脚步声响起。

没有抬头，只是抬眼看了一下，就见两道人影从门口晃了过来，其中一个，纤细柔弱。

“臣女慕微见过皇后娘娘，皇后娘娘万福金安。”慕微跪在地上，行了一个大礼，额头伏在贴着地面的手背上。

慕瑛没有说话，心中却是一阵抽痛。

十五岁，刚刚及笄，多美好的年纪，可今日她就要遭到摧残了。她的心里有一丝怜惜，也有一丝快意，可还有一丝难受。

皇上怎么就看上了她？因为她生得美貌？慕瑛忽然觉得心中酸涩。原先皇上宠爱李中式、孙椒房时，她也曾心中难受，可都不及这一次，或许因为慕微是她的妹妹？

“起来吧，自家姐妹，不用这样客气。”慕瑛极力压制着自己的声音，听起来仿佛很正常，没有一丝异样，“一直没有见过妹妹，早些日子见了也没来得及说几句话，妹妹就与母亲一道回府了，本宫心中想念得慌，才特地召妹妹进宫。”

慕微坐在下首的椅子上，朝慕瑛欠了欠身：“皇后娘娘实在是有心。”

慕瑛笑着点了点头：“妹妹，本宫最近得了两张画，说是前朝大家的真迹，本宫听说你擅长丹青，你且进来帮本宫瞧瞧，看这两幅画究竟是真品还是赝品。”

慕微心中一动，瞄了慕瑛一眼，见她笑得风轻云淡，不由得暗自思量，是不是祖母想得太多了。她站起身来，跟着慕瑛慢慢走过主殿后门，穿过后院，来到一进屋子前边。

这进屋子依旧是红色廊柱，浅碧色纱窗，汉白玉的雕栏上雕琢着精致的花纹，廊下挂着一排鸟笼，里边养着不少的鸟，正在笼子里上蹿下跳，叽叽喳喳地叫个不停，煞是热闹。

跟着慕瑛走进屋内，慕微瞬间警觉起来：“娘娘为何带我来这里？”慕微站住了脚，不再跟着往里边去，“要看画，难道不该是去书房？”

慕瑛转脸朝她笑了笑："因为这画名贵，所以我将它们放在内室了。"

这间内室与她上次去朝贺慕瑛时不是同一间，这间内室简单，一张宽大的床榻、一张桌子、几把椅子、一个小小的梳妆台，墙上没有多宝格，墙角也没有立起的平盏，这所谓的画也不知道会放在哪里。

"臣妾见过皇上。"

还在打量着这间屋子，耳边忽然听到慕瑛的声音，转头一看，就见慕瑛已拜倒在地，门口站着一个穿着明黄袍子的人。

慕微忙跪倒在地，没有抬头。

那明黄色的衣衫停在了她的身边，她能看见衣衫的一角在晃动。赫连铖，果然来了。

"你出去。"这句话明显不是对自己说的，因为慕微听到了脚步声慢慢远去。

慕瑛，自己的亲姐姐，竟然下懿旨召自己进宫，只是为了讨好皇上，而毁去自己的清白？慕微双手紧紧抠住地面，一双眼睛盯住了那双停在面前的脚，心中充满了愤怒。

都说皇宫是一个吃人不吐骨头的地方，果然如此。在这里生活的人，仿佛都没心没肺，为了自己的利益，能葬送掉别人的一切。姐姐，她已贵为皇后，为什么还要这样做？慕微静静地跪在那里，脑子里迅速想着脱身的法子。

"慕二小姐，你且起来。"赫连铖居高临下地看了慕微好一阵子，见她只是静静地跪在那里，没有一丝不安，心中不由得有几分好奇。旁的女子，单独面圣，该是激动得全身发抖，或者是恐惧得无以复加，可她这般淡定，仿佛就在自己家中一样，实在是有些特别。

慕微站了起来，一双眼睛直视赫连铖："皇上，不知道您为何用这般曲折的法子将我骗进这内室，意欲何为？"

赫连铖上前一步，盯住了慕微的脸："朕见慕二小姐生得美貌，起了爱慕之心，想与慕二小姐好好温存一番。"

他实在无耻，竟然这般直截了当地提出这种要求。慕微站在那里，脸色有些发红，朝赫连铖怒目而视："皇上，臣女乃好人家的女儿，待字闺中，不是皇上的后宫妃嫔，何来温存一说？皇上快莫与臣女开玩笑了，还是准了臣女去找皇后娘娘吧。"

赫连铖脸上的笑瞬间收敛起来："朕想与你温存一番，你竟然还拒绝？莫非还要朕用强不成？”他满脸不悦，呵斥了一声，“快些与朕宽衣解带，将朕伺候舒服了，自然有你的好处。”

慕微倒退了一步，摇了摇头：“恕臣女难以从命。”

“你这又是为何？被天子宠幸，这是祖上积德才有的好事，你竟将这种好事往外推？”赫连铖不耐烦地看了看慕微，“若不是见你惹人怜爱，朕哪有这般心思与你周旋？快些过来，休得啰唆！”

慕微伸出手，露出了羊脂玉环：“皇上，你可认识这双玉环？”

赫连铖看了一眼，有几分讶异：“这不是太后娘娘的羊脂玉环？为何在你手上？”

“这羊脂玉环乃六月二十八，太原王引我觐见太后娘娘时，娘娘赏赐给我的。”慕微一双大眼睛里没有丝毫惊慌，她故意将太原王说出来，便是想用这母子、兄弟的情意来打动赫连铖，看他在不在乎高太后、赫连毓与他的感情。

她没有直接说自己是太原王的心上人，高太后赏赐这羊脂玉环是看在太原王的面子上给的，可她这话隐隐暗示了她与太原王之间，存在着一种深厚的关系。

“母后？臣弟？”赫连铖略微愣了愣。高太后抚养他多年，护着他从慕华寅的威逼中走到今日，着实不易，他很敬重她。赫连毓是高太后的儿子，对他这个兄长一直是尊敬有加，若面前的慕二小姐是他的心上人，自己却夺去她的清白，那自己真是与禽兽无异。

赫连铖的目光落到慕微身上，上上下下打量了一番，忽然露出一丝狞笑来：“你用这一对羊脂玉环便想骗过朕不成？母后赐给京中贵女的首饰何其多，你这羊脂玉环只是其中一副而已，如何就能说是朕的臣弟喜欢你？”他逼近一步，不住地点着头，“很好，很好，你比你那姐姐聪明多了，朕就喜欢这样的美人。”

见赫连铖转念便不相信她的话，慕微心中有一丝惊慌。见赫连铖朝自己走过来，她提起裙角往旁边一闪，人已奔出几步，堪堪摸到了门，伸手一推，那门从外边关上了。她有几分着急，再推，还是一动不动。

“慕二小姐，朕宠幸你是你的福气，为何还要躲避？”赫连铖瞧着慕微在门口着急地拍打着门，只觉得十分有意思。他背着手站在那里，看着慕微徒劳地想将门推开，心中有说不出的快意。

慕微试了几次，那门还是纹丝不动，看来是有人将门反锁了。她有几分懊丧，他们将自己骗进这屋子，就是要让她被赫连铖糟蹋的，如何还会留着门让她逃脱？瞧着赫连铖朝她一步步走过来，慕微心中一急，背对着赫连铖，一只手拿起荷包，解开那五色绶带，将那把小匕首掏了出来，悄悄攥在手里，袖子垂下来，遮住了那抹寒光。

赫连铖笑着走上来：“慕二小姐，别躲开，朕会让你尝到这种事情的好滋味，让你舍不得离开朕，时时刻刻想着要到朕身边来呢。”

寒光一闪，赫连铖只觉一阵刺痛，低头一看，手上已滴下血。幸亏他缩手够快，那匕首没有割得太深。他紧紧握住渗出血的手背，勃然大怒：“你想找死不成？”

慕微轻蔑地一笑，将匕首搁在自己的脖子上，一双眼睛里充满着决绝的光：“皇上，臣女是想找死，臣女这清白之躯，绝不会让人玷污，皇上若是再敢过来，那不是你死，便是我亡！”

她本来想拿着匕首指着赫连铖，但她知道赫连铖有些身手，即便是被自己割了一下，想要用强那也是轻而易举，所以她只能将匕首架到自己脖子上，赌慕家在赫连铖心目中的威慑力。

慕微心中苦笑了一声，这是她第二次用这样的招数了，第一次是进香途中受到拦截，面对燕昊的威胁，为了让他放过自己的母亲，她夺刀架到自己脖子上，燕昊答应了她，只是将她抓走，这次，面对的是高高在上的皇帝，不知道他会不会如燕昊一般心软。

可不管怎么样，她都要赌上一赌。

她赌的是皇上对慕家的忌惮，一个活生生的人进宫，却在映月宫里被逼自尽，她想皇上定不想有这样的事情发生。她自尽，对大虞会造成动荡，她不知道父亲会有什么举动，但她相信，自己那个天不怕地不怕的哥哥慕乾绝不会善罢甘休。

“开门！”赫连铖朝门外大喝一声，“送慕二小姐回府！”

外边果然有人，就听“吱呀”一声，门开了，外边站着一个内侍和一个姑姑，两人满脸尴尬。慕微瞧了他们一眼，手里的匕首不敢撤下来，大步走出了屋子。

到了外边，慕微在树下略微停了片刻，伸手摸了摸衣裳，只觉汗津津一手。方才那般紧张，她都没注意到，直到现在她才知道，原来已经流出了这么多汗。

她咬着牙，一步步朝主殿走去，那里端端正正地坐着她的姐姐，大虞高高在上的皇后娘娘。

她的亲姐姐，一道懿旨将她骗进皇宫，将她推进一个布置好的陷阱里。

金色的阳光照在走廊上，金色与红色交织，有一种说不出的刺眼。

慕微静静地站在那里，看着廊下站着的慕瑛，半句话都不想说。

“妹妹，你怎么出来了？”慕瑛嘴里有一种说不出的苦涩，声音也尖锐起来，“你不该是正在承欢吗？”

“我真不知道皇后娘娘竟是这般不知廉耻之人，若是知道，我是不会进宫来的。”慕微望着那袭明黄色衣裳，望着那肌肤如玉的女子，纤细的身躯微微颤抖着。

“竟敢对皇后娘娘不敬！”身边的紫菱瞧着慕瑛的神色，朝慕微大喝一声，“皇后娘娘说话，你只能洗耳恭听，哪儿有反驳的份儿？！”她服侍慕瑛有几年了，瞧着她艰难地一路走来，如今总算是如愿以偿当了皇后，正替她欢喜，没想到慕微竟对她如此不敬。

“你只是个奴婢，有何资格与我说话？”慕微轻蔑地看了紫菱一眼，又瞟向了慕瑛，“娘娘，我想若是将娘娘做的事宜扬出去，恐怕世人都会说娘娘的不是吧？娘娘，慕微请你扪心自问，今日娘娘做下这等龌龊之事，可对得起慕家？可对得起我？”

慕瑛站在那里，哑口无言。这时，就听身后一阵脚步声传来，转过头去，见赫连铖大步走了过来。他望了一眼慕微，皱了皱眉，道：“不是说要出宫吗？为何还在这里站着？”

慕微头也不回，飞快地跑出映月宫，只恨不能将刚才的事丢在脑后，不再记起。她跑得很快，那浅碧色的衣裳如清风吹落的一片树叶，飘来荡去。

“什么？慕二小姐进宫，又仓促地跑了出去？”高太后眉宇间掠过一丝讶异，“这究竟是怎么一回事？墨玉，你快派人去映月宫打听一番，务必将事情弄清楚。”

“是。”墨玉姑姑答应了一声，转身退了下去。

高太后盯着自己的指甲套子，翠蓝里夹杂着碎金，一点点在眼前斑驳跳跃着，她忽然露出一丝笑来：“或许，皇上是想挑衅慕家，也不知道事情成没成。”

主殿外的几棵石榴树上榴花似火，不住地在她眼前晃动。高太后站起来，出神地盯着那几树榴花，轻轻叹了一声：“百子千孙，好兆头，可毓儿还没定下亲呢，怎么着今年也要替他将这件事定下来。”

她想起那日赫连毓为了慕微与自己顶撞的事来，眉头微微皱了起来。慕微原本不在她的计划里，可赫连毓偏偏为了这样一个女子与自己争执。这慕二小姐确实生得美貌，可红颜祸水，这样的女子是不会给毓儿带来什么好处的，娶了她，还不知道将来会有什么祸害呢。

今日慕瑛召慕微进宫，而慕微又这般仓皇逃跑，这里边……高太后扶着门，抬头望了望一碧如洗的天空，心中有一种说不出的期待。皇上好色，如果他看中了慕二小姐的美色，特地让慕瑛传她进宫……

“这样也好。”高太后微微点着头。若皇上得了手，慕微已非完璧，那她自然有话回绝赫连毓，这种不贞洁的女子，如何配做赫连毓的王妃？忽然，高太后有几分期盼，希望赫连铖能够如愿以偿，那她也就如愿以偿了。

阳光一点点朝西移去，高太后站在那里，全身都笼罩在阴影里，可她舍不得走进主殿，只是站在那里，瞧着那个慢慢朝自己走过来的人。

“娘娘。”墨玉姑姑迈上台阶，走到高太后身边，低声说道，“老奴让人去映月宫打听了，那边的人似乎得了吩咐，嘴巴很紧。只是老奴听说，慕二小姐与皇后娘娘发生过争执，然后慕二小姐就跑出了映月宫。”

“皇上呢？皇上动向如何？”高太后有几分焦急，“皇上今日都做了什么？”

“听说用过午膳后，帝后欢好，差不多有半个时辰才让人送水进去。”墨玉姑姑笑了起来，“皇上也真是……只是可惜了皇后娘娘，没有孩子。”

高太后瞥了她一眼：“墨玉，你又在胡说什么！这怎么叫可惜了？没有孩子是一件好事，不操心，省事。若有了孩子，以后还不知道会如何呢。”她不由得想到赫连毓的亲事，皱了皱眉头，“墨玉，你去拿张纸过来，哀家要好好想想，过几日该请哪些夫人、小姐进宫闲话。”

“娘娘，您是想……”墨玉姑姑眼睛一亮，“太原王的亲事？”

高太后点了点头，望着门口那摇曳多姿的榴花，长长地舒了一口气：“只有给毓儿定下亲事，我这心里才算稳妥。”

七月的天，说变就变，刚刚还是晴空万里，忽然便乌云密布，随着一声响雷，一道雪亮的光闪过天际，很快，豆大的雨滴便铺天盖地地打下来。

“太后娘娘召贵女进宫？”慕老夫人眉毛一挑，“你没有听错？”她有几分惊诧，太后娘娘召贵女进宫，明摆着是要给太原王定亲事，可为何慕家没有接到旨意？难道太后娘娘看不上慕家？

“是，就在三日之后。”那报信的婆子垂手而立，不敢抬头看慕老夫人的脸。原本大家都以为太原王喜欢的是二小姐，可没想到只是空欢喜一场。

慕老夫人没有说话，只是将那串紫檀佛珠捻得飞快。慕夫人很是沮丧，坐在那里，一张脸有些发白：“看来太后娘娘是不打算将微儿指给太原王了。”

“母亲，这又是为何？咱们慕家又不比任何一个世家大族身份差，如何便不能进宫候选了？”慕夫人弱弱地说了几句，“太原王，分明是喜欢我们家微儿的。”

“太后娘娘也许是有自己的计较，她不想让朝野说闲话。”慕老夫人心中想了又想，也只有这个理由了。太后娘娘不想旁人说大虞皇室没规矩，皇上与弟弟娶的竟然全是慕大司马家的小姐。

“可是……”慕夫人才说了个可是，就再也说不出话来，只是为自己的微儿感到气愤。

慕老夫人没有出声，手指捻了捻佛珠，良久才叹了一口气，道：“命里有时终须有，命里无时莫强求，就这样吧，咱们也不必再多想了。”

书房里一张书桌上，摊着一张宣纸，上边画着一个年轻男子，白色的长衫飘飘，手中拿着一把折扇，那模样，真是丰神俊逸，十分亮眼。

这些日子慕微都在画这幅肖像。

自从她知道了燕昊对赫连毓说以后不会再见她，慕微便有一种深深的绝望。她不敢想象以后不再见燕昊的日子，害怕自己会慢慢将他忘记，最后想不起他长什么模样。

她要画一幅燕昊的肖像好好收着，留作她唯一的念想。在没人的时候，拿出来，慢慢欣赏，仿佛，他正看着自己，她还要将这张画像藏在枕下，每晚让他陪着自己入睡。

“小姐，你听说没有，太后娘娘召了几府贵女进宫，有宇文家的七小姐！”秋月愤愤地从屋外走进来，肩膀上还有湿湿的一块。她凑到慕微面前：“小姐，太后娘娘不是赐了你一对羊脂玉环吗？看来肯定是喜欢你，为何不召你进宫？”

“秋月，太后娘娘喜不喜欢我，不是从一对羊脂玉环能看出来的，或许是因为我是皇后娘娘的妹妹，所以才格外热络些。”慕微停下笔，看着一脸气愤的秋月，拿出一块帕子塞给她，“赶紧将头发上的水擦干净了。”

高太后赐给她一对羊脂玉环，给宇文如眉的是一只芙蓉手镯，这并不能代表高太后更喜欢她。宇文如眉出身太傅府，祖父与自己的父亲都是当朝正一品，高太后为何会表现得对其中一个更热络？送她一对羊脂玉环，可能有两个原因，一是因为姐姐的身份，另外可能是作为一种补偿，她不能选择她做她的儿媳妇。

现在看来，高太后赐她羊脂玉环，只能是第二种原因了。

帝王都对权臣很是忌恨，既然姐姐已贵为皇后，自然不会让她再嫁给太原王，让慕家更为荣耀。慕微停下笔，出神地看着画像，微微一笑。她并不想要这种荣光，高太后不召她进宫，是她求之不得的。

“小姐，小姐！”小梨子的声音在外边响起，“太原王过来了！”

慕微心头一惊，瞟了那画像一眼，大步走了出去。秋月会意，赶紧拿了白纸将画像遮住，这才紧走几步跟上了慕微。

屋外的雨一阵紧似一阵，院里站着一个人，后面虽有人替他撑着一把伞，可雨滴还是将他的衣裳弄湿了半边。

“微儿。”赫连毓见慕微站在廊下，大步朝她奔来，一把抓住了她的手，“微儿，你要相信我，这世上我只喜欢你一人！”

赫连毓手心里湿漉漉的，不知道是汗水还是雨水，慕微只觉得自己的手瞬间也跟着湿起来。她抬起眼，惊讶地看着赫连毓，见他一副焦急的神色，曾经的神采飞扬已不见。

昔日他骑马追逐远去的马车，见自己站在船上，不顾一切地想要催马过河。她还记得那日的芦苇摇曳，他一身紫色锦衣在那萧瑟的河边显得那般鲜明。可现在，面对着他，她却忽然失去了当时那份感激的心情。

原来人是这般容易变化，因将一颗心交给了他人，她已逐渐忘记了赫连毓对自己的好。过去那个抱着梅花朝她微笑走来的少年，虽然现在就站在面前，可是却如一幅褪色的山水画，只余一个淡淡的影子。

“太原王，究竟怎么了？”慕微将他的手甩开，“男女授受不亲，太原王莫要这样。”

“我们又不是汉人，哪里讲究这么多。”赫连毓眼中闪过一丝受伤的神色，“微儿，你这般排斥我，是不是因为还未忘掉他？”

慕微静静地站在那里，抬眼望着赫连毓。她的眼神是那般清澄如水，看得赫连毓有几分难过。他自小便喜欢上了她，有她陪在身边的日子总是那般快活，他一直以为慕微会喜欢自己，两人会和和美美地过一辈子，可没想到一切都只是他的想象而已。

站在自己面前的女子，早已被人偷走了心。

一声惊雷，天地间忽然投下白亮的闪光。

“太原王，可还有其他事情？若无事，请恕慕微失陪。”瞧着赫连毓这般模样，慕微也有一点点难受。面前这个温润如玉的男子，自小便关心爱护着她，可为了燕昊，自己却伤害了他。

“我母后召了贵女进宫闲话。”赫连毓很是痛苦地挤出一句话，“却没有召见你。”

“可能太后娘娘有自己的安排吧。”慕微浅浅一笑，“长辈的考量总是比我们要多一些，听长辈的话没错的。太后娘娘含辛茹苦地将皇上与你养大，付出了多少心血，太原王何必为了这等小事去拂逆她？”

“这不是小事，这是大事，是我的终身大事。”赫连毓有几分心焦，望着慕微那浅浅绽放的笑容，越发不能平静。

慕微不想嫁他，她在等那个永远也不会再来找他的人。听说太后娘娘要给他选王妃，她心情竟这般好，笑容竟这般甜美。赫连毓的一颗心越发沉了下去。他抬眼望着从天上射下来的支支雨箭，心情格外郁闷。

“太原王，正是大事才该听太后娘娘的安排。”慕微轻轻地长叹了一声，“你是太后娘娘的儿子，她肯定是在为你打算。”

赫连毓看了慕微一眼，脸色有几分难堪，一转身便冲进了雨幕里。他的暗卫齐敏赶紧抓起伞，快步追了上去。茫茫雨幕里，两人很快就不见了踪影。

“小姐，你把太原王气走了。”秋月走了过来，挽住了慕微的胳膊，“奴婢从未见太原王对小姐生过气。”

“总会有生气的时候的。”慕微望了一眼雨幕，转身走进了屋子。她还得继续画燕昊的肖像，太原王的事被她抛在了脑后。谁也不会是那般好脾气，当人用细微体贴换来冷漠时，总会有不耐烦的时候。

赫连毓奔跑在雨中，雨水溅得很高，他腰间的衣裳湿了一片，身后传来齐敏焦急的喊声：“王爷！”

他没有停住脚步，一种说不出的难受让他只想跑开，离开这个让他难过的地方。他对她那么真，可她却不将他的一片真情当回事，只是笑吟吟地劝他接受母后的安排——她难道不知道自己有多喜欢她？

来慕府，简直就是自取其辱。赫连毓垂头丧气地回到王府，下人们见他这般模样，都吓了一跳，赶紧给他烧水，伺候着他沐浴更衣。

他脱去外袍，里边露出一件雪白中衣，只见胸口处微微隆起，赫连毓伸手摸出一个小小的锦囊。

锦囊里装着她的几个指甲，那是她在青州城门口丢下的，她在向他求救，但那时候他没有认出她来，让燕昊带着她从自己眼皮底下溜走了。

打开锦囊，赫连毓拿出里边的一块丝绢，将丝绢打开，几个指甲出现在眼前，依旧是玉白颜色，依旧是那般光洁，如玉色莲花，静静地躺在他的掌心。

他看着，心中忽然升起一股苦涩，抓住丝绢揉成一团，用力地丢在一旁。

水缓缓流下，几个指甲随着水流慢慢往净室靠墙的小沟里漂去。赫连毓看着，忽然有种说不出的恐慌涌上心头。他猛地朝外边高声大喊："来人！来人！"

守在外边的两个丫鬟闻声进来，见赫连毓只穿一件中衣站在那里，不由得脸一红，低下头去问："王爷有何吩咐？"

"快，快去！快到后边的阴沟里找几个指甲！"赫连毓弯腰从地上捡起没被冲出去的指甲，"就是这种，还有三个，快去寻了来，一个也不能少！"

两个丫鬟应了一声，慌慌张张地出去寻了。赫连毓心头抽痛，懊悔和后怕充满了心头。他怎么能放弃她？这么多年了，她已经深深地烙在他的心底，无论她喜欢上了谁，他还是在乎她。

燕昊亲口对他说过，他不会再见她，这世上不会再有人和他争她。不管发生了什么事，他都要守护在她身边，为她撑起一片天地，让她活得舒服自在。虽然现在她心中还有燕昊，可他坚信，只要自己一如既往地细心体贴，总有让她感动的那一日。

"王爷。"两个丫鬟从门外进来，"奴婢们沿着阴沟寻了一遍，只找到了两个。"

赫连毓冷着脸道："让内院的人都过来找，一定要找到！找不到便不许吃饭！"

这日，太原王府几乎全部出动，只为找一个神秘的指甲盖子。

"王爷，奴婢们到处都找过了，可是没有找着。"

赫连毓得了下人禀报，脸上没有露出半分异色，只是淡淡地说了一句："都下去吧。"

一滴泪从眼角滴落，或许，他马上就要失去她了。

第二十四章 众女觐见

“今日真是个好日子。”高太后抬头看了看如洗的天空，长长地舒了一口气，“本来还以为今日会下雨。”

“娘娘挑的好日子，老天也不忍败您的兴。”墨玉姑姑在旁边笑着答道。

高太后被墨玉姑姑的话逗得微微一笑：“也不过是凑巧罢了，偏被你说得这般神乎其神。”

“可不就是这样？”墨玉姑姑扶了高太后慢慢往前走。

“给太原王去了信儿没有？”高太后望着满园绿意盎然，心情很好。

墨玉姑姑弯了弯腰：“昨日便让内侍去太原王府传娘娘的旨意了，将今日的事告诉了王爷，他答应今日进宫来陪娘娘。”

“那他还说了什么？”高太后瞥了一眼墨玉姑姑。赫连毓是个聪明人，她不相信他不明白自己宣他进宫的意思，难道他没有问请了哪些人？

“王爷没说什么。”墨玉姑姑张了张嘴，还是把知道的事咽了下去。听宫外布下的眼线说，三日前太原王得了信儿后便跑去了慕大司马府，可后来又没什么动静。昨日传旨的内侍回来说，王爷答应得干脆利落，说明日定会进宫。既然如此，那又何必告诉娘娘，平白让她堵心？

一宫女过来通传：“宇文太傅府老夫人、大夫人及七小姐过来了。”

高太后挑了挑眉毛：“倒是来得齐整，竟然连宇文老夫人都来了。”

宇文太傅乃赫连铖现在要笼络的对象，他的势力虽比不上慕华寅，但也是大虞的重臣，不可小觑。

主殿的大门开着，高太后看见姗姗而来的几个人，宇文老夫人走在中间，旁边宇文大夫人及宇文如眉一左一右地扶着她，一瞧便知是精心准备过的，特别是宇文如眉身上的那件衣裳，明显是赶着做出来的。

只要舍得花大把银子，珍珑坊自会派最好的绣娘为贵女们制衣。宇文如眉身上穿的这件，银紫颜色，与慕微上回进宫时穿的差不多。

高太后端坐在那里，瞧着宇文如眉扶了宇文老夫人，三人在面前行一礼："恭祝太后娘娘万福金安。"

"赐座。"高太后笑着打量了宇文如眉一番，见她头上依旧戴着一支紫玉钗子，只是这次的颜色深了几分，还有长长的银色流苏，倒也与这身衣裳相配。只是高太后怎么瞧都觉得她有些东施效颦，上回见慕微穿着银紫衣裳亮相，这次她也这样穿，只是有些黯然失色。

"太后娘娘，有大半年不见了。"宇文老夫人笑着与高太后攀谈，"还是今年开春皇上祭天时见过呢。"

"可不是。"高太后点了点头，"老夫人身子依旧健旺。"

"还不是托皇上的福，能让我们宇文家平安兴旺，我这颗心也就踏实，日子越过越有盼头儿呢。"宇文老夫人一头银丝被阳光照得发亮，一张脸却没太多皱纹，肤色也很红润。

"宇文老夫人客气了，皇上还得靠你们这些重臣帮扶才是。"高太后朝宇文老夫人投去意味深长的一瞥，"正是因为好久不见，所以今日咱们可得好好闲话一番才是。"

宇文老夫人瞧着高太后的眼神似有深意，一颗心不由得落回了肚里，眯着眼望向门口。有宫女来报："太后娘娘，外边来了好几位夫人、贵女。"

也不知道高太后传了六家贵女来是何用意，大虞的王爷一般只有一位王妃、两位侧妃，难道三位要一次选定？宇文老夫人默默地盘算了一圈，这六家里边，就数自家地位最高，看来眉丫头这个王妃之位十拿九稳了。

只要慕家不来，谁还能与眉丫头争长短？除了那个慕微，京城的贵女里也就是眉丫头拔尖了。

宇文老夫人暗暗腹诽了一番，世人都是趋炎附势之徒！正想着，就见一群打扮精致的女子出现，有年纪大的，也有年轻的，正规规矩矩地往正殿这边走来。仔细一打量，宇文老夫人不由得皱起了眉，那些年轻小姐，身上竟然全穿着紫色的衣裳。

银紫、粉紫、亮紫……除了紫色，仿佛便没了第二种颜色，深深浅浅地交错在一处，跪拜下来，如开了一地的紫藤萝花。

高太后也有几分愕然，看来这京城里的贵女都在想尽办法投其所好，见赫连毓喜欢穿紫色衣裳，就一个个全穿上了，看得她瞬间花了眼，不知道哪位贵女生得更好些。

众家夫人带着自家小姐坐了下来，互相一望，也很是尴尬，没想到大家都选了紫色。所幸这紫色不大一样。看来珍珑坊的绣娘们心中有数，推荐的时候没让她们选一样的颜色，否则今日可要好看了，全是一个色调。

“太原王到！”又有宫女通传，主殿里的夫人、小姐全将眼睛投向了大门口，就见一个白衣飘飘的少年正朝这边走来。

主殿前一地金色阳光，穿着白衣的少年踏上汉白玉的石阶，身上的衣裳被阳光映成了淡黄颜色。他头上只插了一支檀木簪子，腰间系一块羊脂玉珪，若不是有一条鲜红的丝绦，几乎让人看不出还佩戴了块透明温润的玉珪。

“母后安好。”赫连毓大步走进来，也不看坐在两旁的夫人、贵女，径直走到高太后面前行了一礼，“不知母后召儿臣进宫，有何要事？”

“毓儿，母后也没别的事，一个人在宫里有些闷，就喊了人过来说说闲话。”高太后看了赫连毓一眼，心中也觉好笑，儿子素来喜欢穿紫色衣裳，今日殿内贵女们皆着紫，他却穿了白色衣裳。

“母后喊了这么多夫人、小姐来，也不少我一个。”赫连毓在高太后身边坐下，“想要儿臣尽孝，不一定要凑人多。”

话里分明带着埋怨，高太后装着没听出来，只是笑着道：“人多才热闹，不是说独乐乐不如众乐乐？早两日下了大雨，今日好不容易放晴了，喊你过来说说闲话，如何不可？”

赫连毓笑了笑，没有说话，只是端着一张脸坐在那里。

高太后见儿子没再多说，心中也很满意。赫连毓还算是个听话的，虽然上次为了慕微与她争执，可今日还是乖乖地过来了。她看了看主殿里花朵一般的小姐，很是愉悦地道：“听说众位小姐都精通诗词歌赋、琴棋书画，不如今日便让哀家见识见识。”

听了高太后的话，众位贵女佯装不好意思地低下头去，心中却明白，太后娘娘这是在替太原王选妃，现在这般说，是要考较各自的修养了。

大家首先推了大司空家的小姐弹琴，那位独孤小姐得意扬扬地坐上去，拨动了琴弦。“咚”的一声，一丝长长的颤音便在这万宁宫里响起，那声音绕着屋梁慢慢上去，又在空中如散花一般落下来。

“这起音真美。”高太后微微点头，“不错，果然不错。”

赫连毓皱了皱眉，这琴声哪里比得上慕微弹出来的？他曾经在大司马府上听过慕微弹琴，那才真是余音绕梁三日不绝。只是慕微素来不喜出风头，旁人才不知她有那般琴技。

独孤小姐的琴技确实不错，应是得过司乐坊的琴师指点，可万事万物最怕的便是比较，有了比较，高下立判。赫连毓懒洋洋地伸直了一双腿，有些心不在焉。

他瞧着殿上几位穿着紫色衣裳的小姐，心里忽然有几分烦闷。他站起身来，朝高太后拱了拱手：“母后，我有几日没见皇兄了，现在想去清华宫看看他。”

没等高太后点头，赫连毓便大步走了出去，只留下一殿的夫人、小姐陪着高太后目瞪口呆地望着他的背影。

“皇上，太原王来了。”外边有个小内侍进来尖声细气地禀告，“皇上见还是不见？”

“传。”赫连铖有几分惊奇，自己这个臣弟甚少主动来找自己，不知今日跑来是为了何事。

赫连毓拖着疲惫的步子走进来，方才他与高太后说要来找赫连铖只是一个借口，在御花园兜了一圈觉得无处可去，这才跑到清华宫来。守门的内侍告诉他，皇上刚刚下朝，赫连毓想了想，不如去问问皇兄，娶一个自己不喜欢的人究竟是什么滋味。

皇兄有好几位妃嫔，这是赫连毓一直觉得奇怪的事。

为什么一个人可以同时喜欢好几个人？是不是皇兄的心比较大，能装下许多女人？赫连毓很困惑，他的心里就只有一个慕微，其他人，他都看不上。每次游宴，看到那些贵女抛过来的目光，他都觉得烦恼，只有见到慕微的笑，他才觉得天是蓝的，空气是那么清新。

原来，他不能没有她。

无论她对自己多么冷淡，可他还是喜欢她。

赫连毓忽然意识到这个事实，他一刻也不能在万宁宫待下去，那种沉闷的气息让他几近发狂。

他要问问皇兄，他究竟是怎么做到这一点的，为什么心里可以放好几个女子。若他也能做到这一点，那他便不会让母后失望了。

“皇弟，为何你眼下有青黑之色，莫非昨晚没有歇息好？”赫连毓刚坐下，赫连铖便笑着调侃他。

赫连毓摆了摆手：“没有。”

他是为慕微辗转反侧，夜不成寐。

在男女这方面，大虞的太子开蒙很早，而赫连毓十四岁时便被赫连铖册封为太原王，搬出了皇宫，建府另居，故而并没有这方面的经验。他年满十五岁时，高太后指了一个叫丹朱的宫女给他，但赫连毓根本就没碰她。

赫连铖十二岁便开始纳绵福，十五岁便有了好几个中式椒房，便以为皇弟是为床笫之事烦忧，可见赫连毓否认，不免有几分奇怪：“不是这个，那又是为何？”

赫连毓有几分尴尬。

赫连铖又看了赫连毓一眼，暗笑道：“那你找我何事？”

“方才母后宣我进宫陪她说话，可同时又宣了好几位京城贵女进宫。”赫连毓皱了皱眉头，“皇兄，我觉得那边甚是无聊，所以来你这边坐坐。”

“母后宣京城贵女进宫？”赫连铖笑着看了赫连毓一眼，“母后是在给你选王妃呢，这可是好事，你为何一副愁眉苦脸的模样？”

赫连毓顿了一下，被赫连铖这般发问，他不知道该怎么回答。

“怎么了？”赫连铖见赫连毓的脸色有些不好，关切地问道。

对于赫连毓这个皇弟，他心中十分纠结。

赫连铖一岁时便被接到朝凤宫住着，由高太后抚养长大，他与赫连毓的关系自然比旁的兄弟更亲密些，所以他才会将大虞最尊贵的封号赐给了他，而且也赐了他最肥沃的封地。

可另一方面，赫连铖却又不得不提防着赫连毓，毕竟高太后是赫连毓的生母，且娘家势力也不可小觑。虽然现在瞧着高太后与赫连毓都很安于现状，可指不定将来被人煽动，起了别的心思又该如何是好？

所以，别的王爷到了十七岁都离开京城去了封地，唯独赫连毓十八岁了还留在京城，赫连铖觉得只有将他留在身边看着，自己才会安心。

赫连铖眯了眯眼，觉得自己有几分看不透这位臣弟。他瞧上去对一切事情都看得很淡，仿佛没有什么值得他争取。昔日父皇考量立谁为太子时，年方三岁的赫连毓便站了出来，自愿放弃做太子的资格，原因很简单，他不愿意拿母亲的性命去换太子之位。

当时父皇夸他有孝心，过了几日便立了赫连铖为太子。父皇临死前还抓着他的手叮嘱他："毓儿是个有仁心的，你切不可欺负他。若你想打他的主意，父皇在九泉之下也不放过你。"

赫连铖跪在龙床前答应下来，发誓一定好好待赫连毓。可是随着年岁渐大，有时候他也不免会胡思乱想，若赫连毓要谋逆，难道自己还要给他留一条性命不成？只是这些年来，赫连毓对他很是谦恭，让他打消了这样的念头，而且他与赫连毓好得像一母同胞，他也不相信赫连毓会反。

见赫连铖不住地打量自己，赫连毓有几分不安，他调整了一下坐姿，说道："皇兄，我不喜欢母后召进来的那些贵女，一个都不喜欢。"

"那你与母后明说便是。"赫连铖笑了笑。自己这个臣弟毕竟年轻，脑子里想的都还是风花雪月，不喜欢便不喜欢，直接告诉母后，再召其他贵女进宫便是。

"我喜欢的，母后不赞成。"赫连毓有几分苦恼，眉毛皱起来，"我都不知道她为什么这般反对。"

"说给皇兄听听，你喜欢的是谁？若不错，皇兄替你去与母后说。"赫连铖心中一软。

"真的？"赫连毓的眼瞬间亮起，"皇兄，我喜欢的是慕大司马家的二小姐慕微。"

屋里顷刻间便静下来，唯有沙漏里的流沙之声。

赫连铖拿着茶盏的手停了下来，他瞄了一眼赫连毓，脑中浮现出一张白皙娇美的脸。那日，她伸出手腕给他看那一对羊脂玉环，声音清脆地说："这羊脂玉环乃六月二十八太原王引我觐见太后娘娘时，她赏赐给我的。"

那句话分明是在告诉自己，太原王喜欢她。

现在听到赫连毓的话，赫连铖恍然惊觉，那般纯净的容颜在他面前一闪而过。忽然，他有一丝淡淡的愁绪，那双眼睛仿佛与慕瑛的重叠在一处，慢慢变成了慕瑛的眉眼。他低头看了看自己的手，上边有一道浅浅的疤痕，还未好得彻底。这让他忽然又想起那日，慕微为了自保，竟拿匕首将他的手背划伤，真是一个刚烈的女子。

“皇兄。”赫连毓见赫连铖没有出声，有几分着急，“皇兄方才说会帮我去说合，是真的吗？”

“她是慕大司马的女儿，这……不大合适。”慕家已经够显赫了，出了个皇后，还要出个王妃？赫连铖摇了摇头，“不是说咱们大虞的规矩，亲兄弟不能娶亲姐妹吗？这样确实不大好，母后也是为这个考虑的吧。”

母后还是细心，怕他生了嫌隙，索性将慕二小姐给撇开了。赫连铖心中一阵感激，高太后虽然不是他的亲生母亲，但处处关心他，生怕他为难，实在也算是做得够好了。都说最是无情帝王家，高太后能如此待他，已属难得。

赫连毓的脸瞬间垮下来，望着眼前那盏热茶，喃喃自语：“不，我不能放弃，除了微儿，哪家的贵女我都不娶！”

“皇弟，你且在这里歇息下，皇兄这就去万宁宫瞧瞧。”见赫连毓这般模样，赫连铖心里又生了几分怜惜，他转头吩咐宫人，“好好招待太原王。”

赫连毓感激地站起来：“皇兄，多谢了。”

走出大殿，清风怡人，七月的天气，今日却不是特别热。赫连铖背着手，身后跟着江六和几个内侍宫女，一边走，一边思考着赫连毓的亲事。

赫连毓也该成亲了，只是现在处于一个两难的境地。他想娶的人，高太后不愿意，而高太后指的人，他又不喜欢，自己该劝谁？母后，还是臣弟？

来到万宁宫，大家正陪着高太后在院子里散步说话，见赫连铖到来，众人忙跪拜：“皇上安好。”

赫连铖瞟了一眼，那几位小姐都还长得不错，可与慕二小姐相比，却还是逊色，难怪赫连毓会对慕二小姐如此念念不忘。

“皇上，怎么过来万宁宫了？”高太后笑着看了一眼赫连铖，“是太原王去吵你了不成？”

赫连铖点了点头：“太原王现正在清华宫。”

“毓儿实在太固执了。”高太后叹了一口气，望着眼前花朵一般的几位小姐道，“皇上你看，这几位小姐个个儿生得貌美如花，又多才多艺，哪一点让他看不上？偏偏要和哀家作对，难道哀家会害他不成？”

“母后想给他指哪位小姐？”赫连铖又瞥了一眼那几位小姐，觉得几个瞧上去都差不多，只有一个小圆脸高高地仰着头，似乎格外高傲一些，“母后，那位穿银紫色衣裳的是哪家小姐？”

高太后顺着赫连铖的视线看过去，微微一笑：“那是宇文太傅家的七小姐，哀家正想指她给太原王做王妃呢。”

赫连铖听高太后提到宇文太傅，又朝宇文如眉看了一眼，心中突然多了一份敏感，为何母后一定要指宇文太傅的孙女给赫连毓？旁边那几个贵女长得也不比宇文小姐差，看来还是身份的问题，毕竟宇文太傅是朝廷重臣，这大虞，除了慕华寅，就数他的势力最强了。

“母后，朕看太原王很喜欢慕家二小姐。”赫连铖瞅着万宁宫里火红的石榴花，红彤彤的一片，“母后，不如再考量考量？”

他是打定主意要将慕华寅给扳倒的，所以最近才逐渐向宇文太傅家倾斜。若慕家倒了，宇文太傅便是大虞权势最重的臣子，若他的孙女给赫连毓做了王妃，那岂不是增加了赫连毓的实力？

不可，赫连铖心中暗自摇头，这似乎有些不妥。

“皇上。”高太后心中一惊，莫非皇上已知自己的意向？那些贵女，可是她精挑细选的，没想到皇上竟然不同意。高太后不免有几分苦涩，毕竟不是亲生的，还是处处防备着自己，可自己的计划是不能改变的。

微风渐起，几片树叶飘零在空中，高太后吸了一口气，这么多年的忍耐，小心翼翼地抚养、讨好着赫连铖，结果遇到重大事件，自己却一点儿选择的权利都没有。高太后压着微微的怒火，朝赫连铖慈眉善目地笑了笑：“哀家知道皇上关心太原王，先代他谢过皇上，这件事哀家自有主意。”

“既然母后有主意，那朕也不多说了。”赫连铖笑了笑，转身回了宫里，却没看见赫连毓，不由得有几分奇怪，“太原王去了哪里？”

一个宫女回道：“太原王方才坐着无事，说要去后院转转，那边有一池荷花，太原王最是喜欢，如今该是在水榭里赏荷花呢。”

赫连铖笑了笑，这少年郎的心事，还真是伤春悲秋。他来到湖边水榭，见赫连毓躺在小榻上，眼睛闭着，已经睡着了。

“燕昊……看剑！”榻上赫连毓翻了个身，手脚舞动起来。

赫连铖一怔，燕昊？赫连毓为何在梦里提到他？他的眉毛渐渐聚到一处，望着熟睡中的赫连毓，耳边忽然响起秦冕那日的话来：“在云中城外，我见过南燕太子燕昊与慕二小姐站在一处。”

莫非那燕昊真与慕二小姐有私情，所以赫连毓才这般痛恨他，就连做梦也这般咬牙切齿地要与他奋力一斗？赫连铖的脸色渐渐沉下来，他深深地吸了一口气，看了看水榭外一池风荷，忽然有了个主意。

他下令让人缉拿燕昊，可到这个时候还不见有一丝音信，燕昊如凭空消失了一般。若将他诱出来，才好一举擒获。这个诱饵，便是让他心动得能出洞的东西。

慕二小姐？赫连铖眼前浮现出一张绝色面容来。为了她，燕昊会现身吗？

可是，究竟找个什么理由让燕昊现身呢？赫连铖苦苦思索着，似乎有一条路，他却找不出来，脑子里纠结成一团。

“微儿，微儿，你别走！”赫连毓忽然喊起来，脸上似有痛苦，额头出了细密的汗珠，“微儿，不要离开我！”

“皇弟！”赫连铖忽然兴奋起来，若将慕微许配给赫连毓，燕昊得了这个消息，或许会按捺不住来找慕微，那就可以在太原王府周围布置好人手，将燕昊一举擒获。

若燕昊不来……赫连铖眯了眯眼，那便让赫连毓第二日就休了她，让慕华寅脸上无光，他慕府出来的女儿，这般遭人嫌弃！

第二十五章 一箭双雕

“皇弟，皇弟！”赫连铖抓住赫连毓的衣袖拉了拉。赫连毓受了惊吓，蓦然醒过来，见赫连铖站在面前，赶紧翻身站起，拱手赔了个不是：“皇兄，我一时犯困，竟在这里睡着了，实在是失了礼仪。”

“不打紧。”赫连铖笑嘻嘻地拉着赫连毓坐下来，“皇弟，皇兄下旨将那慕二小姐赐婚与你，如何？”

赫连铖眼睛瞬间亮起，他猛然跪倒在赫连铖面前，声音激动，带着丝丝颤抖：“臣弟谢皇上隆恩！”

“你先别急着谢朕，朕可还有别的事吩咐你去做。”赫连铖伸手将赫连毓拉起来，“朕一直想抓住南燕太子燕昊，可一个多月过去了，还不见他现身，朕想借着你大婚这件事将他诱出来。”

赫连毓惊愕地看着赫连铖。皇上怎么知道燕昊喜欢慕微？他略一思索，心中便有了答案，定是那个阉人秦冕在赫连铖耳边报告了云州城的事，那慕乾会不会被牵连？慕家会不会被皇兄责罚？赫连毓站在那里，心里隐隐有几分不安。

“皇弟，为何不说话？你觉得朕这样布置如何？”赫连铖瞧着赫连毓那震惊的神情，心中十分高兴，赫连毓肯定是在想自己如何知道了燕昊与慕微之间的事，他冲赫连毓得意地一笑，“皇弟，朕在想，那燕昊若喜欢慕二小姐，定会想尽办法来上京，到时候咱们只要布置好人手，将他抓住便是；若他不来，你第二日便借口说慕二小姐与人私通，早非完璧之身，将她休弃回娘家，也好给慕大司马一个难堪。”

“休了微儿？”太原王瞪着赫连铖，简直不敢相信自己的耳朵。皇兄这是个什么鬼主意？自己一心盼着娶慕微，没想到他赐婚只是个幌子，那自己为什么要同意？这般伤害慕微的事，他不可能做！

“皇兄，我不同意，我要与微儿白头偕老，只要能娶她，无论如何我也不会休弃了她。”赫连毓眼神真诚，“请皇兄成全！”

赫连铖望着赫连毓眼中的坚定，不由得吃了一惊，没想到他竟会这般用情至深：“皇弟，天下美貌女子何其多，没有慕二小姐，你以后会遇到其他美人。方才我去万宁宫看过，母后召见的几位小姐，个个儿生得花朵一般，也不会委屈了你。你若还嫌不够美貌，尽可以派人去寻访美人，我便不信，咱们大虞找不出一个比得上慕二小姐的。”

“皇兄，天下美貌女子很多，可我只喜欢慕二小姐一人，除了她，我不愿娶任何人，宁可孤独终老一生，也不愿旁的女子陪伴左右。”赫连毓长长地呼了一口气，心中那股郁闷才慢慢纾解开来，“皇兄，你不懂臣弟的心。”

“皇弟，这大虞祖宗留下来的制度，王爷只能有一位正妃、两位侧妃，难道你娶了慕二小姐，旁的人便不娶了？”赫连铖觉得赫连毓实在固执，娶哪个女子、多娶几个女子，又有什么问题？为何他要这般死脑筋？

“就算我现在赐婚，将慕二小姐许配给你，可母后也赐了婚，那该怎么办？莫非你还拒婚不成？你总要为母后考虑，不好拂了她的面子。”赫连铖连连摇头，言语里满是关心，“父皇走得早，母后一人掌管后宫，还要关注前边朝堂政事，用尽全力才制住慕华寅发展势力，才让朕这个皇帝安安稳稳地做到现在，才让你尊享到太原王的待遇，这些年她这么辛苦，难道你一点儿也不体谅她？”

赫连毓听着赫连铖的一番话，脸上亦有几分动容：“皇兄说得是。”

“我看不如这样，朕今日就给你赐婚，若母后也给你指婚了，你也不用拒绝，反正你是要娶三位王妃的，只不过是看谁做正妃、谁做侧妃罢了。”赫连铖笑了笑，“这样母后就不会不高兴了，你也不必为难。”

“我……”赫连毓有些迷茫，“这样总有些不好，我只希望能与微儿两个人和和美美地在一起，不想有第三个人掺和进来。”

“你也真是固执。”赫连铖瞧着赫连毓的样子不由得觉得好笑，“那慕二小姐究竟给你灌了什么迷魂汤，居然让你这般钟情于她？皇兄再教你一个法子，母后给你指婚，你别顶撞，去找被指婚的小姐将事情说个明白，让她自己去找太后娘娘悔婚，若她还是执意要嫁进太原王府，那便怪不得你了，受了冷落也是她自找的，与你无关。”

“这……”赫连毓听了，心里轻松了几分，“就听皇兄的。”

“皇弟，”赫连铖龙心大悦，拍了拍身边的椅子，“你且坐下来，关于休掉慕二小姐这件事，朕还有话要与你说。皇弟，你做事太心软了些，这世界上，女人多的是，弱水三千，为何只取这一瓢饮？”

“皇兄，弱水三千，臣弟只取这一瓢饮。”赫连毓执拗地对上赫连铖的眼睛，一点儿也不退缩，“可能皇兄会觉得臣弟愚笨，可臣弟偏偏就是这般想的。”

他只喜欢微儿一个，旁的女子生得再美，也与他没有半分关系。

“你是执意不愿休弃她？”赫连铖皱了皱眉。他是定要将慕华寅给杀了的，慕家的男子一个也不能留，至于女子……他忽然想到了映月宫里的慕瑛，她那张带着忧郁的脸浮现在他眼前。

慕家的女子？该是什么身份便还是什么身份吧，反正慕家一垮台，她也没什么可以倚仗的了。赫连铖的心忽然有一丝发软。放过慕家这一对姐妹算了，反正小小女子也掀不起什么风浪。慕瑛继续待在后宫做他的皇后，慕微，待在太原王府便是。

“皇兄，还请你不要为难臣弟，若皇兄要我事后休了微儿，臣弟宁可不要皇兄赐婚。”赫连毓眉头一点点攒到眉心，“臣弟想全心全意爱护微儿，又怎会眼睁睁瞧着她伤心难过，被世人耻笑？”

“既然你这般坚决，那朕也不为难你。”赫连铖吞下一口水晶乌梅奶酪，只觉嘴里一片冰凉，“皇弟，那……你便不必休了慕二小姐，但你要好好布置下去，看你们大婚之夜，那燕昊究竟会不会现身。”

“是，臣弟明白。”赫连毓手拿着金匙，微微颤抖，“皇兄什么时候下旨赐婚？千万别比母后晚。”

赫连铖有几分好笑地看着赫连毓，这是在给慕二小姐争正妃的位置呢。他点了点头：“你放心，朕等会儿便让人去慕府宣旨，婚期便定到一个月后吧，这样你总能如愿了吧？”

按规矩，定亲以后女子至少还要在娘家待上一年，俗称“备嫁”，也就是说，要在家中准备嫁妆。高太后指婚，再怎么着急抱孙子，也会让那位宇文小姐在家待上半年，而赫连铖将婚期定在一个月后，慕微肯定是第一个嫁进太原王府的贵女，按先来后到，自然便是正妃了。

赫连毓听了这话，心中一块石头落了地，他站起来朝赫连铖深施一礼："臣弟谢皇上恩典。"

而慕大司马府的玉彦堂里，气氛很是沉闷。

慕老夫人坐在主座上，一只手将那紫檀佛珠捻得又急又快，阳光照进来，在她的脚边忽明忽暗。慕夫人坐在左边，一脸愁容，拉着身边慕微的手轻轻拍了拍："微儿，别将这事放到心里去，你这般好人才，难道还愁嫁吗？没了太原王，自然还有别的去处，难不成咱们慕家的小姐还会愁嫁？"

慕老夫人勉强地笑了笑："可不是？"

虽说慕家小姐不愁嫁，但在慕夫人心里，上京没有哪家公子比得上赫连毓，从地位、人品、长相来说，都是超然不群、无人能及。她看了一眼慕微，女儿肯定也是强作欢颜，只是为了不想让自己与慕老夫人担心罢了。

"老夫人，夫人，二小姐。"水晶门帘发出窸窸窣窣的响声，一个管事嬷嬷急急忙忙地奔进来，"宫里的内侍来府上宣旨了！"

慕老夫人一惊："赶紧开中门，摆香案！"

皇上有什么事要下圣旨来慕府呢？慕老夫人脑中转得飞快。慕华寅做到大司马之职，已是位极人臣，再也没有可上升的官职了，除非是封他做异姓王。可皇上要封他异姓王，自然是在朝会上下旨，不会让宫里的内侍过来传旨。

慕老夫人与慕夫人赶紧来到中门，见府外停着一辆马车，大门口站着一位年纪并不大的内侍，身穿深绿常服，应是宫里有地位的内侍，身后站着几个小内侍，都穿着青色衣裳，托着盘子，上边放着一卷黄绫。

见慕老夫人迎出来，那内侍脸上露出一丝笑容："慕老夫人，咱家是清华宫的刘兴，奉了皇上的旨意特来贵府宣旨。"他扫了一眼慕老夫人与慕夫人，犹豫着问道，"贵府二小姐可在？请让她出来。"

慕老夫人与慕夫人互看一眼，心中皆一咯噔，莫非慕微去了一趟皇宫，结果被皇上看中了？可这不符合规矩呀。慕老夫人朝刘兴笑了笑："刘公公，我那孙女马上就过来，不知今日皇上派公公来……是宣什么旨？"

"好事，自然是好事！"刘兴一脸眉飞色舞，"慕老夫人，咱家先道声恭喜，等下还想讨个喜钱呢！”

听了这话，慕夫人几乎没有站稳。听他的意思是……皇上要宣慕微进宫做妃嫔？这可怎么好？总不能两个女儿都被关在深宫里，不见天日吧？想到此处，慕夫人额上汗涔涔一片，都不知道该摆什么样的表情来。

慕老夫人倒是没着急，只是淡淡地“哦”了一声：“那就借公公的吉言了。”

慕微低头将那圣旨接到手里，如同拿着一个烫手的山芋。

竟然是赐婚的圣旨。

慕老夫人与慕夫人只觉得全身的重担都放了下来，笑嘻嘻地让人接过宫里送来的赏赐。随着这道圣旨来的，有皇上赐下的两柄玉如意，还有皇后娘娘赐下的一对玉璧。

“这可真是让人想不到。”慕老夫人嘴角浮出笑来，“微丫头，这下你可算是如愿以偿了。”

慕微扯了扯嘴角，如愿以偿？自己心中正悲伤得不行，忽听见慕老夫人说了这话，不知该如何应答。慕夫人笑眯眯地瞧着慕微，伸手将她搂住：“微儿是害羞了，陪母亲走走，还有一个月你便要出阁了，想想还真有些舍不得。”

慕老夫人在一旁直摇头：“老大媳妇，你也该着手去准备微丫头的嫁妆了，时间这么紧，哪还有时间再去闲逛。”

“母亲说得是。”慕夫人一惊，“是该准备嫁妆了，我马上就去列清单。”

慕微没有出声，拿了那道圣旨朝自己的院里走去，秋月跟在身后，一脸的喜气洋洋。有皇上赐婚，就不用害怕那讨厌的宇文七小姐了，看她还敢不敢在小姐面前说些阴阳怪气的话。

园子里的景色似乎立刻便萧瑟了，树枝上的叶子全蔫巴巴地垂了下来，树间的知了似乎连嘶鸣的力气都没有了，到处都是死一般的沉寂。慕微走在青石小径上，只觉得全身燥热，她真没想到今日竟有这样的转折，本以为总算是可以摆脱赫连毓了，没想到皇帝忽然赐婚。

“小姐，你怎么不高兴？”秋月走在一旁，看着慕微落落寡欢的神色，有些担心，“莫非小姐还在想着那个南燕太子燕昊不成？”

慕微的心似乎猛然被扎了一下，几乎要惊跳起来，她站定身子，望着秋月：“秋月，你在说什么？”

燕昊，这个名字她只敢在晚上没人的时候默念两遍，她不敢念多，害怕自己做梦时会无意间泄露出来。可现在，忽然从秋月口里说出这个名字，而且又在这么敏感的时候，这不能不让她心惊肉跳。

“小姐，我在说燕昊。”秋月很平静地看着慕微，眼里充满着怜悯，“小姐自从回来后便变了个人似的，后来及笄前那晚小姐听到埙的声音便跑了出去，第二日二公子过来找小姐，我才知道原来那人竟是南燕太子燕昊。”

慕微将手中的黄绫圣旨紧紧地捏成一团。之前听到燕昊再也不见她的消息，她心中有几分难过，如今的赐婚更加让她难过。燕昊，就像是不可触及的伤痕，稍微触碰，便觉得格外疼痛。

“不要提他。”慕微很艰难地舒了一口气。本以为随着光阴流逝，自己会慢慢将这个名字淡忘，没想到现在还是这般敏感。

“不，小姐，秋月必须提。”秋月今日很是固执，“奴婢是真心在为小姐考虑。那个燕昊，与小姐是不可能成亲的，即便没有太原王，你与他也不会在一起的。若你不嫁太原王，老夫人与夫人也会将你嫁给旁人。与其嫁给那些不相识的，还不如嫁给太原王，毕竟他对小姐一往情深，定然会好好对小姐的。”

秋月的话让慕微心头一惊。她说得没错，即便自己不嫁太原王，家里也不会留她一辈子，最迟不过一两年，祖母与母亲早晚都会给她议亲。只是……慕微心里有一丝难受，赫连毓对她用情至深，她实在不忍心欺骗他。

若自己嫁个不认识的，那她可以忽视那个人的存在，替他找几房姬妾，自己乐得轻松自在。可赫连毓不是旁人，他太熟悉她了，而且对她也太好了，她做不出那种敷衍他的事情来。

“小姐，你还在想什么？奴婢瞧着这京城里，能与小姐相配的，也只有太原王了。”秋月道，“既然是皇上下旨赐婚，小姐就没有反抗的余地，不如高高兴兴地接受了，别再去想那个燕昊，以后就和太原王过着和和美美的小日子。”

慕微没有说话，只是默默地往前走去。七月流火，天气热得惊人，走回院子，她身上已黏黏的：“秋霜，秋凌，快去打些水来，我要沐浴更衣。”

慕微身心疲惫地走进净室，水，带着温热的气息将她包围，让她忽然放松下来。

花瓣在水面徜徉，丝丝芬芳沁人心脾。慕微掬起一捧水，慢慢从头上浇下，那让她忽然想到在逃亡的路上，燕昊舀水帮她洗发的情景。

慕微趴在浴桶边，忍不住落下泪来：“燕昊，怎么办？我真的很想你！”

“小姐，太原王来了。”秋月在外边喊了一声。慕微一惊，赶紧穿好衣裳走出来。她穿着一件白色立领滚银边的衣衫站在那里，下边一条红色裙子，上边绣着花朵，风，吹起来，露出她纤细洁白的脚踝。黑油油的青丝散乱着，有几缕遮住了半边脸孔，显得面容更加白皙，眼睛更大。

"微儿。"赫连毓从没见过这副模样的慕微，清新得如雨天的茶花，令他心中激荡。

慕微勉强一笑，心中沉沉一片。

"微儿，你怎么了？"赫连毓欢欢喜喜地过来，却见慕微看着院里的紫薇花，不禁有些奇怪。

慕微慢慢走过来，伸手捏了一朵紫薇花："太原王……"她沉吟着，不知道该说什么。

赫连毓跟上来，一把握住她的手："咱们已经是最亲近的人了，不必这般生疏。"他笑着贴近了慕微几分，"不如就像小时候那般，喊我毓哥哥。"

慕微忍不住打了个哆嗦："可我们都不是小时候了。"

赫连毓捏了捏她的手心："没人的时候你这么喊便是。"

慕微觉得赫连毓这般拉住她，让她有几分不适。她轻轻地将手从他的掌里抽出来，眼睛转向了别处。

她知道赫连毓喜欢她，可正因为这样她才不想嫁给他。她宁可不嫁人，在慕府做一辈子老小姐，陪着祖母与母亲。

"微儿，你究竟怎么了？"赫连毓的欢喜一点点淡下来，慕微的沉默让他有一种说不出的恐惧，一颗心一点点地痛起来。是燕昊，肯定是燕昊，她还想着他！

赫连毓朝前走了一步，站在慕微面前，用力抓住了她的手，眼睛直视着她："微儿，你告诉我，你心里是不是还想着燕昊？"

"是。"

赫连毓站在那里，呆呆地望着慕微，一颗心更是沉了几分。

自己猜测是一码事，听到慕微亲口承认又是一码事。他的脸色白了几分："微儿，为什么？这么多年来，我对你的好，难道及不上你才认识的燕昊？"

慕微睁大了眼睛望着赫连毓，她知道自己伤害了他。"我也不知道为什么会这样，你很好，这么多年来，你就像我的大哥、二哥那般关心爱护我，我也很感激，可是……"她痛苦地低下头去，"感情上的事，我自己也说不清。"

"可是，燕昊亲口告诉我，他不会再见你了。"赫连毓紧紧抓住慕微的手，如溺水的人抓住了一块浮木，“他不会再见你了，你又何苦对他念念不忘？难道有我陪伴在你身边还不够吗？”

慕微轻轻叹了一口气：“你不明白，你一点儿都不明白。”

“不，我明白。”赫连毓低声道，“你只是得不到他，不能和他在一起，才会这么牵挂。这世上的人，都是得不到的才是最好的，却往往忽视了眼前应该珍惜的人。”

“不，你错了，我是真心喜欢燕昊的，并不是你说的这种。”慕微抬起头来，“我或许能骗别人，可我不能骗你，因为我没法子对你撒谎。我喜欢燕昊，真心喜欢他。”

“微儿，我是不会放弃的！”

秋月沏了一盏茶出来，本想给赫连毓送去，可瞧着两人在紫薇花树那儿说得热闹，便停下了脚步。

她真担心小姐会说出一些让太原王难堪的话来，若惹恼了他，皇上退了这门亲事，那小姐就惨了。

“太原王与小姐可真是一对儿。”秋雨坐在廊下的横栏上，笑吟吟地望着紫薇花树那边，“我真没见过这么般配的人。”

“可不是？”秋月捧着茶盏，不住地点头。

“微儿，我先回去了，过几日再来看你。我会让管家先拟一份聘礼单给你瞧瞧，看还要添些什么，若没旁的想法，我再让管家去置办。”

慕微瞪着赫连毓，好半日才说了一句：“你拿给我祖母看便是了。”

赫连毓已经坚持到这个份儿上，她也无话可说，既然他知道自己心里想的是燕昊，可依旧这般固执要娶自己，她又能说什么？慕微望着渐渐远去的背影，愁绪慢慢上来。

“姑娘，起风了，快些进去吧。”秋月过来搀扶着慕微往屋里走。

慕微没有出声，默默地回了内室，坐在桌子旁想了想，忽然惊跳起来。她要抓紧时间将燕昊的画像完成，出嫁后，便不能再画燕昊的肖像了。

赫连毓从慕微的院里出来，方才的那份快活已慢慢退去，心中涌出一种说不出的悲哀。

他捏了捏拳头：“燕昊，你最好别来大虞，若来了，我绝不放过你！”

赫连毓咬紧了唇，既然以前慕微喜欢他，那以后也一样，只要没了燕昊，只要自己一心一意地继续关心呵护她，总会有让她感动的那一日。

赫连毓长长地舒了一口气，望了望瓦蓝的天空，心情忽然好了不少。

“老夫人，夫人，七小姐，大喜，我们可是来讨喜钱的！”宇文府里一片喜气洋洋，丫鬟婆子们围在宇文老夫人及宇文大夫人身边，吵吵嚷嚷个不停。宇文府今日得了太后娘娘懿旨，将宇文太傅家的七小姐指婚给了太原王赫连毓，等钦天监排了好日子便确定婚期。这可是一桩天大的喜事！

宇文大夫人喜得眉毛都飞起来：“这个月的月例，每人多二两银子。”

丫鬟婆子们听了，都欢喜得喊起来，直说大夫人大方贤惠。宇文府里头等的丫鬟婆子也不过是一两银子的月例，那些粗使丫鬟，则更少，现在忽然多发一个月，如何不欢喜？

这时就听见有急匆匆的脚步声从外面传来，一个管事嬷嬷满头大汗地跑进来：“老夫人，夫人，老奴方才在外边采买东西，听到了一桩新鲜事……”她瞄了一眼宇文老夫人，声音低了下去，话语很是犹豫。

“支支吾吾干什么？快说。”宇文老夫人很是不高兴，脸色沉了下来。

管事嬷嬷的额上流下一行汗，可她顾不上擦，低声道：“今日慕大司马府接了皇上的圣旨。”

宇文老夫人轻轻地“咦”了一声，皇上竟会让人去慕大司马府传旨？皇上与慕大司马的关系，表面瞧着，十分客套生疏，最近几年皇上对慕大司马更是有几分忌惮。旁人或许不知道，可她却明白，宇文太傅经常被皇上找去，回来后便有些面色沉沉。

“皇上……心可不小。”宇文太傅的眉头皱到一起，脸色有些发僵，“只不过皇上的担心也是对的，谁不想江山世世代代传下去，难道想一个外人来插手？”

宇文老夫人当时在旁边听着，心里明白，这说的，应是皇上与慕大司马之间的那点儿事。以前皇上年纪小，他也只能忍着，可现在，皇上已不是当年的皇上，自然压不下心中那口气。

“老夫人，皇上是给太原王赐婚的。”管事嬷嬷没法子，只能将方才听到的消息说了出来，“是慕府的门房传出来的，肯定错不了。”

“赐婚？”宇文老夫人忽然想起今日皇上来万宁宫，难道……她的脸色顿时黯淡了几分，又想起路上偶遇赫连毓的事来，“皇上是给谁赐婚？”

“是慕二小姐，将她赐给太原王为王妃。”那管事嬷嬷说得很是艰难，刚刚回府，见府里喜气洋洋，一打听，说是太后下懿旨了，自家七小姐成了太原王妃。可她刚刚分明听说皇上给慕二小姐赐婚，也是指给了太原王做王妃，那自家的七小姐到底是正妃还是侧妃？

“什么？！”宇文大夫人惊跳起来，“太后娘娘已经指了我们家眉儿，皇上如何还能指婚那慕家二小姐？”

“老大媳妇，你且坐稳当了。”宇文老夫人横了宇文大夫人一眼，“都这般年纪了，还不淡定。皇上赐婚，那是皇上的事，难道你还能去问皇上？”

旁边宇文三夫人细声细气地开口道：“母亲，皇上与太后娘娘都下了旨，那七侄女到底是正妃还是侧妃啊？”

宇文老夫人的脸沉了下来。这可真是难办，究竟谁才是正妃？皇上传旨在前，且身份更高贵……宇文老夫人眉毛微微聚到一处。原想着最喜爱的嫡孙女能嫁个好人家，没想到摊上了这样一个难题。

“派人去打听打听，看看慕府那边有什么动静。”

第二十六章 心有不甘

“这事可真是难办，皇上与太后娘娘竟然意见相左，难道没商量过不成？”宇文太傅皱眉，心中十分不解。

宇文老夫人长长地叹了一口气：“可不是？原本皇上就不管赐婚的事，可偏偏这时候下旨赐婚，真是让人措手不及。”

宇文太傅拿起茶盏，慢慢喝了一口：“皇上怎么可能给慕二小姐赐婚呢？他不是最痛恨慕华寅吗？”

宇文老夫人点了点头：“我也是这般想，可皇上赐婚却是个不争的事实，咱们眉丫头嫁过去只能是侧妃，一想这事，我心里便难过。”

“难过什么？”宇文太傅看了她一眼，“这以后的事谁知道呢，反正皇上赐婚绝不会那么简单，咱们且擦亮眼睛看着便是。”

“老爷，今日太后娘娘跟我说了一些话。”宇文老夫人思量再三，最终开了口，太后的话她已琢磨了一整日。

“皇上这般猜忌慕家，哀家身为他的母后，看了也是急在心头。可哀家毕竟只是个深宫妇人，还请宇文太傅多多体谅皇上，多为皇上分忧。”高太后的脸上有一种说不出的悲伤，“慕家权势滔天，被皇上猜忌也是自找的。宇文老夫人，你说是不是？”

宇文老夫人揣度着高太后这话里的意思，似乎是在说，要宇文太傅府站在皇上这边将慕华寅扳倒。可慕华寅倒与不倒，与高太后并没有太大关系，即便慕华寅真的篡位了，高太后也只是从皇宫里搬出来罢了，毕竟皇上不是她的亲生儿子。如今高太后这般说，想必还有隐情。

太傅府现在稳稳地站在中盘位置，究竟是向皇上、高太后靠拢，还是继续站在中间，这可是一件需要慎重选择的事情。宇文老夫人自然不敢随意开口，她也没权利代表宇文太傅发表自己的看法。她笑着朝高太后道："太后娘娘一心为皇上，大家都看在眼里，可朝堂毕竟是男人的事，我一个妇道人家，也无能为力啊。"

"宇文老夫人果然贤良淑德。"高太后点头，"可不是？咱们也没旁的法子。只不过，"高太后端起茶盏，瞥了宇文老夫人一眼，"老夫人在宇文太傅耳边稍带提几句也是可以的。"

宇文老夫人望着面前的茶盏，思忖着高太后话里的意思，提几句？提什么？她脑子里迅速想着各种可能，瞧着高太后那慈眉善目的样子，忽然觉得如青面獠牙的魔鬼一般可怕。

或许……宇文老夫人心头一惊，旋即又拼命安慰自己，不会的，高太后贤良淑德，如何会做这样的事？若想这样做，十多年前就可以做了，何必等到现在？她静下心来，朝高太后微微颔首："太后娘娘的吩咐，莫敢不从。"

先含含糊糊地应下来，不管高太后说什么、暗指什么，先一个云手揽过来，然后再慢慢推出去。这些事，总不是她一个妇道人家能做主的，总得回府与宇文太傅商量下才是。

"太后娘娘竟这般说？"宇文太傅的眉头皱得紧紧的。

这边，房间里传来响声，几个丫鬟站在门口，大气也不敢出。

站在门口的丫鬟浅草听见里面传来哭哭啼啼的声音，长长地叹了一口气，伸手在门板上拍了拍："七小姐，太原王过来了，老夫人让你去一趟华碧堂。"

屋子里一片凌乱，地上全是茶盏的碎片，宇文如眉的贴身丫鬟乐儿正跪在那些瓷片上，两只手撑在地上，一股鲜血从手指流出。宇文如眉正拿着小鞭子在旁边站着，不高兴时便抽她两下。

乐儿的头发已经散了，衣裳上也被抽破了几个口子，她已经痛得麻木，哭泣声都不是很大了。听到外边有人拍门，乐儿眼睛一亮，垂头看着流血的手掌，心想总算有人来救她了。

“太原王过来了？”宇文如眉心头一喜，打开了门，见是祖母身边的丫鬟浅草，脸上立即堆起了笑，“他真过来了？”

“七小姐，奴婢还敢骗您不成？老夫人命我过来传话，还请七小姐快些去华碧堂，莫要让太原王久等了。”浅草向宇文如眉行了一礼，“话我带到了，奴婢要回话去了，七小姐还请动作利索些。”

宇文如眉激动地冲到梳妆台前，举起铜镜瞧了瞧，只觉得镜里的自己披头散发，有些难看：“快些帮我梳妆！”

丫鬟喜儿答应了一声，急忙过来。宇文如眉瞥了一眼跪在那里的乐儿，撇了撇嘴，道：“你起来吧，下回再这般粗手粗脚的，我饶不了你！”

这边，宇文老夫人瞧了瞧赫连毓，不知道他今日来府的目的，难道是来商量婚期的？可商量婚期也不该与宇文如眉，而是与长辈商议啊。

看着太原王由丫鬟引着，昂首阔步地走出去，宇文老夫人默默地拿起了茶盏，心中有些忐忑。有什么话不能跟自己说，一定要跟眉丫头说？实在太奇怪了。

宇文如眉却很兴奋，这是她第一次与赫连毓单独相处，她有些紧张，也有些羞涩，即便赫连毓站在她面前，她也不敢抬头看他一眼，只是低头瞧着赫连毓紫色长袍一角。她心中充满了一种无言的快乐，原来，与喜欢的人单独站在一起会有这么美妙。

“宇文小姐，今日我来府上是想求你一件事。”赫连毓斟酌再三，还是打算将藏在心里的话说出来，“只盼宇文小姐不要怪罪。”

“求我一件事？”宇文如眉吃惊地抬起头来，见赫连毓紧张的神色，莞尔一笑，“太原王，你尽管说便是，无论你想求如眉什么，如眉一定答应你。”

“真的吗？”赫连毓笑着点了点头，“大家都说宇文小姐通情达理，果然如此。”

得到赫连毓的夸赞，宇文如眉有些飘飘然起来。她瞟了赫连毓一眼，展现一抹自认为绝色无比的浅笑：“太原王，究竟是什么事情，但说无妨。”

“昨日皇上与太后娘娘都给我赐了婚，我觉得若委屈宇文小姐做侧妃，实在不大合适，像宇文小姐这般家世，这般人才，怎么能屈居为侧？我觉得这样太过分了。”赫连毓看着宇文如眉的小圆脸，很是真诚地说，“宇文小姐自己难道不觉得委屈吗？”

听到赫连毓提起此事，宇文如眉心头一酸：“如何不？到现在我还意气难平。”

"宇文小姐的想法果然与我一致。"赫连毓点了点头，"不如这样，我们随便找个事儿，就说我们两人八字不合，或者说宇文小姐看不上我，反正不论用什么理由，宇文府提出退婚，这样宇文小姐便能再次选择，也不用委屈自己。"

"退婚？"宇文如眉张口结舌地看着赫连毓。他怎么出这样的主意？真是太意外了！她一直喜欢他，好不容易得了能嫁给他的机会，难道生生地给推出去？

"不！我不同意！"宇文如眉大声道，"太后娘娘都下旨了，如何能退婚？"

赫连毓有几分尴尬："那是母后不知情，还请宇文小姐原宥。"

"不知情？"宇文如眉心中又急又气，眼泪都下来了。

赫连毓有几分狼狈，也有几分手足无措："宇文小姐，你先别哭，我只不过是来与你商议的。"

"你让我退婚，这样你就可以与慕微过快活日子了？"宇文如眉脸上露出咬牙切齿的表情，"是不是慕微出的主意？她在忌妒我，是不是？"

"不，这事跟微儿没有关系，是我自己觉得委屈了宇文小姐，这才过来与你商议。"赫连毓有几分吃惊，她怎么猜到了慕微身上？这不是给她树敌吗？他忙摆了摆手，狼狈得想夺门而出。

"不，我不退婚！赫连毓，侧妃便侧妃，我一定要嫁给你！"宇文如眉双手抓住门帘，脸上有几分疯狂。退婚？她喜欢赫连毓，喜欢了这么久，总算能与他在一起了，却要她放弃这难得的机会？不，不管怎样，她一定要与他在一起！

七月底的天气依旧很热，官道旁的树，也不似春日那般鲜活。

一辆骡车慢慢往前走着，一个四十来岁的老汉坐在车前，手中拿着小鞭子。骡子偷懒了，他便吆喝两声，挥舞下鞭子。坐在骡车后的姑娘笑了起来："李老爹，这骡子不打就不肯走。"

"可不是？"李老爹呵呵一乐，"陆小姐，你是不是觉得它走得太慢了？"

"咱们有马，只可惜不能用。"陆凝香叹了一口气。在凤凰山上待了好几个月了，粮米眼看着去了一半。虽然将士们操练之余便开荒垦田，但柳润声担心粮米会支撑不过冬天，所谓靠山吃山，靠水吃水，于是他便让人到山间打猎，第二日由陆凝香带到云州城贩卖。

因为马是个金贵东西，除了大户人家与一些以赶马车为业的，平常人家很少养马。柳润声与御风都觉得陆凝香用马车拉货去卖野物很不合适，这分明就是穿着丝绸衣裳去讨饭吃，会让人起疑，于是买了一头骡子，这样就不会让人起疑了。

这已是陆凝香第三次进云州城卖野味儿了。

头一次，陆凝香脸皮薄，将野味儿摆出来就干坐着，不敢开口吆喝，还是李老爹扯着嗓子喊了几声才有人过来瞧。一个时辰后，才有一个大户人家的管事买去了两只野鸡，之后便再也无人问津。陆凝香愁得抓耳挠腮：“李老爹，还剩这么多，怎么办？”

旁边卖东西的小贩看了一眼，不住地摇头：“现在这日子才安稳下来，平民百姓家谁有闲钱吃野味儿？你们不如去那些大酒楼试试。”

大虞人攻占了南燕，派了二十多个官员来管理各州，云州城的这位新刺史很是暴虐，老百姓别说出来做生意，就是商铺都少了，要想将这么多野味儿卖掉，着实为一件难事。

陆凝香听那人这般说，看了一眼李老爹，想让他拿主意。李老爹点了点头：“闺女，走，咱们去酒楼看看。”

到了云州城的如意大酒楼，那甘老板也和气，见野味儿齐全，价格又好，也没多说，大手一挥，道：“这车货我要一半。”完后，还指着另外一个方向道，“其余的，你们可以去那边的风味饭庄试试，现在云州城就我们两家能吃下你们这车货了。”

李老爹笑着小声道：“甘老板真是好手段，定是给那位刺史大人送了不少银子。”

“可不是？”甘老板点了点头，两道眉毛皱成了一个倒八字，“不送银子怎么会让我开门这么顺畅？”

第二次东西没有第一次多，陆凝香与李老爹直接找到甘老板，全部包销，今日她又带着货物去了如意大酒楼。

这次，云州城里比前两次来时显得人多了些，街道两旁新开了不少商铺，看来，那些逃难的人陆陆续续回来了。

到了如意大酒楼，甘老板恰好也在，见到李老爹与陆凝香，笑道：“我还正琢磨给你们父女俩送信儿呢，想叫你们捎带些新鲜野味儿，没承想今日便来了。”

为方便行走，陆凝香与李老爹以父女相称。

李老爹笑道：“若甘老板以后想要货，可以去那边福来客栈找那个掌柜，他是我的亲戚，知道我住在哪里，让他给我捎信就行。”

“行。”甘老板看了看李老爹，又看了看陆凝香，调笑道，“老爹，你和你闺女身手都这般好，隔几日便能打这么多野味儿，只得一两年，就能给她攒下一大笔嫁妆哩！”

陆凝香虽然颇为豪放大胆，但听到说嫁妆，也不禁红了一张脸，站在旁边低下头去。甘老板见她容颜秀丽，虽然穿着粗布衣裳，可一点儿也掩盖不住她的美，不由得赞了一句：“老爹，你这闺女生得好，以后定能找户好人家！”

李老爹哈哈一笑：“人家早就许了，也是山里头的。”

陆凝香听李老爹这般说，知道他说的是燕昊，脸红得更深了，低下头去，都不敢抬眼。

“可惜了，可惜了，这闺女生得好颜色，要是生在大户人家，恐怕能嫁进王府去做王妃呢！”甘老板见陆凝香的情状，笑着捉弄了一句，“要是做了王妃，那你老爹就不用去打猎了。”

“做王妃有什么好，不如在山里自在快活。”陆凝香忍不住反驳了一声。

在凤凰山里的这几个月，除了开始与燕昊有些生分，后来一直都很好。她尽心照顾着燕昊的生活，十分用心。燕昊也不再像以前那般排斥她，原先见了她，一张脸总是冷冷的，现在也稍微柔和了些。

虽然她依旧能在月夜听到幽幽的埙乐之声，可陆凝香坚信，总有一日，她会让燕昊喜欢上自己。慕微，身在大虞，千里之外，又怎比得上她的日日陪伴？只要她全心全意地付出，不怕燕昊不会被她感动。

她才不要出凤凰山，凤凰山是她的乐土。

旁边一个搬野味儿的小二听了这话，“扑哧”一笑：“李姑娘，你总得能嫁进王府才成！即便是大户人家的小姐，嫁进王府也不一定能做王妃，指不定是侧妃、侍妾！就跟前两日听说的那样，那个大虞的太原王……啧啧，真是艳福不浅。”

“太原王？”陆凝香无意识地重复了一句，这个名字似乎在哪里听过。

“是，太原王是大虞皇帝最宠爱的弟弟，早些日子，皇上和太后娘娘都给他赐了婚，一个是慕大司马家的二小姐，一个是太傅府的七小姐……”小二拖住一只獐子的腿，咧嘴笑着，“还不知道哪位小姐是正妃。”

“那还用说？肯定是那位慕二小姐！”甘老板在旁边也是眉飞色舞，“听说那慕二小姐生得风姿嫣然，世间少有，太原王早已倾心于她，亲自去求了皇帝赐婚，婚期就定在八月初八。那个宇文太傅家的七小姐是太后娘娘赐的婚，好像说婚期是在四个月之后。按照先来后到的规矩，也该是那位慕二小姐为正妃。”

“慕二小姐？”陆凝香的心堪堪地漏了一拍。这慕二小姐，不就是慕微？她眼前浮现出一张脸，肌肤细腻如瓷，一双眼睛明亮得如天空里闪烁的星星。

“你在山间，自然没有听说过这号人，我们可听得多了。”那小二神秘兮兮地凑近陆凝香，低声道，“听说慕二小姐曾被咱们的……”说到这里，他忽然想到南燕已经亡国，燕昊也不能被叫太子了，话没说完，就没精打采地拖着那只獐子往厨房去了。

“那慕二小姐生在大司马府，自然要嫁贵人，像我这样的乡下丫头，就不做那样的梦了。”陆凝香微微翘起嘴唇，笑意盈盈。慕微要嫁人了，再也构不成威胁了，她与燕昊……陆凝香紧紧抓着粗布衣裳，快活得几乎要跳起来。

回去的路上，陆凝香抱着膝盖坐在车上，看官道两旁的风景，只觉得比来时要明丽了许多。她笑嘻嘻地瞧着一双双的鸟儿从树上飞起，朝瓦蓝的天空冲去，觉得自己仿佛也长了一双翅膀，要慢慢飞到云霄里。

慕微要嫁人了，这是对燕昊的背叛，也说明她根本没将燕昊放在心上，这样的女子，燕昊怎么还会在乎她？如果把她要成亲的消息告诉燕昊，他定会心痛，也许经过一番心痛后，他就不会再想念慕微了。

所谓破茧成蝶，蝴蝶要有一双美丽的翅膀，必要经过一番挣扎。若想帮燕昊从束缚他一颗心的茧里走出来，自然要有什么事情刺激他，让他找到冲破茧子的动力。

而慕微成亲的消息，就是刺激他的动力。

陆凝香一口气跑到了山脚，那里新开了很多田地，在一块地前，影影绰绰有几个人，陆凝香仔细辨认了一下，心中大喜，飞奔着跑过去：“太子殿下！柳大人！”

站在田埂上的几个人回过头来，柳润声脸上露出一丝笑容：“陆小姐，快来瞧瞧，咱们的秧苗长得不错。”

陆凝香一心为这五千人马的吃穿用度着想，柳润声看在眼里，也感激在心头。虽然她这般做是为了讨好太子殿下，但怎么说，也比那些肩不能挑手不能提的大家闺秀要实在得多。这田里育秧，陆凝香也出了几分力，有一块地还是她与李妈妈两个人打理的。

燕昊看了陆凝香一眼，脸上没有半分异样的表情，只是淡淡的。

“陆小姐，你瞧瞧。”柳润声指了指那秧田，“苗儿都壮实得很！”

陆凝香朝那田里看了一眼，便转头看向燕昊，急切地说道：“太子殿下，今日我在云州城听到了一条消息。”

燕昊眉眼不动，背着手站在那里，淡淡地问：“哦？什么消息？”

陆凝香瞧着燕昊的神色，不由得有几分焦躁：“太子殿下，我想这消息你肯定想知道，是关于那慕二小姐的。”

这个名字如一根针刺进了燕昊的心，他本已努力将这个名字掩埋在心底，只在没人的时候才轻轻念叨，没想到却被陆凝香提了出来，仿佛一叶小舟，慢慢地从遥远的天际漂过来，停在他眼前。他似乎看见那白色的风帆，还有小舟上那美得如三月春花般娇艳的女子。

“你究竟听到了什么消息？”燕昊背在身后的双手似乎出了汗，他发现自己根本无法淡定下来。为什么只要有人提到慕微的名字，他就这般心浮气躁？

陆凝香看了柳润声一眼，柳润声见燕昊与陆凝香如此这般，自然知道陆凝香不想让自己掺和，赶紧喊了几个手下避到一旁去，田埂上只剩燕昊与陆凝香两人。

“人都走了，你说吧。”燕昊稳了稳心神，瞧了一眼陆凝香，见她头发凌乱，额头一层细密的汗珠，嘴角却带着一丝快活的笑容，不由得有几分好奇，什么消息能让她高兴成这样？

“慕二小姐要成亲了，她的夫君是大虞的太原王，听说婚期已近，就在今年的八月初八，还剩下一个月光景了。”陆凝香看着燕昊的脸瞬间苍白，有一丝心疼。或许该说得委婉些，这样太子殿下就不会这般仓皇无措。

可转念一想，总要有人帮燕昊从那茧中出来，陆凝香便狠了狠心，这种痛苦只是一时的，等燕昊想明白了，他自然不会再想她了。

人生路上会认识许多人，慕二小姐只是他路上的风景，能陪着他一直走下去，看尽人世繁华的，只能是她。

她是萧皇后指给燕昊的太子妃，她从小就喜欢他，愿意为他付出，无怨无悔，哪怕现在跟着他在这山间过着粗茶淡饭的生活，她也甘之如饴。

“她……要成亲了？八月初八？”燕昊猛地抓住她的手，“你听谁说的？不可能！她及笄才不过两个月，如何就要出阁了？陆凝香，你在撒谎！”

陆凝香有几分慌乱，她看着燕昊那近乎疯狂的眼神，有些不敢相信自己的眼睛。他的眼里布满血丝，脸上蒙上了一层寒霜，那冷冽的气息，仿佛严冬里的寒冰，冷得她无法接近。

“太子殿下，我没有撒谎。”陆凝香执拗地望着他，“现在云州城的人都知道了这个消息，若太子殿下不相信，去云州城打听一下便知。”

燕昊的手用了几分力气，陆凝香皱眉喊了一声：“痛！”

似乎猛然被惊醒，燕昊将陆凝香的手松开，又深深打量了她一眼，这才背着手默默地转身走开。陆凝香心想，或许过几日，燕昊便不会再想那位慕二小姐了。

“太子殿下，太子殿下！”陆凝香气喘吁吁地追上去，“你可别太难过，男大当婚，女大当嫁，慕二小姐总是要嫁人的……”

“闭嘴！”燕昊猛吼了一声。那声音里带着一种决然的暴躁，让陆凝香吃了一惊，呆呆地站在那里。远处柳润声与几个手下听到这一声暴喝，惊讶地往这边看过来。

燕昊从来都是温柔有礼的，他们几乎没有见过他暴怒。因为隔得远了些，柳润声没看清燕昊的表情，但从他走路的姿势判断，现在的燕昊，正处于极度的暴怒之中。

几个人看了看缓缓走过来的陆凝香，柳润声小声问道：“陆小姐，你方才与太子殿下说了什么？”

听到柳润声的声音，陆凝香心中的委屈蓦然爆发，泪珠簌簌而下：“我今日在云州城听到一个消息，说慕二小姐要成亲了，所以告诉了太子殿下。”

“慕二小姐要成亲了？”柳润声眼前晃过一张脸，“那位曾在刺史府住过的慕小姐？”

“嗯。”陆凝香点了点头，哽咽了一声，“我想太子殿下听到她要成亲的消息便会死了心，没想到他忽然变了一个人，真是让人害怕。”

柳润声点了点头：“我也是头一遭见太子殿下这凶巴巴的样子。”

几个手下都沉默了，谁也没有说话。燕昊喜欢那位大虞的慕二小姐，这并不是个秘密，凡是与燕昊比较亲近、云州破城时住在刺史府的人都知道。可大家都以为那不过是太子殿下一时迷惑，过不了多久就会将那慕二小姐忘记。

可是，那幽幽的埙乐常在夜晚响起，一轮圆白的月亮下，那个身影，显得很孤单。

他们的太子殿下燕昊，从未将那位慕二小姐忘记过。

一阵马蹄声嘚嘚从那边传过来，众人抬头，就见燕昊骑着金翼正往山下而去。后边跟着一匹马，御风焦急地唤着燕昊："太子殿下，你去哪里？"

柳润声望着那两匹马一前一后地去了，脸色一变，赶紧吩咐那几个手下："速速骑马追过去，保护太子殿下！"

几个手下没等柳润声交代完，早已撒腿跑去。柳润声看了一眼呆站在那里陆凝香，长长地叹了一口气："陆小姐，你这帖猛药也下得太猛了些！"

陆凝香愣愣地道："太子殿下这是去哪里？不会是去云州打探消息吧？"

"若是去打探消息还好，"柳润声摇了摇头，"就怕太子殿下是去大虞。"

"去大虞？"陆凝香吃惊地瞪大了眼睛，不敢相信，"他怎么能去大虞？大虞的皇帝不是下令缉拿他吗？他现在去，岂不是飞蛾扑火？"

柳润声望着蜿蜒的山路，没有说话。他悲哀地想着，太子殿下为了一个女子，竟然不顾自己的安危，奔赴那最危险的地方。

八月的上京城，热闹非凡。

大司马府里一片热闹的景象。今日是八月初七，正是办夸妆会的日子。

按照大虞旧俗，在出嫁的前一日，女方家中须办一场夸妆会，将女方的嫁妆陈列出来给旁人观看。所以，今日大司马府中门大开，得了帖子的夫人小姐纷纷前来观赏慕微的嫁妆。

两间院子里满满地放着嫁妆，每一抬架子上都扎着大红的花球，架子上金银首饰、玉器翡翠，还有字画古玩，最引人注目的，莫过于一对闪闪发光的红珊瑚树。都说红珊瑚价值连城，随意一件红珊瑚首饰往少里说也要几百两银子，遇见成色好的，上千两都难得。这两株红珊瑚通体晶莹透亮，红得格外艳丽，在阳光照射下，熠熠生辉。

"这红珊瑚树，究竟是谁送的？"众人凑在一处议论，"这红珊瑚产自南海，大虞少见，或许不是来自京城。"

慕乾带着家仆站在院子里，听着众人的议论，心中得意。这红珊瑚是他从南燕皇宫中抢来的宝贝，没想到得到这么多人的赞叹。

他此次去南燕，可真是狠狠赚了一笔，不但将南燕皇宫洗劫一空，还把江都上百家官吏的府邸都清了场，得到的金银珠宝足足装了近百辆车。

这些金银珠宝可是慕家几辈子都花不完的！慕乾得意地一笑。当时父亲点了他带兵去攻打南燕，早就叮嘱了他这件事："不远千山万水去了南燕，总要有所收获才行。乾儿，你务必将南燕皇宫清洗一遍，一半给皇上，留一半给咱们慕家。”

慕乾心里想着，既然已经将这南燕皇宫清洗了一遍，不如索性将江都那些贪官污吏的府邸也查抄一遍，反正他们也是搜刮民脂民膏。可是没想到这一查抄，居然抄出了金山银山，看得他目瞪口呆。这些金银珠宝，比从南燕皇宫搜到的还要多，还要精巧，他都快看不过来了。

将这笔钱财二一添作五，慕乾照慕华寅的吩咐，很大方地送了一半回大虞，献给了赫连铖，还有一半藏到了慕家的密室里。这次慕微成亲，自己这个做兄长的也该将最好的东西给她才行，想来想去，慕乾去密室取了两株红珊瑚出来。

这般珍贵的宝贝，大虞皇宫都不见得有，皇宫里虽然有红珊瑚，可都不太高，这两株红珊瑚，足有五六尺，立在那里，和一个人的身高差不多。

听着那些夫人、小姐窃窃私语，慕乾甚是得意。他并未与慕微说起这件礼物，也没有同祖母父亲说起，今日一早才命人搬来，也没有写送礼之人的名字，打算等下去告诉慕微，给她一个惊喜。

众位夫人、小姐在红珊瑚树面前啧啧惊叹，大家都在猜测：“这送礼的人究竟是谁？为何不留名字？”

慕乾扬扬得意，正准备去慕微的院子，路上被下人拦住：“大公子，老爷喊你过去。”

快步来到书房，慕华寅正负手而立，见慕乾走了进来，道：“乾儿，我有一件重要的事情要问你。”

慕乾见父亲神色凝重，也摸不准他要说什么事，慢慢挪过去，只听慕华寅压低声音道：“你妹妹的嫁妆里，有两株红珊瑚？”

父亲这是怎么了？慕乾看了慕华寅一眼，点了点头：“是。”

“听说没写名字，那究竟是谁送来的？”慕华寅的声音沉沉，脸上没有一丝笑容。

“父亲，是我送的。”慕乾只觉得奇怪，两株红珊瑚怎么了？自己辛辛苦苦攻下南燕，送微儿一件像样的嫁妆都不行？

“乾儿，你可真是糊涂！”慕华寅用力拍了一掌，“现在皇上一心想要抓我们慕家的错处，你却偏送辫子给他抓！”

“这怎么了？”慕乾有些不以为然，“父亲，我不过是想给微儿一个惊喜罢了。”

“惊喜？你可想过，若这红珊瑚的事情传了出去，皇上会不会起疑心？”慕华寅重重地叹了一口气。这乾儿还是年轻气盛了些，做事根本不考虑后果，只怕龙椅上的赫连铖又要仔细思量一番了。

“父亲，抢了东西回来却不用，那岂不是锦衣夜行？”慕乾摇了摇头，满脸不赞成，“我辛辛苦苦替大虞攻破南燕，皇上奖励我一些金银珠宝也是应该的。我只是没有将这些东西全数送到他手里，截留了部分而已。既然是我抢回来的，自然该我们慕家人享用，若是藏起不用，有何意义？”

慕华寅瞪了慕乾一眼，自己这个儿子为何就这般单纯？不，不能说是单纯，只能说是目光短浅。慕家哪里就沦落到要靠抢东西过日子的份儿了？自己叮嘱他清洗南燕皇宫，自然有他的道理，可儿子压根儿没有体会到，还以为是想留着给慕家享用的。

“你总算还知分寸，没有写自己的名字。”慕华寅长长地吐了一口气，决定暂时不将自己的打算告诉慕乾，他要等到水到渠成的那一日再开口，现在还不是时机。

“自然不会写，我是想给微儿一个惊喜的。”慕微笑着回答，“我现在就去告诉微儿。”

“别去。”慕华寅道，“这事就当没有发生过，任凭那些人去猜，无论如何也不能说出是你送的。”

慕乾奇怪地看了慕华寅一眼，虽然不知父亲的用意，可还是点头应下来：“我知道了，那我再送一套别的首饰给微儿。”

慕华寅瞅了慕乾一眼，长长地舒了口气：“你送田庄、送首饰都行，由你去挑，只是千万别让人知道这珊瑚树是你送的。”

瞧着慕乾的背影，慕华寅捏了捏拳头，不知道慕乾将那些运珠宝回来的士兵解决了没有，再心腹的人也要除掉，这般庞大的财富，怎么能让外人知晓？他的脸色暗了暗，咬了咬牙：“量小非君子，无毒不丈夫，乾儿还是心软了些。”

“小姐，小姐！”秋月与秋雨奔了进来，脸上都是欢快的笑容，“我们去看了你的嫁妆，太多珍品，都看不过来了！”

“秋月姐姐，都有些什么？快告诉我！”小梨子从树上爬下来，跑到秋月面前，抱着她的胳膊直撒娇，“我想肯定有不少的珠宝首饰！”

"珠宝首饰有什么稀奇的，"秋月白了她一眼，"皇后娘娘送了一对白璧，皇上送了一对白玉如意，这还不是难得的珍品？"

"啊，皇上与皇后娘娘的赏赐？"小梨子撇了撇嘴，"早些不就知道了？跟着皇上赐婚的那道圣旨便下来了。还有没有什么别的新鲜东西？"

"新鲜东西自然有！"秋雨眉飞色舞，"有两株红珊瑚，和人差不多高呢。听那些夫人说，这颜色最是难得，不仅红，而且红得通透，日头都能照出影子来。"

"红珊瑚？"慕微忽然抬起头来，"上头可写了是谁送过来的？"

"也真是奇怪，并没有写是谁送的，名刺是空白。"秋月眼珠子骨碌碌转了一圈，"这般珍贵的东西如何不写名字？莫非不想让人知道他送了这样的重礼来？"

慕微听了秋月的话，蓦然一惊，没有署名？不用说了，定是他送的。她的手紧紧贴着自己的胸，似乎能听到自己的心跳声。

燕昊，他来大虞了？

他不是说，今生今世，他不会再见自己了吗？慕微咬了咬唇，望着院墙边的玉簪花，心中有说不出的感动。他不能违背自己的诺言，所以送了这两株珊瑚，让自己知道他来过了。

红珊瑚是南海特产，南燕那边不稀奇，在大虞这儿可是个稀奇物，特别是那么高的，大虞没有几家能寻来，也只有南燕皇宫会有。慕微低下头，眼里蓄了泪，不想让丫鬟看见，只呆呆地看着自己的衣襟。

忽然，一滴泪水落了下来，将淡黄的衫子染湿了一块。今日也许是自己最后一次这般肆无忌惮地想念燕昊，等明日，便没了再去思念他的资格。

第二十七章 桃夭之喜

夜色迷茫一片，月牙如钩。慕微躺在床上，辗转反侧，无法入眠。

多么希望燕昊能如她及笄前的那晚，在不远处吹响幽幽的埙乐。

睁着眼睛躺在床上，心里盼望着埙乐幽幽响起，哪怕是外边有一丝动静，她都惊跳起来，望向蒙着茜纱的窗户。

她听见秋月、秋雨在外边的廊下说话，声音细细的，却很清晰；她也听见墙角有虫子在细细吟唱。她望着床前的一地月光，一点点飘忽着，闪动着。

望得累了，疲倦到了极点，她终于沉沉合上了眼睛。

梦里，她听到了向往的埙乐，感觉很哀愁，但又带着些许的欢喜。等她睁开眼睛时，四周却安安静静，没有一点儿异常的声音。

原来只是梦。

慕微愁苦地望了望月色，一片明亮的月华里，仿佛走出一个白衣男子，剑眉星目，他盯着她，很是执拗，很是专注。慕微贪婪地看着那个人影，不敢眨一下眼睛，怕一眨眼，燕昊就不见了。

“燕昊。”她低声喊了一声，伸出手去，床前那个人影却倏忽不见。

“燕昊，燕昊……”慕微惊慌地喊起来，人从床上惊坐而起。周围一片宁静。

“原来只是一个梦。”慕微长长地喘了一口气，抹了抹眼睛，几滴泪落在她的手心。

她再也等不到燕昊，他说过，那次是他们最后一次见面。

从此，他们就是天涯陌路。

慕微的心幽幽地痛起来，喃喃道："我好想你，燕昊，你知不知道？"

没有人回答她，只有轻风吹着廊下的一盏流苏灯笼发出细碎的响声。慕微出神地望着，叹了一口气，默默地躺下来。

这是一个不眠之夜，过了今晚，她便再没有想念燕昊的资格。

第二日一早，慕微便被外边叽叽喳喳的声音吵醒，小梨子扑过来："小姐，你醒了？"

慕微笑了笑，伸手摸了摸她的脑袋："你怎么起得这样早？"

秋霜奔过来，道："小姐，小梨子今日卯时就醒了，一直拉着我们说个不歇，好像今日是她出阁一般，激动得不行。"

旁边的秋月笑道："我们都和她说了小姐正午时分才出阁，可她就是睡不着，一个人在那儿嘟囔了好一阵子。"

慕夫人将这院里的人都给了慕微，另外还打发了十八房陪嫁，算起来差不多有近百人，这也算得上是庞大的陪嫁队伍了。小梨子知道要跟着慕微走，高兴得手舞足蹈："我就爱跟小姐一块儿！"

慕微瞧了瞧面前的那几个丫鬟，都穿上了淡红色的新衣裳。小梨子第一次穿上丝绸衣裳，高兴得合不拢嘴，见人就扯着让她们看："瞧我这衣裳的花色好不好看？"

"小梨子，快别吵着小姐了，去院门口等着，很快老夫人、夫人就要过来了。"秋月伺候慕微梳洗。很快，就听到小梨子清脆的声音响起："南安王妃到！老夫人、夫人到！"

慕微的及笄礼南安王妃盘发唱赞词，这次成亲依旧请的她。这京城里没有比南安王妃福气更齐全的了。南安王疼爱她，子女皆是她亲生，没有庶子庶女，三个儿子两个女儿，也足以让她在京城的夫人堆里傲视群雄了。

"今日我又来了，慕二小姐。"南安王妃满意地瞧了瞧慕微，朝身后几个喜娘招了招手，"快替慕二小姐开脸。"

有一个喜娘走上前，从荷包里取出五彩绳来，将慕微脸上细细的汗毛绞去。顷刻间，慕微的脸越发光洁如玉，更显神采飞扬。南安王妃上前，给慕微盘发，赞词张口就来，没有半分停顿。

日头慢慢升起，女眷们越来越多，不多时，外边便坐满了人。只听有人喊道："新娘子来了！"众人回头一看，就见慕微由两个喜娘搀扶着慢慢走出来，身后跟着几个陪嫁丫鬟。

当慕微走近时，众人只觉得眼前有一道光亮一闪而过，大家都屏住呼吸，几乎快说不出话来。好久才有一个人赞叹道："新娘子今日可真美！"旁边当即有人反驳："慕二小姐哪一日都是这般美，岂独独只是今日？"

厅里立刻热闹起来，大家都说着恭喜的话，慕微只觉得耳边嗡嗡响，全然听不清旁人说了什么。

午时，喜宴开始，慕微由秋月、秋雨服侍着用了几口饭，便再也没有心思，只是呆呆地坐在那儿。忽然，一阵阵说话声从外边传来，那些夫人、小姐自喜宴上陆陆续续回来。没多久，就听到小梨子在外边大声道："大公子到！"

慕乾过来是要背慕微上喜轿的，那也意味着，慕微真的要离开慕家了。

慕微身子一僵，望着门口的慕乾，心中忽然涌现出几分慌乱，她一点儿也不想离开家，一点儿也不想。

慕乾慢慢地走过来，脚步声仿佛叩在她的心上，一步一步，越来越近，而慕微的心，也一点一点，绝望地沉下去。

门口一乘大红喜轿，与旁边的喜轿不同，这喜轿是步辇形式，四壁皆空，只悬挂着红色的薄纱，新娘子坐在里边，外边的人能隐隐约约看到她曼妙的身姿。

步辇由八个人抬着，后面是慕微的两百箱嫁妆，要围着上京城内游街一圈才抬到太原王府去完婚。

赫连毓骑了一匹白色骏马，身穿大红袍子，白玉般的脸被衬托得神采奕奕。见慕乾背着慕微出来，他赶紧翻身下马，与慕坤一道握住慕微的手，让她慢慢从慕乾背上下来。

"哟哟哟，太原王可真是体贴！"旁边的喜娘舞着帕子笑道。两个喜娘笑着朝赫连毓行大礼："太原王大喜！愿太原王与王妃百年好合，子子孙孙，福寿绵延！"

"赏！"赫连毓开心得眼睛眯成线，大手一挥，旁边几个跟班便将早已准备好的小银锞子一把一把地扔出去。顿时，大司马府前边热闹成一团。

"赫连毓，我可得和你说清楚！"慕乾拍了拍赫连毓的肩膀，"若你敢欺负微儿，我绝不放过你！"

“我怎么敢欺负微儿，疼爱她还来不及呢！慕乾，你便放心吧。”赫连毓盯着慕微，喜不自胜，“从小到大，你几时见我欺负过微儿？能娶到微儿是我一辈子的福分，自然会好好爱惜她。”

慕乾看了看赫连毓，不由得笑了，自己在担心什么呢？赫连毓还能对微儿负心不成？

他朝赫连毓笑了笑：“我且相信你的话。”

慕微站在喜轿旁听着赫连毓与慕乾的对话，心中有一种说不出的悲哀。她曾经梦想过自己成亲的那一日，定是花满枝头艳阳高照，自己也是欢欢喜喜，等着心仪的人骑马过来迎娶她。

今日艳阳确实高照，紫薇花与玉簪花也开得茂盛，可那骑着白马来的，并不是她所希望的那个人。

那个人，再也不会出现在她的生命里。

一路上，看热闹的百姓无不称赞欢呼，正在这时，送嫁的队伍忽然停住了，有人发出惊呼：“有人抢新娘！”

一群人正飞扑着往步辇奔去，赫连毓嘴角现出一丝冷笑，大喝一声：“羽林子何在？”

燕昊这厮，竟敢真的来大虞送死，那就叫他有去无回！

赫连毓端坐在马背上，一只手按着腰，那里缠着一柄软剑，若那些羽林子不能抵挡燕昊等人，他便上阵。

燕昊与他的武功修为，可以用棋逢对手来形容。他已与赫连铖商定，动用了两百羽林子化装成路人跟着送嫁的队伍，就是专等燕昊现身。燕昊不可能带着队伍来大虞，区区几个人，这精挑细选的两百人是绰绰有余。

慕微坐在步辇上，被这变故惊呆了。她紧张地掀开面纱，望着步辇外，心怦怦直跳。是燕昊吗？微风将薄纱吹起来，她看见几个男子正奋力抵抗一群人的围攻，这几个男子里没有那张熟悉的面孔。

难道是燕昊易容了？慕微睁大了眼睛，拼命朝那几个人望去，其中一人身高和燕昊差不多，可那张脸却截然不同。她坐在那里，打量着那个男子，越看越觉得不是他。

上回及笄礼时，她才看了一眼，便认出了他，而现在，她完全看不出是燕昊。

莫非是燕昊自己不方便来，花重金请的江湖好手？瞧着这几个人的身手都不弱，刀光剑影里应付自如。

赫连毓骑在马背上，一双眼睛紧紧地盯着慕微，心中无比酸涩。

这些人里肯定有燕昊，看她那般关注的神色便知。赫连毓的手紧紧地捏成一个拳头，若不是萨满再三叮嘱，今日是他大婚之日，不宜见血，他真想飞身去与那燕昊较量一番——竟敢来抢他的微儿，他真以为能这般肆无忌惮？

羽林子的包围圈越来越紧，那几个人虽然拳脚好，可毕竟敌不过这么多人，不多久，这混乱便平息下来。一个羽林子头目朝赫连毓行了一礼：“太原王，贼子已悉数捉拿。”

“好，先将他们押回去，明日再审。”赫连毓朝那头目微微一笑。

骚乱平息，送嫁队伍重新出发，鞭炮声又起。

“方才前边怎么回事？”嫁妆实在太多，后边的人根本不知道前边发生了什么事。

“有人想劫持新娘！真是可笑，难道他们以为太原王是吃素的不成？”

有个抬嫁妆的挑夫凑近一个人，窃窃私语：“太子殿下，我们都还没动手，究竟会是谁想要劫持慕二小姐？”

“千万注意，赫连毓这厮狡猾，说不定还布置了人手。”另一名挑夫压低声音道，“咱们见机行事。”

“是。”

喜炮声声，一路上青烟阵阵，送嫁的队伍吹奏着欢快的乐曲，让人听着觉得心里也快活起来。

喜轿落地，赫连毓从马背上下来，在喜轿前弯下腰。喜娘扶着慕微从喜轿上下来，将她送到赫连毓的背上。

赫连毓有几分紧张，这是他第一次与慕微这般亲密接触，她就这样趴在他的肩膀上，好像将全身的重量都压在他身上一般。这是一种全然的信任，也意味着她把自己全部交给了他。

那一瞬间，赫连毓忽然不忌妒燕昊了，无论如何，慕微最终是他的。他背着她跨过炭火盆子，奔向他们幸福的大门。

王府里一片红色，红色的喜被、喜枕，床前一个檀木踏板，上头放着一排绣花鞋，鞋上绣着精美的刺绣，有些还点缀着珍珠，有些由金丝银线绣制而成。

墙壁上一个立地的多宝格，上边摆着各样珍宝古玩，靠墙一张梳妆台，镜子上镶嵌着紫玉碧玺等珠宝，闪闪发亮。梳妆匣有好几只，一色的紫檀木，盖上描着金色的花纹。

慕微拜了天地后被人搀扶着送进来，瞧着这满屋子的红色，竟有些喘不过气。她怅然若失地坐在那里，心中久久不能平静。今日想要劫持她的人究竟是谁？到底是不是燕昊派来的？慕微心中好一阵难过。那几个人被抓住了，无论如何都不会有好结果。她幽幽地叹了一口气，心里希望那几个人真的将她劫走，这样她就不必面对赫连毓了。

她透过红纱望着桌上的一对龙凤花烛，正烧得旺旺的，蜡泪慢慢流下来，慕微呆了几分。

秋月从盘子里拿了一块玫瑰蜜合酥糖，送到慕微手中："小姐，先吃个垫垫肚子。"

慕微点了点头，捏起那块玫瑰蜜合酥刚要往嘴里送，忽然停住了手。

一丝哀婉的埙声传了过来，直扑扑地钻进她的耳朵。虽然现在外边很吵，可她还是听出了那埙乐之声。

那是《出其东门》，是燕昊吹过的曲子。

"出其东门，有女如云，虽则如云，匪我思存。"

是燕昊！是燕昊来了！慕微的心被一种无言的快乐吹得鼓胀起来。他真的来了，他没有放弃她，他说的最后一次相见是假话！

慕微一激动，手上用力，玫瑰蜜合酥被捏成了两半，细屑从衣襟上滚落下来。两个喜娘看见吓了一跳，赶紧招呼丫鬟过来打扫干净："新床前不能有碎了的东西，快些扫了去！"

慕微似乎没有听到喜娘的唠叨，从床上站起，掀起头纱，举步便往屋外走。喜娘正与丫鬟唠叨，看到慕微竟然要出新房，脸色大变，连忙走上前拦住："王妃，您现在不能出新房。"

"让开。"慕微冷冷地道。

"小姐，小姐！"秋月追上来，一把抓住慕微的衣袖，"小姐要去哪里？"

方才她也隐隐约约听到不知何处传来的细细的埙声，开始并没有在意，还以为是太原王府请的乐师在演奏，可瞧见慕微起身往外走，她忽然醒悟到，或许是那位南燕太子来了。

这怎么行？小姐已经与太原王拜过天地了，已是太原王的王妃，如何还能在大喜之日去私会外男？秋月一急，拉住慕微的衣裳哀求道："小姐，外边不大安静，还是到里边坐着吧。"

“秋月，你让开。”慕微的话越发冷了些，似乎有一种寒气从她口中喷了出来。

秋月一怔，她从来没有见过这般冷漠的慕微，仿佛天地万物都与她没有干系，她只一心一意想要朝自己想去的地方奔去。

“小姐……”秋月慢慢放开手，她自我安慰着，心想，这是内院，现在全是女子，那燕昊肯定混不进来。

喜娘却没有秋月那般好说话，她坚决地拦住了慕微：“慕二小姐，你不能出去。”

“让开！”她一张脸白得惊人，双眼里有一种说不出的寒意。

那喜娘很识时务地将手放下，这样的新娘子，她从未见过。慕微看了一眼，缓缓走出新房。

外边的丫鬟婆子正清点着慕微的嫁妆，听见脚步声，众人都抬起头来，见新娘子一袭大红嫁衣走了出来，不由得全呆住了。

新娘子不应该安安静静在新房里坐着，等喜宴散了，夫人、小姐先来看新娘，然后新郎由男宾拥簇着过来闹洞房吗？哪儿有自己跑出新房的？

慕微没有管周围人惊讶的目光，只是微微皱起眉头，努力想要听清那埙乐之声。四周很是吵闹，她没有听到，茫然地站在那里，不知所措。

那分明就是燕昊，否则怎么会在她大婚之日吹起埙乐？而且吹的还是那首曲子？慕微心中有几分焦虑，难道赫连毓布置了人手，将燕昊拦截了？

慕微很是惆怅。忽然，头顶簌簌飘下几片树叶，一个人如大鸟般从树上飞下来，一手揽住慕微的腰，一手抓住她的手腕：“微儿，跟我走。”

听到这声音，慕微顷刻间将一颗心放回了肚子里，是燕昊。

她朝燕昊微微一笑，闭上了眼睛，觉得全身都放松下来。不管怎样，她终于和他在一起了，即便前方有千难万险，她都愿意跟着他去。燕昊打了一个唿哨，顷刻间就听“嘚嘚嘚”的马蹄声由远而近，一匹白色的骏马出现在前方。

月亮慢慢爬了上来，银色的月光照着远方的山岚。山风拂面，吹起了两人的头发，交缠纠结在一处。

“累了吗？”燕昊拉住慕微的手，“咱们在这里歇歇。”他拍了拍金翼的脖子，“自己找水喝，我们去那边的山洞里歇息。”

金翼扬着脖子“咴咴”叫了两声，撒开蹄子跑开了。慕微见它竟然能听懂燕昊的话，十分惊讶："你这马可是成精了！"

燕昊笑了笑："它跟了我多年了。"

两人慢慢往前走去，前方出现一个石头砌的洞穴，里面颇宽，还有一张用石头做的床，床上有被子、枕头，旁边有一张小小的石桌，上边有几只落满灰尘的碗。

慕微惊讶："这里曾有人住过不成？"

燕昊举着火折子往里边探了探。山洞里忽然飞出几只黑黝黝的东西，慕微害怕地"啊"了一声。燕昊忙揽住她，在她耳边低语："别怕，有我在呢。"

慕微轻轻一笑："有你在，我不怕。"

这山洞看起来有人住过，只是好像再也没有回来过。燕昊心想，不如今晚暂且在这里休息，明日再动身。

他稍作整饬，那火折子慢慢熄了，只余一点儿微弱的火星子。

石洞里瞬间暗了下来，两人相拥站着，脸贴着脸，鼻尖对着鼻尖，彼此都能感受到对方温热的气息。

"微儿。"燕昊颤抖着喊了一声，将唇轻轻贴过去。

"怎么了？"慕微的声音娇柔，带着一种说不出的魅惑。他将他的唇贴近了她，一股带着香甜的柔软在他的唇齿之间辗转。燕昊再也忍耐不住，低低叹息一声，猛地吻住了她，热情很快被燃烧起来："微儿，微儿，我真开心，总算又和你在一处了……"

慕微才含含糊糊地应一句，便很快被他的热情淹没。两人已完全不知道该用什么语言来表达自己的心情，双手抱住了对方的身体，只觉得那炙热从手指慢慢传了开来。

慕微大红的嫁衣被铺在了石床上，两人相拥着倒在那冰凉的石床上。热情很快将那石床烧得热起来，他们感觉不到一丝寒意，汗水慢慢从身上滴落，透过嫁衣，渗入石床。

慕微觉得自己仿佛坐在一条小船上，不住地被浪尖推上去，当颠簸到巅峰时，又骤然落下来。她还来不及惊呼一声，瞬间又被推上去。这一波又一波的巨浪让她无法呼吸，只能任由燕昊带着自己不住地攀援，闭着眼睛在巨浪里穿梭而过。

如那朵洁白的玉簪花，她在这个夜晚绽开了自己的美丽，花瓣柔软，气味芬芳。她静静地躺在那里，就像无数的花蕊慢慢展开，在风中摇曳。

一阵暴风骤雨过后，一切归于平静，山洞里回荡着细细的喘息。燕昊着迷地看着慕微，山洞幽暗，他却能看见她那双亮晶晶的眼睛，能感觉到她那柔软的肌肤那般细腻，细致如瓷，让人不忍触摸。

“微儿。”燕昊伸手揽住慕微，让她枕在自己的肩膀上，轻轻咬着她的耳朵，“我们要一直这样，白首不相离。”

慕微脸红如血，将身子窝在燕昊的怀里，轻轻但郑重地点了点头。

黑暗里，燕昊看不清她的模样，却能想象到她此时的娇羞。他拥着慕微，将唇凑过去，在她耳边低声道：“微儿……”

晨曦到来，一线阳光透进山洞，大红的嫁衣垂落着，上边睡着的两人相拥而卧。

山洞外响起叽叽喳喳的鸟鸣，燕昊猛然惊醒，翻身坐起，侧耳听了一番，赶紧伸手推了推慕微：“微儿，快些起来，有人来了。”

慕微大吃一惊，赶紧坐起，将嫁衣披到身上，还没来得及系上腰封，就低头去穿鞋子。白皙的肌肤，露出红色的亵衣，上边绣着的牡丹花样隐约可见。

燕昊心疼地抚摸着慕微的头发，上边沾了灰尘，他苦笑一声：“微儿，让你受苦了。”

慕微看他一眼，一双眼睛亮晶晶，盛满欢喜：“燕昊，和你在一起，我很高兴。”她回想到昨晚的甜蜜，脸色绯红，“燕昊，我跟你回南燕去。”

这八月的天气，一大早天就亮了。两人相拥着走出山洞，阳光有些刺眼，两人都不由自主地眯了眯眼。

“燕昊！”还没睁开眼睛，就听有人大喝，“你跑不掉了！”

燕昊与慕微两人心中皆是一惊，睁开眼时，只见不远处有一队军士，正中间一人，骑马立在那里，身上还穿着大红的吉服。

赫连毓追来了。

昨晚得了信儿，赫连毓便带了王府的人追了出去，没想到追了二十多里，竟被燕昊甩下来了。赫连毓气急败坏，索性回城向赫连铖请示，调集了一千羽林子出来搜寻燕昊的下落。

从燕昊的行为举止来看，燕昊定不会逃出太远，所以，无论如何，他也要把他抓到，把慕微带回来。

慕微，想到她，他的心底闪过一阵疼痛。她就这般厌弃自己？宁愿跟着燕昊去过颠沛流离的生活，也不愿意跟自己成亲？赫连毓紧紧握着马缰，心痛得简直不能呼吸——自己究竟有什么不好，竟让她这般想要躲避自己？

马背上，那身着大红嫁衣的女子明媚如画，手执缰绳的男子英俊潇洒，但凡见过的人总会有一些印象。这般问下来，还是得了些线索，他便找到了他们藏身的大概方位。

山路旁的树枝上，挂着一小条红色的纱绢，迎风晃动。那抹红色，周围一丛绿树衬托，格外刺眼。

“将那红色布条取来！”赫连毓伸手指了指那块红色纱绢。一个羽林子走过去，将那纱绢从枝头取下，递到赫连毓手中。

这纱绢与她昨日穿的吉服是一样的料子。不用说，慕微就在这山上！赫连毓眼神一冷：“搜，给我仔细地搜，一个角落都不许放过！”

不多时，他们便发现了那个山洞。

赫连毓盯着那个山洞，心中大恨，真想一步跨进去，把那燕昊捉出来，用鞭子抽他千万次。可他闭了闭眼，心中蓦然有了一丝恐惧。他怕自己跨进去后，会看见不该看到的画面。那种恐惧慢慢升起来，一点点蔓延着，仿佛有寒流从他的四肢百骸流过，冷得他无法动弹。

正犹豫不决，就听一阵窸窸窣窣的响声，他抬头一看，便见两人出现在洞口，一个穿着白色衣裳，一个穿着大红吉服。

赫连毓一阵头晕目眩，他们果然在里边！

那大红吉服深深地刺着他的眼睛，也刺痛了他的心。他从来没有像现在这样难受过，一种说不出的炙热灼烧着他的心。喉间腥甜，似有什么东西要冲出来。

赫连毓伸手按住胸口，朝燕昊大喊道：“燕昊，你为何出尔反尔？你说过，不会再见微儿，你究竟还是不是个男人？！”赫连毓这几句话吼得声嘶力竭，如一只离群的孤兽。

山风将石洞前的杂草吹得簌簌乱动，扫过燕昊与慕微的衣角。见赫连毓这模样，两人都有些愧疚。燕昊朝赫连毓拱了拱手：“太原王，我本不想如此，可我不能眼睁睁地瞧着她嫁给你，请原谅我这无奈之举，实乃情非得已。”

赫连毓凄然一笑：“好一个情非得已！燕昊，你究竟要将微儿置于何地？你知不知道你现在的处境？难道要她跟着你去受苦？喜欢一个人，不是要让她过得更好吗？你这样做，分明是害她！”

燕昊一怔，转脸看了看慕微，心里有说不出的苦涩。赫连毓说得没错，现在的他，根本没有资格说情非得已，他给不了慕微安稳的生活，相反，却要让她跟着自己受苦，惶惶如丧家之犬一般藏身在这山洞中。

“微儿……”他颤动着声音道，“是我不好。”

“赫连毓。”慕微声音清亮，望着赫连毓的眼睛清澄如水，“我感谢你对我的一片深情，可我早就告诉过你，我喜欢的是燕昊，你又何必这般坚持？宇文太傅家的七小姐对你一片真情，也得了太后娘娘的赐婚，你便与她和和美美地过这一辈子便是，何必又要来苦苦纠缠？”

“不，我不要她，我想娶的只有你。”赫连毓心里痛苦，面容扭曲起来，“微儿，你为何总看不到我的真心？”

慕微没有回答他，只有山风不住地呜咽。此刻，山洞前有一种剑拔弩张的气氛，一点点将慕微与燕昊包围。

“燕昊，既然你不遵守诺言，那也别怪我不客气。”赫连毓朝身后的士兵一挥手，“拿弓箭！”

赫连毓目眦欲裂，将白羽箭搭在弦上，瞄准了燕昊：“燕昊，本来你可以躲在哪个角落平安过一辈子，可谁让你心这么大，竟然敢跑到这里来抢我的微儿，我也没必要对你客气了，这一切都是你自找的！”

乌亮的镞头直指燕昊，只要他一松手，那支白羽箭便会离弦而出，将他一箭穿心。慕微一看，花容失色，抢到燕昊身前，将他拦在身后：“赫连毓，你要杀便杀我，是我不对，你别杀燕昊！”

赫连毓急道：“微儿，闪开，这事与你没有关系！”

“怎么会没有关系？燕昊是为了我才来大虞的，这一切都与我有关！”慕微痛苦地闭上了眼睛，“赫连毓，你杀了我吧，只求你将燕昊放了。”

昨晚慕微还在想，若被赫连毓追上来，她便与燕昊死到一块儿。可真到了这个时候，她却改变了主意。她一点儿也不想让燕昊死，她希望他能好好活着，能够见到每一天的太阳，能呼吸到清新的花香。

“微儿，你走开。”赫连毓将弓放下，看着慕微那张白玉般的脸，他没法硬起心肠。他朝燕昊大吼一声：“燕昊，你竟然要一个女子为你挡箭，你还是个男人吗？”

燕昊将慕微拨到一边，从容不迫地走出来：“赫连毓，你要射便射吧。”

赫连毓将弓拉满，以迅雷不及掩耳之势将箭发了出去，只听“嗖”的一声，那箭便朝燕昊飞奔而来。

“不——”慕微心中一急，直直朝燕昊扑了过去。

“微儿！”

“微儿！”

两声凄厉的喊叫声在山间回荡，就见那支白羽箭笔直地插进了慕微的身体。

慕微身子晃了晃，倒在了燕昊的怀里。

白羽箭扎在她左边的肩胛处，因赫连毓用力过大，那支白羽箭深深地没入了她的身子。

慕微抬头看着燕昊，嘴角露出一丝笑容：“燕昊，真好，没有伤到你。”

“微儿，你怎么这样傻？”燕昊心中大痛，“这是我与赫连毓之间的事情，和你没有关系。”

“不，我要保护你，我不能看着你受到伤害。”慕微朝燕昊笑了笑，“记得吗？你曾在云州城外替我挡了一箭，今日我也替你挡一箭。”

燕昊心疼地看着慕微，不知道该说什么好。他很惭愧，不仅没有能力让她过上幸福的生活，反而连累了她！他抱着慕微，懊悔不已，他真痛恨自己，知道慕微成亲的消息，就该默默地祝福她，为何要跑到大虞来想将她带走？

自己能给她安定的生活吗？目前来说不可能，以后究竟会怎样，他也不知道。可为了自己心中的那份热情，他就这样鲁莽地跑到大虞，结果却伤害了她。

“燕昊！”赫连毓几乎红了眼，他翻身从马上下来，三步并作两步冲到慕微身边。他身后的羽林子也跟着围拢过来，很快将两人围在中央。

“赫连毓，你让那些人走开！”慕微挣扎着道，“若你伤了燕昊，我现在就死在你面前！”听到这句话，赫连毓不由自主地停下了脚步，紧张地看了慕微一眼，见她脸色苍白，肩胛处暗红一片。

赫连毓心疼得说不出话来。他盯着慕微，对身后的羽林子大喊：“退后！”

包围圈慢慢散了，那些羽林子慢慢退回原来的位置，只是手里依旧握紧了刀枪，眼睛紧盯着三人不放，生怕燕昊会忽然出手伤了赫连毓。

“微儿，别慌，我这就带你回去，请最好的太医来给你疗伤！”赫连毓朝慕微伸出了手。

慕微摇了摇头，唇边露出一丝凄美的笑，阳光照在她的脸上，肌肤似透明一般。

“赫连毓，要不你下令将我与燕昊射死在这里吧。你若不肯放过燕昊，我也不想活了。”她朝赫连毓笑了笑，“不管你做什么，我都不会怪你的。”

“傻微儿，他是不会放过我的。昨日我们不是说好要一起死吗？”燕昊温柔地看着慕微，“可是，我现在不希望你跟我一起死了。你要活着，要好好活着，只要你过得开心，我在黄泉之下也会高兴的。”

“不，燕昊，若你死了，我绝不独活！”慕微吃力地挪动了下身子。

赫连毓听着两人旁若无人的对话，又急又气。可即便如此，他依旧担心慕微的安危，见她如此，心中一急，朝燕昊大吼道：“燕昊，你不是男人！”

他双眼冒火，盯紧了燕昊：“你可想过自己肩上的重担？南燕亡国，难道你就没有一点儿想法？”若燕昊死了，慕微定会自尽，那自己该怎么办？这世上，若没了慕微，那他的日子定会是一片苍白。“燕昊，你若死了，那你南燕的臣民怎么办？”

赫连毓心中不断地鄙视自己，他本是来追捕燕昊的，现在却苦口婆心地劝他活下去——这，是怎么一回事？

“赫连毓，你真的愿意放过燕昊？”慕微有几分惊喜，大大地喘了一口气，抬眼看向赫连毓，额头上汗珠一滴滴落下来。

“是，我愿意放过他，条件是，他不能带走你，以后也不许再来大虞找你！”赫连毓握紧了拳头，既心痛又忌恨，眼前，除了她的鲜血，还有她的嫁衣。

昨日她被人扶着与自己拜了天地，今日却在这山洞里找到她，而且现在还这般恋恋不舍地看着燕昊，他几乎要发狂了。

赫连毓很想头也不回地走掉，可终究还是放不下她。他见她脸色惨白，压低声音朝燕昊吼道：“燕昊，你答应还是不答应？”

燕昊低头看着慕微，眼中有深深的不舍。好不容易两人逃出来，他怎么能放弃了她独自逃生？他叹了一口气：“微儿，我不能离开你，就算死，我也要死在你身边。”

“燕昊，你疯了吗？我答应放你走，已是最大的限度的退让，捉拿你是皇上下的旨，我私自放你走已是抗旨，你竟还这般不珍惜！”赫连毓气得脑袋一阵发晕。这人怎么这样死心眼儿？自己已经不顾一切了，偏偏他还在这儿扮深情。他看着二人，心中悲愤难平，手紧紧握着，实在想打向燕昊的面门。

慕微咬着牙，推了燕昊一把，眼泪流了下来：“不，燕昊，你要活着，你要好好活下去！”伤处作痛，她皱了皱眉，“赫连毓，你说话可要算话！我跟你回去，但你要将燕昊放了，不能食言！”

“你放心，我不是燕昊，我赫连毓一言既出，驷马难追！”赫连毓拍了拍胸膛，眼中露出一丝惊喜。只要慕微答应跟她回去，只要自己继续温存体贴，只要燕昊不再来作梗，那他便还有机会。

“燕昊，你走！”慕微揪住了燕昊的衣裳，“别再管我，记住，要好好活着！”她的目光眷恋地在燕昊脸上扫过，那般温柔缠绵，似乎要将一切定格在这凝望之中。

燕昊含泪看着慕微，见她脸色越来越苍白，知道不能再拖延下去，他打了一声唿哨，很快，就听一阵嘚嘚的马蹄声，一匹白色骏马从远处飞奔而来，停在他面前。

“赫连毓，你要好好照顾微儿！”燕昊颤抖着将慕微交到赫连毓手中，然后翻身上马。

附近的羽林子赶紧拉弓搭箭，就听一阵噼里啪啦的刀兵之声响起。

“赫连毓，你……”慕微一急，差点儿晕倒。赫连毓忙握住她的手，朝那些羽林子叱喝：“你们做什么？快些住手！”

趁着赫连毓与羽林子说话，燕昊夹了夹马肚，金翼与他早有默契，一溜烟儿往前飞奔而去。有个羽林子见燕昊要逃，竟不顾赫连毓的命令，开弓搭箭就要往燕昊射去。

燕昊没有回头，听见身后风响，他反手一抄，那支白羽箭便被他握在手里。不多时，一人一马便消失在众人的视线中。

“王爷！”一个羽林子惊骇地看着赫连毓。

赫连毓看了一眼惊呆了的羽林子，道：“燕昊武艺高强，你们根本不是他的对手，又何必白白送死？”

“多谢王爷！”羽林子心有余悸。没想到这亡国太子的武功竟这样高。

“回京城后，你们谁也不许提起慕二小姐与燕昊在一起的事！”太原王冷冷地扫了他们一眼，“就当我们从来没有见过燕昊。”

“是！”羽林子们互相看了看，然后恭恭敬敬地答道。

这关乎太原王府的名声，太原王怎会让这丑事泄露出去？

众人看着抱着慕微慢慢往前走去的赫连毓，心中有说不出的感慨，只能叹息，这“情”之一字，真是令人费解。

华碧堂里阴沉沉的，唯有那烛光跳跃着，映着宇文老夫人的脸。她的脸没有半分表情，眉头微皱，正盯着坐在那里的宇文大夫人。

“我想，该是你这个蠢东西动的手脚，是不是？”宇文老夫人深深地吸了一口气，尽量控制着自己的情绪。

宇文大夫人战战兢兢地道：“母亲说的是哪件事？媳妇不明白。”

“不明白？还用我来说个明白？”宇文老夫人有几分乏力，“今日太原王大婚，途中有人拦截喜轿，想将慕二小姐劫走，你说，这事是不是你做的？”

宇文大夫人回避着宇文老夫人如刀锋般的目光，嘟囔道：“母亲怎么就想到我身上了？我做这种事情干吗？”

“啪”的一声，吓得宇文大夫人惊慌地睁大了眼睛。“你还敢回嘴？我看你就是吃饱了撑的！”宇文老夫人恨铁不成钢地看着宇文大夫人，心中暗怒，这个大儿媳怎么年纪越大越发蠢笨了，怎么点拨都不成。

“我且问你，账上为何少了一万两银子？你早些日子喊了你贴身嬷嬷的男人进来，几个人嘀嘀咕咕商议了什么？”宇文老夫人将一本账簿拿出来，“啪啪”拍了几下，“就算你想买凶杀人，也不要挪用府中银子！你以为你那两个弟媳妇是好糊弄的？”

宇文大夫人目瞪口呆，实在不知该说什么才好，好半天，才嗫嚅道：“母亲是怎么知道的？”

“我怎么知道！”宇文老夫人冷冷一笑，“我想知道什么，自然会知道。”

今日听说太原王迎亲时出了变故，宇文老夫人立刻便将这件事情与宇文大夫人早些日子奇怪的举止联系了起来。劫持喜轿之人的目标是慕微，很明显，是与这位新娘有利益冲突的人做的。

虽说慕家有不少仇家，但他们要下手，也不会针对一个出嫁的慕二小姐，这样还不如去对付那位慕二公子。宇文老夫人想来想去，自家那个蠢媳妇完全有可能做出这种事来。她吩咐人将账簿拿来查了查，见账面上少了一万两银子，心中更是笃定。这老大媳妇也是吝啬小气到了极点，竟然用府中的银子买通了江湖好手，而且挪用以后也不知道赶紧将账簿做平，她还真以为这宇文太傅府是她一个人的不成？

宇文大夫人脸色灰白地坐在那里，好半日没有说话。宇文老夫人怒斥道：“现在局势这般乱，你还要来添乱，是觉得没事做心里不舒服？”

“母亲，媳妇只是在为眉儿着想。”宇文大夫人被宇文老夫人劈头盖脸地骂一顿，心中很不服气，她挺直了背，嘟囔道，“母亲，我的眉儿怎么能做侧妃？我如珠似宝养大的女儿，如何要向人伏低做小？只有将那慕微除了，眉儿才能做王妃，才能在太原王府里昂首挺胸。”她冷冷一笑，“这慕大司马仇家多，那些仇家拿慕二小姐开刀，也只能怪她运气不好。”

“你还在这里不服！”从侧门走出了宇文太傅，花白的胡须不住地发抖，“你究竟派了几拨人去劫那慕二小姐？”

宇文太傅今晚去了太原王府喝喜酒，正快活时，一个丫鬟进来，贴着赫连毓的耳朵说了几句话，赫连毓便放下酒杯，急急忙忙地跑了出去，定是有什么大事发生。

来宾们纷纷探听消息，无奈太原王府讳莫如深，竟是一点儿口风都没透露出来。宇文太傅刚从太原王府出来，就见赫连毓骑了马狂奔，往皇宫方向去了。他赶紧派下人去打听，长随回来报告，太原王领了羽林子不知道往哪里去了。

能在新婚之夜让赫连毓抛下新娘出去，这事定不简单，想到白天有人劫持喜轿，这不能不让宇文太傅产生联想，难道是那慕二小姐被人劫持了？

回到府里，他与宇文老夫人说起此事，宇文老夫人脸色一变，立即嘱人去取账簿，他原本还有几分莫名其妙，方才听了，实在忍无可忍，便走了出来：“老大媳妇，你就不能安分些？你派去的第一拨人已经被抓了，第二拨现在还不知道怎么样呢。”

宇文大夫人连连摇头：“我只买通了一拨人，怎么会有两拨？”她顿了顿，“是不是那伙人为了更周密，分了两批行动？”宇文大夫人眼里瞬间出现奕奕神采，脸上也露出了笑容，“父亲，是不是慕二小姐已经被劫了？哈哈，实在是好，躲得过初一，躲不过十五，没想到还有后手在等着她。”

见宇文大夫人这副沉不住气的模样，宇文太傅怒喝一声：“你就不怕那些歹徒将咱们宇文太傅府扯出来？先想想怎么避祸才是！”

那太原王如此紧张慕二小姐，若知道真凶是宇文太傅府的人，定会对他们不利。宇文太傅看了一眼笑得格外开心的宇文大夫人，无奈地叹了口气：“你买凶的时候，有没有交代咱们府的名头？”

宇文大夫人摇了摇头：“没有，我是让金嬷嬷的男人联系的，先给了他们一万两，事成后再给他们一万两。”

“赶紧去将他们两个给解决了。”宇文太傅皱起了眉头，“要做得干净一些！”

宇文大夫人脸色一白，金嬷嬷可是她的贴身嬷嬷，自己在娘家做小姐的时候，她便是自己的贴身丫鬟，现在却要将她给杀了，这让她无法接受。她看了看宇文太傅，低声道：“父亲，能不能留金嬷嬷一命？”

“不行。”宇文太傅脸色凝重地看着宇文老夫人道，“她下不了手，这事就交给你了。”

宇文老夫人闭了闭眼，默默地点了点头。宇文大夫人知道金嬷嬷的命留不住了，心中一阵慌乱。金嬷嬷陪伴了她几十年，感情深厚，没想到她和她男人就这么简单地说了一句，两个鲜活的人就要在这世间消失。

清华宫里灯火通明，赫连铖坐在主殿的椅子上，眼睛焦急地望着门外。

“皇上，夜深了，早些歇着吧。”江六站在赫连铖身边，低声劝说着。

“不行，朕要知道赫连毓有没有捉到燕昊！”赫连铖眼中有着说不出的兴奋。他的招数果然奏效，将慕微赐婚给赫连毓，真的将燕昊引来了。燕昊这厮实在狡猾，竟然分两拨人来劫持那慕二小姐，第一拨被抓住了，赫连毓便大意了些，没那么警惕，将两百羽林子撤了回去，没想到那燕昊竟然直接冲到王府把人劫走了。

燕铣被做成人彘，只活了三日就死了。赫连铖大为扫兴，将那些做人彘的骂了一通，说他们技艺不到家，还需要多多练习。这次，就该拿燕昊给他们试试，看技艺是不是提高了。赫连铖坐在椅子上，眼里充满了一种嗜血的光芒，如一只猛兽，弓起了身子，随时准备进攻。

今日白天捉到的那几个，个个儿都说是有人买通他们来杀人，却不知道背后的人是谁，只说是两万两银子买慕二小姐一条命，先付一半，事成后再付一半。赫连铖听到刑部的人来回报，冷冷一笑：“一个剥皮，一个剐了，另外两个先留着，朕想想看用什么法子折腾他们比较好。”

刑部的人汗涔涔地下去，就连江六站在一旁都直打寒战。皇上越发心狠了，也不知道他为何戾气会如此重。